长篇小说

大唐不良司

少年集结

1

牛凳 著

海峡出版发行集团
海峡文艺出版社

图书在版编目(CIP)数据

大唐不良司. 1/牛凳著. —福州：海峡文艺出版社，2021.3
ISBN 978-7-5550-2476-7

Ⅰ. ①大…　Ⅱ. ①牛…　Ⅲ. ①长篇小说—中国—当代　Ⅳ. ①I247.5

中国版本图书馆 CIP 数据核字(2020)第 211466 号

大唐不良司 1

牛　凳　著
责任编辑　朱墨山
出版发行　海峡文艺出版社
经　　销　福建新华发行(集团)有限责任公司
社　　址　福州市东水路 76 号 14 层
发 行 部　0591—87536797
印　　刷　福建新华联合印务集团有限公司
厂　　址　福州市晋安区后屿路 6 号
开　　本　710 毫米×1000 毫米　1/16
字　　数　344 千字
印　　张　20.75
版　　次　2021 年 3 月第 1 版
印　　次　2021 年 3 月第 1 次印刷
书　　号　ISBN 978-7-5550-2476-7
定　　价　45.00 元

目录

第一章　深夜莫谈“鬼”

万岁通天元年。

这是女皇陛下坐了李唐江山，登基为帝的第六个年头。

但除了朝中的达官显贵们外，并没有多少人觉着这和李唐时有什么不同。武周也好，李唐也罢，还是那个盛世。

今天是七月十五，中元节。节日还是那个节日，规矩还是那些个规矩。白天，百姓们照例得祭祀祖先、放送河灯、参加盂兰盆会……到了晚上，自然也得照例地早早上榻休息。因为中元节的晚上，据说会“鬼门”大开，“百鬼夜行”。

当然，深夜不眠的人也是有的。

长安城万年县衙的签押房内依旧掌着灯，几个衙役正值着夜。

他们围坐在一张几案前，喝着淡酒，吃着小菜，听捕头郭烨口沫飞溅地讲着应景的“鬼怪故事”。“嘿，那王娘子正睡着香甜，却梦见儿子跟自己哭诉，说是被妖怪吃了。她当场吓得梦醒，叫醒了丈夫，举着蜡烛，跑到儿子的房间查看。任凭他们夫妇怎么叫门，屋内的儿子依旧是寂然无应。她丈夫心中暗叫了一声不好，猛地往门上撞去……”

咣当！话刚说到这儿，签押房的房门真的开了，郭烨的话音戛然而止。门外一阵冷风吹入，衙役们纷纷打了个寒颤，烛光也随风摇曳不定。

“谁？”众衙役都沉浸在恐怖气氛中，被突如其来的变故吓得不轻，纷纷往门外望去。

“我……”声音微弱。

“嗨，原来是小六子啊。在那杵着干啥？快进来！”郭烨招了招手。

衙役们见是同僚小六，也纷纷长松了一口气儿。

这曹小六在一刻钟前，说肚子不舒服，要出去上茅房。

“是，是。”曹小六随口应着，却没反身关门。他面色惨白，有些神思不属，上前一步，咽了口唾沫，期期艾艾地道："郭……郭捕头，小……小的想跟您打听一件事。"

"什么事？"郭烨道。

"您之前跟小的说过，要分清遇着的是人是'鬼'，就看眼珠子。若眼珠子红的就是'鬼'，眼珠子黑的就是人。这……是不是真的啊？"

郭烨没想到这曹小六把自己平时胡诌的话，都记得这么仔细，他不由打趣问道："怎么着？小六子你遇到红眼珠子的人了？"

"就是刚才上茅房的时候遇着的。"曹小六哭丧着脸道："我刚到前院，就看见萧公子……就是户部侍郎家的二公子萧廷，在咱们院子里站着呢。"

这位户部侍郎家的二公子萧廷，郭烨当然是听说过的。

此人不但是户部侍郎家的公子，而且是长安城内有名的风流才子。进秦楼楚馆就跟回家似的，结交的不是当红名妓，就是文人雅士。

"你居然识得萧家二公子？"郭烨有些奇怪，道："这萧公子何等官宦人家的子弟，平日里高高在上，你曹小六还能认得人家？"

曹小六脖子一梗，恼道："郭捕头你莫要瞧不起人啊。前年萧公子有件小事，不方便自己出面，就是托俺去办的。正因此事，俺才结识了萧公子。"

"啧啧，曹小六你居然偷偷给官宦人家干私活？哼哼，明日罚你请本捕头到胡人酒肆吃酒。"郭烨揪了揪曹小六的耳朵，打趣道。

"郭捕头去酒肆吃酒是假，看胡姬才是真吧？哈哈哈……"其中一名衙役说着荤话，引来众人一阵哄堂大笑。

"去去去，少编排老子，听小六说，刚刚院里瞅见了萧二公子是咋个回事？"郭烨止住了众人，看向曹小六。

曹小六面色还是不太好，咽了咽口里的唾沫，心有余悸道："小的看见萧公子，赶紧过去打招呼。他却哼了一声，一甩袖子，说，少管闲事，滚！我看他那眼珠子红彤彤的吓人，没敢多说什么，走开了。出了茅房后，我越琢磨越不对劲儿，就出来找萧公子。结果，找遍了整个县衙，都没发现他的影子。郭捕头，您说……您说，我遇到的该……该不会是'鬼'……'鬼'吧？"

市井传言，"七月半见'鬼'——离死不远"。

曹小六越说越害怕，到了最后，声音颤抖，几乎带着哭腔了。

深更半夜又是七月半，被曹小六这么一说，众衙役也感到脊梁沟里发凉，纷纷往郭烨的脸上看去。

莫看郭烨这个县衙捕头今年才二十来岁，却凭着一手“摸骨辨生”的本事，屡屡破案，在衙役们心目中威望甚高。

他听着小六讲完，再看小六这般神色，倒不像是在扯闲篇。

萧廷的眼睛是红色的？

七月十五，深更半夜，他一个户部侍郎之子身份显贵，为何会出现在万年县衙？

还有，怎么曹小六上个茅房的功夫，这人不声不响就消失了，万年县衙里硬是没一点动静，莫不是这人还能飞天遁地不成？

郭烨平日里好琢磨，凡事都喜欢推敲个明白，他越思越觉着诡异，不由皱起眉头问道：“小六儿，这种事可不敢乱说，你要是扯谎吓唬大伙的话……”

“郭捕头，这大半夜的，小的能扯这种谎话吗？”曹小六着急忙慌指天发誓。

“那此事可真蹊跷……诶！”郭烨忽地一拍脑门儿，没好气儿地道：“去去去，本捕头险些被你小子带进沟里去！今儿白天，咱们马县丞，还说晚上要和萧二公子一起去升平馆找乐子呢！人家萧二公子活得好得很，又怎么可能是‘鬼’？”

“对啊！那萧公子一直活蹦乱跳的呢！要想变成鬼，首先得是死了吧？准是你小六子想攀高枝儿想疯了，认错人了！”

“来，咱们接着喝酒。”

被郭烨这么一点醒，现场的气氛顿时欢快起来。

就是曹小六自个儿，也挠了挠脑袋，恍恍惚惚地觉得，自己是不是真的认错人了。

但经过了这么一档子事儿，包括郭烨在内，大家都对鬼故事没什么兴趣了。他们喝酒闲聊，勉勉强强坚持到了天亮。

自有衙役前来换班儿，郭烨打了个哈欠，从万年县衙出来，回自己家的小院补觉。

不过，没到半个时辰，他就被人推醒了。

“郭捕头，你醒醒！醒醒啊！萧廷死啦！”

“萧廷死不死的，关我啥……啥？萧廷死了？”郭烨心头剧震，一骨碌身爬起来，但见小六子一脸惶急地站在自己床前。

小六子勉强笑了一下,但那笑容比哭还难看,道:“没错,户部侍郎家的二公子萧廷死了。看来,我昨夜遇见的,真的是鬼。他……他不会害我吧?”

郭烨道:“小六儿你莫害怕,咱们先把事情的来龙去脉理清楚再说。呃……这萧廷到底是怎么死的? 是自杀? 还是他杀?”

小六道:“不知道啊! 今儿一大早,平康坊的坊正就来县衙报案,说萧廷死在了升平馆。咱们朱县令不敢怠慢,赶紧带人去现场了。而且,他让吴老三去找陆仵作,派小的我来找您。”

平康坊乃长安烟花柳巷云集之地。升平馆就是平康坊中数得着的大妓馆,接待的都是达官显贵、富商巨贾。

郭烨还是有些奇怪,道:“不对啊……既是升平馆的案子,怎么不是升平馆的老鸨报案,而是平康坊的坊正? 还有……马县丞呢?”

小六道:“我听说,马县丞已经被吓晕过去了。那升平馆的老鸨,也被吓丢了魂儿、走不动道了。这才由平康坊的坊正代劳。”

马县丞是文弱书生一名,在县衙里是出了名的怕血腥,他被吓晕过去郭烨一点都不觉得奇怪。但是,升平馆的老鸨迎来送往,江湖里趟着浑水的人,什么场面没见过? 怎么也被吓丢了魂儿? 还有啊……昨夜曹小六说过,在县衙里看见过萧廷的,这会儿又死在了升平馆……

怎么处处都透着股邪门劲儿?

郭烨越琢磨,越发觉此事诡异。

小六儿却已经等不及了,给郭烨披上衣服,扯着他的袖子就往外走,道:“耳听为虚,眼见为实! 您在这瞎琢磨也没什么用,快跟我去升平馆看看吧。”

第二章　郭烨弄玄虚

半盏茶的工夫,升平馆大门外。

万年县县令朱有德,正如同热锅上的蚂蚁一般,一会儿来回踱步,一会儿踮着脚往街口处看。

眼见郭烨和曹小六来了，他紧走几步向前，招呼道："快，快和本官去现场，咱们万年县这回麻烦大了！"

郭烨先躬身行礼，随即嬉皮笑脸地道："县尊放心，属下的本事，别人不知道，您还不知道吗？什么案子能难得住我啊！"

朱有德摆了摆手，急道："先莫说大话，这个案子比你想象中要严重的多了。"

不消一会儿，几人已经到了案发现场。

这是一间名叫"紫苑阁"的雅间，两扇房门大开，屋内格外寂静。榻上散落的帷幔遮掩，透过缝隙，隐约可以看见那横躺着的尸体。

郭烨既紧张又有些好奇，缓缓掀开了帷帐。

啊?！他心中大震，双瞳一凸，几乎惊叫出声来！

那满是锦缎被褥的床榻之上，横躺着的尸体，自然是户部侍郎的次子萧廷。他面色惨白，脖颈处有一道大口子，鲜血早已流干，一片黑红的血迹沾染了整个床铺，甚至连绵到了地上。

这还不算什么。

最让人心惊的是，尸体的旁边，还有一堆赫赫瘆人的白骨！

白骨数量众多，一只骇人的骷髅头立于骨堆之上，几根大骨下压着一根根细骨，不仅恐怖还透着说不出的诡异。

郭烨清了清嗓子，低声问道："大人，这堆白骨是……"

朱有德道："据升平馆的人说，这堆白骨就是杀害萧廷的凶手，也就是升平馆的红牌窦婉儿。窦婉儿本来是卖艺不卖身的清倌人，但昨夜萧廷执意要她陪宿，又拿出了一百多贯钱。那老鸨儿见钱眼开，也就应了。万没想到，天亮来叫门，推门进屋一看，竟成了这副场面。"

郭烨道："您是说这凶手便是夜里陪寝的清倌人窦婉儿?"

朱有德上前一步，把窗户打开了，道："窗户上并无脚踏痕迹，房门也未见异常。屋内设施摆放完好，连家具下的灰尘依旧保持着原样。可见……嫌犯除了那女妓窦婉儿之外，并无他人。"

"那她怎么会变成一堆白骨?"郭烨又问。

"这就要靠郭捕头查明了。兴许,这窦婉儿不是人,而是什么妖魔鬼怪变化的。本官听说这萧廷出了名的好色无德,遭了报应也未可知。但这让……让本官如何跟萧侍郎交代啊?"朱有德一脸的为难之色。

郭烨却比他镇定得多,将袖子挽起,道:"县尊稍待,属下先验验尸。"

朱有德连连点头,道:"对,对,你好好验验。咱们万年县能不能过这关,就看你的本事了。"

"县尊稍待。"

郭烨面色凝重,俯身对萧廷的尸身开始检查。

嗯?他检查完萧廷的面部后,刚把尸体的手抬起来,倏地面色骤变,心中掀起了滔天巨浪。

因为他看到了萧廷右手的中指上带着一枚玉戒。

这枚玉戒晶莹碧绿,煞是好看。这并不重要,重要的是那戒面上刻着一个龙飞凤舞的"离"字!

郭烨清楚地记得,母亲弥留之际,将一个晶莹碧绿的戒指交给了自己,戒面上刻了一个"坎"字。

她老人家说,那是父亲留给自己的信物。若有朝一日,遇到一个戒指上刻有"兑"字的人,那就是自己的亲生父亲了。

虽然自己对那素未谋面的父亲,不怎么感冒。但为了母亲的遗愿,日子即便再苦再难,他也没把这枚戒指典当了。

想不到今天,虽然没见到刻有"兑"字的戒指,却见到了刻有"离"字的戒指!

而且,自己的"坎"字,和这个"离"字,字迹相近,应该是出自一人之手!

坎……离……兑……这都是八卦的卦象。难道说,自己的身世,还跟萧家有关?

"郭捕头,郭捕头!"朱有德开口叫道。

郭烨瞬间从沉思中惊醒,道:"属……属下在。"

"郭捕头凝眉细思,可是有什么发现么?"

"我……"郭烨自是不能说这戒指之秘辛,正要准备一番说辞搪塞过去。

正在这时——

"站住!升平馆发生命案,万年县已经封锁现场,闲杂人等不准进去!"

“这天底下就没不良人不准进的现场!”

“管你什么司,也得我们通禀了县尊再说。”

“放肆！小小衙差,也配挡不良司办案?”

随着一阵吵吵嚷嚷,十几名不良人来到了现场。

头戴黑纱幞头,脚蹬乌皮六合靴,身着窄袖翻领缺胯袍,内衬软甲,外罩披风,俱是黑色。腰挎环首饮血刀,长三尺三寸三分,窄身直背,刀鞘也是乌黑。

男要俏,一身皂。

不良人这身装束,凛凛威风中透着神秘与威仪,即便是朱雀大街巡夜的金吾卫,也比不得他们。

不过,最让郭烨赏心悦目的,还得说是这伙不良人的首领。

同样是头戴黑纱幞头,同样是身穿圆领缺胯袍,只是腰间的环首饮血刀换成了一块铜牌,上面三个小字“不良尉”。

乍一看,郭烨还以为这是一个翩翩美少年呢。

但仔细看去,月眉星眼,粉面桃腮,肌肤胜雪,没有喉结,这分明是一个英姿飒爽的美少女啊!

只见美少女欠身走进房中,见着朱有德,微微拱手,道:“您就是万年县的朱县令吧?”

朱有德不卑不亢地还礼,道:“不错,正是朱某人。敢问这位小娘子,究竟是谁家的女公子呢?”

“长安不良司不良尉,纪青璇。”少女回答得干净利落。

“原来是不良司徐帅的义女啊,失敬了!”朱有德马上就恍然大悟,道:“不知纪娘子带上不良司这番大阵仗,到这升平馆有何见教呐?”

不良帅徐有功,因为判案之时,从不对嫌犯用刑,人称“徐无仗”。他官居四品,为官清正,无论在官场还是民间都声望甚高。他的义女纪青璇,大家自然也高看几分。

纪青璇道:“不敢当‘见教’二字,妾身这次来升平馆,就是为了萧二公子的命案。怎么样?这个案子,就转交给我们不良司吧。”

朱有德还没开口回应呢,郭烨已经插话道:“凭什么啊?不良司和我们万年县并无统属关系。想要我们移交案子也行,你拿刑部的公文来。”

纪青璇秀眉微蹙,直言不讳道:“不良司乃朝廷秘谍,既管侦缉不法,又负责全国的大案要案,和万年县虽无统属,却职责多有交叉之处。凭你们万年县那几个庸才,能办得下来萧二公子的案子吗?到最后,还不是得交给我们不良司?”

“哎哟呵,小娘子挺狂的啊!”郭烨明白,朱有德不可能为了此案,和不良司打擂台。自己这边稍一犹豫,自己父亲的线索就完全断了。现在必须得快刀斩乱麻!

他心思电转,道:“我是万年县的捕头郭烨。这样吧,咱们打一个赌,现场验尸。如果我们万年县衙的人,看出来的线索比纪小娘子多……这个案子就还是由我们万年县来办。否则,就把这个案子移交给不良司。”

纪青璇看向朱有德,道:“朱县令,你以为呢?”

事情发展到了这地步,朱有德真有些左右为难。

不良司不好惹,萧廷的案子很难破,按说应该把案子交出去。但郭烨是自己左膀右臂,现在又是在为万年县衙出头,自己总不能拆他的台吧?

他只得不偏不倚道:“郭捕头的话,就是本官的话。”

“好,成交!”纪青璇也唯恐和郭烨争执下去夜长梦多,痛痛快快地答应了这个赌约。

当即,她先验了一遍尸,并且将自己所发现的线索,写到了一张白纸上,交与朱有德保管。

然后就该郭烨验尸了。

郭烨若有所思,伸手将那白骨堆上的骷髅头拿起来,仔细端详。

打量完了,又微闭着双目,上上下下仔细摸索。看那副样子,仿佛他手中的不是骷髅头,而是什么绝世珍宝。

到了最后,他甚至口中念念有词,好像在和什么看不见的东西在沟通。

纪青璇见郭烨这副样子,心里有些发毛,道:“郭捕头,你在干什么?”

郭烨颇为自豪地说道:“好叫纪小娘子得知,本捕头会一种玄门妙术,叫作‘摸骨辨生’。这门玄术施展开来,就能知道死者生前的状况哩。”

这小子又在故弄玄虚了!

朱有德会心一笑,他当然知道郭烨所谓的“摸骨辨生术”,哪里是什么玄门秘术啊,与那些大仵作们验尸的本事并无二致,不过是千个师傅千个法——各有门道罢了。

不过看破不说破，这才是好上司。

“装神弄鬼！”纪青璇见状将信将疑，小声啐了一声。

郭烨嘿嘿一笑，道：“不管是不是装神弄鬼，管用就行。小六子，开始记录！”

曹小六道：“是嘞。”

“此骨生前定是沙场中人，体型健壮，绝非什么女子。而且，从骨灵中可以探出，他是遭人暗算，才死于非命。呃……骨灵中怨气颇重，死前定心中不甘……”

纪青璇有些讶异地看向郭烨，道：“你能看出来这尸骨是男子的？有两下子啊。还有呢？”

郭烨道：“此骨亡灵在与我交谈时，中原话语说得十分生硬，听起来不像我大唐人士。当然就更不可能是什么窦婉儿了。所以……”

顿了顿，郭烨无比笃定地继续道：“这尸骨的存在，是贼人的故意误导，杀死萧公子的另有其人！”

“那萧廷到底是怎么死的？”

“窒息。”郭烨给出简短的二字。

“萧廷脖颈处有明显的伤口，看上去显然是被利器所刺，你为何说是窒息？”郭烨老神在在道：“萧廷的亡魂确实是与我这么说的。至于为何有这种伤口，我只能说是凶手在杀死萧廷后，故意刺入的。”

“哼，又是白骨亡灵，又是萧廷的鬼魂！简直荒诞无稽！那我且问你，凶手杀人后，又去向何处了？”

“如何进来，便如何出去。”郭烨耸了耸肩。

纪青璇气得一怔，道：“你……说了与没说一样！”

“萧廷的亡魂只告诉本捕头这么多。难不成，纪娘子知道，那凶手是如何在这紫苑阁内来去的？”

“我……我也不知道。”她的确不知道。

纪青璇连番发问，郭烨对答如流。

一旁朱有德干笑一声，问道：“纪小娘子，以为如何？”

纪青璇不服气地道：“郭捕头的确看出了不少东西，但我可不信，他能通过什么玄术沟通死者，得知这些线索。而且，他自始至终也无从得知，凶手是如何神不知鬼不觉地出入紫苑阁的？还有，既然这堆白骨并非女儿身，那窦婉儿最后又去了哪里？要知道，这门窗可是纹丝未动过。”

“呵呵，那些都不是本捕头关心的，本捕头只关心这桩案子归谁查办！”郭烨眼下只想抢回案子的主办权，其他的都可以慢慢再查，他看向朱有德，恭请道：“县尊大人，请快些把纪小娘子写的线索条陈拿出来给大伙儿看看，瞧瞧我们到底谁赢谁输？”

第三章　青旋盘外招

“也好。”朱有德将一份蝇头小楷，铺在了几案上。

字迹娟秀，令人赏心悦目。说明的道理，更是在情在理，字字珠玑。

其文曰：

现场有尸体一具、白骨一堆。

先看尸体。

死者萧廷瞳孔充血，盖在身上的被褥明显有被口中津液浸染过的痕迹。可以断定，萧廷是被这棉被捂住，窒息而死。当死者在口鼻被被褥完全堵住时，眼睛必然会因为太过用力而出血。

再看白骨。

这堆骨骼有发黑迹象，多半是身中剧毒而死。

人死之后，若抛尸于荒郊野外，或蚊虫叮咬，或野兽吞噬，少则数月，多则一年就会白骨化。然而，白骨堆中未见野兽牙齿的痕印。所以，这堆白骨的主人，多半是被埋葬于地下。

墓中白骨化的时间至少三年。因此，这名白骨的主人应该至少死于三年前。

另外，中原人士的颧骨呈平，而这个颅骨的颧骨高凸，眼窝凹陷。鼻骨虽已经被泥土腐蚀掉，但从鼻根处的形状可以看出，他是个鼻梁高挺之人。再结合其粗犷的骨骼，可以断定此人生前身高八尺，高鼻梁、深眼窝、高颧骨，应该是番邦人士。

以上，纪青璇。

“萧廷是窒息而死，白骨的主人是番邦人士，死于三年之前……”朱有德看着纪青璇的文书，长松了一口气，道：“看来，纪娘子和郭捕头是英雄所见略同啊！不如……这场赌斗就做和论？”

郭烨却微微摇头，道：“县尊且慢。虽然属下和纪小娘子看出来的东西差不多。但您莫忘了，和他们不良司比试的，不光是属下，而是咱们整个万县县衙。”

朱有德奇道：“郭捕头的意思是……”

郭烨冲某个方向一努嘴，道：“陆仵作不是已经到了吗？让他看看吧，兴许有什么新发现呢。”

郭烨口中的陆仵作，就是万年县的首席仵作陆广白，字子苓。

陆广白已经到了一会儿了，只是一直没出声。

这是一个身着青灰素衣、戴着幞头、肩挎布袋、身形高挑儿、相貌相当英俊的年轻人，略比郭烨年长几岁。

他微微躬身，道：“见过县尊，见过不良尉纪娘子。”

“陆仵作还真是郭捕头的及时雨啊！”纪青璇自己说出去的话，自然是不能不认证，不由揶揄道，“看来，郭捕头对你寄予厚望，那就试试吧。”

朱有德一挥手，道：“陆仵作，验尸。”

“是。”陆广白应了一声，卸下肩头上的布袋，从里面拿出各种仵作的专用器具，鼻罩、面罩、大衫、刀、剪、针、钳，各种瓶瓶罐罐专用药水……一应俱全。

然后，他来到萧廷的尸体前，蹲下身子，手持一柄银钗状的物什，轻轻碰触，仔细验看。

直到一刻钟后，陆广白才重新站起。

朱有德关切道：“陆仵作可有什么新发现么？”

陆广白微微摇头，道：“没有。”

“谅你也看不出什么新鲜东西来。”纪青璇暗松了一口气儿。

陆广白面色平静，没什么回应，他平日里本就话不多。

忽地，他转过身来，拿起了几案上的酒壶，晃了晃，微微有声，看来里面有些残酒。

陆广白从一个小盒子中,取出一支细长的银针,往酒壶里面刺去,又迎着日光,对着那银针仔细端详。

纪青璇有些轻笑道:“莫看了,我刚才都查验过,这些酒菜都没毒。”

陆广白把银针放下,摇了摇头,道:“纪娘子大意了。这酒虽然无毒,却内含迷药。”

纪青璇一听,着急道:“什么?迷药?那不可能!我自幼和义父学习验尸断案,什么迷药没见过?”

陆广白笃定道:“这种迷药,纪娘子还真没见过。它的名字叫‘梦千年’,不但无色无味,而且药性比迷香散重得多。受害者服饮之后,会陷入重度昏迷之中,对外界的一切刺激全无反应。”

“世上果真有这等药物?”

“当然。”陆广白指向帷帐内的萧廷尸体,道:“萧廷是被闷死的,却全无挣扎的痕迹。除了身中迷药之外,难道还能有别的解释?”

“对啊……”纪青璇俏脸微变。

她是行家里手,根本不用拿那些剩余的酒菜试验,凭陆广白的推理,她就能判断出来,姓陆的仵作说得应该差不离儿。

纪青璇心中暗想,大意了!我发现了萧廷是窒息而死,也发现了没有挣扎的痕迹,怎么就没想到迷药呢?这姓陆的白皮仵作,倒是聪明。

不过那神棍捕头郭烨,纪青璇也觉着不是什么省油的灯。先不说那玄术到底是真玄还是假玄,单凭他神神叨叨说得那些结果,跟自己验尸所判几乎相差无二,甚至真本事可能在陆广白之上。想不得这小小的万年县衙,还真是藏着龙卧着虎啊!

纪青璇嘴角微微一翘,多了一分小心思。

郭烨见纪青璇久久无话,不由双臂环抱,歪着头看向她,得瑟道:“怎么样?纪小娘子。我们万年县的陆仵作,已经发现了一条你没有发现的线索。而且这条线索至关重要!现在,你是不是该愿赌服输呢?”

“我……”纪青璇。

郭烨又咄咄道:“另外,本捕头再告诉纪小娘子一条线索。昨天夜里,我的同僚郭小六,在县衙内见到了一个人,好像就是这位萧廷萧公子。而且……”

“而且怎样?”纪青璇又是一惊。

“当时他的眼珠子是红色的!真不知,他是活着的时候来我们万年县衙的。还是死后又到我们县衙溜达了一圈儿啊。”

真的假的?

纪青璇暗忖,昨晚还有人见到萧廷出现在升平馆之外的地方?而且是万年县衙里?眼珠子是红的……只有死人瞳孔充血才会变红啊!

这个案子岂不是真的见了鬼?

突然,她冲着县令朱有德深深一躬,正色道:“奴家年幼莽撞,小瞧了万年县衙,刚才冲撞朱县尊,还望恕罪。”

“哪里,纪娘子太客气了。”朱有德可不敢接她这一躬。不说她义父的关系,就说这好端端的,怎么就转了脾性,他可摸不准她要作甚。他硬是错开一步,双手虚扶,道:“万年县和不良司都是为朝廷办事,理应互相帮助,谈不上什么恕罪不恕罪的。”

纪青璇忽地眼眸一亮,嘴角噙笑道:“县尊大人说得极是呢。都是为朝廷办事,理应互相帮助才是。那现在我不良司正有件事儿,需要朱县尊的万年县衙协助。”

“何事?”一股不祥已经涌上了朱有德的心头。

只听纪青璇脆声如玉珠落盘般,道:“萧廷之死一案,委实蹊跷,透着太多的未解之谜。所以,我想让咱们两家一起查办此案。”

“这……这不合规矩吧?”不良司和地方官府本就有相互制约之责,朱有德当然不敢答应。

纪青璇眼眸中的狡黠之色越发明亮了,道:“不合规矩啊……那咱们就再变通一下……有了!妾身暂时借调您手下的郭捕头和陆仵作加入我们不良司,协助我等不良人共同侦破此案。等办完了这个案子,再将他们原样奉还。这不就既应了互相帮助之情,又合了规矩吗?朱县尊,以为如何?”

第四章　秘谍丽竞门

“这……”朱有德张了半天嘴，愣是蹦不出一个字儿来。

一旁的郭烨也是听得目瞪口呆，服气！

眼前这个小娘皮，这个提议在他看来简直是一箭三雕！

一方面，她巧舌如簧，把这个案子从万年县衙手里夺回到不良司。另一方面，买一送二，将自己和陆广白拉进了不良司！

最关键的是，她伏低做小，给足了万年县衙众人的面子，尤其是对朱有德软言相求，留足了面子！朱有德没有理由不妥协。

话音落地，纪青璇已然不是方才的娇滴滴模样，俏脸上添了一抹春风和自信。

朱有德和郭烨则面面相觑，这就被套路了？

蹬，蹬，蹬——

正在这关键时刻，一阵急促的脚步声响传来。

紧接着，帘栊一挑，一名不良人快步入内，“纪娘子，出事儿了……”

他在纪青璇的耳边低语了几句。

“嗯？”原本气定神闲的纪青璇当即色变。

她先是微微摇头，示意那人退下，然后冲着朱有德深深一躬，正色道：“刚才之提议，还请朱县尊快快答应。事成之后，不光是小女子，就是义父大人，都会承朱县尊今日之情。”

虽然不知道刚进来的不良人对纪青璇说了什么，但朱有德也是官场老油子，纪青璇都把话说到这份上了，他焉能装傻充愣，不识兹事体大？

他砸巴了一下嘴，道：“纪娘子都把话说到这个份上了，本官若再不答应，也未免太过不近人情。但是……你得答应我一个条件。”

“什么条件？”

“郭捕头和陆仵作乃是本官的左膀右臂，一时不可或缺。查办此案之权，本官可以转交你们不良司，但是征用他二人加入不良司之事，再也休提。”

“没问题。”纪青璇迫不及待地答应,显然有些着急。

“那咱们现在就签公文?”朱有德也注意到了纪青璇的异状。

“当然,事不宜迟。”

两边的老大达成了一致意见,郭烨心里纵是不愿也无力回天。

“属下帮着搬尸。”他当即转身弯腰,说了一声。

“不劳郭捕头,我们自己来就行。”有个不良人阻拦道。

“呃……也好。”

谁也没发觉,郭烨已经趁着这个功夫,偷偷将萧廷死尸上的那枚“离”字戒取了下来,纳入袖兜之中。

稍后,朱有德便急匆匆地带着众衙役回了万年县衙。

郭烨还想借着参与萧廷一案,查自己父亲的去向呢。回去之后不久,他就求见朱有德,看看这位老上司能不能松口。

朱有德将他招入了后宅,还叫上了仵作陆广白。

到了后宅,见礼已毕,略微寒暄几句后,朱有德轻咳一声,道:“二位不会怪罪本官,坏了你们的好事吧?”

“县尊何出此言?”陆广白问道。

朱有德轻笑一声,说道:“这事儿不是明摆着的吗?不良司乃是朝廷秘谍,衙门大,地位高,名声好,比我这小小的万年县衙有前途多了。难道你们二位就不动心?”

“陆某只愿待在万年县衙,安安心心当我的仵作。”陆广白微微欠身,面无表情。

郭烨却是笑嘻嘻地道:“县尊什么时候让属下等吃过亏?卑职刚才寻思,莫不说眼下去不良司任职,并非什么好事儿,您才开口阻止吧?”

“你小子就是掉进裤裆里也能滑落出来的泥猴,贼精得很呐!”朱有德笑骂了一句,满意地点了点头。

这会儿,一个精明干练、面色白净的小伙子,从屋外走了进来。

郭烨和陆广白都认识此人,他叫朱良,既是朱有德的管家,又是他的亲侄子,算是县尊大人心腹中的心腹了。

朱良一进来,躬身禀道:“侄儿已经查明,叔父所料无错。”

“果然如此！”朱有德看了郭烨和陆广白一眼，道：“陆仵作，郭捕头，你们知不知道，今儿自己在鬼门关转了一圈儿，差点儿就把命都丢了！”

郭烨疑道：“县尊大人，属下胆儿小，您可别吓我。”

朱有德轻哼一声，道：“本官是什么身份，能和你开这种玩笑？”

他看向朱良，道：“说说吧，咱们万年县和不良司的人离开后，又有什么人到了升平馆？”

“是丽竞门的人！”朱良禀道。

“啊？丽竞门？”

“丽竞门”三字一出，不但郭烨，就连一向少言寡淡的陆广白，都变了脸色，惊呼出声！

没办法，这丽竞门的名气实在是太大了！而且还是……恶名！

女皇陛下自从代唐立周以来，为了排除异己、稳定帝位，开始重用酷吏。这些酷吏罗织罪名，陷害忠良，不知办了多少冤假错案，杀了多少无辜之人。

而这些酷吏中最受重用的，就是御史中丞来俊臣。

丽竞门，便是来俊臣一手筹办的特务组织！

不管有罪没罪，凡是被丽竞门抓起来的，百不存一。所以，丽竞门又被人们称为“例竟门”。入此门者，例皆竟也。竟，完结之意。

这还不算什么，关键是，丽竞门办案唯恐不大，牵连唯恐不广，声势唯恐不能上达天听。所以，一个人若被抓进了丽竞门，不仅仅是自己的性命难以保全，还得胡乱攀咬。攀咬得让来俊臣满意了，才能避免祸及家人。

这么一个毫不讲理，又掌握生杀大权的组织，谁不害怕？

郭烨有些怔怔，喃喃不解道：“萧廷的案子说到天去，也不过是一桩刑事案。怎么还能引来专破谋反大案的丽竞门呢？”

陆广白也若有所思，深以为然点起了头：“此案处处透着蹊跷和诡异，引来不良司查办此案不说，居然还牵扯出恶名……呃，牵扯出一向只办谋反大案的丽竞门来。敢问县尊大人，莫不是您察觉出了这萧廷一案，有什么我等不知道的隐秘？”

“小陆，还是你聪明，问到了点子上！”郭烨伸手一拍陆广白的肩膀。

“郭捕头，你放尊重点！”陆广白一把飞开郭烨搭在自己肩膀上的手，认真纠正道:“本仵作痴长你几岁,莫要小陆小陆乱叫!”

郭烨撇撇嘴,不理他,将求知欲满满的目光落在了县令朱有德身上。

第五章　此案可通天

朱有德摆了摆手,道:“嗨,有什么隐秘啊?不过是官场上的龌龊事罢了。论破案,本官不如你们俩。但论这官场里的道道儿,你们俩可就差远喽。”

顿了顿,他端起茶汤,美美地抿了一口,将其中的关窍娓娓道来……

酷吏之名响动天下的来俊臣,之所以最得圣眷,是因为他办的谋反案最多、株连最广。

但是,天下哪有那么多的人真想着造反啊?这太平年月里,哪来的那么多谋反案啊?

所以为了要保住圣眷不衰,他来俊臣就得想办法,他要把不是谋反案,又能攀扯成谋反案的案子,办成谋反案!

眼下,萧廷的案子就非常适合。

因为他的身份是户部侍郎家的公子,这死者的身份简直就是构陷谋反案最好的胚子。他的身份,他的诡异死法,酷吏们可以做到让世人们有无限的想象空间。

丽竞门只要抢到了案子的查办权,他们就可以胡乱构陷。这凶手的目标仅仅是杀了萧廷呢?还是要震慑户部侍郎萧华?

凶手用的什么手段杀得他?是不是行了当今圣上最为忌讳的巫蛊之事?这幕后行使巫蛊之人是谁?最终的目标又有可能是谁?难道是当今……

只要来俊臣有心,就足以办成一场滔天大案。

依着丽竞门的风格,完全是人有多大胆,案就可以构陷成多谋反!

纪青璇带着不良人突然出现在升平馆命案现场,一开始朱有德还有些琢磨不透,但是纪青璇表示要将此案查办权拿过去时,他已经隐约猜出了一些。

后来手下不良人在她身边耳语,她面色异常,甚至搬动他义父徐有功出来,朱有德已经猜出了一大半。

能让不良司这么着急来抢一桩命案的查办权,无非就是老对手丽竞门出动了。

为了验证猜测,他将人撤回万年县衙后,让管家朱良去现场盯梢。果不其然,不良司的人前脚刚走,丽竞门的人后脚便火急火燎抵达了升平馆。

"丽竞门可不是说理的地界啊,还是让不良司和他们斗吧,跟咱们万年县衙无关咯。"朱有德说到这儿,整个人轻松了些许。

郭烨听到这里,也是微微抚了抚额,不禁一阵阵后怕。以他的机灵劲,怎么会猜不出其中利害关系?如果当初朱县令答应了纪青璇征用他们协助查案的提议,这事儿岂不就是和自己有关了?乖乖,那可是睚眦必报、滥杀无辜的丽竞门!他们奈何不得徐有功的义女,还奈何不了自己这小小县衙的捕头吗?朱有德之拒,对他和陆广白有再造之恩呐!

当即,郭烨面色一正,道:"所以,今日若无县尊识破那小娘皮儿的损招儿,我和小陆就真的离死不远了。多谢县尊救命之恩!"

陆广白也是一揖,道:"多谢县尊救命之恩!"

朱有德挥挥手,不以为意道:"莫要多礼了,你俩都是本官瞧着进的县衙,都是本官的贴己人,不用那么客气。再说了,纪小娘子也没你们想的那么坏。丽竞门再凶,呵呵,他们不良司也不是好惹的。要是二十年前啊,这大唐不良司……"

"哦?莫不是不良司还有什么秘辛典故不成?"郭烨心里的八卦之火又熊熊燃起。

谁知朱有德却打了个大大的哈欠,略显疲惫地道:"不扯这些闲篇儿了。本官累了,你们也回去歇着吧。"

"是,属下告退。"看朱有德的样子,还真是累了,只是刚才还好好的,怎么一下子就蔫巴巴儿的?

郭烨自然不敢再追问。

二人刚到门口,郭烨又被朱有德叫住了。

朱有德吩咐道:"对了,你既然在纪青璇面前提过,昨夜小六见过萧廷红着眼珠子在咱们县衙院里走动,那不良司的人肯定得来要人。你通知曹小六,去乡下躲一躲吧。莫要掺和上不良司和丽竞门的浑水!这年月,多一事,不如少一事哦。”

“属下遵命。”郭烨急急应道。

出了内宅,郭烨也是一阵暗里费解琢磨。

朱县尊今年不过四十多岁,正是盛年,怎么刚说了一会儿话,就精力如此不济?看他那副样子,连天打着哈欠,又不似做伪。

该不会是……得了什么病吧?

长安城以朱雀大街为界一分为二,一半归属长安县,一半归属万年县。这万年县县令,领长安城五十四坊辖区,可不是寻常县令能比的。但朱县尊这懒趴趴的样子,哪里是一个正当盛年、官运不错的官员应有的样子?

对于郭烨来说,朱有德不单单是万年县的一县之尊,他还是自己的伯乐,更是一个慈祥的长者,对自己如同对自家子侄一般爱护。说担忧朱有德的身体,的确是出于肺腑,而非下属对上官的攀附。

“怎么?郭捕头还在想曹小六之事?”陆广白的声音将他惊醒。

小六的事儿?

郭烨点点头,道:“是啊。当初我就不该在纪青璇面前提小六的,现在可好,把他也牵扯进来了。小六去乡下,你说这小子能愿意吗?长安城繁花似锦,去乡下能甘愿?”

“不愿意也没辙儿了。”陆广白难得宽慰道:“这也不能怪你。谁知道萧廷的案子,把丽竞门也牵扯进来了呢?”

话虽如此,郭烨还是难以释怀,毕竟自己嘴欠,把小六牵扯进来了。

曹小六的父亲叫曹德贵,曾经是万年县的衙役。两年前,曹德贵在抓捕贼人的时候因公殉职。朱有德为了照顾曹德贵的家人,将曹小六补进县衙当差。所以,他虽然是万年县年纪最小的衙役,却比自己早进县衙一个多月。

自从自己展露了几手“摸骨辨生”的所谓玄门本事之后,曹小六就视自己为偶像,成了自己的跟屁虫儿,什么帮忙打酒啊,收拾床榻啊,小六随叫随到。对于小六,郭烨是有感情的,这小六要是去了乡下,身边可就没了熨帖的小兄弟了。

找了一通,郭烨和陆广白在县衙没找着曹小六,听衙役们说,他好像回家去了。

曹小六的家就在崇仁坊,离着万年县衙不远。没用多久,二人已经到了崇仁坊，寻到了小六家。

他家还算殷实，是一个独门独户的宅子。

“开门儿！小六子，快开门儿啊！”郭烨轻轻叩打门环。

连叫了几声，小六都没有回应。

他又再加了几分重力，叩打几下门环，院子里依旧声息皆无。

郭烨皱眉道：“小六儿不在家？”

陆广白道：“咱们再去别的地方找找。”

郭烨没好气儿地摇头道：“谁知道这小子跑哪里疯去了？去哪儿找啊？要是被不良司的人提走。诶？莫不是……”

“你是说不良司的人已经先咱们一步，带走了小六？”陆广白又重重叩了一下门环。

“小陆，你且让一边去！”

他推开陆广白，然后自己接连后退几步，侧着身子，猛地往门上撞去。

砰，砰，砰！

哐当！

接连数下之后，大门被撞开，郭烨和陆广白飞奔入内。

小六家的院子里一切照旧，没什么异常。

但屋门却是虚掩的，轻轻一推，房间内的场景一览无遗。

郭烨脸色煞白，声音颤抖着：“小……小陆，咱们的确……晚了！”

第六章　辨生不摸骨

小六死了。

正堂屋内，他两腿悬空，舌头伸出来半截，双目圆睁，红彤彤的眼珠子直勾勾地看向门口，仿佛经历了说不尽的恐怖之事，又好像在向谁倾诉着冤屈。

郭烨预想过小六可能被不良司的人带走，甚至想过被丽竞门得知小六见过萧廷后，在小六家中刑讯逼供，但万没想到他会死，更是万万没想到，他会是这个死法。

小六怎么可能悬梁自尽？

要知道，自从老爹曹德贵死后，曹小六就是光棍一条，活得没心没肺的，一人吃饱全家不愁，在长安城还有点祖产。这种人怎么会自杀？

而且这小子天天乐哈哈在自己耳边说，好死不如赖活着，将来要娶个如花似玉的大屁股媳妇，生他十个崽儿，为曹家传宗接代、开枝散叶呢。这种人怎么会自杀？

不可能！

这必是他杀！

小六啊小六，你心疼死哥哥了！

哥哥我一定给你报仇！

郭烨双拳紧握，深吸了长长一口气，缓缓说道："我和小六的关系非同寻常，恐怕关心则乱。陆仵作，他的尸，你……你来验吧。"

"嗯？"陆广白有些意外地看了郭烨一眼。

习惯了郭烨平时的口花花和不着四六，突然一本正经称自己一声"陆仵作"，而非平日里的"小陆"，陆广白颇有些意外。

看来，小六之死，对郭烨的打击非一般重啊。但能在大悲中仍保持冷静，看来，自己对郭烨这个浑人，又多了一分认识。

"好。"陆广白郑重点头，把小六的尸身搬下来，小心翼翼放于地上，用起仵作的手段，仔细查验。

半个时辰后，他郑重其事地宣布道："死者曹小六，现年一十八岁，身高五尺六寸……绳索交至左右耳后，痕呈深紫色。眼合，唇开，手握，齿露。缢在喉上，以舌抵齿。胸前有涎滴沫，臀后有粪出……本仵作以为，曹小六应为自尽。"

"啥？自尽？那不可能！一百个不可能！"郭烨脱口而出。

"郭捕头，尸体是不会撒谎的。"陆广白非常笃定，道："如果非要说小六是他杀的话，那只能是……"

"是什么？"

"是鬼杀了他！"陆广白一本正经地说道。

“鬼个蛋蛋啊！”郭烨气得啐道。

不过，望着陆广白不似开玩笑的神色，他还是摇头道：“陆仵作，不是我不信你，但我有一百个理由相信小六是不会自尽的。鬼神之事，更是无稽之谈。这尸，我……我自己查！”

陆广白耸耸肩，毫不介意，道：“我也希望能再查出点什么有用线索。郭捕头，看你的摸骨辨生术了。”

不过郭烨这次的验尸和之前在升平馆那次所谓的玄术完全不同。

他既没有闭目摸索，也没有念念有词。相反，瞪大了眼珠子，一声不吭，对着尸体仔仔细细地查验着。

后来，他又点了十几根蜡烛，放在房间的四角以及尸身的旁边，好像在举行什么神秘的仪式。过了一会儿，郭烨又走出了屋外，东瞅瞅，西看看，抬头望天，高深莫测。

这回，轮到陆广白看不明白了，不用神神叨叨的摸骨，这次使的什么手段？

突然，郭烨猛地拍了一下手，叫道：“有了！我明白贼子的手段了！”

陆广白将信将疑，问道：“你还是坚持小六之死是他杀？”

“错不了。”

郭烨点头道：“的确，小六的死状和自缢完全相同。但是，你莫忘了，萧廷是怎么被杀的？先用药物迷晕，再被人捂住口鼻，窒息而死。若贼人先把小六迷昏，再把他挂在绳子上，不就行了吗？”

陆广白听罢，沉吟道：“这样啊……也有这个可能。那你凭什么这么认定？”

“当然凭我的摸骨辨生术啊！”郭烨回道。

“你少鬼扯，你这回没有摸骨，哪来的辨生？”陆广白嗤之以鼻。

郭烨老神在在地回道：“谁跟你说摸骨辨生就一定要摸骨？那可是我老师袁天罡的不传之秘。小陆你想学也成，拜我为师就得了。怎么样？给袁老神仙当徒孙，不丢人吧？”

“滚！”陆广白再次嗤之以鼻。

袁天罡若活到现在，得一百多岁了，陆广白当然不会相信郭烨的鬼话。

但他和郭烨在万年县衙合作了这么久，虽说这摸骨辨生有点扯淡，但是每次都让他判对了，几乎没有一次出过错漏。所以对这摸骨辨生的手段是玄术，他是不信的,但郭烨有本事,他是信的。

而且,郭烨对曹小六的感情,不会让他在小六的案子上撒谎。

陆广白点点头道:“假设你的他杀之论是成立的,那么就好办了。现在是白天,附近来往之人甚多。保不齐就有人看见凶手的模样……呃……”

说到这里,陆广白心中一动。如果小六是被贼人所害,那贼人经过之处,就必会有痕迹留下。查看这院子里有没有可疑的印痕,不就能推断出,是不是有陌生人进院杀小六了吗?

郭烨刚才虽说没有摸骨,但他又是屋里屋外的走来走去,神神叨叨的,他莫不是通过现场环境的异状来推断小六是他杀?如果真是这样,那我可就当局者迷了。

不过眼下也不是穷根究底的时候,陆广白稍微顿了顿,道:“那咱们以小六家为中心点,先查访四周邻居,再查访周边坊民吧?”

“是这个理儿。”郭烨点点头。

郭烨捕头的身份,自然让查访很是顺利。

果不其然,很快就有人报告说,亲眼看到曹小六和一个年轻公子一起回了家。根据那人描述,当时,小六身边那年轻公子面色从容、风流倜傥,小六却是魂不守舍、踉踉跄跄,甚为可疑。而且当时又是白天,所以那年轻公子的相貌,报告之人也记得清清楚楚。

郭烨听了大喜,赶紧在崇仁坊搜罗了一位丹青高手来,按照那人的描述绘制画像。

一个讲得细致,一个画得细致。

很快,画像基本样子就出来了,随着画像越来越逼真,郭烨和陆广白的面色却是越来越难看。

因为画上之人,正是户部侍郎萧华的二公子萧廷!

没错,就是那位死在升平馆,尸体旁还有一堆白骨的萧廷萧公子!

第七章　蹊跷陈年案

萧廷不是已经死了吗？怎么又成了谋害小六的凶手了？

诈尸？

两个字齐齐浮现在陆广白和郭烨的心头。

不过他俩长年都和死人打交道，尤其是陆广白，这些年摸过的尸体摞起来恐怕都能绕崇仁坊一周了。所以对诈尸这种鬼神之说，也就想想，但绝对不会信的。

尽管如此，陆广白还是奇疑道："郭捕头，你信这世上有鬼吗？"

郭烨摇头道："要真有鬼，那这些年我手底经办的那些命案，早就冤有头债有主。厉鬼索命了，哪里还需要我们查明真相，绳之以法哩？"

陆广白苦笑一声，指了指栩栩如生的画像，说道："总不能是萧廷在升平馆自己杀死了自己，然后又复活过来杀了小六吧？"

郭烨沉吟片刻后，看着画像抿了抿嘴，道："兴许，那凶手只是长得和萧廷相像而已呢？"

"但也不可能这么像吧？"陆广白说道："如果现在可以再去看看萧廷的尸首就好了。我倒要看看他到底是真死还是诈尸！"

再查萧廷尸首？谈何容易。

现在萧廷的案子已经归了不良司，郭烨和陆广白，一个是小小万年县衙的捕头，一个是仵作，甭说无权越界进不良司的殓尸房查看尸体，恐怕连禁卫森严的不良司大门都难得迈进一腿哦。

其实到了这会儿，陆广白和郭烨心里早就断定，画像之人差不多就如郭烨猜测的，是一个与萧廷相像至极的人！至于那个升平馆的萧廷早已死得透透，他俩自己一前一后亲手验的尸，都是千年的狐狸，而且长年累月干的这差事，还能打了眼？

但以他二人之力，也根本无法将那个假萧廷找出来。慢说长安城有多大，便是半个长安城也足有五十四坊之大！根本不是四条腿跑跑就能找出人来的。

郭烨和陆广白商议良久，最终决定先禀明县令朱有德再说。

万年县衙。

朱有德听了汇报之后，面色沉沉，思虑半晌后问道："你们准备怎么办？"

郭烨直言不讳道："我们想请县尊下令，发动全衙的弟兄，搜遍五十四坊，也要将那个假萧廷给翻出来。"

"不妥！"朱有德微微摇头，道："你们俩啊，太年轻，把'人心叵测'四字想得太过简单了。依着本官看，此事还有另外一种可能。"

"什么可能？"郭烨问道。

"你们想，萧廷既然死了，为什么又出了一个像萧廷之人陪着小六，大白天的在崇仁坊里转悠让坊民看见？"朱有德反问一句。

郭烨道："县尊是说凶手是故意的？"

陆广白不解，问道："这是为何？难道他不怕被人看见，露了行踪吗？"

"嘿嘿，郭小子，你说。"朱有德看向郭烨。

郭烨此时已经垂下头去，自顾自地念叨着："升平馆萧廷丧命，死状诡异……丧命当夜小六在县衙又撞见不知是人是鬼的萧廷……有人大白天看见萧廷活蹦乱跳地陪着小六在崇仁坊中行走……之后小六被悬梁自尽在家中，疑是萧廷鬼魂索命……嘶！"

猛地，郭烨将头一抬起，好像思路捋清了一般，看向朱有德，说道："县尊的意思是说，有人在后面谋划，妄图在民间构织流言，让百姓们人心惶惶，遂以讹传讹，制造恐慌，沸腾舆论？"

"这种路数，的确是丽竞门一贯做派！"陆广白听完郭烨的分析之后，自然也是明了。

"然也！"朱有德竖起拇指，赞许道。

郭烨忿忿道："为了拿回萧廷一案的查办权，借此案来构织谋反大案，丽竞门真是无所不用其极啊！小六这么一条活生生的性命，就平白无故被他们害死了？"

"呵呵，只要小六之死能让丽竞门得利，他们要让小六三更死，岂能留他到明日？"朱有德无奈道。没办法，谁让来俊臣等人圣眷正浓？

"王八蛋！"郭烨咬牙切齿。

现在萧廷的案子,已经转到了不良司的手里。丽竞门要想把这个案子抢过来,就必须得把水搅浑。

所以,若郭烨和陆广白把此案闹大,在朱有德看来,最得意的就是丽竞门。届时,丽竞门夺回萧廷一案的查办权后,将此案构织成泼天的谋反大案,不知有多少无辜之人会因此案丧命。

郭烨一下子没了主意,问道:"依县尊之见,接下来该如何处置?"

朱有德道:"还是听本官一言,这年月,多一事,不如少一事。小六也是冤,撞到当口上了……反正他也无亲无故,你们就当他真的是自尽吧。本官出二十贯钱,给他风光大葬。"

郭烨气道:"可是,万一不是丽竞门干的呢?那小六岂不是……"

他还是不想让小六死得这么不明不白。

"还能有什么万一?"朱有德面色一沉,出口打断道:"本官老糊涂了?还是,你郭小子翅膀硬了,要飞出去攀不良司的高枝儿?"

"不是……"郭烨摆手解释。

"不是的话,就按本官说的办。"

朱有德盯着郭烨的眼睛,一字一字顿道:"从今天开始,小六就是自尽的!郭小子,你眼里若还有我朱有德,就莫再胡思乱想了!"

"县尊,言重了,卑职听您的!"郭烨低头受教。

朱有德将目光再转向陆广白,陆广白也附和道:"属下明白。"

朱有德面色稍霁,道:"这还差不多。下去吧。曹小六无亲无故的,你们俩这两天别来县衙了,先处理好小六的丧事再说。"

"遵命。"

接下来的三天里,郭烨和陆广白一起操持曹小六的丧事。

郭烨采买物品,迎来送往,的确把小六这场丧事办得风风光光。在同衙门的弟兄们看来,好像小六真是自杀似的,众人私底下议论一番之后,也就不了了之,没人深究了。

不过,郭烨虽说表面上忙碌于小六的丧事,但私底下那点小手段,终究瞒不过陆广白。

一日,一间静室中。

陆广白与郭烨席地对坐，开门见山地问道："郭捕头，你是不是想私下查小六的案子？"

郭烨瞪大了眼睛，一脸无辜道："没有。本捕头已经答应了朱县令了，不再追查此事！"

陆广白自斟自饮了一杯酒，说道："你郭捕头的保证，就跟长安城东市酒肆里那些喝醉了的胡人似的！"

郭烨问道："啥意思？"

陆广白呵呵一笑，道："喝完就容易断片啊！"

郭烨白了他一眼，"你这笑话一点都不好笑。好啦，你都发现了，还有什么好说的。你找我问这个作甚？"

陆广白又是自斟一杯酒，饮完，正色道："我听说七月半鬼节那晚，小六当着一众值班衙役的面说，两年前，萧廷托他办过一件事。郭捕头知道是什么事吗？"

是的，小六的确那天晚上说过这话，郭烨还清楚记得这小家伙脖子一梗，一脸不服。

不过他的确不知道萧廷让他办什么事，遂摇摇头，道："不知道啊！"

"我知道。"

"小陆！亲小陆！"郭烨眼前一亮，起身往陆广白扑来，"你怎么不早说？"

"站住！"陆广白伸手一拦，满脸的警惕之色。

郭烨笑道："别误会，嘿嘿，哥哥就是一激动想要抱抱你，庆祝一下。"

"郭捕头莫要如此肉麻，请放尊重些！"陆广白一脸嫌弃。

"不抱就不抱。你又不是娇滴滴的小娘子，紧张个蛋蛋？"

郭烨重新坐了下去，言归正传道："既然你都发现了，我也不瞒你，我最近的确私下里调查着小六的案子，但迟迟没有进展，不知道从哪着手。小陆啊，你快说说，萧廷托小六之事吧，兴许能有什么有用的线索。"

"此事说来话长……"

陆广白又是自斟自饮一杯酒，缓缓讲了当年之事。

此事正好发生在小六刚刚被补入万年县衙为衙役时，那会儿郭烨还没进县衙，更别说当上捕头。

当时的陆广白，也不是万年县的首席仵作，而是库房书办。

某日，曹小六拿了县令朱有德的一张签条，要提取库房内的一把扇子。据小六当时对陆广白所言，这把扇子本就是曹家之物。前些日子，自己的父亲在办案时，被贼子所害。此扇也被县衙的差役误认为贼人之物，没入了官中。现在，他自己想把这把扇子要回去。

这把扇子是曹德贵的遗物？小六之父曹德贵是一名衙差，扇子通常是文人雅士所携之物。时为库房书办的陆广白心思细腻，觉得这事儿有些蹊跷。所以他仔细翻查了这把扇子，终于在扇子的夹缝中，发现了一张纸条。纸条上密密麻麻的蝇头小楷，写的是一种五石散的配方。

五石散！这事儿可不简单了。

五石散发端于汉武帝时期，大兴于晋朝，当时是合法之物。但到了本朝，由于孙思邈老神医的倡导，五石散成了违禁之物。甚至五石散的配方，都不准留存于世。

身为库房书办的陆广白当然知道，曹德贵正是在查办一起贩卖五石散的案子时，被贼人所杀的。现在，曹小六说这把扇子是曹德贵的遗物，那不是胡说八道吗？

曹小六被他当场揭穿之后，只得交代了事情的真相——这扇子其实是户部侍郎家的二公子萧廷托自己拿的，为了这事儿，还给了自己十贯钱的贿赂。

如果说萧廷索要配方，是为了自制五石散贩卖，陆广白是不信的。如果不是制造五石散贩卖，那就只能是他自己食用了。

纨绔子弟自甘堕落，管他去死！

陆广白稍微一琢磨，索性成全了小六，把这把扇子给了小六。

这几天，陆广白也闲了下来，重新把事情捋了一遍。静下心来之后，发现死者又是小六，又是萧廷，渐渐地，一些陈年旧事也重新浮上记忆。于是他重新梳理了下来。他猜测，如今小六身死，很可能和当年之事有关。

他说完之后也表态，如果郭烨要私下查曹小六之死，他愿意参与其中。

靠，憋到现在才说？

郭烨听完陆广白冗长的叙述后，生气这个家伙不早说此事，害得自己这些天一直当无头苍蝇。

不过对于陆广白主动袒露当年旧事，他也还是有些奇怪，问道："你跟曹小六没什么交情，平日里又一向不愿意多管闲事。怎么现在，忽然愿意趟这摊浑水了？小陆，难不成……你已经深深地喜欢上哥哥了？啧啧，细皮嫩肉，小陆长得也是极好的！”

“恶心，放尊重些！”

陆广白下意识地往后挪了挪屁股，稍稍离郭烨远一些，然后以食指沾酒，在几案上写下了四个字，问道：“郭捕头，你可听说过这四个字？”

郭烨撅腚一看，案上四个字他认得，念作“达玛古嘎”！

第八章　私访胡思堂

“达玛古嘎！”郭烨将这四个字放嘴里又念叨了一遍，摇了摇头，揣测道：“没听说过。如果我没猜错的话，这四个字应该是出自那张五石散的配方吧？”

“猜得没错。”陆广白赞许地看了一眼郭烨，说道：“达玛古嘎是那张五石散配方上的一味药。当初我看到这味药，也不知何意。毕竟五石散虽被我朝明令禁食，但天下流传的五石散配方甚多，也就没有深究。”

“后来你又有了新的发现？”郭烨问道。

陆广白说道：“这四个字是康居语，翻译成汉文，就是食人妖花。此花与某些药物混合，可令人陷入强烈的幻觉中。最诡异的是，一般情况下，其花为蓝。但若有了血肉滋养，花色就会变红，而且药性更见猛烈。”

“达玛古嘎就是食人妖花？”一股恶心从郭烨的心头涌起，道：“还要拿人的血肉来滋养此物？”

陆广白道：“也不一定是人的血肉，飞禽走兽的尸体也能滋养其生长。食人妖花之名，不过骇人听闻的噱头罢了。”

郭烨道：“就因为达玛古嘎。哦不，因为这食人妖花，你才要介入此案？”

“这个理由还不够充分么？郭捕头与我同僚共事这么久，难道会不知陆某素来对各种奇花异草最感兴趣？”陆广白轻笑一声，笑得俊俏。

他这个爱好的确在县衙里不算什么秘密。

莫看陆广白是万年县的首席仵作,但论起验尸的本事来,他还是要略逊于郭烨的。

陆广白真正让郭烨还有全县衙的伙计们佩服的,是他对各种迷药、毒物,乃至于奇花异草的熟谙和辨认。所以陆广白私底下还有个外号——“药郎”。

以陆广白对奇花异草的痴迷,因为食人妖花而主动要求介入小六之死的案子,郭烨倒也能接受。正所谓百园牡丹易求,奇花异草难得。

随即郭烨点头道:“既然如此,那欢迎你,小陆……”

郭烨刚要把手伸过去摸一摸陆广白的小白手,却被陆广白远远嫌弃躲了,徒留郭烨的手悬在半空,尴尬了一下。

郭烨嘿嘿讪笑一声,也不见怪,反正又不是第一次了,随后又说道:“那咱们就从五石散入手,查小六的案子。既然你今天都约我到这儿说配方里达玛古嘎这事儿了,那你肯定有五石散的线索了吧!”

陆广白道:“胡思堂。”

“得嘞,小陆,那走吧!”

郭烨起身拍拍屁股,冲陆广白风骚地招招手,惹来陆广白一记销魂的白眼。呃,小陆白白嫩嫩,真的比一般小娘皮长得好看。在郭烨看来,男儿郎长得像他这么好看的,真是白瞎了男儿身,甚憾!

胡思堂也在万年县所辖的五十四坊中,位于新昌坊内。

胡思堂前面是酒馆,后面给人住宿,不但有胡姬献舞佐酒,而且所费不高,每日里宾客盈门。这里的宾客鱼龙混杂,若说有人偷偷贩卖五石散这种违禁物,郭烨倒是一点都不稀奇。

当然,为了避免县令朱有德的怀疑,郭烨和陆广白只是在胡思堂附近转了转,并没有马上采取行动。

拖啊拖,拖得小六的死,县衙里没什么人惦念了。足足过了半个月,他们才得了空,换了便装,略改妆容,往胡思堂而来。

嗯?

郭烨和陆广白刚到门口,就察觉到有些不对了。

胡思堂前面的酒馆里还没到胡姬献舞的时段,按说应该是人声鼎沸,吆五喝

六、觥筹交错之声不绝于耳才对,怎么会如此安静?

进了胡思堂酒馆的大厅才发现,客人们没有在饮酒作乐,都兴致勃勃地盯着一个少年郎呢。

这少年郎大概十五六岁,不但形容俊美,而且衣着面料相当考究,一看就是富贵人家的郎君,而且看得出来,小郎君生性颇为腼腆。

此时四五个衣着性感、白花胳膊半露腿的胡姬,正围坐在他身旁,对他咯咯调笑、动手动脚。那小郎君却是左遮右挡,一副身陷花丛、浑身难受的模样。

在附近一带酒肆里,胡思堂的档次不算高,所以来往之人身份自然也就不高。

但这小郎君一看就是富贵显赫人家出身,胡姬们还不蜂拥而至,从他身上多弄些赏钱下来啊?

这也难怪厅中酒客们都簇拥围拢着,竞相看这贵气少年的好戏。

"诶,好朋友,你们可来啦!"

少年郎见郭、陆二人进来了,眼前一亮,仿若见到了救星一般,冲出了胡姬们的脂粉阵,快步向他们跑来。

这小子是谁啊?

郭烨和陆广白面面相觑,脸上尽是茫然之色,显然他俩都不认识他。

须臾间,少年已经来到他们面前,微微躬身,右手一展,道:"两位兄长这边请,有什么话,咱们坐下再说。"

紧接着,他趁势对那几个胡姬挥手嚷嚷道:"我和这两个好朋友有事要谈,你们先退下吧。"

"是。"

客人要谈正事,胡姬们自然不敢扰了贵客的雅兴,颇为哀怨地看了郭烨和陆广白一眼。这两个家伙早不来晚不来,偏偏这时候来,烦人得很。

胡姬一散,三个男人凑到一块儿,看客们自然也觉得没什么好看的了。很快,众人又开始觥筹交错、推杯换盏,酒馆内恢复如常。

"嘿嘿,小郎君,人都散了,我们哥俩帮了你这大忙,今天的酒,你可要管够。"郭烨哪里还看不出这少年是拿自己哥俩来解围啊。

"帮帮忙,帮帮忙。"少年郎满脸赔笑,偷偷将一小锭金子塞入郭烨手中,道:"我实在不惯和女子打交道,看她们贴上身来,就如红粉骷髅挠我身子般,实在难受得紧。恰逢两位哥哥进来，遂起了求助的心思。”

奇怪，都说知慕少艾，居然还有不爱美色的少年郎？不止如此，还怕女人怕到这般地步的少年郎，真是闻所未闻。

别说郭烨，连陆广白都为之微微一诧。

郭烨暗暗掂了掂手里的小小金锭，足有二两重。

郭烨随手就把金子揣进了怀里，问道：“小郎君这般阔绰，又不为胡姬，那来胡思堂作甚？”

少年郎挠了挠脑袋，低声道：“实不相瞒，我来这儿，是为了找五石散的。这位兄台，你知道怎么买五石散吗？我刚才问这些胡姬，她们都说不知道啊。”

郭烨：“……”

陆广白：“……”

呆子，这五石散是违禁之物，哪有公然叫卖的？就算胡姬知道，也不能这么告诉你啊！

郭烨有些惋惜地看了这少年郎一眼，心想，挺好一孩子，有钱又长得俊，怎么沉迷于五石散呢。你看这脑壳，都被五石散祸害了。

不过郭烨终也是为五石散的线索来的，听这少年郎所言，看来他也是听人说起胡思堂暗卖五石散，才到这儿碰碰运气的。

又过了半个时辰左右，胡姬献舞正式开始。

咚——咚——咚——

随着阵阵毛员鼓的响声，一队身材高挑、金发碧眼的胡姬，踏着拍子，走到了大厅正中，开始起舞。

她们时而摆腰扭胯，时而凌空短跳，时而高速旋转，时而环行急蹴，每个动作都充满了韵律感，精湛的舞技里无不透着异域火辣的风情。

最引人注目的，还是最中间的一名胡姬。

她的肌肤白皙水嫩，如同牛乳在流淌。她的眼睛顾盼生辉，仿佛在向观众说着数不尽的情意。蛮腰一握，疯狂扭动间不时露出一抹雪白的肌肤，引得众人心神摇动，目眩神迷。

“好样的！苏瑞娜，好样的！”

“难得苏娘子亲自献艺，咱们今天算是来着啦！”

"些许心意,不成敬意哈!"

……

随着阵阵叫好声,各种绫罗绸缎如同不要钱一般抛入了场中。

一曲舞罢,众胡姬退下,只留下了最中间的那名舞姬。

她微微一揖,冲众人款款说道:"多谢诸位客官的捧场。妾身就是这胡思堂的掌柜,苏瑞娜。我今日献舞,一方面是为了感谢大家的支持,另一方面,则是为了欢迎两位贵客。"

"什么贵客?谁啊?"有酒客好奇地站起打量四周,喊道。

"就是他们!"苏瑞娜端起一盏酒,缓步往郭烨、陆广白的方向走来,面上似笑非笑,"万年县郭捕头、陆仵作来奴家的胡思堂寻欢作乐,小店真是蓬荜生辉呢。来,奴家敬二位一杯。"

什么情况?这还是……被酒馆的主人给认出来了?

郭烨心中微微一愣。

第九章　李家小郎君

"万年县衙郭捕头?"倒是一旁的少年郎惊喜问道:"你就是郭烨?"

郭烨先是被胡思堂掌柜苏瑞娜识破了身份,又被这小郎君这么一叫,纳闷了,本捕头在这酒肆闹坊里也这么有名吗?

他看向少年郎,道:"一个县衙捕头而已,无品无秩,郭某还能冒充不成?"

"不不不,郭捕头误会了!"少年郎连连摆手,一脸诚挚道:"自打听闻当日在升平馆,郭捕头狠狠灭了纪青璇那女人的威风,俺就对郭捕头心向往之,佩服至极!"

不良司的不良尉纪青璇?

萧廷丧命升平馆一案至今未告破,郭烨自然也记得纪青璇这个聪明难搞又不好惹的女人。

他问少年郎道："你认识不良尉纪青璇？"

"哼！何止是认识啊，小爷跟她仇深似海、势不两立！"少年郎双手握拳，恨恨地道。

至于恨得这么牙根痒痒吗？

虽说郭烨跟纪青璇这小娘皮当日在升平馆有些小摩擦，但他不相信这小娘皮坏到让人如此之恨。

一看这少年郎就是哪家大户府邸的小郎君，估摸着是在不良司手里吃了瘪，公子哥儿习性，记恨在心呢。

他和少年郎不相熟，没必要往下寒暄，今日来是有正事要办的。当即他转向苏瑞娜，看着她奉上来的那杯美酒，微微摇了一下头，将她柔若无骨的小手缓缓推开，说道："苏娘子，酒就不必喝了。实不相瞒，郭某今日来胡思堂，是为了查案。"

苏瑞娜水汪汪的眼睛微微一瞪，一脸的无辜，道："查什么案？郭捕头，您没搞错吧？我们胡思堂，可是一直奉公守法得很呢。"

郭烨掏出来一张腰牌，正色道："呵呵，错不了。有人举报，胡思堂暗卖五石散。今日，本捕头和陆仵作特来搜查胡思堂。"

苏瑞娜倒也不慌，撅着小嘴儿，道："行吧，郭捕头是官，奴是民，你怎么说，奴就怎么做。不过……万年县的公文呢？"

郭烨下意识地瞥了一眼陆广白，因为他俩是私自查案，怎么会有县衙签发的公文？

郭烨有点小慌。

本以为自己堂堂万年县衙捕头，报个号，这胡姬就会慌了，没想到她倒是淡定如常，居然还伸手跟自己要公文。看来这女人久经阵仗，见惯了世面，不好糊弄了。

没有朱有德签发的公文，郭烨和陆广白根本就没有搜查胡思堂的权力。

但今日铩羽而归，等人家有了准备之后，他们再想查五石散的线索，可就千难万难了。

事到如今，郭烨只能强搜胡思堂了！

这个问题，他俩在路上也商量过，如果糊弄不过去，就只能强行搜了。

就赌能在胡思堂里搜到五石散或者跟五石散有关的线索，那么证据面前，即便没有公文强搜铺子不合规矩,但在兜售本朝违禁品的事实面前,这点不合规矩就是小意思了。

一念至此,说干就干!

当即,郭烨抱拳拱手,道:“还请苏娘子见谅。本捕头和陆仵作来得匆忙,没来得及请下公文。待搜查完毕,定会补上。”

苏瑞娜却是展开双臂一拦,摇头坚持道:“那可不行!我胡思堂打开门做买卖,向来守法奉公。没有公文,岂容郭捕头胡来?若是让郭捕头开了口子,以后有一就有二,有二就有三。您若是隔三岔五地来上这么一出,奴家的胡思堂还要不要做买卖了?”

本身就是郭烨他们不合规矩,苏瑞娜看着又是个弱质女流之辈,在座的又是胡思堂的老客,听苏瑞娜我见犹怜的哽咽两嗓子,郭烨霎时就惹了众怒……

“对啊,谁知道你郭捕头是不是见色起意,想借有人举报之名,对苏娘子行不轨之事?”

“没错!一看郭捕头就是个裤裆里挂驴蛋的主儿,一脸淫邪!”

“莫要欺负女人!搜胡思馆也行,拿公文来!”

……

胡思堂的客人们义愤填膺,纷纷鼓噪起来。

陆广白哪里看不出郭烨这混球现在惹了众怒?待酒客的声音渐低,他微微躬身,彬彬有礼道:“诸位,郭捕头也是在为衙门办案!我等保证,下不为例,只此一次,还请苏娘子行个方便。”

“不方便!”苏瑞娜拒绝得斩钉截铁。

“如果本捕头一定要搜呢?”郭烨将佩剑微微举起,做出鞘之势。

“那你小子搜一个我看看!”

正在这时,门外忽有一个男声响起。

紧跟着,酒馆门的帘栊一挑,万年县令朱有德快步走了进来。

郭烨一见来人,当场就有些傻眼了,问道:“县……县尊,你怎么来了?”

“胡闹!郭小子,你真是越来越不像话了!”

朱有德冷哼一声,道:“谁让你搜胡思堂了?若本官来迟一步,你今日就会铸成大错!”

郭烨抱拳道:“卑职是得了眼线的举报,说是胡思堂暗中兜售五石散!属下唯恐夜长梦多,来不及向县尊第一时间禀报,便来强搜胡思堂。”

“得了眼线举报?你这眼线,他家住哪里,姓甚名谁?是我万年县五十四坊之良民否?他什么时候举报的?”朱有德噼里啪啦如竹筒倒豆子般一股脑抛出这么多问题来。

“呃……”郭烨一阵语塞。

“说不出来了吧?”

朱有德狠狠瞪了他一眼,摆了摆手,道:“哼!你莫瞎编了。此事到此为止,下不为例。现在,立刻,马上,撤出胡思堂!”

“呃……是。”郭烨就算再不情愿,也不敢当着朱有德面拔刀强搜啊。

陆广白也是暗暗叹了口气,这朱县令还真是苏瑞娜这胡姬的及时雨,来得刚刚好。

“县尊大人英明,为奴家做主还了清白!”苏瑞娜冲朱有德深深一揖,又看向郭、陆二人,娇声道:“奴家恭送郭捕头、陆仵作。”

“不客气!”郭烨抱了抱拳,冲陆广白使了使眼色,往胡思堂门外走去。

就在这时,刚才那位少年郎却一把拽住了郭烨的袍袖,叫道:“郭捕头,莫着急走啊!”

“嗯?”郭烨心情本就不佳,被人这么强行一拦,愈发不悦,皱眉看向了少年。

陆广白也觉得这少年有些唐突,这不是触郭烨的霉头嘛。

少年郎不急不慢,轻咳一声,朗声道:“郭捕头,俺与那纪青璇一样,都出自不良司!重新认识一下,在下不良人,李二宝!”

又是不良司的人!

每次自己心情不爽的时候,怎么都能听到“不良司”三个字儿?前些日子的升平馆是这样,今天胡思堂又是这样。

“呵呵,没兴趣认识。”郭烨不悦地冷笑一声,道:“不良人又怎么样?也跟纪青璇一样跋扈,不让本捕头离开不成?”

“不,不,不,郭捕头又误会了!你敢惹纪青璇,俺就对你佩服得紧哩!”

少年郎忽地从袖兜内掏出一张公文来,说道:“郭捕头要搜胡思堂不是没有公文吗?俺帮你!咳咳……”

少年郎重重地清了一下刚刚过了青春发育变声期没多久的嗓子，高声道："都听好啰，长安不良司得人密报，胡思堂暗卖五石散，特命不良人李二宝前来此处，查办此案。郭捕头，你也要搜胡思堂不是？你没公文，我们不良司有啊……"

第十章　花色殷如血

不良司的搜查公文？

郭烨接过李二宝手中的公文仔细观瞧，的确是一份搜查公文，底下还盖着长安不良司的大印，这个做不了假。

还真是瞌睡了就来枕头，不良司的公文立时解决了郭烨无法名正言顺搜查胡思堂的尴尬。

不过朱有德还跟个佛陀似的杵在中间儿，郭烨自然还是要禀明上官的。他将公文双手奉上，向朱有德递了过去，道："县尊大人，您看……"

"不必看了。"朱有德摆了摆手，连看都没看郭烨一眼，而是注意力都在李二宝身上，问道："据本官所知，两年前，李相被贬为南宾县尉。本官听说，他在临行之前，将自己的孙子李二宝，亲手托付给了不良帅徐有功。徐有功应允照拂，将其孙纳入长安不良司中任职。这李二宝，该不会就是你吧？"

朱有德口中的李相，就是李昭德。

其人不仅颇有治国之才，而且直言敢谏，颇受大周女皇看重，后一路官运颇佳，渐渐被提拔到宰相的位置上。

前两年朝中有人向武后提议，既然武氏为大周正统，那应立武家子嗣为太子。此议一出，朝中瞬时掀起轩然大波，李唐遗臣们纷纷出言反对，其中又以直言敢谏著称的李昭德反对的最为强烈。

俗话说，刀劈冒尖的树杈，箭射出头的老鸟。所以刚烈的李昭德遭到了武三思等皇亲国戚的攻讦，最终被贬官出外，从堂堂的大周宰相，贬为从八品的南宾县尉。

不过，公道自在人心。尽管李昭德遭了贬配，但却为他赢了名声，现如今无论是官场还是民间，都对李昭德评价甚高。

“不错，朱县尊讲的李相，正是家祖。”李二宝听着朱有德提起自己的祖父，也是颇为与有荣焉，说道：“朱县尊，不良司派俺搜查胡思堂，你还要阻拦吗？”

“李公子说笑了。不良司和万年县互不统属，你既然有不良司签发的搜查公文。本官岂有相拦之理？”朱有德虽是万年县县令，但是在不良司面前，肯定不够看的。要知道不良帅徐有功，那可是有上达天听之权的人物啊。至于李二宝的祖父李昭德，虽说如今是个被贬的宰相，但谁知道什么时候当今圣上不会一个高兴，又把这老头子召回起用了呢？

“多谢朱县尊。俺还有个不情之请，俺一人搜查胡思堂力有不逮，想邀请贵县的郭捕头、陆仵作，还有与您同行的一干衙役们协助办案，不知朱县令能否帮这个忙？”

“呃……好吧。”朱有德想了想，都到这个份上了，自己若再拒绝，那就是枉做小人了。

朱有德不是一个人来酒肆这边的，还有四个衙役守在胡思堂的门口，如今再加上郭烨和陆广白，那李二宝就足有七个人来搜查胡思堂了。

大约半个时辰左右，七个人把在场的酒客们搜了一圈儿，不过并没什么发现。接着，他们把酒客们遣散走，又去了后面苏瑞娜和一众胡姬们住宿的地方搜查，但还是没找着五石散。

也就是说前店后院都搜了一通，毛都没一根。

这回，苏瑞娜可找着理了，气得嚷嚷道：“搜呀搜呀，你倒是搜个名堂出来呀！哼哼，现在整个胡思堂就剩下奴家，还有十几个姐妹的身子没有搜过了吧？要不，几位官爷亲手搜上一搜，要不要奴家将自己的衣服脱了，你们好好搜搜呢？”最后“好好搜搜”四个字，苏瑞娜咬得格外重。

“用……用不着。”一听这些胡姬要脱衣服，刚才还一脸小刚硬的李二宝，顿时蔫怂了，慌得连连摆手表示不用。

这十几名胡姬仅着罗衣，袒胸露背，就是想往身上藏五石散，恐怕都没地方藏匿。而且他们若真的搜了胡姬的身，备不住还被扣上“别有用心，图谋不轨”的帽子。

“郭捕头,你看,接下来咱们该怎么办?”

别看李二宝刚才威风八面的,毕竟是官宦子弟,又新去的不良司,这种市井闹坊的办事能力,肯定比不上郭烨。眼下,他也只有求助郭烨了。

郭烨心里暗暗摇头,还以为不良司里个个都如纪青璇般难缠,没想到也有孬瓜。不过现在大家立场一样、阵线统一,都是为了查找五石散线索,所以他只得帮忙说道:“唔……这五石散一事,我们万年县收到了举报,你们不良司也得了消息。正所谓空穴来风,必非无因。依我看,这胡思堂肯定有问题,为求谨慎,不如咱们再查一遍?”

本以为这话一落,李二宝会点头称好,谁知这小子居然来了一句:“这个……我们不良司得到的消息,未必可靠啊。”

这小白痴,简直不按套路出牌!哪有这么拆自己人台的?

郭烨脸都绿了,一嘴的黄连苦,真是不知如何说。

连陆广白都抚额背过身去,不由想起郭烨经常挂嘴边的“猪队友”,莫非说的就是这种人?

李二宝自己也尴尬死了,吞吞吐吐地说道:“是这样的哈,不良司最近不是在查萧廷的案子吗?纪青璇这个女人……嗯……她嫉贤妒能,怕俺分了她的功劳,变将俺调来此处,查五石散的案子。这胡思堂暗卖五石散的消息,是俺前几天从一个泼皮手上买来的,只要了半吊子的大钱。今日我再找这泼皮,竟找不着了。所以,这个消息只能算小道消息。”

郭烨现在真想一脚把这小白痴踢出酒馆。

花半吊子大钱,跟泼皮买消息,现在还找不到人,这明显就是被泼皮赌鬼骗了啊!

这智商……不良司有点惨啊。还纪青璇嫉贤妒能,就你这样的,纪青璇用得着嫉妒吗?

郭烨猜度,恐怕是这李二宝出自官宦人家,生性娇贵,平日里自以为是,不服管教。纪青璇不放心他掺和进萧廷的案子里,所以找个由头,一脚把他踢来查五石散的案子了吧?

换做自己,这种勋贵队友放在队伍里,肯定也是不安稳的因素,一竿子支老远最安全。

不过由此可见，胡思堂暗卖五石散的事儿，从不良司的消息源来看，也仅仅是个风声罢了！

还以为不良司掌握了什么实锤呢。郭烨真的大失所望，他低声对陆广白道："小陆，你的消息靠谱不？"

"好了，既然什么也搜不到，说明胡思堂肯定是被人诬陷的嘛。这年月，流言蜚语什么的，最可怕了。"

朱有德看了一眼几人，高声道："不如本官做个和事佬，此事就此作罢吧。李二宝身为不良人，本就有捕风查案之职，又有不良司搜捕公文，所以倒也无所谓。倒是郭捕头、陆仵作，你们未有县衙签发的公文，便要来此处搜查，有些不合规矩了，冲撞了苏娘子，扰了人家好好的营生买卖，不如去跟苏娘子致个歉，此事就此作罢吧。"

"哼，奴家不稀罕！你们太欺负人了，竟将我的酒客、食客们都赶走了！我这小店小本买卖，以后的营生，可怎么办呀？"苏瑞娜嘴上说不稀罕道歉，可是一双蓝汪汪的眼睛，却是眼巴巴儿地瞅着郭烨，瞪着他俩道歉呢。

咋的？还想本捕头赔你酒钱是怎么的？郭烨心中一阵郁闷，堂堂县衙捕头，跟一个卖酒跳艳舞的胡姬道歉，真跌份丢人，县尊大人咋想的？

"等等！"倏地，陆广白嗅着鼻子重重地闻了两下，皱起眉头问道："敢问苏娘子，你这酒馆中飘着的是什么香味儿？"

刚才一阵微风吹过，大家都闻出来了，空气中弥漫着一股淡淡的花香。

苏瑞娜道："这是我们波斯的一种奇花，名叫曼陀罗。"

"曼陀罗？不对！"陆广白摇头道："论辩花识草，陆某自诩博闻强记。曼陀罗花，绝不是这个味道！"

"陆仵作还识得曼陀罗花？"苏瑞娜一听，面色闪过一抹慌乱，道："哦，那也许是后花园内种着的有其他花卉。现在正是花开时节，轻风拂过，花香飘摇，几种花的香味儿混在一块儿，难免陆仵作也有闻不出来的时候呢。"

陆广白道："绝不可能！别说几种花香了，就是几十种，我这鼻子都能闻得出来。苏娘子，不如咱们一起去后花园看看？"

郭烨一见陆广白这幅架势，就知道有发现。乖乖，小陆真是不出手则已，一出手就是要了亲命。服气！

他见李二宝还愣着，赶紧用脚轻轻踩了一下李二宝的靴背，咬着嘴唇低声道："不良人，你倒是下命令去后花园看看啊！"

公文是不良司的，不良人不发话，郭烨和陆广白没戏。

"哦哦，对，去后花园看看。"李二宝反应过来了，问道："苏娘子，你还想阻拦不良司办案不成？"

"看看就看看。"苏瑞娜哪里敢公然抗法，只得气鼓鼓地道："众位官爷，随奴家来吧！"

陆广白淡然一笑，看了郭烨一眼。郭烨竖起拇指狠狠赞了一下。朱有德看着眼前一幕，微微摇头。

几人径直往后花园方向走去。

胡思堂的后花园不大，刚才衙役们也搜过，没有什么发现。但当时注意力全在五石散上，哪里会理会种植的花卉啊？

进了园内，他们发现此地除了常见的梅、兰、昙、菊几种花卉外，还有一片奇花占满了十丈见方之地，红彤彤的煞是喜人。往前越是靠近这片奇花，那股子花香越是强烈。

很显然，刚才的香味儿，就是这片种植的红彤彤奇花传出来的。

苏瑞娜努了努嘴，说道："就是此花了。曼陀罗种类甚多，兴许这种花，在你们大唐不叫曼陀罗。怎么？你们大唐哪条律法，还不让奴家种植番外奇花了？"

"呵呵，我们大唐海纳百川、包容万物，连番邦异族来长安，我们朝廷都愿意划出坊落供你们居住。区区种植一些奇花异草，自然不在话下。但是……"陆广白冷笑道："苏娘子啊，你种的这花每枝七叶，每叶七尖。花分五瓣，殷红似血，香氛动人。就算在你们波斯，也是叫达玛古嘎，而不是叫曼陀罗！"

啥？达玛古嘎？再次听到这个名字，想起这花的邪性儿，郭烨的心头仍旧猛地剧震一下，"小陆，这就是你说得那个食人妖花啊？"

第十一章　冤骨见天日

“什么食人妖花？”李二宝也被名字勾起了强烈的好奇。

郭烨看向陆广白，说道：“还是让小陆说吧。”

陆广白轻嗯一声，将曹小六当年库房取扇和扇中夹层惊现五石散配方之事逐一道了出来，尤其是达玛古嘎的种植条件和习性详细介绍了一遍。

听罢之后，李二宝面色骤变，骇然道：“血肉滋养？这等有伤天和之事，小爷简直是闻所未闻，就不怕遭天谴吗？”

郭烨摇着头，不无动容道：“瞧瞧这么一大片达玛古嘎，花色红彤如血，茂盛异常，这花土下面得用多少尸骨来滋养啊？此事，必须明察！”

“简直是危言耸听！”一旁的朱有德干笑连连，摇着头，不以为意道：“你也说了，这‘食人’二字，不过是个噱头而已，不是说飞禽走兽的尸骨也可以滋养的么？”

“到底是飞禽走兽的尸骨还是人的血肉，将这食人妖花的土刨开不就行了？”郭烨提醒道。

“什么什么的尸骨？这里是长安城五十四坊！这里是万年县！这里是老夫的治下！堂堂京畿重地，朗朗太平盛世，哪里来的那么些尸骨？简直荒唐！”朱有德大动肝火厉喝道。

见朱有德动了肝火，郭烨当即缩了缩头，不再多言。

“嗓门儿挺大啊，朱县令？”李二宝冷哼道，“明知花卉下方有端倪，你还竭力阻止。怎么？不良司在你这万年县地界儿上，不好使了不成？喂，兀那汉子……”李二宝冲朱有德身旁的朱良，吩咐道：“你带上其他几名衙役，找些工具来，将这花土掘开，小爷今天非要看看这达玛古……古……古啥来着？”

陆广白低声提醒道：“达玛古嘎！也叫食人妖花。”

“呃，食人妖花。”李二宝见朱良驻足而立在朱有德身旁，纹丝未动，又看向朱有德道：“朱县令，莫非不良司连小小万年县衙的人都指挥不动了？”

朱良是朱有德的管家,更是他的亲侄儿,慢说李二宝这个靠门荫进来不良司的不良人了,恐怕就连不良尉纪青璇来,也不一定能支使得动。

这边,朱有德眉头紧皱,久久不语,面色纠结至极,最后摇头叹息一声,意味深长地看了一眼朱良,说道:“带上人,去找些工具来吧。”

朱良重重地点了一下头,冲其他几名衙役挥挥手,返身出了园子。

功夫不大,朱良率三名差役带着农具去而复返,听从李二宝的指挥,对着那片通红如血的花卉地开始挖土。

这时,郭烨倒是有些奇怪起来,刚才还有些抵抗的苏瑞娜,居然也不阻拦了。难道这地里真是啥也没有,是小陆推算错了吗?

但是,事实证明,陆广白的推断是对的!

很快,掘地三尺,一具白森森的尸骨被刨了出来,郭烨和陆广白对视一眼,暗自松了一口气。

紧接着是第二具,第三具……待到挖无可挖,粗略统计了一下,足有二十七具尸骨之多。

这些尸骨全部都是人的尸骨,大多数估计已死亡好些年了,现在已经变成森森白骨了,不过也有几具尸骨的肉未完全腐烂透!

至于飞禽走兽的尸骨,完全是扯淡!

天杀的!

二十七具尸骨,代表的是二十七条人命!

这甭管是不是在长安城,都已经是通天大案了!

李二宝张大着嘴巴,一时无言,他何曾见过这般场面?

倒是郭烨和陆广白见惯了大场面,此时也已经是目瞪口呆。郭烨看着苏瑞娜,斥问道:“苏娘子,从实招来,这些尸骨到底是怎么回事儿?”

苏瑞娜此时居然没有慌乱,多了几分从容,说道:“怎么回事儿?你问问你们家朱大县尊,不就全然明白了?”

什么?这还跟县尊大人有……有关?

郭烨心中巨震!

“放肆!”朱有德怒斥道:“这些尸骨和本官毫不相干!”

“哟,我的县尊大人,这会儿还端着呢?”苏瑞娜嗤笑一声,揶揄道:“行吧,这些尸骨就算跟你没关系。那么,曹小六之死呢?不是你派朱良通风报信?你每日里食用的五石散呢,都是从哪来的?得了吧,朱有德。都到了这个地步,你还装什么无辜啊?莫要告诉奴家,你刚才没动杀心?你若没动杀心,要在奴家这儿杀了这几人,朱良他们刚才去拿农具时,怎么会连腰刀都一起带进来了?"

"县尊,你……"

事到如今,郭烨和陆广白,怎么还会听不明白?他们警觉地往四下里望去,赫然发现朱良和三名衙役,已经将他们隐隐围在了正中,腰间都佩上了环刀。要知道没去拿农具之前,朱良他们是没有带兵刃进院子的。一股危险的气息,瞬间笼罩在郭烨的心头。

噔,噔,噔——

一阵急促的脚步声在后院四周骤然响起。

很快,七八名健壮汉子聚拢在后花园门口。

为首之人,居然是萧……萧廷?

没错!

就是萧廷!但又跟萧廷好像有些不一样。

郭烨被接连的突如其来给怔住了,尤其是一直敬爱有加的县尊朱有德,居然也参与其中,甚至还吸食五石散,对他的打击不可谓不大。不过有些疑团,此时也就解开了,前些日子,总见着县尊连番打哈欠,精神萎靡不振的样子,原来是吸食五石散给闹的。

但是他还是搞不懂,朱有德年富力强、官运通顺,为什么要沾染五石散,为什么要和这些人为伍啊。

不懂,县尊,卑职真不懂!郭烨满面悲戚,连番摇头。

"诶!"突然,一行浊泪顺着朱有德的脸颊簌簌滚落,重重叹息一声,道:"本官也不知道从何说起,早就叫你不要查,不要查,你偏不听!你非要逞强!"

"咯,咯,朱县尊,现在说这些还有用吗?还是奴家给郭捕头释疑解惑吧。"苏瑞娜遥遥一指正一步一步朝着这边走来的萧廷,说道:"这位公子并非萧廷,而是萧侍郎的私生子萧渊。两年前,就是他指使的曹小六,取了五石散的配方。前些日子,也就是你们说得七月半鬼节那天晚上,曹小六在万年县衙内撞见的萧廷,也是他。当时他正在县衙内宅和你们的县尊吸食着五食散,一不小心吸食多了,便稀里糊涂地出了县衙内宅，正巧被曹小六那厮撞见了。”

等着萧渊靠近了，郭烨仔细辨认，萧渊和萧廷身高体型都差不多，面部轮廓也差不多，但仔细辨认这五官，还是可以瞧出不一样的。但若是粗粗一见，还真不好细辨。

“谋害小六，又制造小六悬梁自尽的凶手，也是这位萧渊公子咯？”郭烨问道。

苏瑞娜也没打算隐瞒，点头道：“不错，这还得多亏了朱县尊的消息呢。”

“你……”朱有德面色一红，指着苏瑞娜，却是羞愧得无言以对。

郭烨没有理会朱有德，而是自行捋着思路，难怪小六丧命当日，有人在崇仁坊见到萧渊与小六一起，会下意识地想到是萧廷的亡灵来找小六索命。

他又问道：“那萧侍郎家二公子萧廷丧命升平馆，也跟萧渊有关系？”

“咯，咯，不是我们干的，我们是不会承认的！萧廷跟五石散无关，为何要害他性命？说实话，我们也不知道，萧廷到底是被谁杀的。我们之所以杀曹小六，就是因为他在万年县衙撞见了萧渊。不想你们追查萧廷案时，牵扯到我们这边来，索性就利用萧渊与萧廷长得相像，制造萧廷亡灵索命的假象，灭了曹小六这个活口。他知道太多了！五石散之事，决计不能传扬出去！”

“可是小六从始至终都不知道你们干的这些龌龊事。”郭烨恨恨地瞪了一眼萧渊这个凶手，恨不得现在就将他挫骨扬灰。

突然，站在地上一排尸体边儿的陆广白，若有所悟地点头说道：“我明白了，七月十五那天晚上，小六说见到萧渊的眼睛是红色的，是因为萧渊服食的五石散，是加了达玛古嘎后的五石散。和一般的五石散大不相同，加了这种特殊材料的五石散，服食之后会让人双目赤红，致幻效果强于以往。过了半个时辰左右，才能恢复正常。”

“哟呵，你这白白嫩嫩的仵作倒是行家，厉害的哟。”苏瑞娜对陆广白赞许道。

“至于这些被你们埋在地下当养料滋养妖花的尸骨，恐怕都是非正常死亡吧？”陆广白继续说道：“地上那些化为白骨的尸骨我没带工具，所以一时不敢断定。但是这些尚算新鲜的尸体，我看他们口鼻处都渗出过黑血，再加上指甲青紫的程度、全身皮肤溃烂的位置，显然死状都是大相径庭。如果陆某没有猜错的话，这些人生前应该都是你们的‘活药炉’吧？”

“小陆，什么是‘活药炉’？”郭烨费解问道。

陆广白道:“用达玛古嘎配置的五石散药性猛烈,任你是铁打的金刚,服用了之后,也得变成绕指柔。不过可惜了,此药有个巨大的缺点,就是量一定要恰到好处。如果配置过量的话,人一旦服食之后,便会暴毙而亡。所以为了找到适中的配量,就要拿活人喂食五石散。这些被抓来强行喂食五石散而暴毙的人,就称为‘活药炉’!”

“厉害,真厉害,陆仵作,你若是不多管闲事该多好,那说不定还能通过朱县令,将你吸纳入我们当中来。到时候保你一世富贵哟!”苏瑞娜却是对陆广白的博学大为赞赏,可惜了,今日一幕,已经注定不能为她所用了。

陆广白呵呵一笑,坦荡道:“我虽是一名出身卑贱的仵作,却知道君子有所为,有所不为,比起有些读书人来,陆某自认还是有些风骨的!”

话里话外,含沙射影。

“本官也不想的!”朱有德面有苦色,摇头不迭道:“他们买通我的管家朱良,让我无意间服食了五石散。渐渐地服食上瘾离不开五石散后,我就任他们予取予求了。诶,不知做了多少错事。糊涂啊,本官真是糊涂,当初就不该受制于他们。诶,造孽啊!”

郭烨看着痛苦的朱有德,心里还是挺难受的,问道:“县尊大人,他们这般处心积虑拖你下水,到底有什么目的啊?”

“他们的目的是……”

“朱县令!慎言!”突然间,萧渊已经走到几人跟前,断然打断了朱有德的话,提醒道:“该说的说,不该说的可莫要乱讲了。时间差不多了,絮叨也絮叨得差不多了,该是送他们几位上路了!”

“呃……萧公子,苏娘子,可否看在本官的面子,放他们一条生路。大不了……大不了,你们也用五石散控制他们,让他们出去不会胡乱说话啊!”朱有德替郭烨他们央求着。

“这里是酒肆闹坊,能不杀人,自然是最好不要杀人了!不过还是要看他们自己,看他们是否识时务了……”

萧渊冲朱良一使眼色,朱良赶紧从袖兜内,掏出来三包粉末,走到郭烨、陆广白、李二宝三人跟前。

萧渊笑道:“如今的五石散制作精进了不少,已经不用熬制了,直接食用即可。

郭捕头、陆仵作,还有李二宝李公子……你们若想活命,便快快服用了这五石散,以后我们便是一同快乐,一同登入极乐仙境的好朋友。如何?”

“若我们不吃呢?”郭烨看着朱良手中的五石散,冷笑道。

“只有……死!”萧渊面露凶相,恶声道:“本公子给你们十息的时间考虑。是生,还是死,你们自己选吧。十……九……八……”

十息的时间转瞬即过,郭烨和陆广白彼此双目对望着,突然——

李二宝蹦跶到朱良跟前,看着他手中的五石散,高声道:“食,食,我食!不就是五石散么?小爷服食还不行吗?来一口,小爷也来当一回神仙。”

第十二章　玉面小阎罗

“……”

郭烨和陆广白对李二宝这混球竞相无语。

真是半大孩子,全程作死。

一旁的萧渊面色精彩,拊掌大笑道:“哈哈!妙极,妙极!李二公子果然识时务!朱良,还不好好伺候着?”

“二宝公子,只要尝过了这五石散,你就会明白什么叫人间至乐!”朱良将左手的那包五石散向李二宝递来。

不等李二宝接过五石散,突然,就听朱良惊骇一声:“你……你干什么?”

李二宝倏地一猫腰,以迅雷不及掩耳之势,将朱良挂在腰间的佩刀拔了出来!转瞬间,他已经振臂奋力挥出一刀!

白光一闪!一颗大好头颅,已然腾空而起。

噗通——

朱良的脑袋滚落在地,全院哗然。

“呵呵,人间至乐算个球啊!”李二宝将朱良的腰刀握在手中,睥睨着全院,一点都不似之前那般的蠢萌。他稍稍抹了抹脸上被喷溅的血渍,高声喝道:“还敢逼着小爷服食五石散,呵呵,小爷今天送你们统统……上西天!”

“小子安敢戏耍我?来呀,杀了他!”萧渊向后一退,举臂一挥。

“喏。”萧渊带来的那七八个黑衣人,闻令而动,朝李二宝一拥齐上。

郭烨和陆广白对视一眼,正要上前帮忙施以援手,却见李二宝伸出手臂,将他二人挡住身后,笑道:“二位且歇着,不攥着点真本事,俺焉能进不良司?今天这兵器不趁手,不碍你们瞧我本事!”

话音落罢,李二宝已经疾步迎上,冲几名黑衣人挥刀跃起……

铛!铛!铛!

刀剑相撞之声,不绝于耳!

唰!唰!唰!

寒光闪烁,眨眼间,就有数名黑衣人尸横遍野,或被割了喉咙,或被劈裂了胸膛,或被斩断了胳膊,倒地挣扎,哀号不绝于耳……

不到几个回合间,七八名黑衣人,就落得三死四伤的下场。

李二宝浑身血漉漉地站于原地,将淌着血珠的刀尖直指萧渊方向,宛如一个小杀神,舔了舔嘴角的血渍,嘿嘿笑道:“姓萧的,念你是萧侍郎的私生子,只要你肯双手就缚随我回不良司,我便留你性命!”

萧渊也被眼前一幕震撼到了!这个傻乎乎的官宦子弟,竟有如此武力?再看地上那些断刀残剑,明显都是在兵器相交之机,被李二宝的环刀给斩碎的。这环刀不过是朱良的制式佩刀,也不是什么削铁如泥、吹毛断发的神兵利器,竟如此锋利?

唯一的解释便是这李二宝莫看小小年纪,却是天生的神力。简单的挥刀砍剑都蕴藏着万钧之力!

如此神力,焉能不被招揽进不良司?

萧渊这么想,郭烨和陆广白也是这么想。

郭烨一开始以为这小子智商一直不在线,说话傻里傻气的,真的是靠门荫进的不良司,没想到竟有如此武力值。难怪他刚才将自己和陆广白挡下,原来有这份底气在啊。这战斗力,郭烨服气!他估摸着自己跟李二宝交手,估计也走不过几合。

“不好!萧渊要跑!”陆广白出声提醒道。

郭烨循声望去，果不其然，萧渊居然飞快转身，朝着后园的出口方向直奔。

“呵呵，跑不了，瞧我的！”

好个李二宝，直接将手中环刀微微一掂，然后高高举起，化作矛枪来用，遥遥瞄准着萧渊正飞奔着的后背……

嗖！

扑哧！

环刀化矛，应声而射，直中后心！

萧渊惨叫一声，扑倒在地，再也没有爬起。

“你虎啊，他好歹是萧侍郎的儿子，你小子说要了命就要了命！”郭烨不免替他担忧道。

谁知李二宝压根儿就不担心，不屑道：“漫说是个户部侍郎的私生子，便是嫡生子又怎样？在不良司跟前，纵使他爹是户部尚书，只要是犯了法，照样将他拉下马来！”

郭烨暗暗竖起拇指。霸气！要是自己办案都有这股子底气，天底下何愁有查不清、查不明的案子？在万年县衙这种长安地界儿，他这个捕头查起案子来，真心是一把心酸一把泪。一个不留神，就查到了哪家大人的外甥，哪位将军的小舅子，每每到此，案子就会无疾而终，烦不胜烦。

这时，李二宝将目标又换作了朱有德，正朝他走去，却听郭烨赶紧大喊一声：“先捉住苏瑞娜，她比朱县尊知道的要多！”

陆广白也道：“对，抓苏瑞娜，必须要活口！”

“包在我身上！”

可谁知苏瑞娜这娇滴滴的胡姬，竟然一点都不简单，只见她借力小跑出十来丈远，脚下如蜻蜓点水，身形似风驰电掣，这身手之快、之强，郭烨见之，自叹弗如。

李二宝脚下生风，猛追了上去。

见着李二宝去捉拿苏瑞娜，郭烨才走至朱有德跟前，脸色五味杂陈，真不知该如何开口了。

就在半个时辰前，眼前这位还是自己爱戴的、敬重的、从来不敢拂其意的上司。而如今呢，昔日老上司居然跟研制五石散的这伙妖人沆瀣一气，还间接地害死了自己的小兄弟曹小六的性命。

朱有德也是一脸的乌云惨淡之色，缓缓将双手伸出，叹息道："你们将本官锁了吧，一切都是本官咎由自取。"

"这个……"郭烨面对如同父兄一般的朱有德，他还真下不去这个手。

他看向陆广白，低声道："小陆，朱县尊对咱俩一直都不错。这些年咱们办案时胡闹僭越，他老人家也是睁一只眼、闭一只眼，要不……"

"我懂，莫说了，"陆广白微微一摆手，道："一切由郭捕头做主。"

"好小陆，我……"

"咳咳，郭捕头莫要胡乱摸，放尊重些！"陆广白实在是受不了郭烨这一激动就动手动脚的毛病。

郭烨嘿嘿干笑两声，往四下里看了一圈儿，低声对朱有德问道："县尊。这里就你、我和小陆三人，您跟我说句掏心窝子的话，您手底下有没有人命？"

"诶，本官知道郭烨你和陆仵作都是知恩图报之人！"朱有德听罢，颇为动容，摇头道："即便曹小六的性命算不到本官头上，本官也是必死之罪，你们莫要白费力气了！"

"莫非还有什么了不得的大事？"郭烨问道。

朱有德如实说道："这么长时间来，苏瑞娜这胡姬利用本官，已经让几十名官员误食了五石散，纷纷落入了他们的掌控。平日里，这些官员聚会服食五石散的场所，便是本官的万年县衙后宅。"

"难怪我偶尔会遇到夜里有官员出没在县衙内宅，合着不是谈公务啊？"郭烨大为诧异，道："但这苏瑞娜仅仅是一名胡姬，她控制那么多官员有何用？莫非她背后还有人不成？"

朱有德摇头道："本官也没见过她后面之人，就你今日所见的萧渊，还有这些地上的黑衣人，统统都以苏瑞娜马首是瞻。但一个胡姬岂有这般能量？所以本官怀疑……是……是……"

噗！

正说到关键时刻，一把飞镖疾飞而至，正中朱有德的咽喉。

"苏瑞娜，你这贱婢！还敢回来？"郭烨见着院墙上站着一婀娜女子，不正是去而又复返的胡姬苏瑞娜。这女人居然折返而回，一飞镖取了朱有德的性命。

苏瑞娜咯咯掩嘴娇笑道："呵呵，奴家若不将你们那个愣头种调离走，怎么能这般容易灭了朱有德之口。咯咯，恐怕那个不良司的憨子,现在还追逐在闹坊里找奴家呢。”

郭烨一看,果然,李二宝这傻小子还没回来,估摸着被这娘们给调虎离山了。

“郭捕头,陆仵作,你们今日搅了奴家的局,坏了奴家的大事,总有一日,奴家会再回来找你们理论的!”

“山水有相逢,咱们他日再见!”话音落毕,苏瑞娜已经几个纵跃跳下了院墙,消失在了郭烨的视线之内。

“追不上了,没戏!”陆广白很现实地摇了摇头。

郭烨赶紧蹲下身来搀扶着朱有德,急道:“县尊,您感觉怎么样?”

“嗬,嗬……”一镖插进喉咙里,显然命不久矣,朱有德的眼神渐渐开始涣散,瞳孔慢慢放大,用尽全身的力气艰难地说道:“吸食五石散官员的名单,就在……在……我内宅卧室的……的……横梁上。郭小子、陆小子,你们……你们拿着立功吧……也不枉……不枉本官照拂你们一……一场!”

他的声音越来越小,眼神也越来越涣散,最终脖颈一横,气息断绝。

“县尊!”郭烨痛呼出声,发自肺腑,两行热泪顺着双颊滚滚而落。

陆广白虽说和朱有德没那么深的情谊,但也是眼圈儿微微泛红,低声道:“朱县尊是个好人,可……可惜了……”

“哇,哇,哇,那个狡猾的胡姬戏耍了俺,害俺在酒坊闹市瞎转圈圈！果然,天底下的女人,都如纪青璇般难缠,气煞小爷了!”随着一阵气急败坏地嚷嚷,李二宝终于空手而归,回来院中了。

第十三章　各方来登台

李二宝哇哇叫嚷着进来院子,一见朱有德殒命,整个人更加不好了。萧渊被自己一刀射死,苏瑞娜逃之夭夭,如今朱有德又一命呜呼,那五石散的内幕真相该怎么挖?

听郭烨讲完朱有德之死的经过,李二宝才知自己被苏瑞娜那胡姬给戏耍了,间接地也导致了朱有德被灭了口。

李二宝到底是小孩儿心性,见着郭烨对朱有德之死这般悲恸,免不得心里有些愧疚,宽慰道:“郭捕头,此事都怪俺中了那胡姬的算计,要不……要不,操办朱县令后事的费用俺来出,给他办个风风光光的葬礼,聊表心意。”

这话说得真挚,也说得纯良,顿时让郭烨和陆广白对李二宝的态度大为改观。小子出身名门,虽说祖父被贬配为南宾县尉,但好歹是数代累积的名门子弟,而且如今还在不良司当了差,对他们却没半点骄横跋扈。

听他提及要替朱有德出一笔治丧的费用,他免不得心中一动。对啊,朱县尊死了,倒是一了百了,但他的家人还在啊。他这东窗事发,保不齐会牵连到他的家人,或者被苏瑞娜这等五石散党羽迫害。若是能保他家人无恙,也算对得起这些年来朱有德对自己的照拂了。

当即,他看向李二宝,抱拳道:“郭某有个不情之请,想拜托李公子!”

李二宝倒是磊落大方,说道:“郭捕头,咱们好歹也算一起经历过生死了,莫要这般客气,看看有什么俺能替你操办的,尽管言来!”

郭烨道:“朱县尊素来待郭某恩重如山,如今他丢了性命也算伏了法,但他的家人却是无辜的,不应该被牵连进来。郭某想要尽力周全他的家人。但郭某不过是万年县衙的一个捕头,无品无秩,无根无脚,人微言轻,不知公子能否将此案一并接过去?”此言外之意,就是让不良司接管未了的五石散案,以李二宝纯良仗义的心性,只要他接手了此案,虽不一定能查个水落石出,但肯定能保朱有德家人之周全。

“呃……这个啊?”李二宝听罢,面露难色,摇头道:“不是不愿意帮郭捕头这个忙,别看俺在这儿威风八面的,回到长安不良司中,上有不良令,下有九大不良尉,我这不良人只有听差办事的份儿,不然纪青璇能不让我查升平馆萧廷这等大案,将俺一脚踢来胡思堂酒馆查五石散?嘿,嘿,不过这回倒也让俺捡着了大案!”

“不良令……九大不良尉?纪青璇是你的不良尉,看来这事儿还得她点头允准咯?”郭烨略有惆怅,貌似在升平馆那天,纪青璇被他得罪惨咯。

果然,李二宝点头道:“莫要看她是个不良尉,就连长安不良令大人,也得让她三分。毕竟她的义父徐有功乃大唐不良帅,下管长安与洛阳两处不良司,有上达天听之权，深得当今圣上看重！”

“都说女人都爱记仇，尤其是漂亮的女人！”郭烨一筹莫展，看了眼陆广白。

陆广白耸耸肩，摊摊手，表示这事他真爱莫能助。

就在这时，园子外传来一阵急促的脚步声……

紧接着，一队花团锦簇之人从园门外涌入。

这帮人清一色着装，头戴斜刺牡丹的浑脱帽，身着蜀锦绣袍，足底花靴，看似光彩熠熠、花团锦簇，简直是好生富贵！他们腰间长刀亦长约三尺六寸，统一制式。

如此张扬之辈，郭烨身为万年县衙的捕头，焉能不识？

丽竞门！

这些人都是丽竞门的人！

陆广白在郭烨耳边轻轻耳语一声：“麻烦来了！”

小声耳语吹得郭烨耳朵有点痒痒，但此时却没了调戏小陆的心思。他微微眯起眼睛，暗啐一声，这群腌臜的混蛋八成是闻讯而动，来得倒是挺快的。

李二宝也早已将面上的那份稚气收了起来，一脸肃然，因为不良司和丽竞门一直以来都是宿敌。

丽竞门的队伍为首之人，身材矮胖，白净面皮，一双小眼眯缝成一条缝儿，得意道：“真是来得早不如来得巧哈！跟这一比，嘿嘿，萧廷案算个甚？不过一个纨绔子弟罢了！这死了的朱有德，却是身居京畿要地的万年县令，莫看小小县令，却是堂堂的从五品朝廷命官诶。干系重大。死得好，死得妙……万某定能将这个案子，办成圣上登基以来的第一谋逆大案！”

郭烨听罢，不由得心头一跳，真是怕什么来什么。

这矮胖子他知道是谁，这人可不是丽竞门的死鱼烂虾。此人名叫万国俊，不仅是丽竞门的副门主，如今官秩从五品加朝散大夫，官拜殿中侍御史。

如今女皇陛下已迁都洛阳，来俊臣等率丽竞门自然也跟着圣上迁往洛阳，但万国俊作为副门主，代表丽竞门长驻在了长安城中，算是当下长安最有权势的官员之一了。

最关键的是，此人的手段非常不一般。

五年前，万国俊受命前往广州查流人谋反案，一夜之间矫诏杀三百人，天下有识之士无不愤恨。结果呢，人家万国俊不但没受任何惩处，而且官升一级。

还有，万国俊和来俊臣合著了一本《罗织经》。此书专门教人如何编造罪状，安排情节，描绘细节，陷害无辜，堪称阴谋学的扛鼎之作。这害人都到了理论的高度了，能简单的了吗？

万国俊一入园内，扫视了一番过后，竟目中无人般对一干属下摆了摆手，吩咐道："来呀，统统带走，无论死的、活的，都给本官带走。若有负隅顽抗者，就地正法！"

"喏。"众丽竞门人齐声答应。

这阵势，这凶名，哪是郭烨这种万年县小捕头平日里所能见的？

至于李二宝，居然没出息地看向郭烨，低声问道："郭捕头，咋整？"

郭烨抚额，怂恿道："二宝公子，你可是不良人诶！你不是挺能打的么。这十几二十号人，你行的！上吧！二宝公子！"

"不能打啊！"李二宝苦兮兮地说道："不良司素来和丽竞门不对付，但不良司和丽竞门素来也不开战！除非有长安不良令大人的手令，不然若私自开战者，革出不良司！"

这是不良司和丽竞门的微妙关系。两方可以通过各种办法去整对方，去搞对方，甚至去构陷对方，但是有一点，不能武力火拼，不能明目张胆地干起来！

这是不良司和丽竞门自己的生存法则，也是在女皇陛下面前的生存法则。因为无论是不良司，还是丽竞门，毕竟都是效忠于女皇陛下的嘛。

"那总不能将这么一桩案子拱手让给他们吧？靠，这帮孙子居然连朱县尊的尸体都要抬走……"郭烨见着丽竞门的人除了将地上的黑衣人俘虏擒拿走之外，居然连朱有德的尸体都要弄走，这下他忍不住了。

"冷静！莫冲动！"陆广白突然一把拽住他的胳膊，然后冲园子入口的方向努了努嘴，低声道："快看，又来一茬儿人！"

果然，园子入口的拱门处，在数十名红衣卫士的簇拥下，一名相貌英俊、风流倜傥的年轻人缓缓走了过来，面上无处不春风。

"这厮油脂粉面的，长得比你还要俊啊。小陆！这种货色若是勾搭深闺名阁里的小娘子，绝对没得跑！"郭烨低声吐槽道。

"我的郭捕头！诶，你慎言！"陆广白翻了翻白眼，提醒道："此人是魏王武承嗣之子,武延秀。”

“魏王之子武延秀?听说迁都之后,他当了缇骑卫的中郎将。那么,簇拥他的这些红衣卫士,莫不就是缇骑卫?”

郭烨颇为诧异地看着武延秀,疑惑道:“他们不在洛阳好好待着,跑来长安干吗?还跑来这里,莫非也是来掺和这事的?”

“那我就不知道了。”陆广白摇摇头道,抿嘴轻笑:“但缇骑卫来了,恐怕丽竞门的如意算盘,就没那么容易打响了。你看万国俊的脸色,难看至极了!”

要说让丽竞门二选一,选一个死对头,那来俊臣绝对毫不犹豫会选不良司,而远离缇骑卫。

这缇骑卫就是个异类的存在!

缇骑卫乃天子亲军,完全由武家子弟以及亲近武家的当朝官员勋贵子弟组成。莫要小看了这些勋贵子弟,本事倒没什么本事,但架不住一个个来头大啊。拼的都是家世,拼的都是家底儿,丽竞门轻易不愿意招惹他们,因为打了小的,便会来了老的。

缇骑卫这个中郎将武延秀也是难缠的活阎罗,他是魏王武承嗣之子,也是女皇陛下的亲侄孙,自小就甚受女皇陛下的宠溺。听说迁都洛阳之后,他连进皇宫都是如履平地。

别说万国俊了,就连丽竞门的门主、女皇陛下跟前的大红人来俊臣见了他,都得忍他三分。如今的武氏,是国姓啊!

万国俊虽然心里面一阵腻歪,但还得恭恭敬敬地行礼,道:“原来是武中郎将,不知您大驾光临,是为了……”

“甭来这些虚礼了!”武延秀打断了万国俊的示好,直言不讳道:“本中郎将来此,当然是为了朱有德的案子来的。怎么样?万侍御史,给本中郎将个面子,将这个案子交给我,如何?”

“那可不成!”万国俊倒是没有让步,坚决摇头道:“这个案子是我们丽竞门先一步到此,理应由我们丽竞门先接手。”

“别以为你们在这酒坊闹市安插几个丽竞门的眼钉子,就以为天底下的便宜都要让你丽竞门先尝第一口。”武延秀嗤笑一声,道:“我们缇骑卫早就盯上这五石散的案子了,都盯了好几个月。今日不过一时耽搁,没及时赶到罢了!”

“武中郎将说这话,您自己信吗?”万国俊没想到武延秀白白净净的,居然这么不要脸皮,瞎话张嘴就来啊。

“信,信得很哩。”武延秀还是那么自信,扭头对着身后缇骑卫众人道:“各位兄弟,你们说,本中郎将说得是不是实情啊?”

“武中郎将说得极是!我家三代出了三进士,家兄家父都在州府为官,我以他们名义佐证!”

“对,我可以作证!我家祖父、父亲都在朝为官,我身为他们的子嗣,岂会说谎?”

“说得没错,我以我叔叔的名义立誓!我阿叔人在边疆,替我们大周戍边。”

“你叔叔至少活着呢?我大伯、我大兄都为朝廷尽了忠,我家忠烈满门,焉能撒谎?中郎将大人言之凿凿,我以我家满门英烈发誓!”

万国俊一听,目中忿忿,暗骂道,娘的,又是这些老把戏!

李二宝和陆广白等人倒是第一次听,听得是面面相觑。

郭烨亦是傻眼了,真是开局一张嘴,全都在拼爹啊!

第十四章　羞刀难入鞘

无耻啊,无耻!

万国俊身为丽竞门的副门主,堂堂的殿中侍御史,总少不得和武家的人打交道,怎会不知道这缇绮卫惯用的套路和伎俩?

能让丽竞门的副门主说一声无耻的,这天底下也只有缇绮卫这些纨绔子弟了。

万国俊一直记着迁都时,门主来俊臣伴驾随行,临行前告诫自己莫要和缇绮卫开战。一个不良司已经掣肘了,不能再给丽竞门再树仇敌了。

想及此处,万国俊深吸一口气,强行让自己冷静下来,淡淡说道:“也罢,就当是你们缇绮卫先盯的这桩案子。不过此案对我们丽竞门至关重要,还请武中郎将能够忍痛割爱，成全万某。今日，权当是我们丽竞门欠了武中郎将一个人情。”

“丽竞门的人情？不稀罕。”武延秀不耐烦地道：“本中郎将没工夫和你在这儿磨牙，今日就问你一句话，这个案子，你这厮到底让，还是不让？”

嚣张至极！

跋扈至极！

万国俊好歹是堂堂的殿中侍御史，从五品的朝散大夫，也是要定期赴洛阳神都进宫面圣的一方显贵。关键是丽竞门目前深受女皇陛下恩宠，是女皇陛下“肃清朝野不正之风”的一柄利剑，他万国俊身为丽竞门的副门主，岂能受武延秀这般羞辱？

当即，他将脸沉了下来，肃然道：“哼！如果本官说不让呢？”

“啧啧，那你真是找死！”武延秀振臂一挥。

锵，锵，锵！身后缇骑卫一众，纷纷一抖红披风，抽出随身佩剑，煞是威风。

万国俊面色微变，但亦是毫不犹豫，重重咳嗽两声。

铛，铛，铛！丽竞门一众，刀剑出鞘之声，不绝于耳。蜀绣锦袍之下，腰刀三尺三，声势逼人。

若论战斗力，丽竞门肯定比缇骑卫这些纨绔子弟们要强太多了。这些纨绔子弟们在神都洛阳那边，整日沉迷于花天酒地，真动起刀刃来的话，万国俊相信自己手下儿郎们，无须半炷香的时间，就能将武延秀手下这帮人统统缴了兵械。

但是万国俊也很清楚，一旦和缇骑卫打破微妙、火拼起来，那不仅要给丽竞门带来天大的麻烦，也会给他本人带来天大的麻烦。别说武氏和勋贵家的反扑，纵是来俊臣兴许也会为了保存丽竞门的实力，第一时间卖了他。

所以，对付这帮混蛋玩意，吓唬吓唬他们可以，但是绝对不能刀兵相见。

武延秀也有点傻眼。

别看他飞扬跋扈，但他可比一般的武家子弟要聪明太多了，不然武则天那么多侄孙，为何偏偏独宠于他？

当他看到丽竞门也纷纷长刀出鞘之后，他就知道万国俊对这个案子也是势在必得了，靠缇骑卫和武家子弟的名头，是唬不住对方了。

不服就干？

别人不清楚缇骑卫的实力，武延秀还能不清楚吗？一群纨绔子弟，也就拼拼家世家底儿,真要抡起刀剑火拼,恐怕不到半炷香的时间,就会尽数团灭吧?

打肯定是不能打的,但是撤也不能撤啊。如果现在认怂撤退,那今后缇骑卫还要不要在街面上混了?莫要忘了,如今武家虽说朝野都不太支持,但说到底还是国姓啊。

武延秀这么想,万国俊又何尝不是这么想。

一边是不能打,也不肯撤。一边是不敢打,但也不能撤!

这下局面就尴尬了。

一时间,双方羞刀难入鞘,骑虎难下。

武延秀和万国俊大眼瞪小眼,谁也不让步。

缇骑卫一众和丽竞门一众也是刀剑相向,对峙僵持。

时间一点点流逝,天色也越来越晚。

就连郭烨、李二宝、陆广白几人站着都觉得不自在,这是怎么档子事儿?

郭烨今天本就忙活了一天,有些疲惫,现在又这么一直站着,腿委实有些发酸了,他微微上前两步准备张嘴打破这份尴尬。

陆广白从后边稍稍摁了摁他的肩膀,示意他莫管闲事。

郭烨转过头来轻轻拍了拍陆广白搭在肩膀上的手背,低声道:“我自有分寸!”

“两位,在下万年县衙捕头郭烨,能否听我一言?”

郭烨的话终究打破了尴尬,万国俊和武延秀收起大眼瞪小眼,纷纷将目光落在了他的身上。

“万年县衙的捕头?你算个什么东西,也配调停丽竞门和缇骑卫之争?”武延秀张嘴没什么好话。

倒是万国俊眯着眼睛看着郭烨,龇牙笑道:“小小捕头胆子不小,你有何话要说?”

万国俊其实挺感谢郭烨在这个节骨眼出来打破僵局,不然他真不知道是不是要和武延秀僵持到天黑。

所以郭烨现在能主动上前来解围,甭管他听不听,至少给了一个梯子让他们下。不冲别的,就冲这个,也得回应郭烨两声嘛。至于武延秀对人这态度,在万国俊看来,也就投了个好胎,不然分分钟钟教他做人。

武延秀其实也不蠢，很快就想到了万国俊能想到的，张嘴骂人不过平日里跋扈惯了。随即他耸了耸肩，道："行吧，本中郎将也听听你这小小捕头有什么话可讲！"

郭烨笑了笑，说道："卑职看如今丽竞门和缇骑卫，为了朱县尊和五石散的案子争执不下。但作为全程参与此案侦办的公门中人，卑职想提醒两位大人，最先追查侦缉此案的，这既不是缇骑卫，也不是丽竞门，而是……"

说着，他指了指身后三步之遥的李二宝，说道："而是他们不良司！"

李二宝抚额，娘的，郭烨，你这个时候推我出来干啥？

不过见着万国俊和武延秀将注意力都集中在自己身上了，李二宝自然不能再低头装聋作哑，再怎么着也不能堕了不良司的名头啊。

李二宝将之前在胡思堂亮相过的公文再次拿了出来，对着二人说道："在下不良人李二宝，此乃我长安不良司不良令大人签发的搜捕胡思堂的公文，令俺追查五石散一案。"

公文不公文，万国俊和武延秀其实心里都有数，他们能闻讯来到这里，又怎会不知道不良司的人在这儿闹出的动静？

倒是李二宝三个字，让万国俊和武延秀微微一怔，他们是有眼线回报不良司在胡思堂查办，但不知道这个不良人是谁。

万国俊问道："李二宝？莫不是李相的孙子？"

李二宝嗯了一声，道："是我。"

万国俊指了指武延秀，诡异地笑了一下，"你祖父遭贬配，得亏了缇骑卫这些小爷的父辈们啊！"

武延秀一听李二宝三个字，就知道他是宰相李昭德之孙了。李昭德作为武家在朝堂上拦路石的几个政敌之一，李昭德的家眷，他们怎么会不清楚？

现在一听万国俊这般说，武延秀哼道："姓万的，那是父辈在朝堂上的政见之争，你莫要在这儿故作小人，挑拨离间！李相爷的官声，本中郎将也是佩服至极的。"

李昭德这种刚烈诤臣，其实和丽竞门、缇骑卫的关系都是一直不太好的。

四年前，李昭德抓住丽竞门主要党羽之一侯思止的一点小错，上书武后，便当众说服武后，将侯思止当众杖毙，狠狠打压了丽竞门一干酷吏集团的嚣张气焰，吓得来俊臣有段时间里心惊胆战，不敢作恶。所以来俊臣等人对李昭德也是恨得牙根痒痒，只不过一直寻不着构陷的机会罢了！

去年，有人上书女皇陛下，立武家子弟为太子储君，李昭德强烈反对，最终成功让女皇陛下将这个提议给搁置了下来。当时以武延秀为首的缇骑卫，对李昭德那是恨之入骨啊。

因为立为太子人选的武家子弟，便是他的父亲魏承嗣。想想看，一旦他父亲立为太子，加上女皇陛下对他武延秀又这般宠溺，那这万里江山总有一天会传到他武延秀手中啊。

但是这种好事情居然被李昭德给一手阻拦了。

所以前些日子李昭德被武家人陷害，贬配为南宾县尉，武延秀还包下了平康坊好几家的青楼楚馆作为庆贺，让他手底下的缇骑卫们纵情声色。

其实从武延秀带着缇骑卫招摇过市的进来后园，李二宝就已经知道对方的身份了。他的祖父李昭德如何从当朝宰相被贬配为南宾县尉，他年纪虽小，但却知之甚详。

所以当武延秀走进跟前的刹那，其实他已经动过报仇的心思。但是祖父临行前的殷殷嘱咐言犹在耳，小不忍则乱大谋，不做鸡蛋碰石头的不智之举，更不做让人继续加害迫害祖父的孟浪之事。

因此，他全程，忍了！

听着武延秀和万国俊的话，李二宝微微将攥紧的拳头又攥紧了一分，随后咧开嘴，笑得春光灿烂，道："以前俺只顾贪玩，家祖之事，从不过问，故委实不是特别清楚。如今俺在不良司当差，奉令执法，今日之事，还望两位大人成全！"

此话一出，别说万国俊和武延秀纷纷诧异了，就连郭烨都不禁刮目相看。李昭德被罢相的事情，郭烨是听说过的。没想到啊，这小子居然还有这藏拙和隐忍的本事。

随即，他笑道："既然武中郎将也佩服李相的为官，这案子又是他的孙子在侦办，不如做一番成人之美，如何？"

"嗯……"武延秀微微一愣，突然点了一下头道："行，就听你这小捕头的。此案本中郎将让予李相之孙，权当是成人之美了！"

武延秀的痛快，倒是让众人一惊。

其实武延秀自己却是想得明白了，与其继续和丽竞门僵持下去，还不如主动让给李二宝。万一真如刚才所言，李昭德被罢黜完全是政见不和，自己这番成人之美，传言出去必能惹来一番美赞。别外，恶心恶心丽竞门，谁让万国俊今天和他抢这桩案子，既然都讨不到便宜，那就便宜不良司好了。反正丽竞门和不良司才是最大的宿敌，让他们继续撕咬好了。

“武中郎将果然高义啊！”郭烨趁机竖起大拇指狠狠赞了一句，然后坏坏地看着万国俊。

李二宝也眼巴巴儿地看过来。

武延秀也是嘲弄地看向万国俊，揶揄道：“万侍御史，你们丽竞门呢？李相刚被贬黜，你们丽竞门就欺负起人孙子了？呵呵，本中郎将可是作证，此案是不良人李二宝先来此地追查到的！你莫要抢了人小兄弟的功劳啊！”

“你……”

武延秀这个坏种，这是抢不到案子，也要成心恶心恶心自己啊！居然为了不让自己抢了案子，连作证都愿意做了，简直混账至极！

都到了这个份儿上，万国俊还能说什么？

就在这时，有蜀绣锦袍的丽竞门中人匆匆从外头跑进了园子，在万国俊耳边嘀咕了一句：“大人，长安不良司的大队人马，已进入闹坊！”

好吧，不良司的援兵都来了，万国俊也不撑着了。他恨恨地看了一眼武延秀，说道：“你缇骑卫有成人之美，我丽竞门难不成还不如你们？所有人，撤！”说罢，在一众簇拥下，撤出了后园，在园口处，他又稍稍驻足，盯了一眼郭烨，冷笑道：“小小捕头，敢搅大局，本官很想看看，你这胆子到底是怎么长的。嘿嘿……”一阵阴笑声下，万国俊和他的丽竞门，消失在了郭烨的视线中。

这时，武延秀也收到了不良司援兵抵达的风声，仅仅看了一眼郭烨，说了一声“有点意思”，便率众匆匆撤了出去。

两边人马一撤，李二宝粗粗松了口气，郭烨也是不辱使命地抹了抹额头，道：“总算将朱县尊的尸首还有五石散的案子保住了！”

陆广白摇了摇头，面带忧色道：“你啊，这回惹上天大的麻烦了吧，值得吗？”

郭烨轻笑一声，说道：“小陆，你是头一天认识我吗？”

陆广白耸耸肩，笑了笑，不再言语。

这时，脚步匆匆，又是骤然响起。长安不良司的大队人马，终于来了！

第十五章　暂为不良友

不良司闻讯驰援的人马，还是由不良尉纪青璇带队。

长安不良司有不良令一名、不良尉九名，一尉麾下有不良人十五名。看纪青璇这一大队人马足有三十人，显然是从别的不良尉手中借调来了人马。由此可见，她此番增援也不敢小觑了丽竞门和缇骑卫。

纪青璇一入后园，李二宝下意识地往后缩了缩，这个微小的动作还是被郭烨捕捉到了。他不由暗忖，不至于怕成这样吧？

不良司能这么及时增援，显然跟丽竞门和缇骑卫如出一辙。无论是在神都洛阳，还是长安城中，缇骑卫有自己的明桩，丽竞门有自己的暗探，不良司也有自己的眼线。

当然，不良司的这种眼线，也包括他们的外围人员，叫不良友。

"做事！"

纪青璇飒爽地一挥手，麾下数十不良人纷纷行动起来，或勘查现场，或打扫战场，或绑缚俘虏，或收敛尸体，包括朱有德的尸体，也在两个不良人小心翼翼地搬抬下，出了后园。

纪青璇仿若没有看到郭烨一般，目光直接跃过郭某人，落在了李二宝身上，"你还要躲到几时？还不速将案件的来龙去脉细细回禀本尉！"

李二宝有些悻悻然地走上前去，将胡思堂酒馆及后园发生诸事，一五一十向纪青璇禀报了回去。

郭烨在旁边听得真真儿的，二宝这小子够义气，从头到尾都没有贪功，将自己和小陆全程相助逐一告诉了纪青璇。

不过貌似纪青璇不为所动，只是象征性地冲陆广白微微颔首示意，至于郭烨，完全被无视了。

郭烨暗忖，漂亮的女人真是小心眼，还记着升平馆那茬儿呢？

说到最后丽竞门和缇骑卫纷纷出动来抢案子，无功而返，李二宝也是不忘奉承了纪青璇两句：“幸亏不良尉大人来得及时，不然这丽竞门真不要了脸面，硬抢属下的功劳，那属下也是没招儿了。”

纪青璇美目带嗔地看了李二宝一眼，轻声揶揄道：“你不是能打吗？你可以打得万国俊和整个丽竞门跪地求饶呀！”

李二宝挠了挠后脑勺，摆手笑道：“不良尉大人言重了，属下再能打也打不过整个丽竞门啊？再说了，不良令大人三令五申，不能私自与丽竞门开战，俺一直记在心里呢。”

“希望你是真记在心里才好，不要再像前几次那般血气一热就上了头，最后捅了篓子还要不良司给你收拾残局。”纪青璇这回说得很认真。

李二宝连连点头称是，跟个乖宝宝似的。

郭烨算是听出来了，敢情李二宝这小子在不良司里也是个惹事精。一开始见着自己，还说是纪青璇嫉妒他的才干，简直是扯淡。

不过老天爷饿不死瞎家雀，还真让李二宝这小子撞了大运，捡了一桩大案子。

果然，就听纪青璇道：“今日你查胡思堂五石散案，查出了潜藏在长安城里秘密研制禁品五石散的胡姬苏瑞娜、萧渊等人，还查出了胡思堂后园二十七具尸首，可谓是大功一件！回到不良司，本尉自会上呈不良令大人，为你请功！”

“俺可不敢居功，里面还有郭捕头、陆仵作的功劳。”李二宝再次将郭烨推上前来。

纪青璇这回终于拿正眼瞧了郭某人了，嗤笑一声，说道：“别说郭捕头是公门中人，便是普通的长安城百姓，协助不良司办案，亦是责无旁贷之事，要请什么功？你说对吗？郭捕头！”

郭烨：“……”

这小心眼的女人真是……烦人！

这话虽然是可以这么说，但不代表可以这么做啊。好家伙，这是大功一件好吗？有功不赏，谁以后还为朝廷尽心尽力了？

李二宝一听也急了，出声道：“不良尉大人，怎么可以这样？若不是郭捕头……”

“不良人李二宝！”纪青璇指了指后园处的一片狼藉，说道：“干活去！”

李二宝眼巴巴儿地看了一眼郭烨，满脸的对不住和抱歉。

郭烨挥挥手，示意这小子赶紧干活去吧，别到时候又开罪了纪青璇这小娘皮。

“咳咳，功不功，赏不赏的，本捕头也不在意。”郭烨看着纪青璇，说道：“我就想问一下纪不良尉，我家县尊大人该如何定罪？”

纪青璇本以为郭烨会为了功赏跟自己争执一番，没想到他突然问这个，微微怔了一下后，说道：“刚才李二宝讲的来龙去脉，本尉也大概了解。朱县令服食朝廷违禁之物五石散是为一罪；与胡姬苏瑞娜、萧渊等人沆瀣一气，是为二罪；间接导致万年县衙役曹小六之死，是为三罪。不过他因被人暗中喂食五石散上瘾，长期受人要挟，故最终如何定罪，还是要本尉回禀不良令大人，再由不良司上呈大理寺进行最终的判定。所以，目前本尉暂无法回复你。”

纪青璇的回答很客观，也很中肯。

这一点，郭烨没有为朱有德辩驳。有些事情，做了就是做了，错了就是错了，说一千道一万，也无法磨灭朱有德犯过的罪孽。

不过朱有德作为他亦父亦友的存在，他还是要尽一份人事的，他抱拳说道：“我这有一物呈予你，兴许会对五石散案有帮助，这也是朱县尊临终前留于郭某的。希望通过此物将功折罪，也希望献上此物能够庇护朱县尊的家人不被此案牵连波及。”

“他临死前留于你的？何物？”纪青璇双眸微亮，道：“若是对案件能够有所帮助，为其赎罪也好，为其家人庇护也罢，不良司自然责无旁贷。”

说实话，朱有德死了，萧渊死了，苏瑞娜跑了，五石散案又陷入了跟萧廷案一样，线索全断的局面，至于那些俘虏和酒馆的胡姬，恐怕知道的还没郭烨多呢。

说着，郭烨便将朱有德临死前跟自己说的，县衙内宅有一份名单，是和朱有德一起被苏瑞娜、萧渊拉下水一起服食五石散，长期受他们要挟摆布的一批官员名单。

纪青璇一听，顿时大惊，此案居然还牵连这么多官员？刚才李二宝在讲来龙去脉的时候，并没有讲到，幸亏郭烨提及。

当即，纪青璇安排了三名不良人即刻出发前往万年县衙，根据朱有德死前留言中提及的存放地址，去将名单取回。

不消半炷香的功夫，几名不良人便去而复返，果然有这份名单。

纪青璇一看这名单上的官员，微微松了一口气，不过都是些七八品的小官小吏，像朱有德这种万年县衙的县令，已经是名单里最有价值的官员了。不过身为朝廷命官，却不务政事，聚众服食五石散，就已经足以革职查办了。而且值得玩味的是，苏瑞娜等人为何要通过五石散长期控制和要挟这么多官员，他们的目的是什么？假以时日若是不发现此事，是不是长安城中更高级的官员就被他们染指荼毒了？

细思之下，纪青璇也是有所恐惧的，她觉得回去之后除了上报给不良令大人之外，还要给远在洛阳的义父不良帅徐有功去上一封书信。

“很好，这份名单非常有价值！”说着，她将这份名单折好小心放入腰间的布囊中，郑重点头道：“你刚才所求之事，无论是朱有德之罪，还是其家属之安危，本尉都会做到！”

郭烨拱拱手，答谢，接着拉上陆广白的手，就要离去。

“等一等！”纪青璇唤住了他，问道：“刚才李二宝也说了，为了替他保住这桩案子，你得罪了丽竞门和缇骑卫，你此番出去之后，就不怕他们报复吗？”

“怕啊！”郭烨耸耸肩，摊手道：“但不离开这儿，难道他们就不报复了吗？”

纪青璇看着郭烨，抿嘴说道：“其实你俩也算有些本事的，尤其是你身边的陆仵作，再加上你俩今日在胡思堂也算协办有功。如果你求一下本尉，我就破格将你二人吸纳进不良司。加入不良司，成为不良人，纵是丽竞门再凶戾，也不得不忌惮一番我们不良司！”

李二宝突然蹦跶了过来，喊道：“郭烨大哥，快点求一下纪不良尉，进来不良司以后一起玩耍啊！”

郭烨鄙视地看了一眼李二宝。

今天求了纪青璇，自己以后在不良司里还有什么面子立足？

“求你？为什么要求你？痴心妄想！小陆，走！”说着，郭烨又拉上了陆广白的手，准备离去。不过任他怎么拉，陆广白的双腿就是不动。

陆广白一脸无辜地看着郭烨，问道：“纪小娘子是让你求她，又没说让我求她？再说了，如今朱县尊已逝，咱俩出了这里再回衙门，新来的县令也不一定能让咱俩再干捕头，再做仵作了吧？”

郭烨和陆广白是朱有德栽培出来的心腹，这个在万年县衙早已不是秘密，一朝天子一朝臣，更何况一任县令呢？捕头和仵作，肯定要用自己人啊。

郭烨一见陆广白这么说，不爽了。“小陆，你不会这么没义气吧？”

陆广白冲纪青璇方向努努嘴，说道：“你求一下纪小娘子又不能把你吃了？上次在升平馆，你把人开罪了，还不许人找回场面来啊？”

“小陆，你可真行！”郭烨鄙视了陆广白一下，然后头也不回地傲娇道：“我就是不跟这个女人道歉。呵呵，老子不顾性命帮了不良司的大忙，还这般折辱我，传扬出去我看丢的是你纪青璇的脸，还是不良司的脸，或者是你义父不良帅徐有功大人的脸！”

“你……”纪青璇闻言，气得狠狠一跺脚。好吧，再聪明的狐狸，也怕猎人一箭射中要害！又被郭烨掐住了软肋，反过来威胁一把！

不良司不像丽竞门，她纪青璇要脸！她义父徐有功要脸！整个不良司，也要脸！

“站住！”她冲郭烨娇喝一声，道：“不良司乃朝廷的秘谍机构，非丽竞门、缇骑卫能够相提并论的。即便有本尉的吸纳和举荐，也需要考核！这样，你们俩先加入不良司，暂为不良友！若你们能在一个月内破了萧廷的案子，不良令大人自会亲自举荐你们成为不良人。”

所谓不良友，就是不良司的编外人员。他们没有不良人那么高的俸禄薪水，也不像不良人跨马骑街那么威风。他们更多的是为不良司收集和打探消息，以及在不良人执行任务的时候随行提供各种适当的帮助。不良司自然也会给他们一定的生活补助以及庇护。

纪青璇言下之意，成为不良友，也能暂时得到庇护了。至于能否最终成为不良人，还要靠自己！

一个月内，破了萧廷的案子？

郭烨驻足回头，听着纪青璇这个提议，还算靠谱，只要不放下颜面去求她，都可以商量。

他问道：“怎么？萧廷的案子，不良司还没有线索？”

第十六章　长安不良令

当日，郭烨和纪青璇在升平馆里就案发现场的勘查，做过一番比试。但有些事，俩人都是心照不宣地没有说出答案。

比如说，门窗紧闭，又没有被人撬动的痕迹下，凶手是如何进出的紫苑阁？

比如说，经过他俩的鉴定，那堆白骨不是女人的，更不是窦婉儿的，那窦婉儿是如何在门窗紧闭的情况下失踪的？

还有，那堆白森森的尸骨，是怎么运进去房间里的？

所有奇诡的前提，紫苑阁的门窗是紧闭的，全无撬动痕迹的！

这么一通“为什么”下来，让凶手的嫌疑直指鬼神。

平日破案，郭烨神神叨叨不假，但他从来不信鬼神，所有鬼神手段，不过是为了增加神秘仪式罢了！

至于纪青璇，自小博览群书、见识过人，查案向来就是不问鬼神的，她只相信自己的眼睛、自己的耳朵，还有自己的思考。

所以鬼神的嫌疑，第一时间就从他俩的脑中去除。

既然没有鬼神作恶，那就只有人为了。综上所述，唯一的可能就是有一个人，把床上那具白森森的尸骨提前装在箱子内，然后大大方方地运进紫苑阁，再把窦婉儿大大方方地装在箱子内，再运出紫苑阁，最终离开升平馆。

没错，还有第三个人在现场！

至于萧廷是谁杀的，是运白骨进去装窦婉儿出来的那个人，还是窦婉儿杀的萧廷，再由那个人装进箱子运出来，这个就暂时不得而知了。

关键就在于，那个人是谁！只要找到这个人，自然就有人来解释这一切了。

郭烨认为案发现场的这个第三者，很可能是升平馆的人。升平馆以外的人进出窦婉儿的房间，尤其是萧廷还买了窦婉儿初夜的情况下，是不太可能的。

其次，这个人不会在案发后第一时间立刻消失！否则，就是此地无银三百两，宣告他(她)是凶手了。此案就没必要制造这么大的噱头了，又是白骨一堆，又是窦婉儿消失。

郭烨问道："以你的聪明，事后蹲守升平馆这么些时日，总归是收获到一些线索吧？"

"线索当然是有的！"纪青璇却叹了口气，道："前几天，在排查人的时候，都没查出异样。直到第三天，再次清点馆中人数，发现少了个叫虞青儿的丫鬟。她是窦婉儿的侍女之一，她的身份的确可以自由进出紫苑阁，在关键时候失踪，足以证明她就是那个现场的第三者了。这侍女倒是沉得住气，居然在不良人的眼皮子底下，硬生生待够了三天！"

"你们没抓住人？"郭烨问道。

纪青璇难得羞赧地撇过脸颊，叹道："这侍女就在我们不良司的眼皮底下消失了，活不见人，死不见尸。"

郭烨微微想了一下，道："时至今日，这案子都悬着未破，现在交予我手中，光凭我和小陆……"

纪青璇轻轻笑了一下，指了指看着在干活，实际上一直盯着郭烨这边的李二宝，说道："这不是还有李二宝吗？你们如此投缘，本尉索性将他调拨与你们一块儿查此案吧。在查案的过程中，若还是觉得人手不够，只要你能找出有价值的线索，你可以去见不良令付大人，求他再调拨足够的人手予你！"

说到这儿，她抿嘴浅笑一声，道："前提是你能说动付大人的话！"

如果说不动呢？那就老老实实地自己三兄弟查案吧。

郭烨还要再问些有价值的线索，却见十几名不良人匆匆从园门处走了过来。

"纪不良尉，请速回不良司！"为首的不良人紧走几步向前，在纪青璇耳边低语了几句。

纪青璇越听越是蹙眉，面色也前所未有地严肃起来，冲着郭烨抱拳道："郭捕头、陆仵作，萧廷的案子就拜托你们了！真是多事之秋，不良令大人又……唉，本尉实在顾不上这你们这边了，有劳了！"言毕，她就急匆匆转身走了。

郭烨一见，暗忖，连纪青璇都沉不住气了，莫非又出什么大案了？

他忍不住问道："诶，如此行色匆匆，到底出了什么事？透个底行不？万一……万一和萧廷案有关联呢？"

纪青璇驻足，回转过来，看了郭烨一会儿，欲言又止，最后还是压低了声音，慢声说道:“又发一案,据说是……猫鬼杀人案! 你们注意保密,若传扬出去,会死人的!”

“猫……猫鬼杀人?”郭烨倒吸了一口冷气,讷讷道:“还真是多事之秋,怪案频出! 而且这案子,敏感啊,一个处理不慎,恐怕……”

纪青璇点了一下头,道:“我懂! 不良帅徐大人特意从洛阳传令,让我速回不良司,抢丽竞门一步先!”

郭烨正色道:“那事不宜迟,迟则生变!”

“嗯,告辞!”纪青璇拱手道别,干脆利落。此时的她没了刚才奚落和挤兑郭烨的小儿女情长,大事为先,国事为重,苍生为计。

猫鬼,顾名思义,就是猫死后变成的鬼。相传术士可以通过特定的仪式,将老猫杀死变成恶鬼,利用猫鬼杀人于无形之中。

听起来有些不可思议,但几百年下来,无论官民,都对此事深信不疑。

隋文帝时,独孤皇后突然全身刺痛,病倒在床,御医认定是猫鬼所为。隋文帝经过调查,怀疑这猫鬼是独孤皇后的弟弟独孤佗所驱使,兴起了一场滔天大案。

最后,隋文帝甚至直接下旨:“蓄猫鬼、蛊惑、魇媚等野道之家,流放至边疆。”

到了大唐年间,对猫鬼害人处置的越发严厉,律法规定:“蓄造猫鬼及教导猫鬼之法者,皆绞;家人或知而不报者,皆流三千里。”

女皇陛下登基,改唐为周,猫鬼一事,更成了绝对的禁忌。

没办法,在女皇陛下还叫武媚,还是大唐高宗皇帝的嫔妃时,与她争宠失败的萧淑妃,临死之前发下了一道恶毒的诅咒:“阿武妖滑,乃至至此! 愿我来世投胎成猫,而让阿武变成老鼠,要生生扼其喉!”

后来萧淑妃身死,女皇陛下连做噩梦,梦见猫鬼索命,她一直认为萧淑妃很可能已经转世成猫。若这猫再变成了猫鬼……女皇陛下能睡得安稳吗?

所以,在女皇陛下当政时期,只要是被定性为猫鬼案,那就是绝对的谋反案。无论平民百姓,还是达官贵人,但凡沾上一点儿,都是粉身碎骨之局。

甚至查办此案的官员,一个不慎,都可能遭到女皇陛下猜忌,身死族灭。

所以丽竞门来俊臣那些酷吏们,最喜欢的就是这种涉及猫鬼的案子,因为可操作性太高了,可操作空间太大了,想怎么玩都行,想怎么弄死政敌都行。

难怪连人在洛阳的不良帅徐有功都亲自传来命令,不能让丽竞门抢了先,不能给丽竞门兴风作浪的机会。

第二日一早,郭烨就汇合陆广白去不良司报道了,顺便拜会一下不良令付九,付大人。

不良帅徐有功兼着大理寺少卿一职,所以大理寺迁到洛阳后,长安不良司就占了原来的大理寺衙门,设了不良司衙门。

此地位于兴宁坊,占地颇广,甚有气势。

李二宝早就在门外等候多时了,直接将二人引领入内,有他通关,倒也顺畅。

他一边走着,一边交代着付九的来历。

自大唐开国以来,付氏就代代为不良司效力。到了付九这一代,更是在十八岁时便直接加入不良司,随后被派往安西军做秘谍。他有渊源家学,屡立功勋,在安西军中渐渐官至昭武校尉。

不过后来女皇陛下渐掌大权,对不良司甚为忌惮,严禁不良司插手军务。所以付九也被调了回来,任职长安不良令。长安城里共计九名不良尉,共计一百过半的不良人,还有编外人员不良友若干,都归他节制调遣。

但是据李二宝所言,付九自从被调回长安出任不良司以来,却是混吃等死、毫无建树,而且嗜酒如命、整日沉迷酒国。

万国俊被来俊臣派来坐镇长安丽竞门后,不良帅徐有功对付九也是不放心,这才派了纪青璇来长安,在付九手下任不良尉。

徐有功增派义女来此,一方面是增强长安不良司的力量,一方面也是让纪青璇好好督促付九这个不良令,莫要尸位素餐、不务正业,最后让丽竞门在长安城里一手遮天、荼毒忠良。

但是很显然,纪青璇并没有完成义父交代的任务。她除了手下那十几号不良人之外,长安不良司中她谁也指使不动。就说昨日增援胡思堂,借调其他不良尉的手下,还是搬出义父徐有功来才让别人买了账。

听着李二宝说着不良司里面这些深深浅浅的事儿,郭烨大体上对长安不良司的内部情况有了一个大体的了解,随后问道:“既然不良帅徐有功大人如此看不上不良令付大人,为何不干脆免了他的不良令之职呢?”

李二宝往四下里看了一圈儿,压低了声音,说道:“付大人对……对朝廷也是忠肝义胆的,徐帅也狠不下这个心来啊!再者,不良司中像付九这样的世代不良人多了去，徐有功大人出任不良帅这才几年呐？他若是做得太过，免不得也会惹来这些世家不良人的不满啊！”

郭烨“哦”了一声，不再言语。

倒是陆广白问道：“这不良司以前是大理寺衙门，没想到里头还挺大的。二宝，怎么走了这么久还没到付大人的住所啊？我们还要走多久？”

“到了！到了！前面那个醉仙居就是。”

什么玩意儿？醉仙居？怎么着？是喝酒喝不过瘾，还要在衙门里开酒馆啊？

随着李二宝入了醉仙居内，他们发现何止名字像酒馆啊，就是里面的摆设陈列也整得跟酒馆一般无二啊。

房间内，没有印象中摆放着满满的公文和书册的书架，倒是四周角落里摆了不少泥封的老酒。

有名头发花白的老者，伏在几案上呼呼大睡，前面摆着几盘残羹冷炙，还有半盏酒。

郭烨伸手指了指，低声问道：“这位就是咱们的不良令付大人？”

“嗯呐，我来唤他。”李二宝熟知付九的脾气秉性，也不客气，径自在付九的耳边道：“付大人，醒醒！醒醒！”

不过任凭李二宝在付九耳边怎么唤，他就像醉死过去，一动不动。

郭烨有点傻眼，堂堂长安不良司不良令、朝廷密谍机构的重要人物，居然整日醉生梦死、不理政务，真是一派妖相啊！

“我来吧！”陆广白说话了。

李二宝一愣，道：“你来？咋来？”

陆广白没理他，径直走到墙角，拿起了一个酒坛子。紧接着，他拍掉泥封，一股酒香弥漫开来。他从背后的药袋内，取出了一个小瓷瓶，然后打开，将里面的药粉全部洒入了酒坛之内。霎时间，一股奇异地酒香，在房间里荡漾开来。

“小陆，你这是什么鬼把戏哟？”郭烨闻着这酒香，咽了咽口水，肚子里的酒虫馋了。

“陆仵作，俺可以先尝尝不，好香的酒啊！”李二宝也大叫了起来。

“嘿，嘿，想得美！”突然，伏在几案上不良令付九大喝一声，迅速起身。

老爷子疾如闪电，快似狸猫，一把将酒坛子抢在了怀里，乐道：“这酒都是老头子的，没你们的份儿！滚出去！”

陆广白冲郭烨指了指付九，道：“瞧，这不是醒了吗？”

郭烨拉着陆广白的手，晃道：“小陆，回头这招也教教我！”

陆广白瞬时抽手，在身前的布袋蹭了蹭手心，不高兴道：“别总是拉拉扯扯的，放尊重些，不太喜欢啊。”

第十七章　又闻手中戒

“哼，你这白面皮的后生，倒是有点本事！纪青璇说，你们是新晋不良友，主动请缨追查萧廷案？”

付九一边说着，一边抱着酒坛子，颠簸着走了几步，缓缓坐了回去。

这时，郭烨等人才注意到，眼前这位不良令付大人的左脚有些跛，刚才抢酒的动作却如此迅捷，丝毫没有影响。

“本官你们也拜见了，回吧！”坐回去之后，付九冲他二人意兴阑珊地挥挥手，便抱着酒坛子给自己悠悠哉哉地倒了一杯酒，却不见洒落出来一滴酒水，足见手上功夫稳如磐石。

郭烨一愣，这到嘴边的话都没说呢，就被下了逐客令，好气啊。

陆广白却是说道：“我们什么时候回都可以，不过不良令大人，您这酒可不能喝。”

“不能喝？这是为何？”付九已经将刚倒出的酒，凑到了唇边，酒香四溢，醇香扑鼻，酒虫都快被勾到嗓子眼儿了。

陆广白道：“因为此酒有毒。”

付九微微一怔，将酒杯放回桌上，刚才还有些迷迷瞪瞪的眼神，陡然一变，变得锐利如鹰眸般，直勾勾地盯着陆广白，透着不容置疑，等待着陆广白的解释。

到底是在安西军长年浴血厮杀的百战老卒，这等杀伐之气，岂是普通京官所能具有的？

别说陆广白，就连郭烨都被猛地震慑了一下。至于李二宝，却是一脸心向往之，这才是好男儿该有之气度嘛。

陆广白解释道："还望不良令大人恕罪，刚才卑职往酒坛子里添的料，是一种名为'醉死草'的草药，为方便携带，属下将它磨成粉末放于香囊中。这种粉末一旦放入酒中，便会涌出浓烈的香气，尤其是对爱酒之人，有着致命的吸引力。但一旦饮用，便会立时中毒，稍稍过量就能置人于死！"

"原来如此，"付九听罢，又变得跟贪酒的老酒鬼似的，将酒杯拿起凑到鼻下闻了闻，依依不舍地放了下来，叹道："酒香勾人啊。可惜纵是再香，它也变成了一杯穿肠毒药。就像世间很多东西，看着花团锦簇，暗里却是烂了心。又如世间一些事，看着朴实无华，却是管不得、沾不得。一管便将自己卷进去，一沾便是无穷无尽祸啊！"

郭烨听着付九好像是话里有话，甚至是在敲打他和陆广白的。难道今日他是在警告自己和小陆，莫要听纪青璇的，莫要去管萧廷这桩案子吗？

他忍不住问道："不良令大人，长安不良司有查京畿奇诡悬案、保长安一方安宁之责。身为不良人本应是侍奉于法理真相，怎能取明哲保身之道呢？"

"小嘴巴巴，还挺能说。"付九眯着眼睛，多少有些不屑。

郭烨道："大人身为长安不良令，却只顾着明哲保身。贵司的纪青璇，虽不过是大人麾下的不良尉，却比大人更知道何谓法尺丈人间，也比大人更知道何谓天地有正气！大人这长安不良令，委实是……"

话说到这儿，郭烨已经完全放飞自我了，眼前浑然没有顾忌到付九乃堂堂长安不良司的不良令，若不是陆广白不停地扯着他的衣襟，他还要继续喷。

"嘿嘿，你是想说，本官委实是徒有虚名、尸位素餐，不配为长安不良令，是吗？"付九眯着眼睛继续问道。

郭烨道："属下不敢！"

"嘿嘿，你是不敢，但你是这么想的！"付九又笑了两声，道："今天就是纪青璇在这儿，本官还是那番话，你们想干什么，想查什么，本官概都不想管。但有一点，莫要连累了本官，还有本官这长安不良司中百十号老伙计，我等世代不良人，不能在付某手上断了代！"

什么？

郭烨这回听明白了，敢情这长安不良司中还分山头呢？这纪青璇和付九还是两个派系两拨人？是了，徐有功是女皇陛下擢升的不良帅，虽然管辖着长安和洛阳两处不良司，但是对于付九这些世世代代都是不良人的“土著”来说，这就是外来的和尚啊。不良人除了从市井招募有本领之人，还有世代传承之说。这徐有功空降而来，自然和土生土长的不良人不是一个山头的啊。

纪青璇这小娘皮让我面见不良令付九，向付九申请增派调拨人手，敢情就没安好心啊？

“呃，大人，您说这话，跟当初我祖父让我加入不良司任差，完全是两番话！”李二宝有些气急，梗着脖子争执道：“我祖父说，这酷吏当道的长安城里，若是还有人敢站出来秉持公义，惩奸除恶，匡扶忠良，那便是不良司了！”

“嘿，嘿，还匡扶忠良？”付九瞥了一眼李二宝，嗤笑道：“你祖父便是匡扶忠良，把自己匡扶到千里之外的南宾当县尉去了，好好地在洛阳当他的宰相，受百官敬仰不好吗？”

李二宝面色一红，气道：“你……”

“大人，您要这么说，我偏就要查这桩案子！”郭烨到底是少年热血，就见不得付九这种老官油子。他虽身为万年县衙小小捕头，但前任宰相李昭德的事迹却是知之甚详的。这都美名扬到各个市井酒坊了，身为一县捕头怎会不知道？李昭德忠勇刚烈、疾恶如仇、敢于谏言的事情，在市井坊间是受百姓称颂的，郭烨自也是对这位老大人佩服得不得了。

“好胆你再说一遍！”付九喝道：“念在纪青璇呈报上来的公文中提及，你二人在五石散一案的功劳，本官可以暂且让你二人以不良友之职托庇于不良司中，免遭丽竞门报复。兴许，未来立些功劳，还允准你二人成为真正的不良人！但是你二人执念于追查萧廷一案。哼，哪里来，便滚哪里去！”

郭烨心里那叫一个气啊。纪青璇啊，纪青璇，你这太坑了。原来不用查萧廷案，凭功劳也能进不良司啊！那你让我来掺和什么萧廷案？

但是现在郭烨骑虎难下了，还能认怂吗？

尤其是二宝此时此刻就像迷弟一样，在郭烨身后用散着灼热光芒的眼睛，崇拜地盯着郭烨。

就连郭烨认为这个时候会偷偷拉他衣襟衣袖，劝他认怂，劝他就坡下驴的陆广白，此时此刻居然都一脸同仇敌忾，非要一查到底的义无反顾之色。

郭烨感觉自己好像又被套路了！

就在这时，陆广白说话了："萧廷之案，我虽小小仵作，却与郭捕头一样态度，世间终需正义在！查，非要查出个水落石出不可！"

郭烨急道："小陆……"

李二宝又道："好！我李二宝此生就佩服郭烨大哥、广白大哥这样的世间好男儿！我陪你们一起查，不就是丽竞门吗？我祖父从来不惧他们，我也不会惧！"

郭烨："二宝……"

"滚！"付九面色骤变！

尴尬了！

郭烨不知道这"滚"是什么意思了，是让他们彻底滚出不良司，连不良友的资格都被剥夺了吗？还是让他们先滚出不良司，保留不良友的资格，但不许追查萧廷案？或者说是，让他们滚出去，同意他们追查萧廷案了？

空气好像在这一刻，瞬间凝滞了。

"等一下！"付九忽然又开口了，目光却落在了郭烨的手上，问道："你手上的戒指，哪里来的？"

戒指？郭烨下意识地看了看自己戴着的戒指，自上次升平馆看到萧廷尸体上有一枚同款不同字雕的戒指之后，已经好久没在意过这戒指的事了。

现在又听付九提问这枚戒指，再加上升平馆那枚牵扯到萧家的戒指……很可能，这戒指还牵扯到什么天大的秘密。

他稍微犹豫了一下，就将父亲留给他戒指，后远走他乡之事和盘托出。

付九听完后，又看了看郭烨的脸庞，若有所思地点头道："像，爱管闲事的毛病，倒是像极了！"

"啊？听大人这话，莫非知道这戒指有什么渊源不成？"郭烨激动地问道。这是他第一次听到有人说起这戒指，也许能打听到父亲的下落呢？

"戒指的事儿你莫打听。"付九猛地神情肃然，字斟句酌地道："戒指之事，知道得越多，死得越快！"

说罢，付九那双鹰眸般的目光又徘徊在李二宝和陆广白脸上，叮嘱道："你们二位若是郭烨这小子的好友，那今日戒指这事便烂在肚子里，就是父母妻儿，都万万不可提起。”

“明白。”二人齐声答应。虽然不知道戒指到底有什么秘密，但是付九说得这么严重，二人也不敢小觑。

郭烨想着上次萧廷死得那叫一个惨，难道也是戒指给惹来的祸端？备不住就是呢？那这玩意就不单单是父亲留下来的念想了，也是一道要人性命的催命符啊。

当即，他飞快地将戒指褪下，放入袖兜之中，说道：“属下回去就把这枚戒指藏好，再也不拿出来了。”

“嗯，你倒是很知趣，这点也像！”付九点头，道：“罢了，看在这戒指的份儿上，本官便遂了你的心思。你不是要查萧廷案吗？”

“这……其实不查也无所谓，只要能让我们进了不良司……”郭烨回道。

不过话没说完，就被李二宝抢了话茬儿。“查！一查到底！纪青璇她都查不出这桩案子，我们若是查出来，既能还一个法理真相，也能在这女人面前，好好威风一把！”

付九点点头，道：“在纪青璇这个态度上，本官还是很欣赏你李二宝的！这样吧，给你们三天的时间，你们将本官手头上一桩小案给破了，本官就信你们有查萧廷案之能力！到时候萧廷一案，本官会给你们增派人手。萧廷案一破，你们不良人的身份，也算是踏实了！”

郭烨觉得这事儿从头到尾就是被纪青璇套路了，还有身边这两位队友给反助攻了，不然连屁事儿都不用掺和，就是不良友了。眼下真是何苦来哉？不单单摊上萧廷案，还莫名其妙要接过付九手上一桩案子来。

这简直就是自讨苦吃啊！

他丧丧地喟了一口气，问道：“敢问不良令大人，是什么一桩小小案子？”

付九哂然一笑，道：“案子虽小，但是挺玄乎的。小子，你可听过神仙娶媳妇这种事儿？”

第十八章　神仙娶妻案

听付九讲，发生神仙娶媳妇这桩蹊跷事的这户人家，位于长安永宁坊十字大街第三曲，家主叫张初仁。

能让不良司介入，即便是小案子，那当事人也不是小户人家。这位家主张初仁，今年不到四十岁，却已经官居昭武校尉，在北衙禁军中任职。

北衙禁军乃皇帝私兵，屯驻于宫城以北，以保卫皇家为职责，又称羽林军。

张初仁的妻子在十二年前病亡，留有一女，名幼娘。此女今年刚满十六，出落得花容月貌、亭亭玉立。

张幼娘，便是付九口中提及神仙娶媳妇一案的当事人。

一个月前，张幼娘偶感风寒，头疼不止。张初仁为女儿延请了当地一位名医医治，却一直不见好。

直到五日前，张初仁又请那位名医过来诊治，名医诊脉过后，欲言又止，面有难处。

张初仁屏退了丫鬟仆役，将名医请至无人处，反复求恳，名医才道出了张幼娘的病情——张家小姐并未患病，而是害了喜。

言下之意，诊的是喜脉！

这话对张初仁而言，顿如晴天霹雳啊！因为他的女儿还待字闺中，未出阁啊！

这……这简直就是张家的奇耻大辱啊！

张初仁气坏了，强忍着暴戾将名医送走后，马上严厉逼问起张幼娘，到底那个野男人是谁？张幼娘闻之，亦是惊骇万分，哭哭啼啼地说父亲冤枉了她。

张初仁也知道自己的女儿自幼便乖巧，性子也是胆小怯弱，平日里更是大门不出、二门不迈，怎么可能会跟外面的野男子行苟且之事呢？难道是名医误诊？

他偷偷将张幼娘扮作女婢的模样，带着她去了城外找了不熟的大夫帮忙诊治。但很不幸，结果都和那位名医给出的一模一样，张幼娘有身孕了！

这边是铁的事实，肚子里有货了。那边是张幼娘哭哭啼啼，甚至以死明志，始终不承认自己和野男人有过苟合。

哭诉中,张幼娘言无不尽,甚至连做的荒唐梦都讲了出来,她说自己曾经夜梦金甲神人,并与之亲密。

张初仁闻之暗诧,难道女儿腹中的孩子是梦中那位神人的?

啪!张初仁扇了自己一嘴巴子,怎么可能有这种事?这不是扯淡吗?

但是,接下来无论张初仁怎么威逼利诱女儿,张幼娘都再也不开口了。

张初仁总不能对身怀有孕的女儿动手吧?他想尽了办法,就连服侍张幼娘的婢女们都逐一拷问,结果一无所获。但总不能眼瞅着女儿的肚皮一天天大起来,然后连谁是肚子里孩子的爹都不知道吧?这事儿总要弄出个水落石出。这种事情又不能大肆查访宣扬,报官只能是将自己的脸放在街上任人踩!以后自己还要不要在官场上立足了?张家还要不要在永宁坊立足了?最后,张初仁实在没办法,只能将此事求到了挚友付九的头上,付家和张家乃世交,张初仁信得过。

付九陈述完个中详情之后,不忘叮嘱郭烨道:“事关张家的门风,也关系到张幼娘这个未出阁少女的名节,故此案仅限本官与你们几个人知晓,尔等除了要管好自己的嘴,还要注意查案的方式,切记不可大张旗鼓闹出动静来。”

郭烨回道:“明白。”

陆广白也是轻嗯一声。

倒是李二宝,一左一右拉起郭烨和陆广白的手,道:“此案很有挑战,我们兄弟齐心,其利断金,定能查出真相来!”

付九摇头道:“小子,不是‘我们’,而是郭烨和陆广白。这个案子,没你什么事。”

“凭什么啊?”李二宝一脸忿忿。

“呵呵。此案是对他们二人的考验,旁人怎能代劳?”付九意味深长道:“要想成为真正的不良人,必是要经历一番磨砺的!”

说到这儿,付九先看看李二宝,才将目光落在郭烨脸上,道:“须知,不良司易入,不良人难当啊!”

不良司易入……说得可不就是李二宝这种靠走后门的么?

至于不良人难当?莫非又是话里有话,除了李二宝这种不良人,还有不一样的不良人?

郭烨细细琢磨着付九的这句话。

足足一炷香的光景,郭烨和陆广白齐齐出了不良司,直接就去了张府。

张初仁今日没有当值,正好在家。

郭烨见到了这位年不过四十岁的羽林军昭武校尉。

“二位,请坐!”张初仁相貌刚毅,听郭烨二人自报家门后,也是一番彬彬有礼,并没有因为和付九的世交而怠慢了郭烨和陆广白。

但是,张初仁眉宇间的愁色,怎么也遮掩不住。

也是,谁家摊上这么一档子事,能高兴得起来?

简单寒暄了几句后,张初仁喟然一叹,道:“诶,也不是张某要逼迫幼娘交代出实情,她是我的女儿,我何曾想让她难堪啊!但是她母亲过世的早,我夫人临死之前,拉着我的手,千叮咛,万嘱咐,一定要将女儿好好养大成人。这些年来,我含辛茹苦将她养大,谁知还未出阁便出了这么档子奇丑之事!我必须找出那贼人来,不想幼娘就这么被人白白欺负了去!”

“张大人的心情,我等自然理解的。”郭烨微微点头,回道:“实不相瞒,临来之前,我与小陆对这个案子也做了一些功课。”

“哦?”张初仁眼睛一亮,急急问道:“不知郭捕头可有什么发现?”

郭烨道:“只是有点小小的怀疑罢了。在这个案子里,头一个发现令爱怀有身孕的人,就是一直给令爱诊病的那位名医。他有理由,也有时间,和令爱单独相处,会不会……”

“他?绝不可能!”张初仁连连摆手,说道:“那名大夫叫卢重恩。他和本官私交甚笃,决计不会干这种事。再者说了,此人与我年纪相仿,小女不过十六岁之龄,怎会看上他?若是对方用强,幼娘自会反抗,也不会怎么逼迫都不说了。还有,卢重恩还是幼娘的远房表舅,俩人沾着亲,还差着辈儿呢!不可能,决计不可能的!”

郭烨点了点头,表示了解,随后道:“这么说,可以排除这位卢姓名医之嫌疑了,那我们暂时也就没什么线索了。这样,不如让我们先见见令爱,如何?”

“嗯……”张初仁犹豫了一下,高声道:“来人,去把幼娘叫来!”

“是的,老爷!”门外有声音趵趵而去,可能是丫鬟去叫人了。

不大功夫,忽又有一阵踉踉跄跄、急促的脚步声传来。

哐当！屋门被用力推开，有个小丫鬟冲撞进来，脚底一滑，匍匐在地，紧张万分地喊道：“老……老爷，不……不好了！小姐，小姐她……她被神仙娶走了！”

“什么乱七八糟的？若再敢胡说八道，本官扒了你的皮！”张初仁拍案而起，厉声大喝。

小丫鬟吓得身如抖筛，不敢抬头，伏在地上瑟瑟回道：“奴婢不敢胡说！老爷快去后宅看看吧，咱家小姐……已经……已经没气儿了！”

“啊？没气儿了？”张初仁倏地满脸煞白，整个人晃了两晃。

“张大人小心！”郭烨眼疾手快，赶紧上前把他扶稳了，劝说道：“耳听为虚，眼见为实。张大人，要不咱们也去后宅，看看小娘子的状况到底如何。真是没气了，也未必就真的没救了。”

“对，对，对，郭捕头说得极是。快，快，去后宅！”张初仁感激地看了看郭烨，然后在郭烨和陆广白搀扶下直奔后宅。

“就是这里了！”张初仁指着一道房门，双手推开，带着众人快步入内。

此时，房内。

一名身着青色嫁衣，头戴珠翠，面上敷粉，唇上丹红一片的美人，映入了大家的眼帘。

她安安静静地躺在榻上，仿若刚刚睡着。

她又好似在闭目养神，眉宇间透着欢愉，披着心爱的嫁衣，憧憬着少女梦寐以求的属于自己的婚礼。

第十九章　名医卢重恩

“幼娘，我的幼娘啊！！！”

张初仁扑棱跪地，连跑带爬地来到榻前，摇晃了几下张幼娘的胳膊，但不见她动弹。

他又颤抖着手去探张幼娘的鼻息，唰的一下，大惊失色地缩回了手，满面烛泪地摇头哽咽道:“怎么会这样?怎么会这样啊?这不可能,这不可能……”

这时陆广白已经走到榻边,先是一探张幼娘的鼻息,再是摸了摸张幼娘皙白的脖颈动脉处,看着眼前花容月貌、芳华正好的少女,微微一叹息。

郭烨皱眉问道:“小陆,张幼娘是……?”

陆广白摇了摇头,低声道:“可惜,来晚了!”

“诶,张家小姐这么好的年纪,却是……咳咳,张大人,人死不能复生还请节哀顺变。”郭烨拱手抱拳惋惜道。

既然陆广白都宣布死亡了,那张幼娘决计是没有被救回来的可能了,对于小陆的能力,郭烨还是信服的。

“小姐,小姐真的是被神仙娶走了吗?”丫鬟看着眼前床榻上的张幼娘,面润腮红,仿佛睡着了一般。若真是死了,哪有死得这般好看的?

“是,没错!”张初仁突然收声止哭,站了起来吩咐道:“你交代府里上下,小姐已经被神仙娶了妻,魂飞九天去过那缱绻日子了。”

“等等!”郭烨疑惑地看着张初仁,问道:“什么……什么被神仙娶了妻?张大人,你这是什么意思?”

张初仁也看着郭烨,面色刚毅道:“本校尉就是这个意思!”

陆广白抱拳道:“张大人,本人陆广白,今为不良司不良友,昔为万年县衙首席仵作!若是信得过陆某,我愿为令爱验尸一番,查出其真正死因,让真相大白于世!”

说着,陆广白缓缓蹲下身子,将目光全落在了平躺在床榻上的张幼娘处。

“放肆!”

锵!张初仁一转身,将墙壁上的镇宅宝剑抽了出来,剑指陆广白,大喝道:“陆仵作安敢亵渎小女之身?”

郭烨一把将陆广白拽了起来,飞快躲开,足足隔了张初仁三五步之远。

这张初仁爱女刚逝,正是神经最脆弱和最敏感的时候,郭烨可保不齐这厮会做出什么偏激的举动来。

“别激动,张校尉,先将宝剑放下来再说。”郭烨好言劝说道:“小陆也是想通过验尸,还死者一个真相,给令爱一个公道啊!”

“用不着!我家幼娘没有死!”张初仁一本正经地说道:“我家幼娘是被神仙

娶了妻，三魂七魄去了天上罢了！你们看看我家幼娘这个样子，像是死了的人吗？你们再看幼娘这身嫁衣，我从未替她许了亲事，家里怎会早早就准备嫁衣的？这嫁衣定是那神仙送的。郭捕头，本校尉再说一遍，我家幼娘没有死，你莫要乱说话，她只不过是被神仙娶了妻，去天上过逍遥日子去了！”

郭烨：“……”

陆广白则是不迭摇头，叹道：“疯了，真是疯了！这张初仁痛失爱女，不堪打击得了失心疯！”

“呵呵，他可没疯！”郭烨冷笑一声，然后对着张初仁拱手道：“好吧，民不举官不究，既然张校尉这般说辞，那我等就先行告退了！”

郭烨说罢，轻轻扯了一下陆广白的袖子，转身就走。

“且慢！”张初仁突然又叫住了两人，面带歉意地说道：“本校尉刚才一时情急，拔剑威吓陆仵作，也惊吓了郭捕头，委实是失了礼数。春雨——”

张初仁冲床榻边上的丫鬟吩咐道：“你去账房支上十两金子，谢过两位不良司的朋友！”

“二位，请跟奴婢来。”小丫鬟施了一礼，说道。

郭烨真的把这十两金子给收下了。

陆广白一阵不解，郭烨说，这没办法，这十两金子若不拿走，甭想走出张家的府邸。

十两金子，就是一百贯钱，够郭烨在万年县衙当捕头那会儿两三年的俸禄了。

这是一笔巨款！

这是因为失了礼数的致歉费和让他们从不良司跑一趟的感谢费吗？哪里有这么简单？这是封口费啊！

刚来张府那会儿，张初仁怎么说的？他压根儿就不信什么神仙娶妻的鬼扯淡啊！现在张府突变，张幼娘死了，为什么突然改变了口风，坚决认定张幼娘就是被神仙娶了妻，不是死了呢？其实很简单，不外乎就一句话，家丑不可外扬！尤其是他在羽林军任职，官居昭武校尉，家中女儿未出阁却有了身孕，不仅会有辱张家的门风，还会间接地影响了他的官途。

如今张幼娘既然死了，那只能是低调处理，将盖子捂住，用神仙娶妻的鬼扯淡将此事敷衍过去。不然难道真的要把这个案子闹得沸沸扬扬，让外界去传张家逼死了女儿，或者说，让外人诋毁张幼娘做了丑事，羞愤自尽？

有付九的世交之情，还有这十两金子的封口费，张初仁相信，郭烨和陆广白不会胡乱搞事！

二人出了张宅，找人打探了一番卢重恩的医馆，便朝着永乐坊而来。

卢重恩是长安的名医，依着张初仁的话说，是他一直给张幼娘诊病，并且诊出了喜脉。纵然他没有嫌疑，但也应该知道些线索。

到了卢重恩的医馆，郭烨亮出了身份。这不良司的招牌在长安城里，虽然凶名不比丽竞门，但普通人家也是挺有震慑力的。

卢重恩在医馆里的诊堂见了郭烨。

“你们问幼娘啊。唉！这孩子可怜呐！”

卢重恩跟张初仁年岁相仿，但这俩人却是完全两个类型的男人。卢重恩大夫出身，颇得养生之道，看着比张初仁要年轻得多，而且一副文质彬彬的样子，相容俊美，颇有几分女子的阴柔气质。

听郭烨讲完进入张府巨变之事，卢重恩唰地眼角泛泪，不断拿着锦帕擦拭，哽噎道：“都怪我，都怪我学艺不精啊！十二年前，卢某眼睁睁地看着她娘病死，却无回天之力。要是幼娘这孩子有婉儿教导，就不会铸成如此未婚先孕之大错，更不会有今日命陨之厄了。”

“嗯？”郭烨细听之下，问道：“卢大夫口中的婉儿，莫不是张小娘子的母亲？张校尉的亡妻？”

“没错，幼娘她娘姓卢，婉儿是她的闺名。”卢重恩道。

郭烨点点头，道：“闺名轻易不能示人，看来卢大夫和张幼娘之母，关系亲近得很呐。”

卢重恩道：“婉儿是我的表妹，我是她的表哥，关系自然亲近！”

原来是表兄妹，那知道闺名也不奇怪，备不住从小一起长大呢。

郭烨又问：“那您知不知道，张小娘子平日里除了在府邸之外，还经常会去什么地方？”

“除了家中吗？嗯……那就只有广仁寺了。”卢重恩一提起广仁寺，面色变得有些愤恨，切齿道：“在诊出幼娘有了身孕之后，卢某也想过，此事有可能是广仁寺的贼秃干的！或者是，有人在广仁寺，得了那些贼秃的帮助，欺辱了幼娘！总而言之，肯定与那帮贼秃脱不了干系！可惜卢某素来文弱，无法打上那广仁寺教训那些贼秃，帮我家幼娘报仇。此冤屈，只能拜托二位替幼娘申诉了。”

“广仁寺？和尚？”郭烨从卢重恩这里倒是得了有用的线索。

这时，卢重恩站起身来，说道：“二位请稍待片刻，卢某去去就回。”

卢重恩转身去了里屋，功夫不大，取来了一个锦盒。他快速将锦盒打开，盒中有两枚金元宝。个头挺大，郭烨目测，估计每枚金元宝，足有十两之重！

“卢大夫，你这是何意？”郭烨对此有些莫名其妙。

“些许薄礼，不成敬意。”卢重恩躬身一礼，诚恳至极道：“卢某膝下无儿无女，虽说幼娘非我闺女，我却将她当作子女看待。如果能为她报仇，别说些许钱财了，就是倾家荡产，卢某也心甘情愿啊！”

啪嚓！卢重恩话音落罢，门外忽然传来一声巨响。

“谁？”卢重恩几步冲到门前，往外观瞧。

喵——

一只黑猫从角落里窜了出来，随后优雅地走着猫步，浑然不惧此间诊堂的生人。

角落地上一摊的破碎瓷片，八成是这黑猫窜得用力，将花瓶窜碎在了地上，砸了个稀巴碎。

卢重恩抬脚踹了一下黑猫，呵斥道：“你这老猫，都快成精了！看哪天被人捉了去，做成猫鬼！”

“咳咳，卢大夫，猫鬼的事儿可不管乱说。”

猫鬼在女皇陛下登基后，就成了禁词，前两天纪青璇还不是一听猫鬼杀人案，整个人如临大敌？郭烨指了指卢重恩的头，提醒道：“莫要乱说话，被人胡乱传出去，传到了不该传的地方，这两个字足以要掉你的脑袋。”

卢重恩连连点头，拱手道：“明白，明白。卢某是突闻幼娘的死讯，心烦意乱，说话没过脑子，以后再也不敢胡乱说话了。”

被“猫鬼”二字一掺和，郭烨也想不出再问些什么了，便说道：“那行！暂时就跟卢大夫打听这些吧，我们还有其他公务在身，先行告辞了！”

“我送送二位。”郭烨和陆广白在卢重恩的相送下，走出了卢家的医馆。至于卢重恩那两锭金元宝，郭烨没拿，这两锭金元宝可不比张初仁那个十两金子那么简单。这有些钱啊，不明不白的，郭烨可不能拿。不过卢重恩似乎也忘了，并未追跑出去要送金元宝。

出了医馆，郭烨和陆广白一合计，去广仁寺瞅瞅吧。这年头的和尚，花花事儿也不少，嫌疑很大。莫要忘了女皇陛下的高阳公主和辩机和尚那些风流韵事。佛门清净地，但也有那么一小撮和尚，心里是不清净的。

喵——

又是一声猫叫！

走在半路上，突地，一只黑猫不知从哪里跃起，落在了郭烨的肩膀上，又猛地一蹬，窜出去一丈多远。

郭烨被吓了一跳，骂道："你这黑毛的畜生！吓唬老子，找死啊？"

"喵喵。"黑猫居然一点都不惧，反而停了下来，扭头回望着郭烨，又叫了两声。

"小样儿，还成精了，这是在挑衅老子？信不信宰了你炖一锅，给小陆补补身子！"

"都什么时候了，还有心思要嘴皮子逗贫？"陆广白翻了翻白眼，不过当他把目光落在黑毛身上时，不由皱起了眉头，说道："喂！这只黑猫看着有点眼熟啊。"

"废话，不就是刚才卢重恩家的那只黑猫吗？你说这家伙是不是成精了，这一路上跟着咱们，诶？"郭烨忽地恍然大悟，一拍额头，问道："小陆，它是想让咱们跟上它啊！"

"没错！"陆广白也觉得这黑猫不可思议，但事实就是这样。

"那还愣着干啥，快追！"郭烨急道，一把抓起陆广白的手。

陆广白一边跟着追，一边用力想从郭烨手心里抽出手来，气道："别拉着我，我自己能跑！"

二人尾随着那黑猫穿街绕巷，不消一会儿，两人就来到一座清静的小宅院前。

吱——

宅门幽幽自开，一名三十多岁的妇人，出现在郭烨和陆广白面前。

"是你教唆黑猫，将我二人引来此处的？"郭烨开门见山地问道。

妇人微微一揖，道："妾身拜见郭捕头、陆仵作。"

"居然知道咱俩？"郭烨和陆广白对视一眼，然后又问那妇人："你又是何人？

为何教唆黑猫引我二人来此？”

“卢重恩乃妾身的夫君。”妇人拢了拢额头的秀发，幽幽道：“广仁寺，二位就不必去了，张府的张幼娘就是卢重恩杀的！”

第二十章　同姓不通婚

卢重恩是她的夫君？

亲自检举自己的夫君杀人？

郭烨不清楚这妇人和丈夫卢重恩发生了什么事情，但是他更关心张幼娘是被卢重恩谋害的，当即问道：“卢夫人，你说你夫君杀了张幼娘，可有什么证据没有？”

卢夫人又是微微一揖，说道：“郭捕头、陆仵作，二位请跟妾身来。”

卢夫人领着二人进了宅门，便转身将门关上并拴好，随后引着他们到堂屋入座。

此时，一只黑猫眸子灼灼放光，静静地卧在堂屋的角落里。

“卢夫人既然能说出广仁寺，想必是在你家医馆偷听了我们与你丈夫的谈话吧？”郭烨坐下之后，便问道：“这么说来，刚才在诊堂门外摔了花瓶的，并非是那成了精的黑猫，而是卢夫人你了？”

“正是妾身。”卢夫人大大方方地承认，随后从袖兜中掏出来一张白笺，说道：“三日前，卢重恩在自家药铺里配了几味药，郭捕头请看。”

郭烨接过，第一时间就交给了陆广白。这种事情，小陆才是最拿手的。

陆广白接了过来，在白笺上稍微一扫，顿时面色微变，皱着眉头肃声道：“这药方上的几味药一合，可就是剧毒之药啊。”

“呵呵，什么神仙娶妻，美死那个小贱人了！”突然，一直恬淡的卢夫人面色骤变，泛起冷笑，语调也颇为尖锐了几分，道：“张幼娘那小贱人，想来就是吃卢重恩这药方上的药，才被所谓的神仙娶走的。郭捕头在张家应是见过那贱人死时的模样了吧？是不是美艳不可方物，不像那刚死了的白脸鬼？”

这话说得过于尖酸刻薄，即便张幼娘未婚先孕，不合礼制，这卢夫人也不必突然变得这么幸灾乐祸？

恶妇！

郭烨的心头升起一阵厌恶感。

不过破案为先，他也不跟她计较，他盯着卢夫人的眼睛，沉声问道：“如果此事属实，那你夫君卢重恩就犯下了杀人之罪。卢夫人，你亲自检举，又亲自提供了这药方，莫非今天是要……大义灭亲啊？”

大义灭亲，这在唐时可不是什么好话，更不是什么褒奖溢美之词。

朝廷律法规定：“诸同居，若大功以上亲，及外祖父母、外孙，若孙之妇、夫之兄弟，及兄弟妻，有罪相为隐……皆勿论，即漏其事，及擿语消息，亦不坐……若犯谋叛以上者，不用此律。”

说得浅白一些，就是除了谋逆罪外，官府支持的是“亲亲相隐”，而不是什么“大义灭亲”。

此事只要坐实卢重恩杀了张幼娘，一旦传扬出去，卢重恩自然是受大唐律例制裁，但这位卢夫人势必会受到坊间的鄙夷和礼法的谴责！

卢夫人却是毫无惭色，高声道：“此事的后果，妾身已经想清楚了。但是，我不在乎。我要的，就是他死！我就是要他卢重恩死！”

“这是为何？正所谓千年修得共枕眠，能够今世夫妻一场，那必是百世才能修来的缘分啊！”郭烨不明白卢夫人对丈夫的恨从哪里来，既然夫妻二十载，那不应该是相濡以沫吗？

“为何？”突然，卢夫人的声音猛地发抖起来，情绪极其激动。“我为他卢重恩守了近二十年活寡！为什么我们成婚二十年，至今没有子嗣？就是因为他卢重恩从来就没有碰过我！他让我白活了一辈子！我恨他！我恨不得他死！”

“卢夫人莫要激动，冷静，请先冷静一下。”郭烨劝道。

“卢夫人，兴许尊夫是有什么隐疾呢？”陆广白身为仵作，自然也是半个医。

“什么隐疾？他好得很呢！就算他有龙阳之好，妾身也认了！可恨的是，可恨的是……”卢夫人恨意冲天，双目都泛着殷红之色，恨恨道：“可恨的是在三个月前，他竟被我发现，和张幼娘身边的一个婢女好上了！两个人翻云覆雨，好不快活着呢!”

“呃……”郭烨和陆广白对视一眼,这扯着扯着,都扯进人家夫妻家事去了。

“呵呵,我都知道,我统统都知道! 他就是忘不了那个贱人!”卢夫人继续自顾说道:“就算那个贱人死了十二年,他都无法忘记。他就算是碰府中贱婢,也不愿碰我。他就是永远都忘不了那个贱人!”

“你说的这个人是谁?”郭烨当即好奇问道。

“就是张幼娘那个小贱人的娘——卢婉儿!”卢夫人说道。

“卢婉儿? 张幼娘的母亲,张初仁校尉的亡妻?”郭烨问道:“卢婉儿不是你丈夫卢重恩的表妹吗? 难道他俩还有私情?”

卢夫人嗤笑一声,冷笑道:“哼,表兄妹就不能有私情吗? 他俩没有成婚前就私定过终身!”

陆广白奇道:“那既然两情相悦,为何没有在一起? 亲上加亲,琴瑟和鸣,不更是一桩美谈吗?”

“你……住口!”卢夫人歇斯底里骂道。

“小陆,你这是要干啥?”郭烨扯了扯陆广白的衣袖,示意他不要再刺激这女人了。

“卢夫人,别理小陆,他有嘴无心。”郭烨笑呵呵地道:“不过既然是私订终身,为何他俩……”

“呵呵,他俩倒是想啊!”卢夫人笑得有些瘆人,“但他俩这辈子都不可能在一起的! 同姓不通婚,礼法大过天!”

“对啊! 我想起来了,他俩虽为表亲,但都姓卢,依循礼制,同姓不婚啊!”

那么,照卢夫人刚才的这番话来推断,卢婉儿和卢重恩之间的真相应该是,卢重恩和卢婉儿情投意合,却因为同姓的关系,不得不劳燕分飞,一个嫁给了张初仁,一个娶了现在的卢夫人。彼此都成婚之后,卢重恩却念念不忘卢婉儿,所以二十年来不碰卢夫人一下,让她守着活寡。

但这跟卢重恩配有毒的药方害死张幼娘有一文钱的关系? 这完全就没有杀人动机好不好? 再说了,他如此魂牵梦萦卢婉儿,张幼娘作为昔日恋人的女儿,他不应该是对张幼娘更好些吗?

照卢夫人这么说,卢重恩杀人的动机根本不成立!

能将两桩事儿强行扯到一起，看来卢夫人已经被妒意和恨意迷失了心智。

郭烨不再相信卢夫人的话了。

至于卢重恩为何要隐瞒他与卢婉儿当年的关系，那就跟张幼娘被害一案暂时无关了，也许卢重恩想维护卢婉儿的声誉，或者不想传扬出去破坏张初仁和卢婉儿的夫妻感情，又或者，这都是卢夫人的片面之词、捏造之词，根本就是子虚乌有的。

不管真或假，是或不是，郭烨都觉得只要跟本案没关系，都不重要，他也不想牵扯太多的精力去介入其他事，眼下先解决完张幼娘这桩神仙娶妻案再说其他，毕竟不良令付九给的时间也有限。

见郭烨不信，卢夫人又是赌咒又是发誓，说这有毒药方就是卢重恩配的。

陆广白又看了看白笺上的药方，发现字迹和他之前在卢重恩医馆留意到的药方字迹不一样。卢夫人解释说卢重恩向来小心谨慎，那个药方根本没有落于文字，这白笺上的字是她自己调查后自行写上去的。

连白笺上的药方都是卢夫人自己写上去的，那郭烨更觉得这妇人的话根本不足以信了。因爱生恨，素来有之。

他略微敷衍了卢夫人几句，表示会好好查卢重恩一番，便拉着陆广白告辞离开。

他觉得不能在此和这妇人继续消磨时间了，应该根据卢重恩提供的线索，去广仁寺调查一番。

离开卢夫人的小宅后，出了巷子口。

两人被一个金盔金甲之人，挡住了去路。

金甲神人？

郭烨突然想起张初仁讲过，张幼娘跟他提及，梦见金甲神人与她亲密，才有了身孕。

“不会这么邪乎吧？”郭烨看着眼前这个金盔金甲之人，皱眉道：“你就是张幼娘梦中那个金甲神人？”

“不错，正是本神。郭烨！陆广白！本神娶妻，与你们有何关系？为何死死盯着不放，还惊扰了本神的丈人？尔等凡夫俗子……纳命来！”

言毕，他手持一柄长刀，快步往前！

长刀横扫,气势逼人,带出一阵劲风,大有要将郭烨和小陆一刀劈成两截之势!

郭烨又是一把拉起陆广白,尖叫一声。“小陆,别杵着了,赶紧跑啊!”

郭烨和陆广白撒丫子就跑,这所谓的金甲神人虽穿了重甲,腿脚上却丝毫不慢,在后面紧追不舍。

路上的百姓见了这副架势,也吓得纷纷作鸟兽散。

跑了不大一会儿,郭烨和陆广白已经累得吁吁带喘,拖着疲重的身体逃进了一条逼仄的小巷子中。

郭烨稍稍停歇了一下,说道:“这家伙太能跑了。小陆,这神仙的体力就是好啊。金甲神人果然不是浪得虚名啊!”

陆广白也是抹了抹额头上的汗渍,翻着白眼说道:“神仙你个头,还金甲神人。要是神人,咱俩早就被劈成两截儿了。八成是有人不愿咱们查张幼娘一案。”

“谁啊,还扮神仙要老子的命!真比老子还会装神弄鬼的!”

郭烨话一出来,那金盔金甲之人已经举起长刀,冲入小巷中。

离他们不过五十步!

“跑!”郭烨刚要拉起陆广白的手,却发现真倒霉,是条死巷子,前面再有十几二十步,就到头了!

“进来!”突然,巷中有扇木门开了,原来是个小院的院门,不怎么起眼,刚才还没发现呢。有个老者在木门里头招招手,道:“两位小哥,先进来躲上一躲!”

“谢谢老丈!”郭烨二话不说,拉着陆广白就窜进了小门里。

嘭!

木门再次被关上。

咣,咣,咣!

金甲人用长刀对院门不停劈砍,薄薄的一扇木门已经被劈凿得木屑横飞,估计坚持不了多久!

“拼了!小陆,你退一退,到我身后来,我保护你!”

郭烨将陆广白拦到自己身后,然后将手缓缓伸入怀里,屏息凝气地盯着即将被劈凿开的木门,静待着破门的那一刹那!

第二十一章　小陆藏手弩

嘭！

大门被劈开了！

金甲人踏着烂碎的木门，迈步而入。

“郭烨，本神今日要取你性命，让你坏本神娶妻的好事！”

金盔金甲，长刀挥舞，气势如虹，仿若金甲神仙下凡！

“啧，啧，卖相真不错！”郭烨将陆广白挡于身后，居然不怕死地对金甲人评头论足起来：“这头盔和铁甲还黄灿灿的，刷了不少铜漆吧？”

“哼！敢辱本神，找死！”金甲人其实大作，长刀高举，冲郭烨力劈华山而来，重若千钧！

“看我破你装神弄鬼！”郭烨伸入怀里的那只手，对准金甲人的盔面，猛地用力一扬。

呼——

是石灰！

一把石灰从郭烨手中扬出，白色的粉末漫天飞舞。

金甲人浑身上下罩得严实，也只有头盔上眼罩的位置是开着的。只要这石灰撒进眼睛里，纵有百般本事也是个瞎子！郭烨相信武艺再高，也怕石灰！

不过貌似金甲人早有准备！石灰撒出来的一瞬间，他就已经用右臂遮住了双眼，躲过了郭烨这一出偷袭。

“雕虫小技！”金甲人缓缓放下手臂，将长刀再次举起，眼睛一眨不眨地盯着郭烨，恣意笑道：“堂堂县衙捕头，也用撒石灰这种下三滥的手段？”

“切，对付你这种藏头露尾的鼠辈，下三滥的手段正合适！”郭烨一招落空，但输人不输阵，嘴巴也要挣点便宜回来。

金甲人长刀一横，不屑道：“死到临头还嘴硬，今天就送你上西……啊！！！”

话音未落，一道寒芒闪瞬而过！金甲人一声惨叫，捂着脖子应声倒下，身体很痛苦地抽搐挣扎了几下，也就三两下的功夫，就没了动静。

什么情况？

郭烨下意识地回头一看，被他保护在身后的陆广白，手中已经端了一副手弩，显然刚才那道寒芒便是从他手中的手弩中射出！

“你哪来的手弩？”郭烨也没想到是小陆出的手。

陆广白却仍旧是一副如临大敌的样子，继续端着手弩瞄准着倒地的金甲杀手，神情肃然冲杀手倒地的位置努努嘴，说道：“你去看看，死了没有！”

郭烨“嗯”了一声，他知道这可不能大意，万一这杀手诈死，反手就将他俩劈一刀，全歇菜了！

他上前用脚踢了几下金甲杀手硬邦邦的铁甲，没有反应。接着，他用脚尖将杀手那把长刀勾开一丈多远，才缓缓蹲下身子来检查尸体。

他发现杀手的脖子上，多了一根细小的弩箭。整根弩箭有半根插进了脖子，鲜血汩汩涌出，可见力道之狠。

在郭烨看来，小陆这一箭射得极为不简单！

杀手浑身上下都被金甲金盔罩着，唯独脖颈有小部分裸露在外，要想射中这个位置，除了在慌乱中要有敏锐的观察力，还要有百发百中的准头！

这一箭要是射偏了，杀手这长刀也就挥下来了！

陆广白这时也上了前来，为保万一，摸了摸杀手脖颈处，确定死透了，才将手中随时准备发射的手弩放下。

郭烨扫了扫小陆手中的手弩，啧啧称奇道：“行啊小陆，咱俩待在一个县衙这么久了，竟还不知道你有这本事呢？你是跟谁学的这手本事，深藏不露啊！”

其实郭烨还有半句话，小陆啊，私藏弩箭，那是犯法的！

不过大家都是在万年县衙里当差，这个就不用郭烨说，小陆自己也懂。不然他也不会到紧急关头才亮出真家伙来。

陆广白将手弩妥帖地藏在了袖子中，笑了笑说道：“当年跟着师傅学验尸这门活的时候，师傅也教了手弩这门本事，后来一直偷偷在家练着。师傅教的时候就说过，学个手弩的本事，不害人，但也不怕人害！倒是郭捕头你，我还不知道你居然连手撒石灰这种江湖活也懂，又是谁教的呢？”

“嘿嘿，挤对哥哥是不？”郭烨也知道撒石灰这种手段太过下作，江湖人尤其唾弃，既然小陆不愿说，他也就懒得追问，谁没点秘密不是？

他笑了笑，乐道："我师父袁天罡教的，你信不信吧？"

"嗤……"陆广白轻笑一声，鄙夷道："郭捕头，你就别抹黑袁老神仙了。你总拿他当师傅，小心到了夜里，袁老神仙用了神仙手段取你性命！"

郭烨总喜欢拿自己师傅是袁天罡来当幌子，干些神神叨叨的事情。但是世人都知道，袁老神仙早在贞观八年就羽化登仙的传说了。要是他现在还活着，那岂不是成神仙了？所以陆广白很鄙视郭烨这种低级的忽悠，装神弄鬼都不选个靠谱点的幌子！

"呃……小陆，你说起神仙手段，倒是提醒了我这个金甲杀手的事情。"郭烨用脚尖踢了踢杀手的尸体，说道："先有张初仁家的神仙娶妻，再有张幼娘梦见自己与金甲神人亲密相好，现在又有梦中金甲神人来取你我性命，这……这真有点邪乎啊！"

"其实我有一点想不明白，他为什么不选在夜深人静的时候来取你我性命？"陆广白盯着杀手的面庞，问道："为什么非要选在大白天，还要在大庭广众之下追逐你我、穿街绕巷，闹得人尽皆知呢？"

"这有什么想不明白的？"郭烨说道："这就是想让所有人都知道，我们是被金甲神人杀死的呗！让所有人都认为咱俩是查了张幼娘案，遭了神仙报复呗！"

"你是说这个杀手跟张幼娘案的凶手没有关系？"陆广白一愣。

郭烨点头说道："没错！如果张幼娘案的幕后元凶真这么蠢的话，咱们这个案子没出张府就破了！"

陆广白又道："那如果不是张幼娘案的元凶指使的杀手，那杀手怎么会知道张幼娘梦中与金甲神人相好，今日会有这番打扮？"

"呵呵，张初仁能为此案找到不良司来，那你觉得这事儿传到丽竞门需要多久？"郭烨又将目光重新放在凶手的脸庞上，继续说道："丽竞门的暗探除了密布各个坊市，城中很多大户人家里也有他们的耳目啊。也备不住张府的仆役、丫鬟中有人出府办差事的时说漏了嘴。所以不良人能知道的事，丽竞门也了解得八九不离十！还有你看——"郭烨指着杀手的脸，说道："如果我没记错的话，此人应该是当日胡思堂后园中，丽竞门一干爪牙里站在万国俊左手边第二个的那个人！"

陆广白问："你怎么记得？"

郭烨指了指凶手左脸颊的一块拇指大的黑色痦子，说道："身为万年县衙的捕头，你以为浪得虚名？不是我吹，过目不忘有点托大，但是识人记人尤其是通过记住生理特征来甄别嫌疑人，这是一项基本功。我也是跟师傅学过得好不好？"

"原来如此。"陆广白若有所思地点了点头，道："照你这么说，咱俩的确是遭人报复追杀，不过不是因张幼娘案，而是丽竞门要找回那日在胡思堂的场子啊。"

"不然除了丽竞门，眼下最想杀咱们的还能是谁？缇骑营吗？"郭烨继续盯着杀手的脸庞，说道："缇骑营那些勋贵子弟要真想弄死咱俩的话，办法不下百种，但绝对不会用这种办法。"

"说的也是！"陆广白深以为然。

"我的天，光顾着聊天了，那老丈呢？"郭烨突然一抚额，差点忘了开院门让他俩躲进来的那位老者。

这时，那名老者已经从刚才的瑟瑟发抖中缓过劲来了，慢悠悠地从躲着的院角处走来，不过到底是平民百姓，何曾见过当面杀人的一幕？所以脸色还是不太好。

"多谢老丈！"郭烨微微一躬身，上前将他搀扶起来，由衷致谢道："若没有您及时开门，我们哥俩恐怕就交代在巷子里了。"

老丈年约六旬，个头不高，粗布麻衣，脸膛上透着黝黑。郭烨观察得仔细，发现老者的双手都起满了茧子。

老者平静了一番过后，抱拳道："谈不上谢啊，郭捕头贵人事忙，平日里也是公务繁忙，估摸着忘记了老头子了。半年前，老头子在西市卖木雕，被一胡人酒客欺辱，还是郭捕头仗义相助，驱赶了那醉酒的胡人，让老朽免了一顿拳脚之苦。今日老朽也是听着巷外嘈杂，才发现郭捕头遇上了难处！"

"原来是你，我想起来了。"郭烨经这么一提醒，看着老者也有些面熟起来，"当日不过是举手之劳，不足以挂齿！"

老者道："种善因，得善果。老朽向来怯弱，若非郭捕头昔日仗义相助，今日老朽怎敢壮着胆开门将你迎入院中？"

郭烨一听，连连笑道："也对，也对，小陆，看见没，你今天是沾了本捕头的善果啊！改日记得还！"

"德行！"陆广白翻了个白眼，指着地上的尸体，道："这尸体如何处理？"

郭烨到："大白天的，人来人往，不好处理，不如在老丈家待到天黑？等着天黑了，这尸体就好处理了。"

少顷，老者将郭烨二人领进屋中。

一进这屋，却是别有天地。原以为就是一间厢屋，一进来才发现这是三间房打通的，里面摆满了各种木雕，有飞禽走兽，有花鸟鱼虫，还有各色神仙人物的。再想到老者满手都是茧，郭烨此时已经猜出老人是个手匠人。

左右无事，郭烨和陆广白就沿着房间转悠，欣赏起老人的这些木雕作品。

在一件千手观音的木雕前，郭烨仔细端详了好一会儿。

"老人家姓邢？"郭烨忽然开口问道。

"你怎么知道的？"老者讶异地问道，他今天可没跟郭烨提过自己的姓氏，上一次在西市他也没提过。

第二十二章　各行有门道

"这上面不是刻着吗？"郭业指着观音木雕上的一根手臂，臂上雕琢着一个米粒大小的"邢"字，若是不仔细看，还真看不出来。

"郭捕头真是好眼力！"邢老丈竖起长了大茧的拇指，由衷赞许了一声，介绍道："没错，这屋中所有的木雕，都刻有小老儿的姓氏，寻常人若不仔细观察，是轻易发现不了的。"

"每座木雕都刻有姓氏？还刻成米粒大小？"陆广白看着满屋大小不一的木雕，不解道："老丈莫不是怕有人仿了自己的招牌不成？"

"嘿，小哥看来是不太了解木匠这个行当。"邢老丈笑着说道："小老儿并非什么天下闻名的宫廷御匠，还怕什么人仿制？再者说，小哥也看到了，我这满屋的雕像以满天神佛居多，平日里都是卖给居士。若刻上小老儿自己的名号，这种神佛雕像可就卖不出去喽。我刻个姓氏不让人察觉，无非就是做个记号，免得将来出了事儿，自个儿也说不清楚。"

陆广白一听虽长了见识，但也更好奇了，问道：“卖个木雕还能出事？能出什么事儿啊？”

“这……”邢老丈迟疑了一下。

郭业却是微微颔首，猜测道：“鲁班书？”

邢老丈又是诧异地竖起拇指，赞许道：“郭捕头，眼力惊人，见识也惊人呐！”

陆广白一头雾水，问道：“什么鲁班书？”

郭烨笑道：“木匠行当也有木匠行当的讲究，还是让老丈细说给你听吧。”

邢老丈这回没有迟疑，将个中由头说给了陆广白听。

原来民间传言，木匠行当的祖师爷鲁班，曾经传下一卷奇书，此书分上下两卷。上卷讲的是木匠的手艺之法，暗含诸多巧夺天工之神技，是鲁班穷其一生的智慧结晶。下卷说的是护身害人之术，以及医疗法术，又被称为鲁班术。这书据说早就失传，也有说有残本在世间流传。历朝历代都有木匠在因缘巧合下，得到过残缺的鲁班书。有的人成了一代巨匠，有的人在民间造福于民，也有的木匠学会了下卷中的诅咒之术，贻害世人。所以历朝历代，但凡在市面上流行的鲁班书，都被列为违禁，防止心术不正的木匠用来害人。

正因为此，有些大户人家里一旦遭遇了不幸之事，就会怀疑是不是请来家里干活的木匠搞的鬼。久而久之，以讹传讹，鲁班书这本先秦奇书，在木匠行当里居然也成了忌讳。

所以每次雕刻完木像后，邢老都会偷偷在木像的不显眼处刻上自己的姓氏，仅有米粒大小，不易察觉。他无非就是想做个记号，一旦有人拿木像栽赃他用鲁班书的诅咒之法害人时，他可以通过记号来自证，木像是不是出自他之手。

“原来如此，没想到小小一个木匠行当，也有这么多的规矩。”陆广白点了点头，真长见识了。

郭烨说道：“这匠人行当啊，不管是木匠、铁匠还是泥陶匠，有时候不怕外行陷害你，就怕同行暗戕。上个屋顶撤个梯，都能摔死对方。还在茶肆里听过一桩陈年旧事，那是前朝的事了。说是艺出同门的师兄弟进了将作监，就为了争一时长短，竟用巫蛊诅咒之术彼此栽赃嫁祸，还意外让一个妃嫔被房梁落木砸死，闹得宫里血雨腥风。最后师兄弟谁也没得好下场，一个被断了双掌，逐出了将作监，永不叙用；另一个呢，连脑袋都没保住，还牵连一家老小流放三千里。”

陆广白听罢也是不由一阵摇头唏嘘道："心术不正，真是害人又害己！"

邢老丈亦是不迭点头，说道："郭捕头果然是见多识广，说得一丁点都没错。小老儿就是怕被心术不正的鼠辈诬我用鲁班书害人，才留了这个记号。俗话说得好，世间有四大惹不起：木匠的小人儿、大夫的药方、出家人的符咒、官老爷的大印。这四样东西啊，都能杀人于无形，一般都有暗记。"

郭烨一听，还真有惹不起的道理，不过听老丈谈起这些江湖市井的门道，他也是来了兴趣，掰扯道："别的暂且不说，这药方的暗记，可单单不是为了防止栽赃陷害，其中还有别的门道。世间有些杏林大国手啊，怕漏了自己的秘方，留了暗记。暗记代表了什么药，只有他自己的徒弟清楚。一般的小郎中可不敢这么干。要不然，药方不清不楚的，徒弟抓错了药，吃死了病主，那不成庸医杀人了么？苦主一告一个准。"

"哈哈，郭捕头英明！这个用处，小老儿也在走外乡干木匠活的时候听过。"邢老头道："不过啊，那药方的暗记，除了做记号和保密之外，还有另外一种用途，郭捕头大概就不甚清楚喽。"

"还有郭某不知道的江湖把戏？老丈且说来听听，还有什么用处？"郭烨表示不服。

邢老丈说道："这还有一个用途，是心术不正之辈的惯用伎俩，那就是把小病治成大病啊！有些大夫医术堪称国手，心却是黑得很。你若不小心开罪了他，小小的头疼脑热，他加一味药，能让你十天半个月下不了床。疥癣之疾，他加几味药，能变成花柳病。怀了男娃，他加几味药，让你肚子里变成女娃。"

"哈哈哈，老爷子，世上有良医，必有庸医。"郭烨笑道："但若肚中怀了男娃，怎么可能会变成女娃？纵是神医华佗再世也……"

咚！

突然院子里忽然传来一声闷响，好像什么东西被撞倒在地，郭烨的声音戛然而止。

"谁呀？"作为这家的主人，邢老丈第一时间出了屋子。

郭陆二人也赶紧追步出屋，到了院里看向刚才横尸的地方，出怪事了！金甲人的尸体，居然消失不见了！刚才他俩明明已经鉴定过，这金甲杀手已经死得透透了啊！

第二十三章　秀儿不安分

噗通！邢老头吓得一屁股跌坐在地上，脸色大变，惊呼出声："这……莫不是我这院里诈尸了？"

"不，不，不，老丈莫慌！"郭烨摆了摆手，分析道："不过是尸体被宵小偷走了而已。"

"他们偷尸体作甚？"邢老丈问道。

"还能作甚，不过是毁尸灭迹的下作手段罢了！"郭烨说道。

偷尸体的宵小是谁，郭烨和陆广白根本就用不着去细想，谁派来的杀手，自然是谁偷的尸。

天色渐晚，郭烨和小陆准备在邢老丈家借宿一宿。

当然，也是因为今天这番金甲人追杀，把老丈家的院门给劈烂了，他俩颇为过意不去。老丈修缮门的时候，搭把手总是好的。

到底是老木匠手艺人，家里有现成的木料，又有郭烨俩的帮衬，修修补补一番，子时前就将这门修葺完好了。

第二日起来，邢老丈煮了一锅汤饼，放了几个鸡子儿，点了芝麻油，加了葱花，热气腾腾，香味儿扑鼻。

郭烨和陆广白足足吃了三大碗。眼看着天光大亮，郭烨摸遍了小陆的身体，才找出二十来个大钱，偷摸放在了老丈家的灶台上聊表谢意，之后才谢了邢老丈，往广仁寺而来。

广仁寺并不在长安城外，而是在城内，位于安邑坊，占地近二十亩，有房三百多间，乃长安城内的名寺，香火极旺，信众甚多，不少达官贵戚的家眷都是这寺庙的香客。

到了开寺门的时辰，郭烨二人随着一群香客进了广仁寺，漫无目的地四处闲逛。

虽说不良司名头大，但郭烨和陆广白连块不良人的腰牌都没资格领，所以想找广仁寺的主持打听情况怕是难。眼下也只能先找几个好说话的普通僧人，打听打听消息。

正走着，身后有个声音唤住了他们："诶，前面可是郭捕头和陆仵作？"

郭烨驻足回头，有一名二十来岁的妙龄女子，正往他俩这边走来。

这女子身穿一袭普通的荷叶裙，面容姣好，尤其那双狭长的眼眸，透着一汪春水般的潋滟，倒增添了几分妩媚。

郭烨对此女并没有什么印象，低声问陆广白道："与你相熟？"

陆广白微微摇头，表示不认识。

说话间，那女子已经来到二人的近前，微微一揖道："奴婢秀儿，见过郭捕头、陆仵作。"

"你是何人？"郭烨直言问道。

女子展颜一笑，道："回郭捕头的话，奴家乃是永乐坊张校尉府邸的婢女，名叫秀儿。"

张初仁家的婢女？郭烨又打量了一眼，不过还是没什么印象。

婢女秀儿看出了郭烨眼中的疑惑，赶忙解释道："奴婢是专门负责伺候我家小娘子的。前些日，你们来我们府邸查案时，奴婢曾经远远见过二位。"

原来如此。

既然是张幼娘的侍女，之前在张府因为张初仁的阻挠，还没机会向府邸的下人们问讯了解情况，现在有这么个现成的机会摆在面前，郭烨自然是不能错过。

郭烨问道："听说你们家小娘子生前，经常来广仁寺上香，是吗？"

秀儿点了点头，也不隐瞒，回道："是的，我家小娘子经常带我们来广仁寺。"

郭烨又问："那经常来广仁寺都做些什么呢？"

"上上香，诵诵经，不过主要是为了来这儿听尼讲。"

郭烨知道这尼讲是怎么回事儿。佛门弟子经常把佛经故事演化为通俗易懂的变文，进行公开演出，一来是为了招揽信众，二来是借此向信众募捐。久而久之，这就成了一种流行的娱乐形式，名曰"俗讲"，上至达官贵人，下至平民百姓，无论男女老少都爱听。

当然了，男女终究有别。所以男信众 般听僧人俗讲，谓之"僧讲"。女信众一般听尼姑俗讲，叫"尼讲"。

不过尼讲的地方并不局限在尼姑庵内，有些寺庙为了招揽女香客，也会请尼姑来本寺“尼讲”。比如康延坊的菩提寺，就是烟花女子们听尼讲的首选之地。

不过，郭烨也很费解，张幼娘既然是来广仁寺听尼讲，那么无论是听众看客，还是表演者，基本上都是女的，很难接触男子啊。所以奸夫又从何而来？是谁让她有了身孕呢？她至死都不肯说出野男人是谁，可见对他用情至深。

郭烨又问道：“你家小娘子出事后，你们作为身边的侍女，日子不大好过吧？”

“郭捕头明察呢。”秀儿又是微微一揖，道：“若不是我们四个婢子轮流伺候着小娘子，校尉老爷不知道是谁跟在小娘子身边时出了事儿，校尉老爷早活活打死我们了！”

为奴为婢，一生的命运都捏在家主手里，包括性命。

旁边的陆广白一听一个校尉家的女儿，居然也配备了四个丫鬟伺候着，足见张初仁对这女儿的疼爱。他有些好奇地问道：“你家小娘子竟有四个丫鬟侍候？你们都分别负责干些什么呢？”

“珠儿负责小娘子的首饰和衣物，月儿负责给小娘子打扫房间和伺候洗漱，我负责吃……”秀儿抿了抿嘴，道：“我负责给小娘子斟茶倒水、铺床叠被，负责小娘子吃食的是真儿。”

“有钱人的日子，真是讲究。”郭烨也是颇为羡慕地笑了笑，道：“那你既然是张幼娘身边的侍女，那我问你，她来广仁寺时，你有注意到她和什么男子会走得比较近些？”

“可不敢乱讲，我家小娘子清白着呢。”秀儿纠正了一下，然后说道：“不过郭捕头这么问起，婢子倒是想起来，每次来这儿听尼讲，有个僧不僧、俗不俗的家伙，总爱往我小娘子身边凑过来。”

“谁？”

“董明！”

郭烨又问：“谁是董明？”

接着，秀儿将董明的身世，简要地介绍了一番。

董明的祖上是长安城的大富商，到了他祖父那一代，虔诚礼佛，舍宅为寺。

所谓舍宅为寺，就是将自己的祖宅布施给佛门做寺庙。这是当时富贵之人的一种礼佛方式，不算多么罕见。

现在的广仁寺，以前就是董明的祖宅。

舍宅为寺并没有给董家带来好运气，十三年前，董家遭了一场天火，被烧成一片白地，董明的父母也撒手人寰。

广仁寺主持智永念及董家先人舍宅为寺的大功德，就将已成孤儿的董家后人董明，接进了广仁寺中抚养。自此，董明就在寺中长大。

不过董明虽是入寺，却并未受戒，等他二十岁后，可以自行决定，是留在广仁寺中出家为僧，还是离开寺庙还俗。若是还俗，广仁寺还会送上一笔不菲的钱财，助他成家立业。这就是种善因得善果，董明也是享了先人的福荫。

“董明？”郭烨咂吧了一下嘴，问道：“秀儿，你家小娘子对这董明的态度如何？按理说能够屡次让一个男子凑过来搭话，说明你家小娘子对着董明也是有些好感的，对吗？”

“奴家知道郭捕头是什么意思，但这种事怎么能乱说？”秀儿轻抿红唇，字斟句酌道：“不过几个月前，我家小娘子平日里最喜欢的一条绣帕不见了，这绣帕她从来都是不离身的。当时婢子还问小娘子，丢在哪儿，我去寻。小娘子却开心地说，丢了就丢了，置办一条新的便是。但奴婢知道，这条绣帕是我家夫人生前就给她做好的，小娘子欢喜得不得了。”

“你是说……绣帕不是丢了，而是给了董明，做了定情信物？”郭烨问道。

秀儿摇头道：“婢子什么也没说，我家校尉老爷若是知道婢子胡说话，非活活打死婢子不可！郭捕头，陆仵作，婢女告辞！”说着，秀儿莲步款款地告辞离去。

望着她远去的背影，郭烨说道：“你别说哈，这婢女秀儿的身段，倒有几分风情，屈身在张府当婢女，委实可惜了！小陆，你不是没娶妻么，我看她挺好的，要不跟张老爷提个亲？”

“滚！”陆广白知道郭烨在开涮自己，翻了翻白眼，直接无视。

董明身世特殊，在广仁寺算是一方名人了。郭烨和陆广白稍微一打听，就在长寿殿的西跨院内，见到了一个面相文静、光头未受戒、身着白色交领僧衣的年轻人。

此时此刻，他正坐在杨树下的石凳上，翻看着佛经。

“你就是董明？”郭烨道：“不良司办案，还望配合！”

董明赶紧起身，双手合十，道：“阿弥陀佛，在下正是董明。不知两位官爷找我有什么事？”

“坐！坐下再说！”郭烨和陆广白坐到了另外两张石凳上，道：“听说你认得张家小娘子啊？”

“张家小娘子？永乐坊张校尉家的张小娘子吧？”董明面色一黯，道：“没错，张小娘子来广仁寺听俗讲的时候，我跟她说过几句话。算是相熟！”

“只是相熟那么简单吗？”郭烨眼神寻味地看着董明。

“不然呢？在下知道最近张府出了神仙娶妻的怪事，莫不是你们怀疑……怀疑董某便是那娶妻的神人？这简直太可笑了！”董明连连摇头。

“你是不是娶妻的神人，我还不知道，但是……”郭烨的声音越来越低，忽地转厉，低声喝问道：“董明，张家小娘子的那条绣帕在哪？”

“什……什么绣帕？”董明明显慌了，连头都不敢抬起看郭烨了。毕竟是个十七岁的少年郎，而且从小就在广仁寺中长大，岂能跟郭烨这种市井滚刀肉相比？董明实在不适合撒谎。

郭烨见状，冷哼一声，道：“董明，你若老老实实，我便在这寺庙中听你说。你若是冥顽不灵，心存侥幸，那我便只能请你去一趟不良司了。”

“我……我……好吧，我承认。”董明一伸手，从袖兜内掏出来一条精致的粉红色绣帕，说道：“就是此物了。我承认，这条绣帕的确是幼娘的，但这是我在半年前捡到的，本想将绣帕还她。但为解相思之苦，我便决定将绣帕偷偷藏了起来。夜深人静、相思成疾时，我便拿出来睹物思人。但是，我和幼娘真是清白的！因为她……她……说实话，她根本就不知道我喜欢她！”

暗恋啊？郭烨一乐，看着董明这扭扭捏捏的模样，倒是的确有几分像暗恋的样子。

他接过那绣帕仔细端详，口中轻笑一声，问道：“你说是捡来的？有证人吗？你说张家小娘子并不知道你喜欢她，是想撇开嫌疑吧？”

“我没有证人，但……对了，敢问此事是谁人告诉你们的？”董明问道。

“是谁告诉我们，你就莫要管了！”郭烨盯着董明，问道，“回答我刚才的问题！”

“是不是张府的婢女，小娘子身边的侍女秀儿？”董明追问道。

郭烨微微皱眉，又听董明继续说道：“我捡绣帕偷偷藏于怀中，正好被她看见了。当时我央求了许久,她才放过了我,没将此事告于张家小姐……没想到秀儿这贱婢……枉我对她那么好,她竟然对我恩将仇报!”

郭烨心中一动,问道:“什么叫对她那么好?难道你和秀儿之间,也有不可告人的关系?行啊,少年郎,脚踩两条船,这是想主婢同收啊!”

“莫要乱说!秀儿那贱婢曾向我表示过爱慕之情,不过我没答应……”董明细细回忆道:“四个月前,她偷偷递给了我一张纸笺。当时我还以为是幼娘托她转送给我的呢,欢天喜地地收了。后来没承想,是她自己写的。我很快就跟她把话说了个清楚。没承想,这贱婢竟然因此记恨我,今天还故意诬陷我!”

“你是说秀儿示爱不成,便拿此事来诬告你?那她写给你的那张信笺呢?”郭烨道。

陆广白摇摇头,道:“还用问么?既然他婉拒了婢女秀儿的示爱,那肯定是将信笺还给对方了?换你,你还会将这信笺留下来没事儿拿出来观瞧不成?”

“不,不,不!没还!”董明眼前一亮,急道:“是没来得及还!当日我在看那信笺的时候,恰巧被师兄圆生发现,一把抢走了。但是这种信笺传出去,对她的名声大为不雅,所以不让圆生师兄到处胡乱说话,我……我还被圆生师兄敲了不少例钱呢!”

郭烨道:“秀儿明知信笺在你手里,为何还敢诬告你?”

董明道:“我之前善心,为了留她颜面,跟她说这信笺已经焚毁了。没想到却助长了这贱婢报复诬告的恶胆!”

“既如此……那你带我们去找一趟圆生,问个清楚便是。”

“二位请跟我来。”

很快,郭烨和陆广白跟着董明见到了圆生。

的确,从圆生的手中,拿到了董明口中所说的秀儿所写的求爱信笺。

字迹娟秀,言辞香艳而露骨。啧啧,郭烨很欣赏这婢女秀儿!

陆广白见郭烨还看得起劲,赶紧提醒了他一下,道:“这信笺是不是秀儿所写,回去之后稍稍比对一下字迹便是。若是真的是她所写,那她的确有伺机报复、诬告董明之嫌。那她的话就不能作数。看来这趟广仁寺之行,你我又是白忙一场,枉跑一趟!”

郭烨摇了摇头,道:“收获,还是有的,而且还挺大的哩。”

"嗯?"陆广白奇疑道:"还有什么收获?从一开始进寺,到现在,咱俩一直都在一块儿,我怎么不知道还有其他收获?"

第二十四章　奇药异闻录

郭烨并没有直接回答陆广白,而是对董明和圆生和尚双手合十,说道:"打扰二位了,既是一场误会,我俩这就告辞了!"

董明和圆生和尚纷纷双手合十还礼,口称"不客气"。

"二位,今天所谈所问之事,事关重大,莫要对旁人乱说才好。"郭烨提醒道,语气温和与往日并无差别,却隐隐带着不容反驳的强硬。

"我等明白。"二人也知兹事体大,赶紧又双手合十,鞠了一礼。

辞过了董明跟圆生和尚,走到了一处无人之地,陆广白忍不住又问了一遍郭烨刚才说的大有收获是什么。为什么郭烨发现了,他却毫无发现。

"小陆啊,和死人打交道,我不如你。但跟活人打交道,你不如我啊。"没有外人的场合,郭烨又恢复了那股子痞样,好像每天不逗小陆几句,就浑身不得劲了。

陆广白一个眼白过去,郭烨讪笑了两声,随即向四周望了望,确定没有人,轻声说道:"之前我还心存狐疑,现在既然证明了董明是无辜的,那就更加证实了我的观察和推论是正确的。"

陆广白越听越懵圈。"你就别卖关子了,赶紧说来听听!"

"还是急性子。"看到陆广白一脸迷茫的样子,郭烨忍不住想要伸手去摸摸他的头。却被小陆一个反杀,一巴掌打掉。"快些说!"

郭烨哈哈一笑,也知自己若是再逗趣下去,小陆急了也是要咬人的,于是正了正衣襟就将自己的发现对陆广白细细道了出来。

其实一早在和婢女秀儿聊天的时候,他就注意到了秀儿的一些细微的表情和动作。一般来说,人在说谎的时候,因为心虚,眼睛会不自觉地避免与对方对视。于是,闪烁间总会有些不自然,越是掩饰,越容易让人看出破绽。除此之外,面部的表情，呼吸的频率，身体的姿势……都可能在说谎时有所变化。这虽然不能成为定罪的证据，却可以作为判断案情的佐证。郭烨今天就发现，秀儿在回答某些问题时，会下意识地避开自己的视线。当然，仅仅是避开视线，还不足以说明问题。郭烨还发现，秀儿每次眼神游离闪烁之时，都会有轻抿嘴唇的动作。而秀儿在提到董明的时候，恰好就是她避开视线，轻抿嘴唇之时！

陆广白听到这里，还是不甚明白，问道："这也只是把秀儿诬陷董明的事儿做实罢了，算什么大收获？"

郭烨略有些自得地轻笑了一声，刚想习惯性地抬手拍拍陆广白的肩，转念又将将停住了手，继续正色道："关键是，秀儿今天说的谎不止这一个！她说到自己负责张幼娘日常的斟茶倒水、铺床叠被前，停顿了片刻，然后又有了这两个小动作。诬陷董明也就罢了，可这些活计都是日常做惯的，秀儿为何要停顿，又为何要在这个问题上扯谎呢？"

顿了顿，郭烨继续补充道："虽然咱们没有验过尸，但看张幼娘死后的症状，她应该是服毒而死的，能够下毒的，必然是身边亲近之人。卢夫人提供的药方确有漏洞不假，但是正如你我所见，张幼娘的尸体却也呈现出了卢夫人所描绘的症状。这卢夫人未曾见过张幼娘的尸体，她又是如何知晓尸身的情况呢？还有，卢夫人曾经说过，卢重恩和张府的一个婢女偷情……小陆，你不觉得这一切都太过巧合了吗？还有，也是最关键的一点，你我今天为何会到这广仁寺来，到了广仁寺如何又这般凑巧地遇到了张幼娘的婢女？你想过没有。"

"但卢重恩没有害死张幼娘的动机啊。"陆广白思考了片刻道："这秀儿原就是个不检点的，即便证明了卢重恩与她有染，也不能说明什么。莫不是小姐发现了丫鬟与给自己看诊的大夫有染，怕污了名声？那张幼娘未婚有孕之事又如何解释？权当你推断的有理，那有孕的也该是秀儿。如何又会是这个养在深闺的小姐呢？"

"说的也是哈。哈，哈，哈。"郭烨摸了摸自己的脑袋，不好意思地笑道："不过，这总是条线索，咱们去查查吧。"

"如何查？找卢夫人？"一想到那个神经质到有些歇斯底里的怨妇，陆广白心中不由一寒。

郭烨无奈道："废话，不找她，难道去找卢重恩啊？走吧，她就是只母老虎，咱们也得去给她拔个牙！咱们和不良令大人可是有言在先,若是破不了这个案子,就入不得不良司真正的大门。要知道不良友这身份可护不了你我周全啊,丽竞门能派一次杀手,就能派第二次、第三次啊!"

陆广白不再言语,却是耸耸肩,认同了郭烨的说法。

要找卢夫人,一是去卢家,二便是去之前那个黑猫引路的私宅。

去卢家找卢夫人,动静太大,很容易引起卢重恩的警觉,毕竟他已经被郭烨列入了嫌疑人的名单了。因此,他们决定先去那处私宅碰碰运气。

出了广仁寺,原道返回,熟门熟路,他俩很快便抵达了昨日黑猫引路的那处私宅外。

"嗯?"就在陆广白准备敲门的时候,郭烨忽然把他的胳膊攥住了。

陆广白有些郁闷,刚想甩开郭烨的手,却见郭烨食指竖在嘴边"嘘"了一声,示意他不要出声,压低着嗓子道:"你听!"

侧耳细听,陆广白还真听到了点动静——院内有轻微的脚步声。"有人?!"

"还是个男人,蹑手蹑脚地,有古怪!"郭烨继续保持着凝神侧耳的动作,那架势恨不得把耳朵贴到门上去听。

"是男是女,你还能听得出来?"陆广白嗤之以鼻道。

"学着点儿吧,好哥哥我的门道多着呢!"郭烨顺嘴就答道,也不等陆广白给反应,忙不迭地使了个眼色,二人离开大门,悄然往东墙根走去,那脚步声越来越清晰。

不消一会儿,就见墙上跳下一个身着淡青色缚衫,背着一个蓝布包袱的人来。

"小子,莫乱动!"

"大白天偷东西,胆儿挺肥啊!"

"想不到咱们都要加入不良司了,临了还逮一小贼。"

郭烨和陆广白配合默契,一左一右,把那小贼摁在了地上。

陆广白一看,果然是个二十多岁的年轻男子！他诧异地看了郭烨一眼,对郭烨又有了点新的认识。

这年轻男子被摁在地上,刚开始还一直用力挣扎,但听到"不良司"三个字后,忽然停了下来。

他被压着身子有些气喘地问道:"二位可是郭捕头和陆仵作?"

“嘿，竟然还认识我们？小陆，我俩最近的名声渐长啊！”

“我……我不是小贼，我今天来这儿偷东西，跟您二位还有莫大的关系呢。”那年轻人被摁在地上，挣扎着想要爬起来。

“和我们有关？”郭烨收起了玩笑，不过手下的力道却加深了不少。

“对对对……哎哎，郭捕头，您，您先松开小人。哎哎哎，痛……痛。您轻点。”

郭烨心中一动，冲着陆广白点了点头，把这年轻人放开，道：“起来吧，莫耍花招，你跑不了！”

“我不跑，我还想您二位给小的做主呢！”年轻人挣扎着起身，还不忘把身上的尘土掸了掸，接着取下背在背上的那个蓝布包袱，解开层层包裹的外壳，神神秘秘地道：“二位请看，小人今天偷的，就是这玩意儿。”

“账册？”郭烨眼睛很尖。

陆广白观瞧着那蓝布包袱里裹的是一本厚厚的黑皮册子，上面赫然写着“账册”二字。

“我们卢家老号药铺的账册。”年轻人小心翼翼地用双手捧着账册道：“小人名叫于青，是卢大夫的入室弟子。卢家老号药铺平日里的生意，都是我在打理。昨日师娘忽然来药铺查账，发现一些珍贵的药材不翼而飞了，量还不小。”

郭烨挑了挑眉毛：“那是你贪污的？”

于青苦笑道：“师娘也是这么想的。她用这账册做把柄，要我做伪证，指认是师父从药铺里取了一些药材配成毒药，害死了张家小娘子。我不想诬陷师父，又惹不起师娘，就想把这账册偷回去，来个一了百了。”

陆广白接着问：“那，那卢重恩到底有没有从药铺里取过药呢？”

于青踌躇了一下道：“取是取过。但师父取什么药，我这做徒弟的怎敢过问？”

“这倒也是。不过，那少了的名贵药材到底是不是你偷的？”

“当然不是！天地良心，我若真的做了家贼，天打雷劈，不得好死！”于青一脸肃穆、急急地腾出一只手，曲了三指，指着天说道。

郭烨摆了摆手，道：“用不着赌咒发誓，凡事要讲证据。店里都少了什么药材呢？”

“肉苁蓉两斤，虎杖五斤七两，鹿茸三斤半，子母花十斤，不阳草十斤。”于青三下两下就报完了药名，继而又犹豫了一下，“嗯……还有几味药有些小出入，想是我多心了。日常制药也会有所损耗，这也是常有之事。”

“鹿茸，这可是好东西。嘿嘿，补得很呢！”郭烨咂摸着这堆药材里他唯一认识的名字，浮想翩翩地感慨道：“说不定就是这——”

一旁的陆广白一直沉默不语，心里却在反复对这些药的药性进行确认。电光火石之间，他的脑子里闪过了一个念头，想抓却又抓不实，只能急急打断了郭烨的废话：“那少了的药材，你再说一遍！”

“小陆，莫不是有端倪？”郭烨知道小陆可是有药郎这个外号的。

陆广白抬抬手，示意郭烨莫要打岔，继续盯着于青，催促道：“少了的药材，你再说一遍！”

于青似乎也被吓了一跳，赶紧认真重复道：“肉苁蓉两斤，虎杖五斤七两，鹿茸三斤半，子母花十斤，不阳草十斤。”

“确认没记错？”

“没……没记错。我跟师傅学医这么多年，记错了日子都不会记错药材的。”于青回道。

得到了肯定的答复，陆广白又一次陷入了沉思，与此前不同的是，这一次他的嘴里无声默念着口诀，像是在推算着什么。

“小……小陆？”良久，郭烨伸出手在陆广白眼前晃了晃，示意道：“回魂了！”

陆广白略略停顿了一下，似在斟酌语句，随后说道：“郭捕头也知，陆某对药材还是小研究的。”

“挑重要的说，小陆！”郭烨一听小陆的开场有些官方，就知道有正事儿。

陆广白“嗯”了一声，继续说道：“多年前我偶然读到一本《奇药异闻录》，其中录有一些异域奇诡的用药之道。譬如书中所载将查干告亚、虎杖、鹿茸、子母花、不阳草以一定的药量混合，会出现诸如呕吐、神思困倦、嗜睡的症状，若女子长期服用，其脉相还会呈现怪异之状。”

“查干告亚？”郭烨敏锐地从中抓住了一个这个奇怪的词儿。

“这‘查干告亚’正是于青所说的‘肉苁蓉’。因为各处叫法不同，我竟一时没有想起来。”

“那这怪异的脉相指的是?”郭烨又一次问到了点子上。

“按之流利,圆滑如按滚珠。”

“这是?”

“喜脉!”于青忍不住抢答道,答完见郭烨与陆广白两人齐齐望着自己,这才不好意思地挠了挠头,“小人跟着师傅学医多年,略……略懂。”

陆广白没有说话,而是转而看向了郭烨。

郭烨只停顿了片刻,也转头看向了陆广白,从对方的眼中获得了肯定后,郭烨向着于青问道:“你可知你师父和张府的一个婢女相好之事?”

“呃……知道,我们药铺的人几乎都知道,单单瞒着师娘。后来,连师娘都知道了。”于青有些摸不着头脑,怎么这么快话题就从“喜脉”转到了师父的私情上了呢?

这么说来,昨日卢夫人在这处私宅说的话,竟然都是真的。或者更准确地说,至少在这件事上,卢夫人说的是真的。郭烨的心念在一瞬间百转千回。

他又问了一句:“小陆,这药性之事,你当真确定?”

“我当然确定!”对于自己药郎之名,陆广白无比自信,“既然事情都到了这地步,那接下来,你想怎么做?”

“嗯……如今若还要找出真相,已是别无他法!唯有——”郭烨沉吟一声,抬头望着天,面色刚毅地一字一字顿道:“开棺验尸!”

第二十五章　最毒反人心

翌日,张宅。

着缟素,挂白绫,整个正堂屋几乎成为一片雪白的世界,这就更显得堂屋正中那口漆黑的楠木棺材尤为突兀。棺材里躺的自然是被神仙娶了去的张幼娘。自古年轻夭折,多有怨气,所以按规矩,这未出阁女子的葬礼,应是一切从简、速速入土为好。故今日便是张幼娘入殓出殡的日子。

此时此刻，张初仁身穿青灰圆领宽袖袍，立于棺木旁，左手叩棺，低声呼唤："幼娘啊，你慢点走，起来吃点东西啊！""幼娘啊，这是你最爱吃的透花糍、米锦糕。对了，还有红绫饼……""吃饱了再上路，莫着急走！你和你娘在天上享福，留下我这个孤老头子，以后的日子可怎么过啊！"

张初仁絮絮叨叨，泪流满面。

入殓前大声呼唤，要亲人饮食阳间之物，是本地的丧葬风俗。但以父呼女，极为少见。毕竟白发人送黑发人，怎么说都是一件不吉利的事。

忽地，管家张福快步走了过来，附在张初仁耳边低声道："大人，那万年县的陆仵作和郭捕头又来了。"

"他们来干什么？"张初仁本来就心情抑郁，闻听此言，面上简直能阴沉得滴下水来，低喝道："难道那十两金子还喂不饱他们？"

"不是，他们说，有要事禀报。"

"要事？我张府能有何要事，让他们滚！"张初仁愤愤地道。

但浸淫官场多年，张初仁纵然悲愤却也很快就恢复了理智。郭烨与陆广白是为数不多目睹幼娘死状之人，事关乎张家门风，这两人能不开罪还是别开罪的好，多一事不如少一事吧。如此心念一转，张初仁又改口了："罢了，让他们到后院的厢房内等着，幼娘一入殓，本官就去见他们。"

没想到，张福有些为难地说："恐怕不行。他们说马上要见您，晚了就来不及了。而且，来的不只是他们俩，还有几个衙役，还有……这么大动静，府外已经有不少人在看热闹了！"

"真……真是欺人太甚！"张初仁叩在棺木上的左手，此刻握成了拳，他牙关紧咬道："让他们进来，再把家中的护院给本官召集好了！若他们敢乱来，本官定让他们吃不了兜着走！"

"是。"

不一会儿工夫，郭烨等人在张福的引领下到了正堂屋。进屋前，郭烨示意随行的衙役守在堂外，自己与陆广白走了进去。

"见过张校尉。"郭烨二人躬身欲行礼。

张初仁看都没看二人一眼，自顾转身走到窗边的胡床旁，坐了下来，嘴里冷哼一声，道："免了！郭捕头、陆仵作，此番前来所为何事？"

郭烨也跟着转了个身,依旧深深一躬,苦笑道:“我们也不想来搅扰了张校尉的清静,只是府上小姐之事……”

说着郭烨看了看堂屋里那几个虎背熊腰的护院,摆出了一副欲言又止的样子。

张初仁何等精明,一看便知郭烨这是要说幼娘未婚有孕之事了,纵然千般不愿提及,却又迫于情势,不得不挥手屏退了左右。

“你想说什么?”张初仁的语气很不客气。

“张小娘子有孕一事疑点重重。张校尉,你果真愿意看到,自己的亲生女儿含冤而死,陈冤永不得昭雪么?”郭烨也不多废话,既然已无旁人在场,便开门见山直说了。

“你说什么？再说一遍!”张初仁简直不敢相信自己的耳朵。

郭烨正色道:“在下怀疑,张小娘子是受人陷害,才有了假喜脉的迹象。”

“你是说,幼娘,幼娘她没有怀孕？这……这怎么可能!”张初仁一脸难以置信,双手紧紧抓住了椅子的扶手。

见张初仁的表情不似此前那般拒人于千里之外了,郭烨便迅速将这二日查到的线索,尤其是婢女秀儿在广仁寺误导他们的情况,简要地陈述了一遍。

当张初仁听到此间还涉及自己府邸的丫鬟秀儿后,面色骤变。

郭烨讲至最后,指着屋外道:“欲证张小娘子的清白,唯今之计,就是开棺验尸。您若是怕男子亵渎了小娘子的尸身,找万年县的梁婆即可,此刻她就在外面候着。”

梁婆是一个六十来岁、面色阴沉的妇人,虽不在万年县的编制内,但和万年县衙有长期合作。对女犯进行搜身、用刑、短期拘禁,或者对女尸进行查验,若家属使了钱,就会由梁婆代替官差来做,万年县衙会承认她的验尸结果。张初仁久居长安,当然听说过梁婆的名号。

此时他抓着扶手的手略略放松了一些,沉吟了片刻后,缓缓站起身来,目光平视着对面的两个年轻人,语气异常刚硬地说:“郭捕头、陆仵作,本官知你二人为此事颇费了一番苦心。但你们可知此事事关小女的名节与张家的声誉,若是出了什么岔子,我张家可就成了长安人尽皆知的笑柄了。你们……担待得起吗?”

“此事和担不担待得起无关。”郭烨深吸了一口气道:“我想提醒张大人,这世上没有不透风的墙。您细想,若真有人处心积虑地制造出让张小娘子有孕的假象,其目的是什么？小娘子入殓之后,那贼子会不会四处宣扬张小娘子未婚先孕之事？到了那时,您何以证清白？那神仙娶妻的把戏,您觉得真有人会信吗？”

“这！这都是你们的猜想。但若今日老夫允你们开棺验尸,便是坐实了小女横死之事。不,老夫绝不会让这样的事发生。”张初仁尤不肯松口。

“请恕在下直言,恐怕就算不验尸,今日之后,也难保张家不会成为长安城里的笑柄了。”一旁沉默不语的陆广白接过了话茬。“刚才我们在门外久候大人不至,早已有不少人看到了随行的梁婆。家中有未出阁的女子夭折,女仵作上门,张大人换作是你,你作何想？”

“尔等竟敢拿捏本官,简直胆大包天！”张初仁有些身形不稳,踉跄倒退了两步,面色起伏。

静默了良久,张初仁似是终于下定了决心,咬牙道:“张保、陈胜！”

“在！”门外两个家丁齐声答应。

“你们把秀儿给本官给我带来,看住了！出了半点差错,本官唯你们是问！”

“是！”两名家仆领命而去。

郭烨见状,也不得不佩服张初仁的反应,大悲大愤中也能判断出秀儿是此案的关键。

“小陆,请梁婆入灵堂吧。”

很快,陆广白便领着梁婆进了堂屋。

张初仁整了整衣冠,冲那老妇人一躬到底,道:“梁婆,我家幼娘的清白,就拜托了！”

“老身可不敢当校尉大人这一鞠！”梁婆赶紧错开一步,面色依旧阴沉着道:“咱们丑话说到前头,张小娘子到底是不是清白的,得看她自己,老身只是做个见证而已。”

张初仁道:“理应如此,有劳了！”

众人全出了正堂屋,来到天井中,只留下梁婆在内里验尸。

早就被张保、陈胜押来的秀儿,此时已是体似筛糠,若不是被两个丫鬟架着,恐怕已经瘫倒在地上。

张初仁似乎预感到了什么,眉毛拧成了一团,双拳互握“咔咔”直响！

吱扭扭——

终于,屋门开了,梁婆立在门的阴影里,道:“张大人,你们请进吧。”

张初仁迫不及待地推门入内:“梁婆,怎么样了?”

梁婆见人齐了,手拿一份文书,道:“事关小娘子的清誉,这尸格老身就不念了。但我可以用自己的脑袋保证:张小娘子至死,还是处子之身!”

“幼……幼……幼娘啊!我的女儿啊!我这当爹的对不住你!”张初仁的身形晃了两晃,险些当场摔倒。凄厉的哀号声传到了灵堂外。

“老爷饶命!老爷饶命啊!”院子里的秀儿噗通一声跪倒在地,把头磕得都出血来了。

其实,从张保、陈胜押解她来到这灵堂中,她就隐约预感到当日的勾当怕是要败露了。当堂屋门打开的一瞬间,梁婆这个万年县女仵作出现在门内,她便知晓刚才堂屋里发生了什么,直至张初仁的一声哀号,彻底让她失去了侥幸的心理!

“老爷饶命,不不不,老爷替奴婢做主啊。这所有的一切,都……都是卢重恩指使奴婢干的!他说只要奴婢帮他害了小娘子,他就会娶奴婢过门。还……还说,说要休了原配,将我扶正!”

“卢重恩?果然是卢重恩!”郭烨出了广仁寺之后,就加深了对卢重恩的怀疑。今天来张府前,他甚至托请昔日万年县的衙役同僚,盯着卢重恩的行踪。

此刻他从堂屋里出来,对着门外的衙役喊道:“吴老三,去通知张雄和齐四儿动手!”

“好嘞!”吴老三领命而去,不消半个时辰,就和两个万年县的衙役一起,由张府的管家领着,把卢重恩五花大绑、推推搡搡地带到了天井中。

“卢重恩,你这个杀千刀的!”见着这昔日的情郎,秀儿像疯了一样,踉踉跄跄地冲着卢重恩跑了过去。若不是衙役拦着,那她染了凤仙花汁的红指甲,顷刻间就要挠破卢重恩的脸颊了。

“你不是说你的计划天衣无缝吗?怎么还没三天呢,就被万年县的官差查了出来?你说!你跟官差说清楚,所有的一切都是你指使我干的!”

“你这个蠢女人!”卢重恩倒也不怕她,只是鄙夷地看了她一眼,道:“我从未想过要了幼娘的性命!若不是你自作主张,从药铺里偷了药物,鼓动张幼娘自尽,闹出了人命案子,官差又怎会穷追不舍?事到如今,你这蠢女人竟还反咬一口!”

“那毒药的方子,还是你给我的!”

“呸,你这个毒妇,我何曾给过你毒药的方子。明明是你趁我入睡之时从我卧房的书架上盗取的。”

“我……我还不是为了你好。”被人揭了底,秀儿的气焰明显弱了不少。“十月怀胎,一朝分娩。不杀了那小娘子,再过几个月,假喜脉的事儿不就露馅儿了吗?”

“怎么可能露馅儿?!蠢货!怀胎做假还不容易,我能让她假怀孕,自然有办法让她滑胎。你这蠢女人,坏了我的大事!”卢重恩万万没想到自以为天衣无缝的计策,竟会毁在这蠢钝如猪的女人手上。

这对奸夫淫妇一通争吵,大家对张幼娘被害的经过也了解了个七八成。

但是令所有人都没有想到的是,那张幼娘竟是服毒自尽的,这对奸夫淫妇,一个制造了假怀孕的症状,一个给这个可怜的深闺女子提供了毒药,却没有一个人真正出手杀人。

一旁的张初仁听完,气得浑身发抖,他颤颤巍巍地抬起右手,指着卢重恩道:“姓卢的,你……你为何要害我张家?我张初仁哪点对不住你?”

“哈哈,你和卢婉儿生下了张幼娘,就是对我最大的对不住!”卢重恩目眦欲裂,红通通的双眼盯着张初仁恶狠狠地道:“我对她用情至深,为她守身如玉,凭什么她卢婉儿就不能?我要报复,报复这水性杨花的女人!我要她在天之灵永远不得安息!”他仰天大叫道:“卢婉儿,你的在天之灵,往下看看,往下看看啊!我为你能将近二十年不近女色,而你成亲之后却连一年都守不了,是你对不起我。今日,我报复你的女儿,是你罪有应得!”

“卢重恩!我看你是疯了,婉儿与你根本不可能成婚的,同姓不通婚这是礼制,亏你还是个读书人!”张初仁也是双眼通红地斥骂道。

“我呸,张初仁,你装什么好人!”

卢重恩扭头看向张初仁,歇斯底里地吼道:“婉儿就算不能与我成婚,难道不能为我守节吗?我是如此的爱她,惜她,她却嫁给了你,还给你生了张幼娘这个小孽种!我看着这小孽种一天天长大,越长越像她娘,心里那个恨啊。恨她卢婉儿当年背弃了月下之誓,更恨你张初仁夺了我心爱女人的清白。你们毁了我的一辈子,我便也要毁了你们最心爱的东西!哈,哈,哈……”

“我……我……我……哇!”张初仁再也受不了了,一口鲜血狂喷而出!

“老爷,小心!”管家张福赶紧上前,一把扶住了摇摇欲坠的张初仁。

郭烨见不是事儿,给陆广白使了个眼色,道:“还是我来问吧,小陆执笔。卢重恩,我且问你,是你勾搭了秀儿,然后利用秀儿在张幼娘的饮食里面加了特殊的药物,造成她怀孕的假象,你认是不认?”

卢重恩冷哼一声,道:“秀儿这种水性杨花的女子,还用得着我勾搭?是她勾引的我,卢某人只是半推半就,利用她报复卢婉儿罢了。没想到,这个蠢女子连这点小事都办不好。”

“那神仙娶妻是怎么回事儿?”郭烨又问。

卢重恩阴笑一声,道:“好端端的未曾与人苟合,如何就会怀孕?张幼娘自己也解释不了。我便让那秀儿在她的饮食里额外加了些致幻的药粉,再稍微一引导……哈哈,哪个少女不怀春?那傻丫头便把那若有似无的梦境当了真,这怪得了谁?怪只怪她那不依不饶的爹,若非张初仁穷追不舍,张幼娘自感名节尽丧,如何会寻了短见?”

一旁的张初仁,又是一个踉跄,痛彻心扉啊。

郭烨继续问:“张家小娘子死时,为何又会身穿嫁衣?”

“这你就要问秀儿了。我从未想过要杀张幼娘,如何知道她死后之事?”卢重恩道。

“你来说!”郭烨看向跌坐在角落里的秀儿。

“我,我,小娘子拿了那毒药,服下后,我便想着既然,既然是神人娶妻,不若一不做二不休,把戏做足了。那嫁衣原是我给自己准备的,花了我好几个月的工夫——”说着,秀儿再一次把目光投向了卢重恩。

果然是个跌落情爱中的蠢女人啊。郭烨忍不住腹诽。

“既是秀儿偷的药方,尊夫人又是如何知晓这毒药方子的?”郭烨再一次向卢重恩发问。

“夫人确是恨绝我了啊。”此时,卢重恩的脸上微微出现了动容,他苦笑道:“其实,夫人的医术虽然不如我,却比我那傻徒弟高明得多。她看出了店里有几味药的数量有出入,怕是她就是通过这些蛛丝马迹推测出的药方。”

郭烨按照衙门里问案的方式,事无巨细,把该问的都问了一遍。

不知这卢重恩是觉得自己反正没杀人，连诱人自杀的事儿都没干，这罪再重也不至死，还是早已心如死灰，把生死置之度外了，总之对过往之事他毫不隐瞒，一一作答。

旁边的陆广白奋笔疾书，将二人的对话全部记下。

卢重恩画供之后，再让秀儿招供，加上梁婆填的那份尸格，就能把这个案子办成一个铁案了。

至于说，卢重恩的行为，应该判什么罪？秀儿鼓动张幼娘自杀，算不算杀人，要不要抵偿兑命？就是朝廷官员应该研究的了，与他二人无关。在婉拒了张初仁的挽留和重谢后，郭烨和陆广白出了张府，急匆匆往不良司交差去了。

“咱们俩只用三天时间，就把这神人娶妻案破了，离着一个月的时限还早着呢。不良令大人肯定对咱们哥俩刮目相看，加派人手的事儿就算稳了！纪青璇那小娘皮知道了，肯定会大吃一惊吧，哈哈！”一路上郭烨心情舒畅，颇有些意气风发。

陆广白见他那嘚瑟劲，翻了翻白眼，不忘提醒道：“莫要得志便猖狂，这桩案子不过是不良令大人的试金石，萧廷案能不能侦破才是你我能否在不良司安身下来的关键……诶，对了，我想向你请教一件事。”

“这么客气？除了摸骨辨尸的法门儿，你随便问！”

“跟摸骨辨尸无关。”陆广白摇头道：“咱们抓于青时，隔着院墙你是怎么听出宅院里面走动的人是男是女的？”

“这个简单。”郭烨也不隐瞒，道：“要听出来走动的是男是女，一是听脚步的轻重。男的一般比女的高壮得多，脚步声自然比较沉重。二是算两步之间的时间间隔。男女不同，即便身高、体重完全一样，步伐也大不相同，时间间隔就有了区别。第三，就比较难了，男女穿的鞋履不同，走路声也会有轻微的区别。第四，要比前三点再难一点，你得通过前后脚步声的不同，判断前后两步位置的不同，进而推断出那人走路的姿势来。第五……”

“得，得，得，竟有如此多的门道。”陆广白惊讶道：“光听着就这么费劲，真真做起来怕是难得多吧。”

郭烨不无得意地道：“其实也不难，我跟着师父学了一个多月，就能在四市横街上闭着眼睛，知道一刻钟内，面前走过了多少男人、多少女人了。小陆，你想学，我自然是倾囊相授啊。”

“那是你天赋异禀,天生就该吃捕头这碗饭,我可没这个天赋。你师父也教得好,真不知他老人家是何等人物……哎哟!”

话未说完,陆广白就被人撞了一下。

原来是一个少年郎从侧面的小巷子里急冲而出,收势不及,撞在了陆广白的身上。

“二宝?怎么是你。”郭烨扶了陆广白一把,抬眼看时发现这冒失鬼竟是老熟人李二宝。

“这不是郭大哥和陆大哥吗?”李二宝这会儿也停了下来,胡乱地拱了拱手,道:“两位哥哥少陪,俺得赶紧回不良司呢。”

“不良司怎么了?”

“猫鬼的案子发了,万国俊前来抢人,俺得赶紧回去支援!”

郭烨眼珠一转,道:“我们俩正巧要去不良司复命,既为不良友,也算不良司的一员,如此咱们就一块去吧?”

“不良友用不着去!”李二宝正色道:“跟丽竞门起冲突可不是什么好事儿,那是我们不良人的责任,两位哥哥没必要冒险。”

陆广白也轻轻扯了扯郭烨的袖子,微微摇头。

这郭烨心中想的却是,不良司那么多人在现场,能有什么危险?这猫鬼案是纪青璇办的,这小娘皮不是挺牛气的么,真不知对上万国俊还能不能牛气得起来?这种大热闹,不可不看!

这般想着,他面色一肃,义正辞严地道:“二宝,你这是看不起我们哥俩?告诉你,自从成为不良友以来,我们俩就把自己当成不良司的一员了。如今不良司有难,我们哥俩岂能坐视不管,那还是个人吗?”

李二宝听了甚为动容,竖起大拇哥,道:“郭大哥说得好!走,咱们一块去!”

第二十六章　轻破猫鬼案（上）

一路之上，李二宝简单地向两人介绍了猫鬼案的案情。

话说当日，到不良司报告猫鬼案的是两个人。

一个叫李升，长安城内的一名富户，祖上世代为不良友，一直为不良司办差。虽说李升只是不良司中的不良友，但和不良司的关系却比一般的不良人还要密切得多。

另一个报案人叫王有明，是名穷书生。

这俩人看似八竿子打不着，实际上却是一对知交好友。因为王有明家道破落，所以李升经常接济王有明，王有明有了困难也经常找李升寻求帮助。

这猫鬼案的苦主，正是这穷书生王有明。

王有明在报案中说，这一日半夜三更，他的妻子赵氏，忽然间浑身刺痛、痛苦不已，并口口声声称自己看到了一只黑猫。

据往年来的民间传言，这种种正是猫鬼害人的典型症状。

王有明甚是害怕，奈何天色已晚，他只得抱着妻子囫囵过了一夜，迷迷糊糊间竟睡了过去。第二天醒来，却发现怀中的妻子不见了！待他要出去找寻，却发现赵氏直挺挺地吊死在了正堂屋的横梁上！

不用问，这定是猫鬼所为！当今女皇陛下闻猫色变，故凡是涉及猫鬼之案皆被定为大案。所以王有明没有选择向万年县衙报案，而是去了丽竞门报案。

结果，在王有明去报案的路上，遇到了李升。李升见王有明神色慌张，赶紧把他拦住，问他出了何事。王有明对好友也没有隐瞒，全然相告。

得知王有明的妻子被猫鬼害死之后，身为不良友的李升知道此事若是交到丽竞门手中，必然牵连甚广，不知要害死多少人了。于是他劝阻了王有明，带他去了不良司报案。

王有明接纳了好友的劝告，二人到了不良司后，不良令付九听完禀报之后，却对要不要接这个案子起了犹豫。

当即，他一方面命人将王有明看管起来，禁足在不良司中；一方面派人八百里加急，向洛阳的不良帅徐有功请示。

徐有功接到急报之后，顿觉此事千万不能落在丽竞门手中，他不仅指示长安不良司接手此案，而且还指定此案由自己的义女纪青璇负责。有了徐有功的指示，付九自然是乐得将这个烫手的山芋扔给纪青璇。

郭烨听到这儿，不由想起查五石散案的那日，在酒肆胡思堂后花园内，纪青璇匆匆离去，不正是不良司得了徐有功的指示，召她回不良司衙门吗？

仔细听完了猫鬼案的来龙去脉后，郭烨好奇问道："那穷书生王有明之妻，真是悬梁自缢的？"

"错不了！咱们不良司的仵作老宋验看过，确是自尽没错。"李二宝重重地点了点头。

"平日里，王有明夫妻二人的关系怎么样？有做过问询吗？"郭烨再问。

李二宝道："我们调查了王有明的街坊邻居，据说，这小两口虽然日子过得有些寒酸，但夫妻二人的关系却是好着呢。"

"嗯……此案听着倒是有些诡异不俗，怪不得纪青璇这么些天了也一直没什么进展呢。"原本奔着看热闹去的郭烨，倒是对这稀奇的案子来了兴趣。

不一会儿，郭烨、陆广白和李二宝抵达了现场。

好家伙！此时此刻，丽竞门和不良司各百十人，正手执刀枪棍棒，胳膊挽袖子，怒气冲冲地在不良司衙门前对峙。

纪青璇是九名不良尉中唯一一个女的，胆气却不输男儿。只见她手执蛇皮软鞭站于不良司队伍的最前面，面色冷然，傲然挺立。

就连被郭烨视为老滑头不惹事的不良令付九，这一回都没有作壁上观。坐在胡床上压阵，事关长安不良司的威仪和颜面，付九还是拎得清轻重的。

付九的身后，站着其他八大不良尉，无一不是面色冷峻、不怒自威！

"啧，郭小子，也赶来啦！倒是有几分胆色！"付九察觉到了郭烨的出现，脸色多了几分赞许。

他不知郭烨已经破了那神仙娶妻案，更不知郭烨他那点看热闹的小心思，还以为这小子是心忧不良司，知道丽竞门打上不良司来，所以赶来慷慨送人头的呢。

"见过不良令大人！"郭烨冲付九遥遥抱拳。

付九轻嗯一声，摆摆手。“既然来了，那就归队吧。”

郭烨拉着小陆转身躲进了人群里。本来就是过来看热闹的，没必要排在前头当出头鸟。再说，这是什么场面？还轮不到他一个不良友出头。

郭烨刚进了队伍中，就见一名不良人急匆匆地从不良司内跑了出来，高声道：“报——报——猫鬼案有线索啦！”

此话一出，全场顿时哗然，无论是不良司阵营，还是丽竞门阵营。

付九大声问道：“快些说，什么线索？”

“呃……线索是王有明提供的。他说，不见到纪不良尉，绝不告诉他人。”报讯的不良人弱弱地看了一眼付九。

“嘿嘿！”丽竞门这边一声森然的阴笑传出，万国俊缓缓走出丽竞门队伍。“怎么这王有明早没有线索，晚没有线索，偏偏本御史一来，就有线索了？付大人，陛下三令五申，蓄养猫鬼，即为谋反。如此大案，就算由你们不良司查办，也应该允许本御史旁听吧？”

付九一愣，被万国俊说得有些不知如何回应。毕竟万国俊这个要求，真不过分。

就算不谈万国俊丽竞门副门主的身份，单说他殿中侍御史的职司，就有权监察这种谋反大案。

这丽竞门的老狼崽子，真他娘恶心人！

很快，王有明被带到了纪青璇的跟前，当着的纪青璇面，讲完了他的线索。万国俊既然有资格旁听，当然也不会错过机会，上前凑耳细听，不放过任何一个细节。纪青璇越听越是蹙眉不已，郁闷至极地看着王有明，不可思议地问道：“所以……你所谓的线索，就是一个梦？”

这个所谓的线索，让纪青璇杀了王有明的心思都有了。先不说这梦算不算证据，就说王有明所说的梦境，听着都让人匪夷所思。

这王有明说，昨夜他那个吊死的妻子给他托梦，告诉他用猫鬼杀人的凶手，非是旁人，正是他王有明的好友——李升！

人家李升也算家境殷实，用猫鬼害他王有明这个破落户的妻子，到底图什么啊？一听就是无稽之谈。但这无稽之谈，却让万国俊听出了“有戏”，简直就是正中下怀啊！

他知道李升是什么人，这李家世代为不良友，与不良司牵扯颇深。若是能把这个案子做实了，就是李升用猫鬼害的王有明的妻子。那不仅能立大功，还能把长安不良司也一并牵扯进去！真是瞌睡碰上送枕头的了。

“纪娘子此言差矣！”万国俊兴致勃勃地说道：“切不可小看了亲人托梦啊。这世上既然有猫鬼害人之事，缘何就不能有冤鬼托梦的事了？”

“那万御史以为，下官应该如何做呢？”

万国俊嗤笑两声，道：“这还不简单？既然王有明这个苦主指证了李升，那现在就去搜查李升家，看他家有没有祭祀猫鬼的祭鼎。”

民间对于蓄养猫鬼之法，在大面上是没什么分歧的。

术士通过一套特定的仪式，把事先准备好的老猫杀掉，以获得猫鬼。这老猫的岁数越大，猫鬼的效力越强。此后，每到子夜时分，蓄养之人就必须用一个特制的、刻有符咒的祭鼎来祭祀这个猫鬼，期间绝不可间断。否则，被蓄养的猫鬼就会反噬主人。待到蓄养之人与猫鬼心意相通之时，便可放猫鬼去害人，但此间依旧需要在满月之夜设坛祭祀。而这设置祭鼎的方位也颇有些讲究，须是蓄养之人最常待的地方，以便猫鬼与蓄主精气交融。

所以，要查一个人有没有蓄养猫鬼，最直接的办法就是搜查他的宅子，看看有没有祭鼎就行了。万国俊的这个提议，颇为合理，也算规矩。

纪青璇点了点头，既然此案义父交由她负责了，付九也授了她便宜行事之权，就无须再行禀报了，说道：“本尉接受万御史的提议。这就调集不良司的人马，搜查李升的宅子。”

“不不不，不是你们不良司，而是我们丽竞门。”万国俊笑道：“李升出身不良友，你们不良司还是避避嫌为好。”

纪青璇听闻此言，气不打一处来，冷声道：“你们丽竞门栽赃陷害的事干的还少吗？怎么没见你们避过嫌，不再参加任何搜查行动？”

万国俊闻听此言也不以为忤，打了个哈哈道：“纪娘子真是好一张利口啊！行，既然如此，那就互相监督、联合搜查吧？”

纪青璇听了冷哼一声：“这还差不多。”

别看这会儿万国俊似乎很好说话，其实老谋深算的他另有打算。能在李家找到祭鼎，那自然是好。若是找不着，也不妨事。这李升既然有了嫌疑，便不能轻易放过了他。

总而言之,这个案子只要拖延下去,早晚会落入丽竞门的手里。所以,万国俊不介意这会儿在这个小美人面前略退一步,以示大方,抓紧将此案推进。

半盏茶的工夫,两方人马就齐齐杀到了不良友李升的家中。

不过,这事情发展之顺利,却出乎了所有人的预料之外,那个祭鼎很快就找着了！就在李升的床下,一个桐木制成的祭鼎躺在那里。

不良人将祭鼎取了出来,但见上面刻满了祭祀猫鬼的符咒,配上桐木特有的鬼面花纹看起来格外触目。

祭鼎一现,便是证据确凿！李升在家中居然蓄养猫鬼,这简直就是大逆不道!

万国俊兴奋地拊掌笑道:“哈哈！纪娘子,看见了没。是你的人从李升的床底下搜出了祭鼎。不是我们丽竞门故意栽赃陷害吧？现在,这祭鼎是咱们两家一同办案搜出来的,你还有何话可说？”

“我……”事关不良司中人,纪青璇一时竟语塞了,数十个念头瞬间在脑海中盘旋而过。她知道这丽竞门最擅罗织罪名,这个猫鬼案弄不好能通天！现在,在李升家中搜出祭鼎,证据确凿,自己该怎么办？

她一言不发地盯着祭鼎,片刻后,冲一个不良人挥了挥手,吩咐道:“去将不良友李升,带进来!”

第二十七章　轻破猫鬼案(中)

李升被押进房来时,还不知道发生了什么事,怎么查猫鬼案查到自己家来了？

他一脸茫然地冲纪青璇作了一揖。“见过不良尉大人!”

“李升,你抬起头来!”纪青璇将手中的木制祭鼎掂了掂,对李升直言问道:“此祭鼎乃是从你房中床榻底下搜出,你竟敢用祭鼎蓄养猫鬼,你可知罪？”

噗通！李升吓得跪倒在地,连连摇头大呼道:“冤枉呐,不良尉大人！小的根本就没见过这祭鼎,更没蓄养祭祀过猫鬼。这,这,这……”

李升吓得已经连囫囵话都讲不出了，惊得三魂丢了六魄。他大为费解，自己不是明明帮着好友王有明举报猫鬼案么，怎么就变成了自己蓄养猫鬼害人呢？

"嘿，嘿。"万国俊阴恻恻地笑道："祭鼎是在你家搜出的，苦主王有明也亲口交代，他妻子托梦于他，说是你害了她！人赃俱获，还想抵赖？"

"什……什么???"

这一刻，李升连跪都跪不稳了，整个人跟烂泥似的瘫在地上，一脸呆滞，喃喃自语道："怎么可能？我一向帮他助他，他怎么能如此害我？我与他乃至交好友，他岂能如此陷害栽赃于我？王……王有明啊，你不是人，我拿你当手足，你却害我如豺狼啊！"

"李升，本尉再问你一遍。"纪青璇看着李升这副模样，不像是在做戏，又问道："你确定这祭鼎不是你亲自购来蓄养猫鬼作恶的？"

不等李升回话，万国俊面色就微微一变。在他看来，纪青璇这话明显是偏帮自己人啊。不过也很厉害，这么快她就寻到了帮助李升开脱的漏洞。她这话问得极为高明。因为万国俊心里也清楚，祭鼎虽出现在了李升的床底下，但不代表李升就是这祭鼎的主人，也许是别人栽赃嫁祸呢？所以并不能因此就断定是李升在蓄养猫鬼害人。

要想确定李升是不是无辜的，只需要找出这尊祭鼎出自谁人之手，或者找出这祭鼎的货主是谁，便可找出真正买这祭鼎之人！

这种木制祭鼎做工甚巧，雕工也老练，要想雕制出来，寻常老百姓可没这个手艺。

李升急得将头摇成了拨浪鼓一般，哽咽着喊道："冤呐，不良尉大人，小的从来没有跟人购置过这祭鼎！"

"笑话！"万国俊冷笑一声，道："都知道蓄养猫鬼一经发现，必是杀头的大罪！今日不动刑，他岂会承认自己蓄养猫鬼啊？纪不良尉，待本官将他带回丽竞门拷问一番，三木之下，他定会老老实实招供设祭鼎养猫鬼之事了！"

纪青璇瞋目愠怒，娇斥道："不良司办案，向来讲究法理真相！万大人何曾见过不良司手下有屈打的招供、枉死的冤魂？"

言下之意，不良司办案从来不用屈打成招、严刑逼供的手段，同时微微讽刺一下万国俊，以示鄙夷。

“呵呵，你不良司这般高明，那纪不良尉且说说，这养猫鬼作恶之人不是李升，还能有谁？”万国俊切了一声，不屑道：“这也不行，那也不行，如此泼天大案总不能就这么不了了之吧？若是这样，嘿嘿，本官定亲赴神都洛阳，面呈来俊臣大人！”

“哼！”纪青璇蛾眉微蹙，冷冷地瞥了他一眼。

“咳，咳，能否容郭某说两句！”一直跟随队伍过来，躲在不良人中看热闹的郭烨，终于忍不住走了出来。

万国俊一看郭烨，正是仇人相见分外眼红，这小杂碎当日在胡思堂可是搅了自己的好事。算这小杂碎命好，派去的杀手都折戟了。如今这小杂碎又来掺和，真是新仇旧恨凑到一堆儿了，万国俊恨得牙根痒痒。

此时再见郭烨连身不良人标配的衣靴和佩刀都没有，他不由怒斥道：“你算什么东西？你有什么资格在本官面前指点案情？”

纪青璇虽也不喜郭烨的轻佻的油滑，但此时肯定是力挺郭烨的，说道：“他是我不良司中人，怎么就没资格了？”

她看着郭烨那张笑眯眯、令人讨厌的脸，挥了挥手，道：“有什么话，你大胆地说！”

郭烨上前一步，拿过纪青璇手中的祭鼎，仔细端详了一下，最后指着祭鼎边上的某个位置，说道：“我刚才就留意这个祭鼎了，我知道这祭鼎是谁人所制，因为我认识这个特殊的标记！只需将他唤来问上一问，到底是何人买的这祭鼎，不就真相大白了吗？”

说着，众人顺着郭烨手指的位置，细细看去，果然这祭鼎上有人刻了一个标记，是一个米粒大小，刻得格外清晰的“邢”字。

如果郭烨没有记错的话，刻制这木鼎的，正此前救了自己和小陆的老木匠邢老头！

“果真？”纪青璇面色一喜，道：“郭烨，不如由你跑一趟，去将制这祭鼎的木匠请来？”

这倒不是什么麻烦事，郭烨点点头，表示没问题。

万国俊一见，急忙道：“等会儿，为防万一，我丽竞门也派人跟着这小子一同前去请人！”这话明显就是不信任郭烨和纪青璇，生怕不良司为了替李升洗罪，故意请个人来冒充这祭鼎的木匠师傅，所以要派个丽竞门的手下去盯着。

“你随便！”郭烨撇撇嘴，低哼一声：“小人之心！”

纪青璇也是颇为不悦，说道：“为防安全起见，我也派两个不良人保护你与这邢老丈！免得生了意外！”说完不忘意味深长地看了一眼万国俊。

“真是牙尖嘴利，徐有功真是收了个好义女啊！”万国俊气得牙根痒痒。

纪青璇耸耸肩。“多谢！”

郭烨目睹完这一幕，特别服气。瞧瞧人家这逞口舌之快，都不带脏字儿的。要学习啊！

郭烨这边带人出了李升家，纪青璇立马差遣李家的下人给腾了个空置的院落，将暂为嫌疑人的李升关在了东厢房，西厢房候着苦主王有明。至于她和万国俊呢，各自带着不良司与丽竞门一行人坐镇厅堂，就等着提审邢老头了。

也就半炷香的光景，邢老头就被郭烨等人请来了此处。

进了李家的厅堂，纪青璇也不绕弯子，直接开门见山将祭鼎交给了邢老头。

邢老头认真地对着那祭鼎端详摩挲了许久，最后点头道：“这祭鼎的确出自小老儿之手——但是……”

“刑老丈，私制猫鬼祭鼎，可是杀头的重罪！你确定是出自你之手？”纪青璇问道。

刑老丈摆手道：“这位女上官可是言重了哩！小老儿不过是个木匠，木匠造木鼎兜售贩卖，天经地义。小老儿刚才是说，木鼎的确是我制的，但木鼎上那些歪歪扭扭古古怪怪的符咒，可不是小老儿弄的！”

刑老丈这话可是有说头的，如果单纯是制一个简单的木鼎，根本算不得什么大事，但是如果在木鼎的四周刻上所谓的符咒，那就可大可小了，一旦被认定是用来蓄养猫鬼，那真就是杀头的大罪了！

“嗯？”纪青璇错愕了一下，问道：“你是说有人买了你的木鼎，又私自在上面加刻了养猫鬼害人的符咒？”

“是哩，是哩！”邢老头急道。

一旁的万国俊嗤笑道：“老头，我们怎么相信你说的是真是假？”

邢老头道：“好教这位大人知晓。小……小老儿做的是小本买卖，又在自己做的木鼎上留了记号，又怎么会如此蠢笨到在上面刻蓄养猫鬼的符咒呢？这不是自寻死路吗？这原先就是个普通的木鼎，小老儿制来兜售换米粮的！”

“倒是这么个理儿。”万国俊对老头这番说辞倒也认同。

郭烨这时也站出来，指着木鼎上所雕刻的符咒，说道：“依郭某在平日办案的经验来看，邢老丈倒是没有说谎。诸位请看，这木鼎无论是雕工还是做工，都是刀法老道，刀刀利落。但诸位再看这木鼎上所刻制的符咒纹路，线条生硬，深浅不一，刀法无章，明显就出自一个不谙木匠手艺的人之手！”

“郭捕头，您英明啊！”邢老丈由衷地竖起拇指，继续补充道：“这鼎上符咒的雕刻纹……纹路深浅不一。当中那几个字，还有刻刀划……划过头的痕迹。根据小老儿几十年的木匠手艺来断，这刻符之人，必是个生手。”

众人听邢老头和郭烨这般说，纷纷比对了一下，果真如此！

这符咒若不仔细看，还真以为是一通乱糟糟的鬼画符。原来这鬼画符里头还隐藏着几个字，若不是眼光毒辣的老木匠，寻常人还真发现不了。

而偏偏郭烨却能发现这微不可察的不一样！

房中不少不良人对郭烨都暗暗赞许，就连纪青璇此时都不得不在心里承认，这姓郭的，眼睛真够毒的，跟他那张贱嘴一样毒！

“还……还有——”邢老头张了张嘴。

纪青璇道：“还有什么？你尽管说来。”

邢老头嗯了一声，继续道：“诸位大人，请再细看，那鬼面纹的边……边上有一处暗黑色的痕迹。那应当是刻符之人，手太生，不小心划破了手指，留下的血迹。”

果然如邢老头所言，那祭鼎鬼面纹边上的凹槽处有一条黑色的痕迹，用指甲轻触，能剔下极细的一点碎末。因为隐藏在木纹里，不注意看还真发现不了。

“邢老丈，你倒是看得仔细。”郭烨笑着说。

“嘿，这关系到小老儿的性命，怎能不仔细些？”邢老头回道

既然邢老头自证了清白，那么向他买木鼎这个人，就很重要了。这个买家和木鼎上的养猫鬼符咒脱不了干系！

纪青璇当即问道：“既是如此，你可还记得是什么人，在何时跟你买了你这祭鼎？”

“记得！”邢老头肯定万分地回道：“坊里的老少都知晓小老儿平日就专雕木头佛像和各色神仙人物，这个郭捕头也是见过的。像这种木鼎啊，半年来，小老儿就做了一个，所以对这买主印象实在是太深了！想忘都忘不了哟！”

“买主是谁?”纪青璇问道。

邢老头不假思索地回道:“买主便是书生王有明!”

顿时,厅堂中又是一片哗然!

怎么会是王有明?

苦主报案人,竟成了嫌疑人。这下,郭烨对这案子也是愈发地好奇了!

第二十八章　轻破猫鬼案(下)

“这书生王有明啊,老汉本就与他相识。”邢老头道:“他家境落魄,有时候会在街上帮人写书信挣些口粮,小老儿经常会托他帮忙写上几个字,这一来二去便相识了。有时候小老儿贪他便宜,写一两个字儿也不用给钱。故而那日他请我做个祭鼎,就给了根木头的本钱。这价钱实在是太低,小老儿本想拒绝的,但想着平日里也没少占他便宜,最终还是应承了下来。”

邢老头的回答如平地惊雷。没想到啊,这竟然是一场贼喊抓贼的闹剧不成?

“来呀,去西厢房将王有明押来此地!”纪青璇吩咐道。

万国俊想要阻止,因为他知道王有明只要和邢老头一对峙,那么李升这个不良友就洗了嫌疑。任他再想胡搅蛮缠,此刻也没了由头。

无奈之下,他只得眼睁睁地看着几名不良人去而复返,将王有明押来此地。

王有明一进厅堂就看见了邢老头,顿时圆目大睁,张大了嘴巴,半天说不出话来,刚才还略显淡定的脸上,尽是惶惶之色。

郭烨上前一步,问道:“王有明,既然我们能将邢木匠请来此处,其他多余的话,就不用本尉再问了吧?是你自己主动交代呢?还是让丽竞门的人带你先去他们那儿走一遭?”去丽竞门那儿走一遭,言下之意,就是去尝尝丽竞门的酷刑了。郭烨寻思反正和丽竞门这道梁子是拉上了,反正都结了仇,那也就不避忌了,痛快痛快嘴巴过过嘴瘾也是好的。

“放肆,审案断案,什么时候轮到你一个小小不良友越俎代庖了?”万国俊一听郭烨又在挤兑丽竞门，顿然大怒。

“本尉让他参与此案，他自然就有问讯之权。”纪青璇说道。

郭烨一听，颇为诧异地看了一眼纪青璇，这小娘皮居然还主动帮自己，这太阳打西边儿出来了。

不过纪青璇看都没看他一眼，而是对王有明身边的一个不良人命令道：“将他的手掌打开，看看手指有没有被刻刀划伤的伤口。”因为刚才邢老头分析了，这木鼎的符咒是新手刻的，上面还有血迹，应该是新手不小心划破了手。

王有明一听更慌了，下意识地挣扎了一下，将手握成拳紧紧攥着，不过到底是书生，哪有什么力气，直接被一个不良人给硬生生掰开了。手掌一摊开，手掌心有一道伤口，虽然早就止了血，也开始结疤了，但伤口还是清楚可见的。

“万副门主，本尉还没见过你们丽竞门的十八般酷刑呢，不如在这儿表演一二给我等见识见识？”纪青璇淡淡地说道。

万国俊顿时面色不悦，这纪青璇是当他们丽竞门是耍猴戏的？还表演一二？

不过这番话听在王有明耳中，那就是另一番天地了，丽竞门刑讯之手段何等惨绝人寰，即便他是个穷书生，也是有所耳闻的。

噗通！他一跪在地，最后紧绷着的那点侥幸心思，瞬间荡然无存，开口道：“莫要对我动刑，我……我招！”

“郭烨，你去东厢房将不良友李升带来！”

“嗯！”等着郭烨将李升带到了堂上，见到了堂上一幕后，李升也是万分错愕！

跪在地上的王有明低着头，一五一十地向纪青璇和万国俊等人交代猫鬼案的来龙去脉了，他并没有发现李升已经上了堂。当他说完他妻子之死后，李升猛地一用力，挣脱开不良人的看押，上前就是抡起拳头对王有明一顿暴打，口沫飞溅地怒斥道：“你这个混蛋，芸娘可是你的结发妻子，与你患难度日，你怎能忍心杀他？”

芸娘，就是王有明的妻子，赵芸娘。

“来人，将他拉开！”纪青璇话音刚落，李升已经被不良人重新架开。

纪青璇对着王有明又道：“你继续说，往下说……”

王有明被李升一顿暴揍，很是狼狈，摸了摸有些发痛的额头，继续说道：“我骗芸娘我被泼皮骗进了赌坊，输光了家当，还将她也输给了人家。我与她说，我已经无颜再苟活于世，要悬梁自尽。芸娘仁义，与我抱头痛哭，说是不愿给泼皮做妾，要与我夫妻同心，同赴黄泉！”

“啧啧啧。真是好脑筋啊，居然骗得你那夫人为你守节去殉死！”万国俊忍不住咂嘴说道：“接着是不是等她悬梁自缢寻了死，你却偷摸独活了下来？”

王有明没有吱声儿，显然是默认了。

万国俊又是一番啧啧，称道：“行啊，你也真够毒的，这股子狠辣劲儿，丽竞门中多半人不如你也！如此作恶之人，也是人才难得，本官都想将你收进丽竞门了。”

“万副门主，莫要打断审讯。”纪青璇微微皱眉。

郭烨在万年县衙当差的时候，也见过不少杀妻案，但是像这般杀妻的，还是头一次见，顿觉丑陋不堪。他问道：“怪不得赵氏自尽，不良司查不出任何蹊跷呢。原来，这既是自杀，又是他杀！王有明，我问你，街坊四邻都说你与你夫人平日恩爱有加，你夫人对你也是百般顺从，不然也不会为你守节殉死了！你告诉我们，你到底为什么要这样做？”

“当然是升官发财！”王有明猛地一抬头，眼神空洞洞地扫了一圈四周，随后看向郭烨，幽幽说道：“虽然往日里有李升时常接济我，但我总不能一辈子就这么靠人施舍度日吧？我王有明十年寒窗苦读，为什么却要过这种茅屋漏风、三餐清汤寡水、家无半两藏银的日子？我不甘心啊！我思来想去，发现在如今这世道，尤其是在长安城里，要想获得富贵的最好法子，那就是告密！”说到这儿，王有明还不忘艳羡地看了一眼万国俊，继续道：“但我寻来寻去都寻不到告密的由头。我日思夜想终于想出了骗我夫人自缢，然后捏造出一桩猫鬼案的办法来。我相信只要将这案子举报到了丽竞门手里，那铁定能办成一件谋逆大案。丽竞门办了大案，自然是少不得我这首告之人的功劳。一场富贵下来，即便捞不了一个官儿当当，难不成还能短了我赏银绢布不成？”

在场诸人都被王有明的用心险恶和丧心病狂给震惊到了！为了能找到去丽竞门告密的机会，居然骗自己相濡以沫的妻子殉死，然后捏造出猫鬼案来，即便牵连无辜、血流成河也在所不惜！

至于作为好友的李升，已经被惊得半天说不出话来了，面色惨白，不迭摇头，口中喃喃着:“你疯了,疯了。”

倒是万国俊不迭拊掌赞许道:“还真是下了心思,本官现在越来越喜欢你了。”他对王有明的这番话,深表赞同,王有明说得一点都不错,如今这世道要想以最快的速度取得晋升的资格,那就是告密!女皇陛下登基之后,篡唐改周,这天下也好,还是那龙椅也罢,本来就得位不正。她为了稳固统治,就鼓励告密,借机排除异己。告密者,尤其是告谋反之密者,按惯例,首告者会立刻得授五品官,其他提供线索者也会得到大量的赏赐。

十几年前,女皇陛下还是皇太后时,曾派人将当时的皇帝李显废为庐陵王。当时参与政变的羽林军士并没得到赏赐。事后,几个羽林军士在酒馆闲聊时,有人抱怨道:“早知今日无功赏,不如扶庐陵王。”这话一出,马上就有一个羽林军士借故出去向朝廷告密。结果,告密之人得了五品官做,其余几个没表态的人“知而不告”,尽皆绞死,那个抱怨的人直接被处以凌迟之刑。所以当今天下,读书考取功名固然是进身之阶,但是告密绝对比读书要来得更容易些。这就是崩乱的世道。

“王有明,我李升自问对你处处提携、时时周济,从不曾有半点怠慢。”李升也被王有明的丧心病狂给惊呆了,愤怒道,“你却要诬陷于我,险些害我丢了性命?你的良心被狗叼走了吗?”

“呵呵,在富贵前程面前,良心算得了什么?”王有明冷笑道:“李升,你对我处处提携不假,但你可知,你每次提携我、接济我,我便觉得自己处处矮你一头,就连说话都不敢逆了你的心意,就担心你下次不接济我了。”

“王有明啊,王有明,枉我拿你当手足兄弟,你却暗中霍霍磨着刀,要害我性命啊!”李升此时不单单是心凉如水,也是对这份情谊绝望到底了。

“手足兄弟?哈哈哈哈……若真是手足兄弟,那你为何只是接济我?为何不将你的家产也分我一半,也让我过上高床软枕、锦衣玉食的好日子呢?做不到吧?哈哈哈,做不到就不要跟我说是手足兄弟……”王有明凄厉的笑声充斥着整间堂屋,笑得人心发毛……

到了此时此刻,这桩猫鬼案已是十分明朗了。

按照王有明原本的计划,他骗妻子上吊之后,捏造好猫鬼案的说辞,然后去丽竞门报案。他既算苦主,又算首告,讨得丽竞门欢心之后,纵然没有五品官,起码也能捞个小官当当。不过可惜,他去丽竞门报案的路上,被李升撞见了,还被李升热情邀请去了不良司报案。为了不引起李升怀疑自己骗杀了妻子,他只得和李升一起去不良司报案。如今,再经郭烨这么一搅和,王有明的美梦瞬间成了泡影。万国俊知道此时构织猫鬼案已经没戏,可惜了王有明这么一个完美的计划,却被郭烨这小杂碎搅了局。既然如此,他也就没有继续逗留的意思。他伸了伸懒腰,打了个哈欠,意兴阑珊地说道:“既不是什么泼天大案,那就交给你们不良司了,我们丽竞门不感兴趣。弟兄们,撤!”

“喏!”丽竞门的人齐呼一声,簇拥着万国俊准备离开李家。

万国俊路过郭烨身边时,忽然驻足,看向郭烨,阴恻恻地笑道:“行啊,姓郭的,几次三番坏本御史的好事。不错,有些手段!希望下一次本御史再见到你,你还是能活蹦乱跳!”

这是赤裸裸的威胁啊!郭烨面色一变,正要喷他,却见厅堂门口处一瘸一拐进来一人,冷声喝道:“万御史当着我这个长安不良令的面,威胁我们长安不良司的人,你确定从今以后,要正面与长安不良司宣战么?”

进来说话之人,正是长安不良令,付九。

不良司和丽竞门虽互为不对付,互为眼中钉,但都有自己的游戏规则,可以背后坑,但不能明面杠!

万国俊一听付九说得如此严重,也是一愣。“不就是一个轻贱的不良友么?至于如此庇护吗?付大人!”

“他之前是不良友,没错。但从今以后嘛,他已经是不良人了!”付九说着,望向纪青璇道:“纪不良尉,如此人才,还能屈就为不良友吗?”

纪青璇微微一怔,尽管不想看到郭烨那张讨人厌的脸,但还是将目光落在了郭烨身上,道:“恭喜你,即日起,便是长安不良人!有长安不良司一日,你就有遮风避雨的一天!”

第二十九章　加入不良司

等着万国俊怒气冲冲地率众离去后，郭烨指着自己的鼻子，问付九："不良令大人，这就不良人了？不是之前说好……"

郭烨有些惊诧，之前不是约定好，要真正加入不良司成为不良人，就必须侦破萧廷案吗？怎么就提前了？

"郭小子，神仙娶妻案，办得漂亮！甚得本官之心！"付九重重地拍了一下郭烨的肩膀，点头说道："半个时辰前，我那老友来不良司寻本官，对你和陆小子好是一顿夸赞，说你们是人才难得。此番猫鬼案，你小子也是出力甚多，当居首功。若是本官还不将你二人擢升为不良人，以后如何服众？"

原来如此。郭烨一向得瑟，听得付九大庭广众下夸赞自己，难得谦逊地笑了笑，口称不敢。

付九又看向纪青璇，笑着说道："纪不良尉能当场应允，也着实让本官意外，没有在丽竞门面前让本官折了颜面啊，多谢了！"

"啊？不敢，不良令大人言重了！"纪青璇向来看不上整日混日子，守着自己那点地盘和利益的不良令付九，但不代表她就可以僭越和凌驾于不良令之上，所以平日里虽经常和付九唱反调，那也只是在公务上。现在听付九这句话，她自然是连连摆手，纠正道："属下不过是不良令大人麾下的不良尉之一，如何用人，决定用谁，都是大人说了算。属下不过是建议之权罢了！"

说到这儿，纪青璇又看了看郭烨，微微蹙了蹙眉，说道："郭烨此人行事乖张，从无章法，嘴贱无德，举止油滑，但此人却也聪敏慧黠，而且心中尚有一丝正义和良知。今日对猫鬼案也建功颇大，大人破格录取，属下自然无异议！"

行事乖张……从无章法……嘴贱无德……举止油滑。郭烨听得脸都绿了。这是把老子当成街边的泼皮混混了。

就连隐于人群中，平日里不苟言笑的陆广白，此时嘴角都微微翘起一抹弧度，暗暗叫爽，骂得好，恶人自有恶人磨啊！

“嘿，随你怎么说说，”郭烨又恢复了那副贱皮子的模样，耸耸肩，说道：“不管你看得上看不上郭某，这猫鬼案就是我助你破的，你到哪儿都要承我一份情儿。纪大不良尉啊，以后同在一个锅里舀马勺了，还望多多关照哩！”

“关照谈不上，以后在外办差，莫要堕了不良司的威风，也莫要污了不良司的脸面！”纪青璇说罢，便冲付九拱手道了一声告辞，率自己麾下一干不良人，竞相离去。

如今猫鬼案告破，变成了一桩普通的案件，那王有明之流就不用再带回不良司了。付九派人去了万年县衙，让他们速来李升家中将此案接手过去。李升自然是无辜的，那王有明又该如何处置，那就看万年县衙的新任县令大人怎么判了。

此间事了，不良司中人纷纷撤离此地。

回到不良司后，付九让手下书吏起草文书，正式当众宣布，郭烨和陆广白自即日起，正式加入不良司，褪去不良友之身份，正式成为一名不良人。当然，不良人跟县衙招募的衙役可不一样，每一位不良人都是要上报朝廷，等朝廷批核后正式任命的。不过公文流转，至少还需要半个月的时间。

不过命运总是那么巧合，不良司有九大不良尉，他居然被分配到了纪青璇的麾下！

我的亲娘老爷，果然不是冤家不聚头！以后受这小娘皮的节制，哪还能有舒坦日子过？

不过提前破格录取成为不良人，终归是个良好的开始。郭烨知道成为不良人的意义非同凡响，给他带来的好处可不是以前一个小小县衙捕头所能比拟的。以至于被纪青璇节制的那一点点不爽，其实，也可以忽略不计的。

因为不良司是当今朝廷两大秘谍机构之一，即便是最普通的不良人，却也是有正规公文任命品衔的。一经录用为不良人，便是秩正九品下的仁勇副尉，这是准入的门槛。

当初在万年县衙任捕头，虽说也管着数十个衙差捕快，但却是无品无衔，连流外官都算不上，哪怕是长安城的捕头，勉强也就算个杂吏，算不得官。但如今成了不良人，一下子完成了由吏到官的巨大飞跃，这绝对是光宗耀祖，郭家祖坟要冒青烟的，他怎能不暗自兴奋？

成了不良人，自然就要享受不良人的规格和待遇，再也不是临时编制的不良友可比的。

入职后第一时间，他和小陆就领了不良司配给的不良人装备。披风软甲缺胯袍，腰带环首饮血刀。头上幞头纯黑色，胯下军马鸣萧萧！

郭烨穿戴妥当，两手叉腰，对着天井水缸一番照映，简直神气极了！从今天开始，他郭烨走在街上，也有资格被人称一声“郭副尉”了！

至于陆广白，换上不良人的装备。啧啧啧，真是美哉少年郎！论颜值，郭烨服他！美中不足的是陆广白穿上了不良人的软甲袍后，那个平日里搭在肩上的药褡裢，还是没舍得扔，依旧搭在肩上。

郭烨说道：“小陆，不行那褡裢就扔了吧。破破脏脏的，搭在肩上少了几分威风！”

陆广白视若珍宝似的又将褡裢捋了捋，翻翻白眼，摇头道：“这可是我吃饭的家伙什，扔了你也不能扔它！”

郭烨哈哈大笑。也对，这可是小陆办差的工具箱，平日里除了睡觉，基本就不离手的。

接下来的两天，纪青璇派资深的不良人带他俩在整个衙门里转了转，将长安不良司的状况，简要地给郭烨和陆广白介绍了一遍。

依着官制，不良司由女皇陛下亲自委派不良帅督镇，不良帅下面有长安和洛阳两位不良令，分驻旧都长安和神都洛阳。

不良令下面，又有不良尉、不良参军、不良戍主等各级官员辅佐，最下一级才是普通的不良人。另外，不良司还有大量的编外人员——不良友。

不过经过改唐换周，女皇陛下迁都等动荡后，如今的长安不良司，编制严重缩水不足，总共不过九名不良尉，每名不良尉麾下仅配有十到十五名不等的不良人，再也不复太宗皇帝贞观之治那会儿的荣光岁月。

另外长安不良司中还有四名不良参军，手下各有四到六名书办刀笔小吏不等，分别负责公文往来，不良司的产业和马匹、装备，证据鉴定和存放，以及看守不良司大牢。

简而言之，长安不良司从上到下所有不良人加起来，仅一百多号人，人员配置上与风头正盛的神都洛阳不良司，还是有些差距的。

好在付九信守诺言，当日就答应过只要查清神仙娶妻案，就给他们增派人手帮助查破升平馆萧廷案。所以,付九从其他不良尉的手底下拨了四名不良人过来,协助郭烨和陆广白破萧廷案,希望早日能找到此案的关键人物妓女窦婉儿,以及升平馆侍女虞青儿的下落。

同时,纪青璇也为了表示对此案的重视,临时增派了李二宝加入郭烨小组。如此,七人组成了一个针对萧廷之死的临时查案小组。

至于郭烨的顶头上司不良尉纪青璇,及其手下的其他不良人,自然还有其他不良司的日常任务需要去执行,毕竟长安城如此之大、人口如此之多、商贸如此之繁盛,每日自然都会有不一样的奇案、怪案、悬案发生,总不能所有不良人的精力都扑在萧廷案上。

又过了两日,郭烨见到了不良令付九给他从别的不良尉麾下增派过来的不良人。

本以为这些人都是不良司的老人,从别处调来自己这边配合自己这么一个新晋的不良人,铁定是不服气的,一个个八成都是仗着本事的刺头的,大家伙临时搭班破案,估摸着要磨合好一阵子的。

但等着四人来报道之后,稍微一接触下来,郭烨发现自己想多了。

这四个临时增派过来的不良人,分别叫徐问清、任斗牛、龚四海、梁得尚。

徐问清是老不良人啊,年纪看着不在付九之下,长得白白胖胖,待人更是一团和气,日常行事上让人如沐春风,对郭烨居然礼待有加,一点不倚老卖老。郭烨怎么说,他就乐呵呵地怎么做事。徐问清从来是既不主动多做一分让人刮目相看,也不会少做一分让人不痛快。

龚四海、梁得尚都是三十岁上下,一高一矮。这哥俩跟个面瘫似的,基本上都是面色冷峻、不苟言笑,凡事都是一副公事公办的派头。

任斗牛,是四人中最年轻的,二十来岁,五短身材。名字叫任斗牛,手上的工夫和力气却没有神兽“斗牛”之力。不过这小子吹起牛来却一点不含糊,什么大话都敢说。不过郭烨和他稍稍一比吹牛的本事,发现这小子也就是痛快痛快嘴,没有什么坏心眼,更谈不上使绊子。

这四人吧,总的来说还是容易相处的,就是怎么感觉都不是拔尖儿的人才呢?不是说不良司中都是艺高人胆大、本事大过天之辈吗?

你看李二宝,虽然蠢萌蠢萌的,但是人家天生神力,双锏之下整个不良司里鲜有人能与他匹敌的。

不过终归来说,郭烨进入不良司的这些日子,过得还是挺愉快的,要说有什么遗憾,也许就是萧廷案子,依旧没有任何突破。

很快,这百无聊赖的安生日子,就被突如其来的一件事给打破了。

这日,李二宝着急忙慌地跑来找郭烨和陆广白,上气不接下气地说道:“快!跟我来!有些眉目了,快些走,晚了兴许就被别人抢了先!”

“出什么情况了?”郭烨正打着哈欠,翻阅着由城中各处不良友定期提供的信息简报。

“据报,长安县衙抓了一名可疑的胡姬!这胡姬还会飞檐走壁!”李二宝一边说,一边还不忘拿手往墙上比划了两下。

“胡姬……飞檐走壁?”郭烨说着,看了一眼旁边的陆广白,说道:“小陆,不会是那日在胡思堂逃逸的胡姬苏瑞娜吧?”

虽然苏瑞娜跟萧廷案没甚关系,但陆广白知道郭烨一直对这个逃脱的胡女耿耿于怀。因为这个胡女在郭烨的面前,杀害了郭烨一直视为父辈的万年县令朱有德。这是郭烨一直的遗憾。凶手一日未归案,郭烨的心结一日难除。

陆广白“嗯”了一声,收拾了一下褡裢,搭在肩上,说道:“那就别耽搁了,我们这就出发前往长安县衙吧。”

他们随着李二宝出了不良司,直奔长安县衙的签押房。

通常情况下,官府当天抓的嫌疑犯,一般就临时关在签押房。要等上报了县令,才算正式立案,立案后才能关押进大牢。

所以错过了这个时机,下一次郭烨他们想要提人,就得征得长安县令薛仁勇的同意了。但是堂堂长安县令,别说郭烨了,就连纪青璇来打招呼,都不一定好使。

刚到签押房门口,他们见到了长安县衙此次负责抓捕胡姬的捕头罗九亮。

罗九亮和郭烨,一个是长安县衙的捕头,一个曾是万年县衙的捕头,两家县衙共同分管着长安城东西两边市坊,所以郭烨和罗九亮以前就相识。

短短数月未见,罗九亮见着郭烨居然鲤鱼跳龙门进了不良司,从此成了有品有秩的仁勇副尉,说不艳羡那是假的。同样是干捕头的,自己至今还是个杂吏,还痴长他郭烨这么多岁呢!人的际遇真是不一样啊。依着规矩,罗九亮见着郭烨,都应该叫一声“郭副尉”以示尊重。

不过都是老熟人，再加上长安县衙是罗九亮的地头，所以大家心照不宣，都将那些让罗九亮尴尬的繁文缛节自动省略了。

寒暄过后，郭烨问起他新抓的胡姬，罗九亮也想卖个人情给郭烨，于是将他们领到了签押房里。在签押房中，郭烨他们见到了长安县衙成功抓捕的胡姬。

这胡姬肌肤雪白似凝脂，眼窝深邃似碧海，鼻梁高挺如雪山，的确是一名胡女，而且还是长得极为好看的胡女。

但是……这容貌再好看也是满脸的稚气未脱啊，一看就是十四五岁的胡人少女，这哪里是那风情万种的苏瑞娜？

有点失落。不过既然来了，总不能不是他要的人转身就走，郭烨客套了一下，问道：“这胡人少女年纪看似不大，如此小的年纪，能犯什么案？”

“嘿嘿，郭兄弟啊，莫看她人小，本事大着呢！”罗九亮冲着墙角努了努嘴儿，指道：“墙角根那儿，瞧见没。那玩意就是她行凶的兵刃！”

郭烨循目过去，我滴个亲娘祖宗！只见一把五尺来长、四寸来宽的巨剑，静静地靠在那里。

这年月，他也见过不少市井游侠，也见过不少巨剑，但是两个巴掌这么宽的巨剑也是头一次见！

这么宽的巨剑拿来干啥？烤肉啊？关键是挥舞这巨剑的还是一枚胡人小萝莉啊！这也太不可思议了！

郭烨见之手痒，朝墙角走了过去，准备去提上一提这把巨剑，看看挥舞如此巨剑，是什么样的感觉。

第三十章　侠女张小萝（上）

郭烨上前一把抓住剑柄，微微一提，竟然提不起来这巨剑。

好家伙，还真挺沉的！他只得力灌于臂，使足了力气，这才堪堪将这巨剑举起。至于要做到挥剑如臂使，将它挥舞起来杀人，郭烨不得不承认，他做不到。

没想到这么一柄沉重巨剑的主人，居然是眼前的胡人少女，看来天下真是奇人辈出啊。

“郭兄弟莫要小觑了这巨剑，我当时也是差点闹了个笑话，看不出来吧？这胡人丫头却背着它如履平地般行走。”罗九亮笑道：“我们还从她住的地方，搜出了夜行衣、飞爪、套索、短匕首。你说，好人家的姑娘，能有这些东西吗？”

“罗捕头，她究竟犯了什么案？”郭烨问道。

“杀人呗。”罗九亮道。

“我没杀人，都是你们冤枉我的！”一直安安静静坐在墙边的胡人少女，听到罗九亮说她杀人，顿时激动起来。“都说你们长安是首善之地，非我等边蛮可比，没想到今日却遇见了不讲王法的官差，简直是欺负人！”

少女满脸稚气，声音柔糯，却装出一副张牙舞爪、生气极了的样子，让郭烨觉着她纯良可爱、天性使然，倒不像奸恶之徒，更不像杀人的凶手。

“好了，莫激动，现在不是还没定你杀人，判你有罪么？”郭烨面带着微笑，声音也轻了几分，说道：“长安既是首善之地，更是守法之地，在我们中原从来没有法外之地。但是作为嫌疑人，你总得把你这些宝贝的来历，都交代清楚吧？”

“这有什么好交代的？”少女理直气壮地说：“我张小萝，平生最敬仰的就是你们中原江湖上那些劫富济贫、除暴安良的大侠。既然要行侠仗义，没有这些家伙什怎么能行？”

原来胡人少女叫张小萝。

郭烨咂吧了一下嘴，疑惑道，看着明明是个胡人，怎么还取了个汉人的姓名。

倒是一旁李二宝听到张小萝的这番说辞，诧异地问道：“所以你就把张老三杀了？行侠仗义，为民除害？”

张老三就是此案的死者，原是长安县内一家百年绿肉店的掌柜，所谓绿肉店就是卖卤肉的店。在《齐民要术》中提到一种卤制技艺，即用猪、鸡、鸭肉，方寸准，熬之，葱、姜、橘、胡芹、小蒜细切与之，下醋，切肉名“绿肉”。所以绿肉法是一种卤制法，久而久之，就将卤肉称之为绿肉。

张老三今天一早，被妻子秦氏发现死于自家绿肉店中，旁边地上躺着的正是昏厥中的胡女张小萝。罗九亮他们得到秦氏的报案后，第一时间赶到了现场，并轻而易举就将昏厥中的张小萝抓捕归来的。刚才在签押房外，罗九亮已经将整个案子的具体情况，跟郭烨他们大致上说了。

张小萝一听李二宝说自己杀了张老三，当场又毛了，急道："你这傻头傻脑的呆瓜，杀人是犯法的，你以为我不懂律法不成？我虽说行侠仗义、行走江湖，但也就是想抓几个小贼，做上一回大侠而已。杀人这等事，本姑娘可从来不干的！"

李二宝被张小萝叫了一声呆瓜，倒也不恼，他反倒是觉得张小萝这妮子生起气来，真好看。比起往日里他见过的那些大家闺秀和勋贵之女，张小萝身上多了几分英气，不扭捏，让人看着心生欢喜。

郭烨又问："那绿肉店掌柜张老三，是怎么回事儿？你怎么会出现在他的绿肉店中，总得有个由头吧？"

"说起这个张老三啊，虽非我杀，但我看他也不是什么好鸟！"张小萝忿忿地说道："昨天夜里，我依着往日的习惯，又出来行侠仗义。忽然，我闻到有户人家，传出一阵好闻的香味儿。我就好奇了，这夜黑风高，谁家大半夜摆弄吃食这么勾人口舌呢？我寻觅了一番，结果，你们猜怎么着？"

"咳咳，张小萝，别一惊一乍的，这是在县衙签押房里问你话，你以为在茶坊酒肆呢？是不是还要我们给你鼓个掌，齐声叫个好啊？"罗九亮有些不悦了，这小丫头真拿县衙威仪不当回事嘛，居然还俗讲上了。

"哦，我注意就是了嘛，凶什么凶？"张小萝吐了吐舌头，继续说道："我闻着香味儿寻到了张老三的这家绿肉店。我飞檐走壁，我……"

"你那叫翻墙入室！"郭烨纠正了一下，真飞檐走壁就不准备套索和飞爪这些作案工具了。

张小萝又尴尬地笑了笑，继续说道："我就瞧见啊，张老三的屋里处处悬挂着一条条手臂，就是人的胳膊、人的大腿，还有人的五脏六腑，血淋淋的心肝脾肺肾，滋啦啦还淌着血呢。屋里正中的一口大锅里炖着浓汤，汤里面还漂浮着一颗人的脑袋。这人头在沸腾滚滚中圆目怒睁，口中大喊："还我命来！还我命来啊！"说到最后，张小萝自己的声音都情不自禁地颤抖，脸上惊恐之色，倒是不像是在作伪。

李二宝下意识地打了个哆嗦，然后恶心地啐了一口唾沫，说道："以后甭管谁家的绿肉，俺都不吃了！"

陆广白摇了摇头,说道:“简直是无稽之谈!”

郭烨也是感到极其荒谬。

长安城内,杀人取肉,先不说张老三有没有这个狗胆!就说这汤锅里煮着人的脑袋,这脑袋还能圆目怒睁地大喊大叫,糊弄三岁小儿了吧?莫要忘了,他郭烨就是神神叨叨、满嘴怪力乱神的祖宗。你让他如何信张小萝这连篇的鬼话?

他耐着性子,继续问道:“看到这凶残血腥的一幕之后呢,你还看到了什么?”

张小萝摇了摇头,撅着嘴有些委屈地回道:“然后,本姑娘就被吓晕了。醒来之后,被他们带到了这里!然后他们告诉我,张老三死了,凶手是我!”

一旁的罗九亮实在是听不下去了,几次想打断都被郭烨劝住,这次终于忍不住了,张嘴说道:“郭兄弟,你莫听这胡人小丫头片子胡扯,人家张老三是卖绿肉的,做的是鸡鸭猪羊的生意,再正经不过。而且张家老店都百年了,从来没听过有这档子鬼事,你且听我说……”

罗九亮全盘否定了张小萝的那套说辞,告诉了郭烨和陆广白他们另外一个版本的故事——

张老三家的绿肉老店,开了近百年了,生意一直非常好,价格也很公道,在长安县内绝对是有口碑的老店,绝不是什么卖人肉的黑店。

今天一大早,张老三家的娘子秦氏跑来衙门报案,说张老三被人杀了,旁边还躺着一个胡姬。长安县衙接到报案后自然不敢耽搁,罗九亮当即带队去了绿肉店现场,果然在现场发现了倒在血泊中的张老三,还有躺在张老三尸体旁边的张小萝。张小萝并没有死,不过是暂时先昏厥过去。

据秦氏交代,张老三每日都要在绿肉店中煮肉到四更天,才会回屋睡觉。所以,秦氏平日都是习惯早睡,不等丈夫一起睡的。昨夜也是,她早早睡下,直到天亮之后还不见丈夫回家,她才去了店中,及时发现了这桩惨案。

等罗九亮讲完这个版本,郭烨也并未完全采信。抛开张小萝鬼扯神篇的,无论是她的说辞还是秦氏的说辞,都不过是视角不同,看到的不同罢了。所以现在光听这些,着实无法判断。

果然,张小萝大声喊冤道:“所以,你们只在现场发现了我躺在张老三尸体旁边,却没人看见我杀了张老三,凭什么就说我是凶手?”

“现场?现场也是张老三的家!”罗九亮冷哼一声,斥道:“依着朝廷律法,你翻墙入室,无故夜入民宅,打死你都是无罪的!"

"那……那又怎么样?"张小萝尤不服输,继续犟嘴道:"那也不能因为这个,就说是我杀了张老三啊!"

郭烨看着这个机灵的小丫头,笑了笑,对罗九亮提醒道:"罗捕头,她说得也在理,翻墙入室,无故闯入民宅,的确有罪,但罪不至死。与杀人之罪相比,就是两回事了。现在即便是秦氏的口供,也的确不能证明是她杀了张老三。此事人命关天,还望慎重一二才是。"

罗九亮有些诧异地看着郭烨,问道:"郭兄弟是要帮这胡女脱罪不成?"

"没有帮她脱罪的意思。"郭烨笑道:"我只是觉得她的自证很有意思。查案查案,不就是要查个水落石出吗?我等都是干侦查缉捕行当的,说到底还不是要维护法理,找出真相么?既然她有可能不是凶手,那就说明有可能真凶在逍遥法外。罗捕头,让真凶逍遥法外,看着我们错杀无辜,那才是真正的造孽!"

"郭老弟,你说的道理,哥哥都懂。这都入行多少年了,当日之初心,怎会忘却?"罗九亮也是从小捕快一步步干起的,对郭烨的这些话也是极其认同的,他看着郭烨,问道:"你这话的意思,莫不是你们不良司也愿意参与这个案子?"

"这……"郭烨没想到罗九亮会在这个时候主动邀请参与,毕竟既然跟苏瑞娜无关,其实完全可以离去的,如果不是因为觉得这张小萝天性纯良,他此时早就走了。毕竟萧廷案一拖再拖,迟迟没有突破口,他也着急。

"郭大哥,你不是总说咱们不良人是长安城最后一道良知和正义吗?如果眼见着这姑娘含冤受屈,关进天牢里,咱们还配做不良人吗?"说话的居然是李二宝,这小子从一进门到现在,貌似对张小萝挺上心的,居然还能说出这一番大道理的。

郭烨犹豫地看了一眼陆广白,陆广白向来不爱管闲事,由他来当这个坏人,最合适不过,反正二宝跟他平日也不亲。

陆广白与郭烨对视了一眼,领会其意,轻了轻嗓子,说道:"咱们七人在不良司中临时搭组也有月余,不如就接下这桩案子来磨磨我们这把刀?"陆广白你真孙子!

郭烨彻底无语了,关键时候又是这孙子背后来一刀。

不等郭烨说啥,李二宝已经雀跃地来到张小萝跟前,拍着胸脯人包大揽地说道:"小萝姑娘,你放心吧。只要你是冤枉的,那我们就能找到真凶!这世上,就没有不良司破不了的案子,就没有不良人抓不到的凶手!”

“不良司?你们说得可是长安不良司,这么说你们都是不良人啰?”

第三十一章　侠女张小萝(中)

“嘿,如假包换!整个长安城里,就我们这身不良人的行头,你还能找出第二家来?”李二宝指着自己身上所穿所佩,脸上多了几分少年人的骄傲。

“你起开,谁稀罕看你了!”张小萝从地上爬起,一把推开拦在跟前的李二宝,跑到郭烨跟前,雀跃地说道:“本姑娘从小就是听你们大唐不良司的故事长大的,什么刺军情、惩奸佞、除贪官、杀乱臣,简直精彩壮阔。我知道你们不良司虽是朝廷密谍,却是直接受命于天子,乃天子近卫。在大唐可是威风得紧哩!”

这番话说得郭烨脸皮再厚,也有点架不住。这都什么年月的事儿了,当年太宗皇帝那会儿,不良司那真是天子近卫,走路都带闪电。现在么?女皇陛下登基之后,扶植丽竞门排除异己,诛杀李唐遗臣,不良司早就有坐冷板凳的嫌疑了,更别说还有一个比丽竞门还嚣张的存在——缇骑营。

郭烨这些日子也听资深的老不良人徐问清讲过一些不良司的情况,别看现在不良司有女皇陛下的近臣徐有功坐镇。但如果不是女皇陛下为了防止来俊臣等人坐大,制衡丽竞门的话,恐怕不良司早就被撤了建制,并入大理寺去了。哪里还有什么超然的地位?

不良司最为风光的日子,早已随着李唐江山的易主而随风消逝了。

现在这胡人少女张小萝将太宗皇帝时的事儿都倒出来,郭烨也是哭笑不得,也真不知是这小丫头信息更迭得慢呢,还是不良司在百姓心中竟如此备受推崇。

他看着张小萝一脸欢喜的样子,哪有被人诬陷杀人的惊惶,心真够大的。他提醒道:“小萝姑娘,你就一点都不担心张老三的案子吗?如果找不到证据,你这杀人凶手的嫌疑就一直都无法洗脱啊!”

张小萝扑闪扑闪着那双大眼睛,一脸纯挚地说道:“不是说你们不良司要介入此案,小哥哥替我申冤做主吗?有不良人出马,天下哪还有冤死的鬼?”

郭烨心想,小嘴儿巴巴的,真能说啊!不过既然都表态了要参与此案,总不能失信于人吧?而且还是个十四五岁的小萝莉。这边长安县衙捕头罗九亮,也眼巴巴地等着自己呢。

“咳,咳。”郭烨清了清嗓子,问罗九亮道:“罗捕头,死者张老三的尸体现在何处?贵衙门的仵作验完尸的尸格,可否供我等一阅?”

“呃……那啥,郭兄弟,这个有点不巧哈。”罗九亮有些尴尬地抚了抚额,不好意思地说道:“那个,本县的仵作原本有两人,因为万年县衙的仵作陆……诶对,就是陆广白兄弟进了不良司,那边一时半会儿也找不到经验老到的仵作,所以从我们这儿临时抽调一个仵作去了万年县衙,暂做支用。”

陆广白笑了笑,点头道:“万年县和长安县在长安城中划朱雀大街而治,毗邻而立,但一直都是守望相助,互通有无,万年县衙缺了仵作,找你们借调也实属正常。”

“是呀。”罗九亮继续说道:“还有一位仵作,昨日就告了假,说他乡下家里的老母猪要生了。你看这前脚一走,就出了张老三的命案。不过我已经让衙役去将他叫回来,这会儿估计在赶回的路上。”

郭烨算是听明白了,案子从发现到这时足有三五个时辰了,但他们连尸体还没验呢。难怪罗九亮说得这么微妙和尴尬,原来是没有仵作验尸。要知道,县衙办案若是不及时验尸,严格来说那就是渎职。因为晚一个时辰验尸,尸体就会多一个时辰的变化,那么,死者的死因和死前痕迹也会多一分的不可知因素,最终离挖掘案件真相也会多了一段距离。

郭烨也是捕头出身,知道里头的微妙,低声道:“老兄,你这是要吃瓜烙的!”

罗九亮干笑两声,低声道:“兄弟莫张扬,那个张老三的尸体我们也不敢动,还在那原处。你放心,我派了精明的衙役看守现场,决计出不了岔子,出不了岔子!”

“行吧,既然小陆在场,那验尸之事就交给他吧。”郭烨指了指一旁的陆广白道:“小陆,验尸是你的拿手活儿,既然你要介入此事,你可别躲懒。”

陆广白耸耸肩,笑道:“那是自然!这些日子闲散惯了,再不和尸体打交道,陆某也怕手生了。”

郭烨又看了一眼张小萝,对罗九亮说:“这张小萝是重要嫌疑人,我觉得有必要将她也一同带去现场。”

“兄弟你能介入此案，就是帮了哥哥的忙，这查案过程里都听兄弟你的，以你们不良司为主，我们长安县衙为辅。”罗九亮的心里长长舒了一口气，说实话，他也怕案子越拖，对他越不利，万一中途出个什么幺蛾子，惹怒了薛县令，连捕头的位置都保不住。

一炷香后，郭烨等人在罗九亮的引领下，来到张老三家。

张老三家是沿街的前店后院格局。

在张老三家，郭烨在罗九亮的介绍下，见到了报案人，也就是张老三的遗孀秦氏。

秦氏二十五六岁的光景，头上挽着高髻，面上施着脂粉，纤白明媚，打扮入时，颇有几分姿色。尤其是那十指纤纤，一看平日在家中就是那种不沾阳春水的女人，可见张老三对妻子还是疼惜的。

仅仅打了一个照面，郭烨就发现秦氏的脸上尽管施了脂粉，不过依稀可见眼眶下的泪痕，毕竟丈夫遇了不测，不伤心痛哭才是不正常。

“请节哀！”郭烨略微一拱手，淡淡说道：“我们知道你痛失夫君，心中悲恸，但为了查明你夫君的死因，我们还是有话要问你。希望你能实话实说，也好让我们早日查出真凶，让你夫君在九泉之下得以瞑目！”

“呜，呜，呜……”郭烨这么一说，秦氏本就在眼眶里打滚的眼泪儿又一时涌落，急喘哽咽道：“诸位官差啊，你们可得给奴家做主啊！我夫君向来守法，我们家绿肉店也是有口皆碑，却天降横祸。那贼人不仅夺了我夫君的性命，还将我家中的钱财都席卷一空。呜，呜，呜，奴家的天塌了，死了丈夫，破了家业，让我这个妇道人家如何过活啊？”

“钱财都被偷走了？那你报案的时候，怎么没说过这事啊？”罗九亮皱眉问道。

“奴家之前光顾着我家夫君了，哪有什么心思查验家中财物啊？”秦氏哽咽气喘，楚楚可怜。

“嗯，你这妇人倒是也有情有义。”罗九亮点了点头，便也不再细究。

陆广白扯了扯郭烨的衣襟，说道：“咱们闲话少叙，干活吧！”

郭烨“嗯”了一声，问道：“罗捕头，案发现场在哪儿？”

罗九亮道:“在厨房,就是他平日熬卤的地方!诸位跟我来……”

为保护现场,郭烨让一众人都在厨房门外的小院里候着,只与陆广白两人走进厨房中。

第三十二章　侠女张小萝(下)

张家的厨房不大,一边是灶头,灶上架着口大锅,此时锅里还装着昨夜没有煮完的肉。锅边是一溜的瓶瓶罐罐,装的都是煮肉用的调料、香料。另一边是一条木制长案,长案的中间布满了刀痕,还有些微微下陷,想来这是张老三用来砍骨剁肉的地方。

灶头与长案之间是一片空地,张老三的尸体此时就趴在这空地上。

陆广白蹲下身子,仔细查探了一番,念道:“死者张老三,中年男子,身上没有其他刀口剑伤,唯一致命处是被一支巨剑从背后刺入,一剑毙命,尸身并没有被移动过的痕迹。”

“巨剑?你是说凶器是那把宽剑?”郭烨问。

“八九不离十吧,你也在长安县衙的签押房见到了,她那种宽剑非常罕见。”陆广白一边说,一边再次用手丈量了死者伤口的尺寸。

“巨剑是凶器,凶手也有可能不是巨剑的主人,对吧?”郭烨问道。

陆广白停下了翻检尸体的手,问道:“什么意思?”

郭烨疑惑道:“那小丫头说,她当时被人肉屠宰场的一幕给吓晕过去了。也有可能是别人趁她昏厥的时候,拿了她的巨剑杀了张老三,然后利用她昏厥在现场的机会,嫁祸于她。”

“我看你对着小丫头有些关心则乱了。乱,容易让人失去理智。我知道你热心,但热心也要分场合、分时间。”陆广白微微皱眉,平静地说道:“首先那把巨剑,你自己也拎过提过,寻常人能拎得起来挥剑刺入一个正常中年人的后背吗?其次,她说的处处悬手臂、挂大腿、锅里烹煮人头的人间炼狱完全就是满嘴瞎话。你看这里就是她说的地方，你看像人肉屠宰场吗？这里就是张老三煮肉炖肉的厨房！所以，这胡人少女的话完全禁不起推敲。”

郭烨被陆广白一番说教，脑子有些冷静下来。是啊，自己真的有些失了方寸，所有的一切证据和线索，都指向了张小萝这个蠢萌的胡人少女，但自己却是主观臆断她不是凶手，简直就是犯了大忌！论办案时沉稳冷静的心态，自己这点还真不如小陆啊。

“尸体我验完了。”陆广白缓缓起身，说道：“目前来看，这就是简单的一桩凶杀案。至于张小萝杀张老三的动机是什么，就要靠你了。刚才秦氏说，家中钱财被偷掠了，我觉得也许可以从这方面入手。”

“我知道了，那我们出去跟罗捕头……嗯？那是什么？”话说一半，郭烨突然发现张老三尸体的不远处，有两粒黄豆大小的小丸子。他蹲下身来伸出两指，小心翼翼地夹起其中一粒丸子，端详了片刻。陆广白这时也看到了郭烨手指夹着的黄豆大小的丸子。

突然，郭烨一抬手，将那丸子凑到鼻子前闻了闻，霎时，一股沁人心脾的香味传入鼻中，直通天灵，整个人神清气爽，心旷神怡。

“你真不要命了，万一这是什么毒丸，你中毒了我可不替你收尸！”一旁的陆广白想要阻止，却已经来不及了。郭烨此举委实孟浪，案发现场的可疑物，怎么能随便放到鼻子下面闻呢？

“这不是没事儿吗？还挺香的。”郭烨咧嘴笑了笑，表示无妨。

陆广白也捡起了地上的另一颗小丸子，闻了闻，一股醒神的幽香传来，点头道：“这是一种香丸。据我所知，这种香丸价钱不菲，通常都是高门大户的贵夫人专用。”

“按理说，张老三粗人一个，不会带这种东西的。”郭烨分析道：“但是这种贵夫人专用的名贵香丸，却出现在了命案现场。我认为有必要顺着香丸了解一下情况。”

陆广白道：“也许是他夫人秦氏的呢？你看秦氏那身装扮，也挺像个贵夫人的。”

“但她只是个卖绿肉的妻子。先出去问一下。”郭烨走到厨房门口，让站在院中的秦氏过来，问道：“秦氏，这香丸是你的？”

“不是！香丸怎么会是我们这种寻常百姓人家用的？这种东西蕃市里有售，价值不菲，都是贵夫人们才舍得买，张老三哪里舍得给奴家买？”秦氏盯着郭烨手指的香丸，淡然说道：“再说了，我们家绿肉卤制的活儿都是我夫君干的，奴家从不进厨房，他也从不让我进厨房，说血肉飞溅的，女人进来不合适。这街坊四邻都知道。”

秦氏这话不像是在说谎。确实，只有富贵人家才用得起这香丸，而且张老三不让她进厨房，这个街坊四邻一打听就知道了。

既然不是张秦氏的，那有可能就是最大嫌疑人张小萝的了。

郭烨又将张小萝叫了过来，问讯一番。

张小萝不迭摇着头，辩解道：“香丸是你们唐人才喜欢的玩意儿，本……本姑娘从来不用！”郭烨微微点头，她说得也对，胡人的确不太用香丸这种东西。

那暂时找不到香丸的主人，对张老三案的侦破并没有带来有用的帮助。

张小萝嘟囔着嘴，哼唧道：“都说了我没杀人，没杀人，偏偏总怀疑我。你看那张老三的妻子，丈夫刚死，还打扮得那么艳媚，又是粉绸箩裙，又是涂脂抹粉的。这哪儿像刚刚丧夫的女人，都说你们唐风豪放。今日一见，果真豪放！要在我们那儿，这种女人要被乡里拖出去打的！”

“你再说一遍！”郭烨面色一变。

张小萝吓得低了一下头。“凶什么凶？不说便是！”

郭烨知道自己刚才吓到了她，温和地又问一遍：“小萝，你把刚才那番话再说一遍。”张小萝只得又重复了一遍。

郭烨听罢，将目光落在了退到一边的秦氏身上。秦氏感受到了郭烨目光的灼热，有些不自在地扭动了一下身子，直接背过身去。

郭烨疾走到秦氏跟前，眼神灼热地盯住了她那精致的面庞。

“官爷，你想作甚？奴家是丧夫之人。不……不祥。”秦氏被看得有些发毛，生怕郭烨对自己起了叵测心思。

罗九亮和陆广白几人也见状走了过来。陆广白知道郭烨没那么二，绝对是有所发现。

就听郭烨问道：“秦氏，你夫君张老三平日里对你如何？”

“挺好的。”秦氏低着头，弱声说道：“自从嫁过来张家之后，就没让奴家干过粗活。吃穿用度上,也从来没委屈过奴家。"

郭烨看了她的这身打扮,点头说道:"嗯,看得出来。不过,我有一事不明。既然你与这张老三夫妻感情深厚,缘何他死了,你还继续粉绸锦缎的穿衣?而且还有心思涂脂抹粉,将妆容化得如此精致?"

"啊?事发突然,家中还没准备孝衣,不过奴家已经托隔壁的张家婶娘帮忙赶制了。晚点就能赶制出来。至于这妆容……"秦氏下意识地用手摸了摸自己的脸颊,说道:"奴……奴家夫君死了,当然难过,也哭过,这妆是后来补的。"

"那我又问你,妆容花了褪掉便是,为何还要补妆?素面朝天就见不了人吗?"郭烨咄咄逼问。

秦氏愣了一下,这问题问得她有些迟疑,答不上来。

思虑一番过后,她突然叹气道:"好吧,奴家也不瞒你们了。我知道你们只要跟街坊四邻一打听,肯定会知道我们夫妻其实并不和睦,经常吵架。昨日天黑前,他又与我吵过一架,还打了奴家。"说着秦氏摸了摸脸颊,低声说道:"就打在脸上!"

"所以你就恼羞成怒,趁他不备,将他杀了?"罗九亮诈道。

"不,不,不,奴家哪有杀人的胆啊!"秦氏急着解释道:"奴家脸上被他重重打过,留了掌痕。我怕你们看了误会,这才细细补了妆。你看,罗捕头不就这么猜想的么?"

郭烨抬抬手,示意罗九亮莫要打岔,然后又问:"秦氏,他昨日为何打你?"

秦氏踌躇了一下,手指绕着衣袖纠结了半晌,似是有些难以启齿,最后还是老实说道:"我们夫妻二人成亲七八年了,一直没有孩子,街坊四邻不知有多少闲言碎语。我夫君又是这坊里要强的男人,久而久之,就对奴家有了怨气。昨天,他又数落奴家是……是一只不会下蛋的母鸡。奴家整日受他气,也有些怨愤,情急之下就脱口骂了他,他暴怒之下便打了奴家。"

郭烨问道:"你骂他什么了?"

秦氏犹豫了一下,还是回道:"奴家骂他是没种的骡子!"

"哈,哈,哈……"罗九亮忍不住笑了一下,然后讪讪地说道:"是个男人,都受不了这鸟气,铁定揍你!"

郭烨听罢微微点头,算是暂时接受了她的这番说辞。

随后，他指着秦氏的脸颊，说道："你把妆卸了，一看便知你说的是不是实情。"

秦氏有些扭捏。

郭烨道："二宝，去打盆水来！"

李二宝连忙去打了一盆清水过来。

秦氏为了自证清白，只能在众人面前洗去了妆容。

果然，她白皙的脸上赫然有个巴掌印，还微微泛着红肿。她讲的都是真的。

秦氏见郭烨不再发问，胸脯轻轻地起伏了一下，好似呼了一口气。

这个微妙的动作被郭烨迅捷地捕捉到了。呼了一口气？还是松了一口气？他又突然发问："张老三昨日什么时候打的你？"

"什么时辰忘了，但是在天黑前。"她这个不记时辰也正常，古代小老百姓哪有什么精准的计时标准，通常都是黑天白夜、早上下午来计时的。

"谁人证明他昨天与你吵架打了你？将你脸打成这样？"郭烨又问。

秦氏摇了摇头，应道："没人证明。因为他昨日是在卧房里打的我。我们家卧房里只有我们夫妻二人，哪有什么外人能证明？"

"行，那带我们去你的卧房看看。"

"啊？"一听要去卧房，秦氏的脸色闪过一丝慌乱，一闪而逝。

这番噼里啪啦的对话，就是郭烨多年查案累积下来的经验了。因为人在撒谎的时候，一定会不停地用一个谎言去圆上一个谎言，环环相扣下，必然就会有漏洞出来。

多年的办案经验告诉他，有时候看似合情合理的事，不见得就是真的，大胆假设、小心求证才是正理，不为人知的魔鬼，只会藏于细节之中。

从她微微松了一口气，还有沉着应对的态度上，郭烨就觉得有些不对劲了。

果然如此，一个"啊"字，足以推翻很多既定的事实。

最后从她对进卧房查看的态度，郭烨可以判断出两个可能，一是昨天她和张老三吵架地方根本不可能在卧房，另一个可能是这卧房里也许有她不想让人知道的秘密。

"啊什么啊？秦氏，让你带路去卧房！"罗九亮见秦氏久久不动，也猜出了端倪，当即厉声斥道："郭副尉让你做什么，你便做什么。你心中若是没鬼，你抗拒什么？莫不是你杀了张老三？要抗法不遵？”

“没有，奴家没杀人！奴家这就带各位去卧房。”秦氏被吓了个不轻，唯唯诺诺带了路。

很快，众人来到他们家的卧房内。

乍一看，倒也没什么异样，轻纱罗帐梳妆台，就是普通百姓家的卧房。但是细细走了一圈，推敲了一遍房内，却发现这卧房内的地上，有十几块青砖明显是被人动过的，而且有泥土渗落，没有及时清理掉，应该是刚动过不久。

郭烨问张秦氏道：“这青砖被起出来过，然后又重新挪回了原位，这下面埋了东西？”

“官差误会了，就是简单的松动，过些日子奴家找匠人修缮一下。”秦氏道。

“罗捕头，让你的人挖吧！”郭烨挥了挥手。

罗九亮立刻安排了一名衙役，将那些松动的砖块一一撬起，的确有发现，青砖下面的泥土也有动过的痕迹。这根本不是青砖老化松动那么简单。

秦氏想隐瞒什么？

“继续往下挖！”郭烨说道。

那名衙差继续挖，随着将浮土扒开后，一个装水的大瓮出现在大家的眼前，瓮上盖着一个石头盖子。

果然有东西！

不过那石头盖子甚是沉重，那名衙役竟提不起来。

郭烨正要上搭把手，却见一直在卧房里默默看热闹的张小萝挤了进来，大声道：“小哥哥，这种力气活，我来！嘿——”

好家伙，小小的身子，竟然蕴含着巨大的力量。

她微微一使劲，竟将那个瓮盖给挪开了。

“我看看，到底藏着什么好宝贝！”张小萝一揭开瓮盖，就迫不及待地抢先第一个将脑袋凑近大瓮口。紧接着，一声尖叫！

“啊！！！”张小萝向后一仰，一屁股跌坐在了地上。“人肉，好多人肉，你们果然是卖人肉的黑店！！！”

“嗯？”郭烨和罗九亮几人纷纷往那大瓮里面看去，我的天！瓮中是一堆的尸块！先是一颗大脑袋，仰面对着上方，双目圆睁，死不瞑目。狰狞的大脑袋底下，依稀能看到叠在一起的胳膊、手掌、腿……

郭烨眉头紧皱,看一眼就退开了,冷冷地将目光锁在了秦氏的身上。

张小萝一脸的面无血色,腿都是软的,完全没有了之前在签押房中讲起人间炼狱时那番侃侃而谈的模样。这丫头啊,在郭烨看来,除了一身不逊李二宝的蛮力外,就剩嘴皮子利索,当然颜值好不好,还得等过几年长透了再做评论。

陆广白此时已经开始工作,淡定地从大瓮中起出一坨坨,一件件的尸块和残肢断手。

罗九亮连吐了十几口,将隔夜饭都吐出来了。

好不容易止了吐,他擦了擦嘴边的胆汁,转身大怒道:"秦氏,你说清楚!往常我从你们家店里买的绿肉,是不是人肉?我说你们家的绿肉怎么味道特别,特别——呕——"

越说,越想吐。罗九亮又蹲地大吐,吐得连胆汁都没了。

"当然不是人肉。"秦氏连连摆手。"张家绿肉店做的都是正经生意。"

"秦氏,大瓮里的这堆尸体是怎么回事儿?"郭烨冷冷地问道。

"纠正一下,经过拼凑,这瓮里只有一具尸体,应该是完整的。"陆广白更正道。

郭烨微微颔首,然后继续问道:"秦氏,你说!"

"他……他叫王毛,是我家的邻居,平日里游手好闲,偷鸡摸狗,还喜欢博戏,不是什么好东西。"秦氏用帕子捂着嘴,身体微微颤抖。

博戏就是古代的赌博。

"王毛是谁杀的?"郭烨问道。

秦氏道:"张老三!"

"张老三都死了,你怎么说都行啰?"罗九亮止住了呕吐,擦着嘴说道。

郭烨冲他抬抬手,示意不要打岔,又问秦氏:"他为什么要杀王毛,还要分尸装进大瓮中?"

秦氏回道:"以前,奴家和张老三总是吵架,心情不好时,王毛便来勾引奴家,不过都被奴家婉拒了。有一次奴家被张老三打得疼了,王毛又来安慰我,还给奴家上药,谁知被这家伙乘虚而入,要了奴家的身子。从此,奴家便时不时和王毛偷着往来。往常,张老三都要在厨房里煮肉煮到四更天。王毛通常都是在这个时辰来我家和奴家欢好。昨夜又是如此。结果,不知为何,张老三提前回来了,撞见了此事。他一怒之下,就把王毛杀了。他说念及我们夫妻一场,不杀我,还原谅我,继续与我过日子。”

这边说完,陆广白就点头说道:“根据这具被肢解的尸体的情况来推断,死亡时间差不多是在昨夜,这倒没说谎!”

郭烨“嗯”了一声,又看向秦氏,问道:“所以你就配合他来处理尸体了?”

秦氏说道:“夜里宵禁,城门关闭,奴家和他暂时想不出处理的尸体方法,就将王毛的尸身剁开了,放在这大瓮里,想找机会再运出城外。”

李二宝将张小萝搀扶到了门口,透透气,然后听着秦氏这么说,嗤笑一声,说道:“张老三都死了,王毛也被剁成块儿了,都死无对证了,就随你怎么说了呗!”

这个质疑,和刚才罗九亮的质疑是一个道理。

郭烨摆了摆手,淡淡说道:“人确实是死了,但不见得就是死无对证了。秦氏,没说实话!”

第三十三章 世间何可信

“奴家句句属实,真的没有撒谎!”秦氏连连否认道:“王毛确实是张老三杀的,奴家可以对天起誓!”

“你用不着起誓,到底是不是张老三杀了王毛,不是最大的问题。”郭烨不慌不忙地说道:“现在最大的问题是,你确定,王毛真是你的奸夫吗?”

“当……当然了。”秦氏虽然羞愧,但还是承认这个事实。

“你好好想想,再回答。”郭烨指着已经拼凑好的王毛尸体,指着王毛那颗面目狰狞的脑袋,说道:“王毛平日里偷鸡摸狗,尖嘴猴腮一脸的贼相,这长相连你丈夫张老三都不如,你秦氏却生得如此媚艳光彩,怎会看上他?”

秦氏犹豫了一下,说道:“他长得再丑也比张老三对我温柔。张老三只会骂我打我,王毛却待我好。我偏喜欢他,愿和他欢好,不行吗?”

“呵，呵！”

郭烨轻笑了两声，然后看向陆广白，说道：“小陆，你来告诉秦氏什么叫天阉？”

“啊？”陆广白一脸惊骇地抬头看向郭烨，诧异道：“你连这个都发现了？我还想等你对付不了这女人的谎话时，再将王毛乃天阉的事实公布的！”

郭烨笑了笑，说道：“你刚才在拼凑尸体的时候，停留在王毛尸体双腿之间这个位置的时间最多，能让你小陆这么在意的，我自然也要关注。嘿，这不就有收获了吗？”

“你真鸡贼！”陆广白真无力吐槽郭烨了，连这个小细节都能被他抓住。

“什么天阉？”李二宝和张小箩都是奶娃子一个，真不懂这个。

“所谓天阉，有不生前阴，也有生了前阴却小而缩，不挺不长，不能生子，不能人道，无法敦伦。”陆广白科普了一番之后，让大家看向王毛这具裸尸。

张小萝就算是胡人，也是胡人少女，见陌生男子的裸尸怎会好意思？而且还要看男人最羞人的部位。所以她将头撇过去，不愿去看。

其他人顺着陆广白手指的方向，看着王毛两腿间的裆处，陆广白介绍道：“大家请看，王毛生来就和正常男子不一样。他是最严重的天阉，前阴几乎不生，若不仔细发现，几乎看不到。这种天阉，怎么可能和秦氏偷欢行闺房之乐？真是天网恢恢，感谢你们分完尸，没有及时运出城销毁，而是将他的尸体完整保留在了大瓮中，不然还真找不到这个端倪！”

“所以，秦氏，你在撒谎！”郭烨声音落下，秦氏已经惊吓得跌坐在了地上，脸色惨白，双眼顿时失去了神采，再也无刚才撒谎时那番的镇定。

郭烨问道：“秦氏，为什么要撒谎？你宁可舍了自己的名节，也要保护的那个人，才是你真心喜欢爱慕的人吧？”

“什……什么？奴家听不懂官爷说的。”秦氏已经紧张了。

郭烨并不在意她强弩之末的抵抗，继续问道：“你说家中的钱财也遭了贼，全没了，是吗？”

秦氏轻若蚊声的“嗯”了一声。

“这人真是好算计啊！”郭烨双掌轻轻拍了两下，赞许道：“睡了女主人，杀了男主人，卷走了张家所有的积蓄，还有女主人宁可舍了名节护他周全。若是没有王毛天阉的这个漏洞,恐怕真的是天衣无缝啊！可惜啊……你说我推断的对吗?”

“我……我不知道你说的什么。”秦氏还是顽抗到底。

郭烨又道:“秦氏,你知道吗?既然你承认和王毛私通,那就是通奸罪,女子通奸至少流刑一年。你承认和张老三合伙分尸王毛,虽说不能证明人是你杀的,但是分尸协办,也能判你至少两年流刑。这两罪并罚,三年流刑下来再回长安城,恐怕已经是物是人非了吧?”

这一次,很明显,秦氏的身子狠狠颤抖了一下。

郭烨不急,又缓缓说道:“秦氏,你好傻,你拼死护着人家,还将张家所有的积蓄都托付给了他。也许人家现在正在平康坊哪个温柔乡里,左拥右抱,推杯换盏,醉生梦死呢。最好是你秦氏流刑三年,死在千里之外,这样的话,他还能继续花着你们张家的钱财,在长安城里风花雪月、逍遥快乐!”

“不!!!”秦氏突然歇斯底里地狂叫一声,最后一点心理防线成功被郭烨彻底瓦解,瞬间泪流满面,声泪俱下道:“他不是那样的人！他不是!”

“他是谁?”郭烨逼问。

秦氏又沉默了。旁边所有人都急死了,罗九亮都快急得上前用刑逼供了。

郭烨摇摇头,示意众人莫要着急,随后对秦氏说道:“你只要说出实情,我会以不良人的名义提请薛县令,念在你是被贼人一时蒙蔽,对你网开一面。你若杀了人,我想薛县令在上报刑部时,也会斟酌奏请,希望对你从轻发落的。”

“不,我没杀人,杀人的是严……严万春!”秦氏终于土崩瓦解,吐出了实情……

严万春就是她真正的奸夫,她不惜牺牲名节也要保护的奸夫。

严万春原是长安武馆里的一名武师,长得人高马大,有些武艺把式,虽说谈不上俊俏,但架不住他那张嘴能哄人。

正如之前秦氏说自己和王毛有染的缘由一般,其实真正时常在她被丈夫殴打之后安慰她的,是严万春。

他常常半夜翻墙来与秦氏私会。两人之事一直都比较隐蔽,而且正如秦氏所言,张老三基本都是四更天才会回家,所以一直无人知晓。但是俗话说得好,常在河边走哪能不湿鞋,这严万春半夜爬墙爬多了,也还是会惊动了半夜未睡的邻里。

王毛就是张家的邻里,整日沉迷赌博,游手好闲,偷鸡摸狗,张家不愿和他往来。

有天夜里，王毛夜尿起身恰巧看到了一个健硕的身影，刺溜一下进了张老三家的院子。他一开始以为是个飞贼，可经过几次观察，王毛就把这事搞清楚了。哪里是飞贼，而是张家媳妇儿红杏出了墙。

昨天夜里，不到二更天，王毛就爬进了张家的院子。他知道张老三这个时候不在屋中，就进了张家卧房，以此事威胁，要秦氏给他拿十贯钱，不然就将此事告诉他丈夫张老三。

秦氏生怕丈夫发现此事儿，加上张家的钱财一直有她掌管，所以她也就允了。

好巧不巧的是，正在她翻箱倒柜拿钱的时候，一向四更天才回来的张老三，突然中途回了趟卧房，就见着半夜三更秦氏和王毛居然同处一室。

张老三一进来，秦氏生怕王毛说出自己和严万春的奸情，就大声疾呼，夫君救命，王毛要轻薄我身子。

张老三大怒之下，丧失了理智，拔出腰间的剁肉刀就向王毛砍去。那张老三早年曾学过几招工夫，这些年又习惯了砍骨剁肉，不等王毛张嘴辩解，三下两下就把王毛给砍死了，最后还重重给了秦氏一巴掌，在她脸上留下了一轮巴掌印。

冲动下杀完了人，张老三有些后悔了，一边说着软话哄着秦氏，一边找了个大瓮，把王毛的尸身剁了块，装了起来，接着埋在卧房地底下。

夫妻俩好一阵折腾，张老三为怕别人生疑，又保持习惯去了厨房，回到厨房继续准备第二天的绿肉。

按理说秦氏这个时候只要举报张老三杀人就好，但是她不敢，一是张老三杀王毛是因为他诬告了王毛轻薄她，二是她怕张老三震怒之下，将她也一并杀了。所以她才犯下了协助张老三肢解尸体的蠢事！

等着卧房收拾干净了，秦氏有点害怕他躺上了榻，毕竟卧房地下埋了一坛子的尸体，瘆得慌！

但是，严万春不知道今晚张家发生的事啊，又如期来找秦氏相会了。他翻墙进了张家院子，钻到了秦氏的床榻上。

他的突然到访，把秦氏吓得丢了魂，还以为是王毛的冤魂来索命了。她将刚刚发生的事情，一五一十说给了严万春听。听了王毛的事后，严万春颇有些后怕，虽然他自信自己与张老三对上，不会像王毛那样丢了性命。但是哪天要是让张老三知道他和秦氏偷欢，那张老三趁他不留意，要了他的性命，那就真的没处说理去了。

他想告发张老三杀人，但秦氏不同意，因为报了案就会牵扯出秦氏的通奸之罪，而且王毛之死，她有连责的。

思考再三后，严万春决定索性就来个先下手为强，今晚做了那张老三，一劳永逸地绝了后患。

他知道张老三半夜卤制绿肉的厨房怎么走，于是他蹑手蹑脚地绕道厨房边，准备下手之时，却发现，厨房的门半开着，门边窗户下还躺着一个人。

怎么回事儿？

严万春走近一看，却是一名带着巨剑的胡人少女，正昏倒在地上。至于怎么昏倒的，就不是他现在所关心的。

他透过窗户的缝隙发现，张老三根本就没在煮肉，而是正背着门，唉声叹气呢。估计是因为冲动杀了王毛，正在懊悔。好端端的一个人，突然背了一条人命，要整日提心吊胆，自然坐立不安了。

当即，严万春就产生了一个嫁祸于人的想法。

他偷偷拿起那把略有些沉重的巨剑，快速闪入屋内。毕竟是有武艺的武馆拳师，拿起这把巨剑虽说有些吃力，但绝对是他能驾驭的。

他趁着张老三不注意之时，一剑从张老三的后背狠狠刺了进去，贯穿前后，张老三血水喷涌，当场毙命。

紧接着，他又把那昏迷的胡人少女，挪到了厨房内，就放倒在张老三的尸体旁……

完事后，他回来找秦氏，向她交代了事情的经过。

他哄着秦氏拿出了一大笔钱，说是如今做下这等事，这长安县是待不得了，他先去外地，给两个人建个安乐窝。若此事嫁祸成功自然最好，若不成，他也会想办法偷偷潜回来把秦氏接走，一起过那神仙一般的日子。

听了郭烨的一通分析后，秦氏发现，要等严万春回来接自己走，恐怕是迟迟没有归期的事儿了。

倒是张小萝听完所有的故事后，这才恍然大悟地拍了拍额头，惊叫道："我说呢，我明明记得我是在窗户那儿晕倒的。怎么醒来的时候，却躺在了绿肉的厨房里。原来是那姓严的在搞鬼！敢嫁祸于本姑娘，哼，你等着！”

罗九亮提出了一个之前刚进张家时的质疑。“既然秦氏知道家里的钱财是被严万春拿走的，为什么一开始报案时不说，直到我们第二次来，她才肯说呢？”

“一开始想遮掩严万春的事儿，所以才没有提及钱财吧。至于后来为什么又提起了，这就要问她自己了。”郭烨看着秦氏。

秦氏有些心虚地看了一眼张小萝，低着头说道：“奴想着，这么大笔钱财突然没了，怕是终会被查出来，不如就用这个，把这胡人少女的罪名坐实。只要她被判成了真凶，这案子就算盖棺定论。那时候，严万春也能快些回来与我双宿双飞。”

嗯，秦氏这个解释，却也合情。

陆广白之前一言未发，听到此处，也不由唏嘘道：“人啊，一旦心中的恶念作祟，真不知会变得如此可怕！”

“可还是不对呀！”张小萝问道：“还是有个问题没解释清楚呢。本姑娘为什么会在绿肉的厨房里，看到到处挂着人手人脚，大锅里煮着脑袋呢？我相信我没看错的！”

陆广白轻叹一声，这时边上有衙役送来了白布，他将白布盖在了那些尸块上，随即拍了拍衣袍，站起身来，说道：“姑娘，眼睛有时候也会骗人的。我再说一次，他们张家的厨房里，的确是正经熬制卤肉的地方，从来就没有过什么人手人脚人脑袋，更不是什么人肉屠宰场！”

“那我为什么会看到那恐怖血腥的一幕呢？”张小萝歪着小脑袋，一脸的难以置信。

第三十四章　米囊花之美（上）

“小萝姑娘，眼睛看到的，也不一定是真的。”陆广白淡淡说道。

“来来回回就这么一句，说了跟没说一样。”张小萝撇撇嘴，不知道为何她就是不喜欢这个性子寡淡的陆仵作。

“小陆，你莫不是有什么发现？你什么时候也学着卖关子了？”还是郭烨了解陆广白，他知道小陆不是无的放矢之人。

“其实我也是在捡王毛的尸块时，突然想到的，不过还得去张老三熬卤绿肉的后厨验证一番才是。”陆广白说道。

“行，罗捕头，麻烦你的人将秦氏先行收押。”郭烨对罗九亮说道。

罗九亮正要应下，陆广白说道：“不如将秦氏也带去厨房吧。要解开小萝姑娘所见之谜团，还得秦氏也随同一趟才是。”

“好吧，神神秘秘的。”郭烨小小鄙视了小陆一番。

罗九亮现在也轻松了些许，毕竟张老三命案已经告破，凶手严万春他跑不了。刚刚他已经安排手下快班的捕快十数名前往严万春的武馆，务求在风声没有走漏、严万春没有出逃之前，将他拿下。估计等着厨房的谜团解开了，严万春也被擒拿归案到长安县衙里了。

“这里现场由我的手下来打理就成，罗某也随你们去厨房，吃了他们张家几十年的绿肉，可莫要是人肉才是。”罗九亮现在更关心的是张家百年老店的绿肉，到底是不是人肉。他们家绿肉的味道可不是其他肉肆能比的，要真是人肉，那他可真就吃了几十年人肉了。一想到这儿，罗九亮又想吐了……

“行吧，同去，弄个究竟！”郭烨招呼了一下其他人，随陆广白去了张老三熬制绿肉的厨房。

到了现场，张老三的尸体没被拾掇，地上的血泊已然干涸，而且有蝇虫飞舞。没办法，现场还是要维持原样，因为回头还要将严万春带回现场来指证。这会儿血腥味儿少了些，没那么刺鼻了，但空气中夹杂着厨房几十年来熬绿肉积留下来的味道，再结合现场这情况，还真让人有些作呕。罗九亮又想吐了。

张小萝和李二宝他们也不禁捂住了鼻子，倒是陆广白和郭烨早就对这种情况见怪不怪了。

陆广白拿出之前在张老三尸体边儿上找到的香丸，对郭烨说道：“你那颗香丸也拿出来，你嗅闻一下。”

郭烨拿出香丸一闻，清香扑鼻，瞬间提神醒脑。他好笑道：“小陆，你别跟我说，这香丸是张老三自己买来用的。大半夜熬制绿肉的时候，怕自己打瞌睡？”

“提神醒脑‘防夜里干活打瞌睡’是其一。”陆广白说着，走到了灶台前。此时灶台里的火早就灭了,但尚有余温。他打开熬肉大锅的锅盖,锅里还有昨夜熬煮的绿肉。锅盖一揭,又是一股肉香四溢,扑鼻而来。

罗九亮忍着热心,垫着脚尖看着大锅里那一块块的绿肉,心有余悸道:“是这味儿,就跟平时兜售俺们的绿肉味道一样。吃了他们家几十年了,这味儿就是这么正! 陆副尉,该不会真的是人肉吧?”

陆广白直接伸手从卤水中捡起一块肉,指着肉面上的纹理,说道:“人肉切割出来的纹理,不是这样的。你凑近了看。”

“呃,算了,不是人肉就行。”罗九亮“哦”了一声,什么纹理不纹理,他也不懂这个,但是现在心里有阴影了,对肉都很敏感。

郭烨知道,小陆这几年在县衙仵作房里剖切的尸体,个挨个串起来,估计能将永乐坊的坊墙围一圈了,所以人肉还是豚肉或羊肉,小陆不会判断错的。

郭烨点点头,说道:“小陆,说重点。”

陆广白将那块绿肉又放回到锅里,说道:“我之前小小尝了两口锅里的卤汁儿,发现这卤汁儿有问题……”

郭烨当即皱着眉头,问道:“什么时候的事儿?”

陆广白回道:“你在院里审讯秦氏的时候,我又折返回厨房了一趟。”

郭烨微微回忆,刚才小陆的确离开院子一小会儿,后来才出现的,这是二次回到现场勘查啊。不过对他尝卤汁这种行为,郭烨是不赞同的,说道:“你怎么那么冒失? 万一这卤汁里真的有问题,出了事怎么办?”

陆广白摇头道:“张家是百年老店,他们家的肉从没听说吃死过人,说明卤制之法是没问题的,这卤汁更是没问题的。呵呵,其他家肉肆平日里估计都削尖了脑袋,想尝他们家的卤汁吧?”

小陆说的倒是实情,卤汁汤底可是秘制配方,每家都不一样,这种秘方基本是传男不传女,传长不传幼,传嫡不传庶的。张家这绿肉店百年屹立不倒,说明张家的卤汁汤底绝对是万中无一的。

郭烨说道:“我知道汤底卤汁没问题,我是说锅里万一炖的是人肉呢?”

陆广白无所谓地耸耸肩,说道:“就算是人肉,也吃不死人。”

郭烨无言以对。

“言归正传,我一尝他们家锅里的汤底卤汁,就发现了不对劲。”陆广白突然面色严肃地说道:“因为我尝出了底也迦的味道。”

“什么是底也迦?怎么听着像番名?”郭烨问道。

陆广白“嗯”了一声,回道:“你没听过这名很正常,若不是我平日里喜欢搜罗奇花异草,经常跑到番市里与那些番人打交道,从他们手中买过这底也迦,不然真尝不出这味道。底也迦是拂菻国的一种膏药,主要用来治发热腹泻,解除体毒。第一次出现在我们大唐应该是乾封二年,拂菻国遣使来唐献药。本来这底也迦不在民间流通的。但这几十年来,随着拂菻国商人来我大唐商贸往来,经常在西市那边售卖拂菻国之物,渐渐地,这底也迦在西市也能买到了。”

“原来如此。受教了。”郭烨越发离不开小陆了,这家伙懂得实在是太多了。

张小萝这小丫头静静地听了这么久,虽然不喜欢性格寡淡的陆广白,但还是忍不住张嘴问道:“你是说张老三家的肉之所以这么香,是因为绿肉之时,在汤底卤汁中加了底……底……”

“是底也迦!”李二宝在一旁补充道。

张小萝“嗯”了一声,继续说道:“你刚才也说了这底也迦是治发热腹泻,解除体毒的灵药,这跟我在这厨房见到人间炼狱惨状有什么关系?”

“你莫要急,很快就到你这儿了。”陆广白继续说道:“自古有云,是药便有三分毒,这底也迦药膏也是由各种相生相克之草木相佐而成,但其中几味草木中,有一种异草足足占了七成,那便是——断肠草!”

“断肠草是啥?”张小萝又问。

郭烨这时突然说道:“莫不是米囊花?”

陆广白笑着说道:“你也听过?”

郭烨说道:“断肠草不过是时下那些诗人对其的叫法,这玩意也叫米囊花。据我所知,这米囊花的确是西域那些商人带来我们中原的。九月九及中秋夜种之,花必大,子必满!”

“看来你也没少和西市的西域番人打过交道。”陆广白说道。“因为这米囊花也好,断肠草也罢,仅仅是西域商人带来中原自己种植的,还没有在中原各处种植开。因为他们知道这种米囊花不宜推广,因为除了观赏作用之外,米囊花也能熬炼出一种令人上瘾的膏药出来,可以用药,也可以做毒。

“我现在有点明白你说得意思了,米囊花……底也迦药膏……卤汁汤底……

街坊四邻都爱吃张家的绿肉!”郭烨琢磨了一番,说道:“因为米囊花可以让人上瘾,而且一旦投放量过大,久久吸食闻之,会让人致幻!”

“没错!”陆广白从灶台上拿起一个黑色陶瓷罐,说道:“这就是底也迦药膏,估计平时偷偷藏着,半夜熬制绿肉的时候再拿出来投于汤底中。昨晚出了意外,所以这陶罐还没来得及收起来。”

接着,他对张小萝说道:“接下来轮到你了。你昨晚在窗户下一直待着,他又正在熬制绿肉,正是底也迦药膏在汤锅里沸滚、药性最强之时,你自己都不知道什么时候吸进了米囊花释放的粉末,所以你看到的那一幕人间炼狱,正是米囊花致幻的效果。”

“那他张老三自己不是一直在锅前煮肉吗?怎么没事?”张小萝还是不服。

陆广白拿着手里的香丸,说道:“不是有这个香丸吗?在投放底也迦药膏在汤底里沸滚、药性出来之时,他就将这两颗香丸放入鼻中了。香丸虽不能治病,却能抵御米囊花的致幻!”

“这么一解释,都通了!都通了!哈哈哈……所以说都是米囊花惹的祸啊。回头我就向我家县尊大人建议,将长安县辖区内种植的米囊花都控制起来,莫要再被人各处种植,祸害百姓了。”一旁的罗九亮终于笑出来了,终于不再担心这些年是不是吃的人肉了。

“嗯,等我们回到不良司,也应向付九付大人禀报此事,这米囊花应该控制,尽量销毁,莫要传到各地,一旦无人监管,被人利用的话,真是大祸!”郭烨也难得严肃的附议道。

诗人们常感叹,芍药之后,米囊花最繁华。但殊不知米囊花虽美艳万千,却也是万恶之源,所以唐之后历朝历代都仅被小范围的控制种植,哪怕过了一千多年,米囊花也没在华夏大地种植推广。

因为它在后世还有一个众人熟知的名字——罂粟花。

第三十五章　米囊花之美（下）

“现在想起来，之前有一点是我疏忽了。”郭烨说道：“张小萝在长安县衙签押房里，说她自己闻着肉香来到了张家，然后躲在窗台下窥视。接着就人事不知晕倒了，醒来的时候是躺在张老三身边，被怀疑是凶手！窗台到张老三横尸之地，至少要先进屋啊……说明是第三者将她挪了过来的。这点是我疏忽了！”

张小萝一拍自己的脑门，惊道：“对呀！我明明是在窗台那边晕倒的呀！”

陆广白摇摇头，对郭烨说道：“当时她作为嫌疑人，她的话不足以取信，所以没有在意实属正常。再者，现在我们都是从结果推前因，自然发现凶手在过程中错漏百出。比如秦氏，说她丈夫从来不让她进厨房，现在终于可以解释了。一个动不动就打妻子的男人，怎么会舍不得让她进厨房？”

郭烨说道：“是啊，除非厨房有不可告人之秘密！”

陆广白对秦氏说道：“秦氏，我问你，你是嫁给他之后，就没进过张家绿肉的厨房吗？”

秦氏“嗯”了一声，低声道：“张老三说张家熬制绿肉之法传男不传女，妾身是外姓女人，不宜进来。后来街坊四邻误以为是张老三怜惜妾身，舍不得妾身十指蘸了阳春水。”

郭烨看着她那白皙的皮肤，还有纤细葱白的十指，说道：“虽说张老三在厨房里有勾当，但是对你也算疼惜。你背着他与其他男人偷欢，你们这夫妻缘分修得也是薄。”

“若不是他对妾身打骂，妾身岂会偷野男人？”秦氏委屈道。

“罢了，罢了，你们这些家事，谁来断，都断不清。”郭烨对秦氏摆摆手，对罗九亮说道：“还是交给罗捕头来断吧。”

“嘿，交给我们家县尊大人来断才是。”罗九亮很鸡贼地把锅一甩。

罗九亮招了手下，让人将秦氏带了下去。

陆广白抱着那个黑色的陶瓷罐，对罗九亮说道：“罗捕头，这个是证据，但能否送我一些？西市那些番人们售价有些贵，我这微薄薪水又要吃穿用度的……”

罗九亮犹豫了一下，毕竟是证据啊。

郭烨勾住罗九亮的肩膀，说道：“帮个忙呗，今天若不是小陆，这案子哪里能破？他平日里就对这些奇奇怪怪的药物感兴趣。”

“呃，好吧。低调，低调，莫要声张。”罗九亮说道。

这时，有捕快回来报讯，说严万春已经被抓捕归案，目前看押在签押房中。

“郭兄弟，陆副尉，罗某得回去了，估摸着过一会儿，县尊老爷便要差人来唤我了。”罗九亮赶紧跟郭烨几人告辞。

“喂，你先别走！”喊话留人的不是郭烨，而是张小萝。

罗九亮不明所以，转身看着张小萝。

张小萝哼了一声，气呼呼地说道：“你将我押在签押房中，若是没有我家小哥替你破了案子，洗脱了我的嫌疑，是不是要将我送进大牢里啊？接着稀里糊涂替人偿命当了糊涂鬼啊？”

说到“我家小哥”的时候，她腼腆地看了看郭烨，看得郭烨一脸茫然，什么时候自己成了她家小哥哥了。

不过张小萝的话还是让罗九亮有些尴尬，毕竟抓错人了嘛。

好在郭烨出来当和事佬，说道：“小萝姑娘，这也怨不得罗捕头。他乃一县捕头，有缉盗捕贼之责。你说他第一时间赶到在案发现场，发现你躺在死者张老三的身边，他将你带回县衙羁押留审，也是合乎章程的。”

“好吧，既然我家小哥出来替你求情，那本……本姑娘就原谅你了，下次莫要再做糊涂官、判糊涂案，冤枉了好人才是！”张小萝挥挥手，一副老气横秋的样子，惹得郭烨等人啼笑皆非。

郭烨对罗九亮笑道：“罗捕头，既然严万春业已归案，那你赶紧回县衙吧，莫要让薛县尊久等。”

罗九亮拱拱手，转身对几名留守张家的衙役交代了几句。

见着罗九亮走远了，张小萝猛然才想起来，喊道：“喂，本姑娘的大剑还在你们签押房里呢！”

郭烨将她唤住，笑道：“放心吧，丢不了，晚些时候去县衙自取便是。”

“好嘞，接下来我们去哪儿，小哥。”张小萝在李二宝面前是娇蛮，在陆广白跟前是抬杠，但不知道为何，在郭烨面前，她就变得乖巧听话，兴许是在受冤时郭烨第一个站出来替她接了案子的缘故吧。

不过她这话却把郭烨问懵了，不解道："我们自然是回不良司。至于你，当然是从哪儿来，回哪儿去啊。"

"呃……对哦，"张小萝羞赧地笑了笑，说道："我周游四海，行侠仗义，连家都没有，也不知道要回哪儿去。"

李二宝一愣，脱口道："这么惨？"

张小萝瞪了他一眼，啐道："要你管？"

郭烨也被这个蠢萌蠢萌的小萝莉给萌到了，调侃道："那你就继续周游四海，行侠仗义吧。不过下次可要注意了。莫要再翻墙入院、私闯民宅了，大唐的律法跟你们番邦他国可不一样。"

一旁的陆广白附议地点了点头，说道："依着《唐律·贼盗》所录，诸夜无故入人家者，笞四十。主人登时杀者，勿论。"就是说夜闯民宅者，主人是有权利可以直接将其杀掉的，即便没杀了，被活捉也是要送官法办打板子的。

"啊？这么严重，我以为唐风豪放……"小丫头明显不熟悉大唐的律法。

郭烨苦笑道："大唐泱泱大国，自然是风华万千、海纳百川。但我们唐风再是豪放，也容不得你深夜翻人家的墙头、闯人家的宅子啊？"

"嗯，要不我也加入你们不良司吧？"

张小萝石破天惊，郭烨、陆广白、李二宝三人齐齐惊呼。

这丫头怎么想一出是一出？

张小萝继续一脸向往地说道："不良人，行走于云波诡谲，侍奉于法理真相。简直太威风了！啧啧，要是我父……父亲知道我成了不良人。嘿，他老人家肯定开心极了！"

"行了，快些回家去吧，不良司里没有地方让你行侠仗义，"郭烨说道："再说，你一个小丫头进不良司能干吗？"

"你莫要瞧不起人！"张小萝挥舞着小胳膊，攥着小拳头说道："本姑娘一身本事，你是没见过罢了！你们不良司抓捕大盗巨寇时，总能遇到拒捕之人吧？我那大剑之下。哼，少有几合之敌！"

"莫要说大话，小爷在不良司中才是鲜有匹敌！"李二宝瓮声道。

张小萝嘴角一撇，轻视道："就你？还鲜有匹敌？本姑娘倒是想见识见识，敢不敢比试一番？"

"哈，小爷不敢比？简直是笑话！"李二宝往前一进步，将身上背着的双锏解了下来，放到一边地上，傲然道："我不拿趁手的兵器欺负你，咱们就比试比试拳脚。"

郭烨在不良司呆了月余，知道李二宝天生神力，曾亲眼见过这小子双手举起一尊大鼎，而且更是擅使双锏，一双金锏挥舞起来，颇有几分大和尚舞疯魔杖的风姿。那两条金锏他也拿来把玩过，做工讲究，绝对出自名匠之手，估摸着是他爷爷前任宰相李昭德帮他搜罗到的。

"哼，我若大剑在手，你那双锏就是两根烧火棍！"张小萝指了指厨房这一方小天地，说道："这地方太窄，腾挪不开，我们出去院里打！"

"怕你啊？"李二宝跟着张小萝去了院里。

郭烨和陆广白无奈地互相看了一眼，被这俩聒噪的熊孩子搞得有些头疼，赶紧跟了出去。李二宝的武力值郭烨是知道的，这混球可别打的时候收不住气力，直接一拳把人小姑娘给干散架了。

到了院里，两人已经左右腾挪，挥拳互迎，交上手了。

看出来啊，这张小萝居然跟李二宝能拳拳到肉走上好几个回合，而且还不落下风。郭烨不禁暗忖，这小丫头果然有些本事，刚才还以为她就是个耍嘴皮子、乱充高手的孩子。不过估计如张小萝之前所言，她不擅拳脚，更擅长大剑，所以几十个回合下来之后，尽管还跟得上李二宝的速度，但是却已经渐渐地从主动出击转为了被动防守。

突然，她脚下一趔趄，被李二宝抓住了破绽。趁她立身未稳之机，李二宝一记刚猛的直拳呼啸般直奔张小萝的面门。

张小萝此时别说还手了，就连做躲避的反应都不够。

郭烨暗惊，要糟！

不过好在李二宝的拳头在离张小萝的娇颜不足两寸的地方，停了下来。

只见李二宝缓缓收起拳头，颇有几分得意地说道："小爷从来不打女人！现在服了没有？"

"服你鬼！"张小萝娇喝一声。突然出手，嘭！张小萝一拳砸在了李二宝的鼻子上。

霎时,李二宝鼻血喷涌,疼得他捂着鼻子顿了下来!“你无耻!居然偷袭小爷!”

“本姑娘怎么就无耻了?谁让你关键时候大意了,我这叫反败为胜!”张小萝撇撇嘴道。

“你……你,我这是大意吗?我是从来不打女人,才让你偷了一拳!”李二宝心里憋屈死了。

“你这呆瓜,战场上还分男人女人吗?”张小萝从袖兜里掏出一方巾帕扔给了李二宝让他擦鼻血,一边不忘老气横秋的教诲道:“你母亲没教过你,不要小看了女人,特别是好看的女人吗?”

“呸,就你这黄毛丫头还好看?我看你就是个耍赖的女人!”李二宝用巾帕止住了鼻血,气呼呼道。

张小萝“嘁”了一声,说道:“输了就是输了,还不承认!怎么样?现在服气了没有?”

“你胜之不武,不服!”

“战场上管你胜之武不武,赢了便是!”

‘哼,下回让你尝尝我双锏的威力!’

“呵呵,下次姐姐让你知道什么大剑之下,全是土鸡瓦狗!”

郭烨看着两人从拳脚相交,到互撕嘴皮子,没完没了,喋喋不休,不由一阵头皮发麻,这俩如果以后真在一起办差,那还不吵翻了天?

倒是陆广白低声在郭烨身旁说道:“这胡人少女能跟二宝纠缠这么久,倒是有些本事的,比司中那些世袭不良人要强太多了。”

不良司中有从外面招录的能人,自然也有世袭的庸才。郭烨知道这是不良司中一些现状,但没有吱声,因为这种事情目前不是他们能管的,上面还有不良尉呢,再上面还有不良令呢。

陆广白又道:“这胡人少女又是飞爪、套索,又是夜行衣……本就擅长蹿房越脊,咱们这一卫中的确少了打听刺探的能人。我看她行。”

“小陆,招录人进不良司此等大事,是你我能做主的事儿吗?”郭烨摇摇头,说道:“就算她有些本事,你莫要忘了她非大唐之人。长安不良司所涉之案子,哪个是能让番邦异族之士参与知情的?”

“诶,这个也是。”陆广白替张小萝可惜了一把。

这时,张小萝拍了拍身上的尘土,走至郭烨跟前,雀跃道:“小哥,我能将那呆瓜击败,怎么样?我可以加入你们不良司了吗?”

“这,姑娘,我跟你说,这个事儿恐怕是……”郭烨想好了措辞,正要婉拒,却见张家门口涌进来的一拨人,硬生生地将话给噎回去了。

张小萝一见来得这些人都是统一装扮,无一不是头戴黑幞头,身着软甲缺胯袍,外罩披风,腰配环首刀。

他们和郭烨一样,都是不良人!

张小萝艳羡地叫道:“哇,都是你们不良人诶!我的天,真拉风!这位姐姐更是英姿飒爽,好看极了!”

不良人领头的正是不良尉纪青璇。

纪青璇一进院中,见着郭烨等人,便急急招了招手,道:“本尉顺道路过此地,听闻你们跟长安县衙的人在此办案,便进来寻你们了。此间案子处理得如何了?”

“处理得差不多了。顺道找我们,什么事啊?”郭烨回道。

他知道平日里纪青璇这小娘皮看不上自己,连跟自己说句话都嫌累得慌。这么认真问话,莫非有事?

果不其然,就听纪青璇“嗯”了一声,命令道:“既然此间事了,那本尉暂调你们归队,萧廷案暂且放一放,现在都跟我走,城西永和坊又出大案子了。”

纪青璇的披风下纤手一抖落,人已经转身,带队出了张家院子,压根儿就不给郭烨打听询问和说不的机会。

这强势的小娘皮!真是官大一级压死人!

第三十六章　狐女杀人案

郭烨知道,能让纪青璇如此兴师动众的案子,绝非等闲。

路上,他找了机会追问纪青璇,城西永和坊到底发生了大案?纪青璇也没遮瞒,一边赶着路一边简单地将城西的案情介绍了一番。

在长安城城西永和坊,有一户人家。夫妇二人,膝下一双儿女,共四口人。户主孙斌,妻子吕氏,儿子叫孙永立,女儿小名兰儿。

这户人家开了一间成衣铺子,生意也还可以,足以维持生活。孙斌夫妇唯一的心病就是:儿子孙永立瞎了一只眼睛,高不成,低不就,一直没有成亲娶媳妇。

昨日傍晚时分,孙斌忽然摆下上好的酒宴,招待街坊四邻,说要给儿子孙有立成亲。

之前也没听说,那孙永立已经定亲了啊,怎么今儿就要成亲了?街坊四邻们满怀疑惑。

等那新娘子出现在大家面前的时候,街坊们就更疑惑了。

无他,因为那新娘子实在是太漂亮了,肤如凝脂,眼似春水,口若樱桃,身形窈窕。这么一个天仙似的人儿,竟然嫁给了瞎了一只眼的孙永立?这孙家到底是走了什么狗屎运,能将如此漂亮的女子娶进门?有人窃窃私语,这女子长得如此颠倒众生,简直不似凡人,该不会是什么狐仙鬼怪变的吧?

一番锣鼓喧天,爆竹齐鸣下,坊邻们一起见证了孙家这桩婚事。

过了一晚,也就是今天早上,有关系相熟的街坊发现,老孙家一直大门紧闭,没有动静。这时辰不算早了,年轻人刚刚成了亲,睡个懒觉倒也不奇怪,关键是孙斌和吕氏平日里都起得早,因为成衣铺子要开门做买卖的。总不能儿子娶了媳妇,老两口也睡懒觉,连生意都不做了吧?

有人在大门外拍了拍门,又叫了几嗓子,孙家一直没人回应。

这下就更让人揣测了,孙家莫不是昨晚真的娶了个狐仙媳妇,一夜之间全被狐仙给迷住了?于是有心善的街坊就赶紧去找了坊正朱侠。坊正乃永和坊的主事者,没有坊正在,他们可不敢擅闯私宅。

坊正朱侠闻讯问来,也跟着坊民们在宅外一起叫门。叫了半天,孙宅内依旧没有任何动静。

最后,坊正朱侠担心要糟,于是带着大家伙儿撞开了孙家的大门。一入内,便发现孙斌一家四口已经死了。

死状可怖蹊跷,一家四口,竟全都是被挖走了心脏。至于昨天傍晚刚娶进门的漂亮儿媳妇,已经消失无踪。

为何要杀人?

为何杀了人,还要挖心?

自古民间便有传说,只有狐仙鬼魅之流,才会害了人还挖走凡人的心脏。难道真的是狐仙妖魔在害人?

一时间,孙家四口遇害的消息便传开了,虽然还没闹得满城皆知,但整个永和坊内的坊民们,已经是人心惶惶,害怕狐仙也找上自己家。

狐仙害人这种流言蜚语一旦处置不当,便会招来妖言惑众的大罪,坊正朱侠自然不敢怠慢,他赶紧将此案呈报不良司。

这种涉及猫妖、山鬼、狐仙的稀奇古怪的案子,不良司素来都要和丽竞门抢,因为这种案子最容易被丽竞门拿来做文章,搞风搞雨,构织陷害,借机排除异己。到时候又不知道牵连多少无辜的官员了。

所以案子一报到不良司,纪青璇就征得付九同意,接下了此案。但是长安不良司如今也是案卷如山,九位不良尉都各有案子要处理,人手上均不宽裕。所以纪青璇接了此案后,只得重新调配人手,将郭烨几人也征调回来协办此案。

纪青璇向来看不上郭烨,但如今也是没办法,灭口县令朱有德的凶手苏瑞娜逃之夭夭,萧廷案的嫌疑人窦婉儿、虞青儿下落不明。这两桩案子还悬着没有结,这下又出了这么桩狐仙杀人案。

纪青璇急啊,这个案子若不以最快的速度侦破,到时候肯定会被丽竞门抓到了小辫。到时候万国俊借机发难的说词,她都已经预想到了。

郭烨听罢后,也收起了嬉皮笑脸,微微沉吟道:“狐仙山鬼什么的,以讹传讹罢了!”

纪青璇颇为认同地微微颔首,轻声道:“怪力乱神之说,老百姓说说便是。我等不良人若说这番话,徒添笑话。到了永和坊,等陆副尉验完孙家四口的尸体,再做商议吧。”

纪青璇看了眼默不作声的陆广白,她对陆广白验尸的本事,还是印象深刻的。

“理应如此。”陆广白将挂着的褡裢摸了摸,说道:“尸体是不会说谎的。”

咦?说着,纪青璇突然发现了一直跟着郭烨屁股后头的小萝莉,问道:“她是何人?”

“她是之前张老三案时……”

“姐姐,我叫张小萝。”张小萝跟了一路,也看出了纪青璇在不良司中的位置。她很是乖巧地上前,说道:“我自幼学武,擅使腾挪轻身之术,蹿房越脊,如履平地。刚才郭小哥答应引荐我加入不良司了。以后就同为不良人,多多照顾了。”

嗯?纪青璇微微蹙眉,看了郭烨一眼,你什么时候有荐人之权了?

不过眼下用人之际,纪青璇倒是没当众下了郭烨的面子,说道:“不良人有不良人的招募章程。郭副尉虽然推荐了你,不过还是要不良令大人定夺。这样,眼下城西孙家命案也需要用人,你暂为不良友吧,一起协办此案。”

“啊!真……真的吗?我加入不良司喽!我是不良人喽!”张小萝拍着手,一蹦三丈高。

“暂为不良友!”纪青璇纠正道。

“那也一样的威风!”张小萝貌似不在意不良人还是不良友,只要能成为不良司的一分子,她便是满足了。

一旁的郭烨全程目瞪口呆,这……自己什么时候答应小丫头推荐她进不良司啦?

纪青璇居然也同意了?当初自己哥俩为求自保进不良司当个不良友,都费劲巴拉的。张小萝直接浑水摸鱼,就把事儿办成了。这到底是小丫头套路深,还是纪青璇转了性,居然如此这般好说话了。

不过他知道,小丫头即便成了不良友,要成为不良人的话,身世清白这关就不好过,所以也就没再多做言语。当务之急,还是永和坊的狐妖杀人案。

他这么想,纪青璇也是这么想,用人之急,不做节外生枝事,其他诸事都为永和坊狐仙杀人案让路!

到了城西,永和坊,孙宅。

陆广白验尸完毕过,面色一阵沉凝,对纪青璇说道:“死者的确是被刨了心而死!”

“你是说孙家四口人,都不是死后才再被人挖走了的心?”纪青璇听出了陆广白的话中关键。

陆广白轻“嗯”一声,点了点头。

“将人活生生刨了心,简直丧心病狂!”郭烨颇为不忍地摇头,道:“这得是多大的仇啊？不过按理说若真是被活生生挖心而死，那惨叫声，街坊四邻不可能听不到的啊？”

“所以街坊百姓才会以讹传讹，说是狐仙山鬼杀人。”纪青璇说道。

郭烨说道：“此案的关键是那个失踪的新娘，也就是坊民口中的狐仙了。”

“没错，就是她。”纪青璇一挥手，吩咐道：“做事吧！”

都是办案的老手，纪青璇这么一说，大家都懂接下来要做什么。

接下来，就是查案的正常程序，问询昨天傍晚参加了孙家婚宴的街坊四邻，让他们描述那新娘的相貌，然后通过丹青高手绘出画像来。

昨晚见到新娘子的人实在太多了，所以临时找来了几个画师，然后根据坊民的口供，同一时间去做新娘子的画像。画完之后，几个画师纷纷将新娘子的画像交了上来。

这不画还好，一画出来，新娘子美则美矣，但是郭烨和陆广白等人却是看得心惊肉跳，尤其是纪青璇，面色都有些微变，因为——每张画像上新娘子的容貌，都各不相同！

是的！昨天傍晚参加婚宴的坊民，他们看到的新娘子的确是美若天仙，但却都不是同一个相貌！！！

第三十七章　白轿狐女现

“怎么街坊四邻看到的新娘，长得都不一样？”

李二宝拿着几张画像比对了一番，啧啧称奇道：“我小时候听府里老妪们说，山里的狐仙都懂幻术，她们一到人间就会施法术，让普通人看不清她的真面目。所以幻术之下，每个人看到狐仙的面容都是国色天香之美，但每个人看到的面容又都不一样。”

“昂？这是不是就是老人们常说的，狐媚之术啊？”张小萝听着也觉得有些瘆人，小脸微微发白，站在郭烨身后，低声问道：“小哥，孙家四口人莫不是真的被狐仙施了法术，悄无声息地被刨了心？”

郭烨无语地摇了摇头，这都什么乱七八糟。

不过看现场这情况，其他不良人也被眼前这一幕给骇住了，纷纷将目光落在了不良尉纪青璇身上。

纪青璇微微皱了皱眉，低喝道：“李二宝，命案现场莫要胡乱说话、动摇军心，这规矩还用我说第二遍吗？”

李二宝吐了吐舌头，退到了一边。

郭烨说道：“鬼神妖魔的假象，不过是为了掩住事实的真相罢了！小萝姑娘，你在张老三家厨房时，不也被底也迦的气味迷了你的心智，产生了幻觉，以为自己看到张老三在烹煮人肉！结果呢？不过是一桩假象环绕的情杀案罢了！你且记好了，这办案查案，要敬鬼神，但莫要信鬼神！”

张小萝听得懵懵的，似懂非懂地“哦”了一声。

“你这话我赞同，一切虚幻皆为假象，不过是凶手的障眼法罢了！”一旁的陆广白深以为然地点了点头，说道：“刚才验尸时，我发现孙家四口的死因虽然是被挖心致死，但却没有挣扎和反抗的痕迹。你们试着想象一下，刨心是何等之痛苦，却没有挣扎反抗，根本就不符合常理。你们再看他们家的摆设，也几乎没有打斗过的痕迹。这些都说明什么？”

“凶手对孙家四口下了药！”纪青璇立马听出了关键。

“小陆的尸格总是这么精准到位。”郭烨对小陆的验尸本事从来不持怀疑态度，说道：“想要迷惑人心的方法很多，但如此大费周章地嫁入了孙家，然后又对孙家四口下奇药，最后再将他们四口人挖心致死，留下这么一个血淋淋的案发现场。凶手的目的要么是故布疑云，要么就是自己独有的杀人手法。但是，据我所知，孙家不过是一户普通人家，他们这么费劲巴拉的，到底图什么？”

郭烨问到关键，杀人总有个动机，凶手如此大费周章地将孙家给灭门了，到底所为何事？

纪青璇当即一声令下，在场不良人又散开去，对孙家四周的街坊进行问询和资料收集。

很快，信息又逐一汇总回来了。从目前得到的资料上来看，孙家迁入永和坊已经很多年了，成衣铺子素来都是笑迎四方客，从没和客人红过脸、吵过嘴，至于和街坊四邻的关系,那就更加和睦了。尤其是孙斌的儿子,虽说瞎了一只眼,但是在街坊四邻眼中,这就是个老实孩子。这说明仇杀的可能性不高。

孙家做的成衣铺子买卖,日子尚算富裕,纪青璇又让不良人在家中里里外外搜罗了一番,家中细软都在,貌似没有被劫财杀害的可能。

至于情杀,更谈不上了。孙家的儿子昨儿才娶上媳妇,至于女儿,还那么小,都没有情杀的可能性。

各种动机都不成立,案子的确有些棘手。

郭烨等人查了半天,不得要领,最后纪青璇只得让坊正朱侠带着几名巡坊的丁甲找来草席,将孙家四口的尸身用草席先盖着,然后再让朱侠去找几个更夫看着,过几日再行入殓。

天色渐黑,纪青璇安排了两个不良人在永和坊继续暗查线索,其他人暂且先回不良司稍作休整,明日再继续查。

然而,当天晚上,又出事儿了!

第二日一早,又有人来不良司通报,长安城东的修行坊,有一户蒋姓人家,昨天夜里一家五口全部惨死,死状与孙家四口人一模一样!都是被活生生挖心致死,街坊四邻也是没有听到任何动静。

这户人家是开绸缎庄的,家境比孙家要强很多,他们家昨天倒是没有儿子娶媳妇。就是直接在昨天夜里,一家五口被灭了门。

一经了解,这户蒋姓人家,也是清清白白的人家,平日里没什么仇家,基本情况和孙家等同,找不出凶手灭其门的动机。

连续两天连环命案,纪青璇一筹莫展,连郭烨对她都少了毒舌的欲望,不良司中气氛有些凝重,甚至有人在私底下在传,难道真是狐仙在挖心杀人?

又是奔波一天,不过还是毫无进展。

当晚,倒是没有传来哪里有人被挖心的消息。

但是——

翌日,通济坊、长寿坊、义宁坊、怀远坊、安义坊等二十多个坊的坊正来报:昨夜三更,本坊内发生了狐女游街之事。

是的,就在昨晚,二十几个坊里都有人目睹狐女游街的怪事。

根据诸位坊正的描述,昨天深夜,一顶白绸包裹的轿子在街上慢慢前进。几名妖艳的女子在轿子中露出了上半身,时而放浪大笑,时而放声大哭,人随轿走,一路上,她们不停从轿中伸出手撒着纸钱。这抬轿子的人,俱皆面无表情,动作僵硬,不似活人。等轿子离去,有胆子大的坊民曾上前查看,这白轿子所过之处,皆留下了一摊摊血迹,甚至还有撕扯掰碎过的肉屑块儿掉落,疑似人心。所以坊正来通禀狐女游街的怪事时,还向不良司呈上了这些疑似人心的肉末碎块作为证据,证明他们并没有妖言惑众。

陆广白第一时间拿了这些东西去了仵作房,一查究竟。郭烨和纪青璇也跟了进去,他们也想快些知道结果。幸亏陆广白给他俩一人一块生姜含在口中,不然仵作房中的腐臭和腥味儿,能让他们当场吐出来。这仵作房长年验尸剖尸,几十年积累下来的腐腥之味,普通人若没有生姜,根本扛不住。

稍稍缓过了一阵之后,纪青璇取出口中的生姜,说道:"血迹也好,人心的碎瓣也罢,兴许是牲口的,凶手无非还是故布疑云罢了。"

郭烨还是受不了仵作房这味儿,不肯取出生姜,支支吾吾地应了一声,表示同意。

不过,陆广白却是摇了摇头,显然他已经查验好了,将口中生姜取出,说道:"据我所查,这血迹的确是出自人血,非鸡血、狗血等牲口之血。"

纪青璇问道:"何以见得?"

陆广白回道:"一、牲口的血液较人血更黏稠;二、牲口的血比人血要更腥,更有异味;三、牲口的血没有人血咸……"

"你……你还尝……尝这血迹了?"纪青璇,下意识地掩住了鼻子。

"快,先漱漱口。连这玩意你都敢尝,你真行!"郭烨着急忙慌地打了一瓢井水。

陆广白用手推了推,说道:"干仵作没你们那么多讲究。放心,我自行处理过了。"

"陆副尉,你值得本尉敬佩!"纪青璇对陆广白抱了抱拳。如果不良司中人都如陆广白这般,长安不良司何至于凋零至此,被丽竞门一直掣肘着?

郭烨将手中那瓢井水搁到一旁,问道:"那坊正们一并呈上来的肉疙瘩碎块也的确是人心咯?"

陆广白点头说道:"没错!而且至少是来自三个不同的人。"

"你又如何知道?"纪青璇问道。

郭烨翻了翻白眼,指着刚才陆广白摆放血迹和肉块儿的案台,说道:"你垫一下脚尖嘛,小陆都拼凑出三颗人心模样了。"

"哼,就你厉害,你刚才怎么也说是来自牲畜的?"纪青璇嗔了他一眼。"马后炮!"

陆广白没有理会二人的嘴仗,而是认真说道:"这次显然不是个别凶手在作案了,这背后应该是一个团队,有组织,有计划,有预谋,而且还有神出鬼没、装神弄鬼的本事! 如果单凭咱们这一卫的人手,恐怕顾得了永和坊、通济坊,就顾不了昌寿坊、义宁坊。"

纪青璇想了一下,缓缓说道:"依着眼下的情况,此案已经是连环命案了,远非咱们一卫不良人能处置。别说我们不良司九卫各有司职,即便其他八卫都放下手上案子来协办此案,也未必能快速解决掉。我这就去禀报不良令大人,应该将两坊的狐仙杀人案,还有其他二十几坊的狐女游街案合并成一案,定为连环杀人案,然后同时知会长安县、万年县、雍州牧衙门……联手严查。"这言外之意就是,即便丽竞门要插手此案,也无可奈何了。不能再让这个连环案发酵下去了,越是往下拖,死得人越多。

郭烨和陆广白对视了一眼,也晓得轻重,齐齐正色拱手道:"一切全凭纪不良尉做主!"

纪青璇微微颔首,将生姜扔回了案台的竹篮中,移步快速出了仵作房,前去找不良令付九通禀此事。

第三十八章　扑朔迷离疑

纪青璇每次来付九的醉仙居,都特别不自在,堂堂长安不良司的不良令,竟然将办理公务的房间更名挂匾为醉仙居,简直让人可笑。

作为外调入长安不良司中的不良尉,纪青璇从骨子里看不上以付九为代表的世袭不良人,这些人总是缅怀过往的辉煌,止步于当下的朝堂,甚至为了一己之私心,对丽竞门一些所作所为置若罔闻。

付九就是不良司中守旧势力的领头羊,她在洛阳时义父徐有功就跟她交代,到了长安不良司之后先站稳脚跟,莫要和付九等老派不良人交恶,最终便宜了丽竞门,让丽竞门有了将长安不良司连根拔起的可乘之机。

所以来到长安不良司任职以来,纪青璇尽管看不惯付九等人和稀泥,但依旧尊他为上官,凡事都向他请示。

但是,纪青璇始终坚信,终有一天,她将砸碎长安不良司内所有的守旧和无序,重建一个崭新的不良司,重塑不良司在太宗贞观时期的荣耀!

房内酒气氤氲,不良令大人的脸颊酡红,显然喝了不少,纪青璇还是将事情的来龙去脉,一五一十地报与了付九。

付九听罢,陷入了一番沉默。

纪青璇猜测,这位付大人要么正在醒酒,要么又在想办法推搪此事了。

一会,就见着付九抄起桌上的酒葫芦,拧开塞子往嘴里又美滋滋地灌了一口,然后挥手说道:“知会长安、万年及雍州牧衙门,联合查案,本令悉数同意!即日起,不良司其他八卫的不良人,若有需要,也任由纪小娘子调遣,尽快将此案查个水落石出吧!”

啊?纪青璇差点没站稳,这不符合付九的风格啊。没想到关键时刻,这酒腻子居然如此立得稳、站得住!还以为他会想办法推搪呢。这是纪青璇始料未及的。

付九貌似看出了纪青璇的那点小心思,又是抄起酒葫芦猛烈地灌了一口酒,抹了抹嘴角边的酒渍,哼了一声,说道:“这世上不是你父亲徐有功一人才会忠于社稷,忧国忧民。小小娃子,莫要瞧不起人!付某忠君报国,为江山社稷瘸了一条腿那会儿。你这小妮子还没出生哩。要不是当年……”

纪青璇见付九说到一半,居然将话硬生生收了回去,好奇问道:“要不是当年怎么了?”

“罢了,罢了,往事不可追,徒惹辛酸尽做小儿女态。”付九摆了摆手,道:“丫头啊,我们这些世代相传的‘不良人’,比任何人都懂得‘不良人’这三个字的分量和意义,论起舍命的胆魄来,不在你们这些年轻人之下!”

纪青璇从付九那儿领了命，等同于暂时在长安不良司中有了调拨人手之权，至于其他几方联合查案，不良司这方自然也以纪青璇为主。

一时间，郭烨等人也沾着纪青璇的光，在不良司中风光了不少，尤其是郭烨这一伍中的其他几个临时拼凑搭组的不良人，本来在原来的不良尉手下就混得不如意，现在暂调这边来，居然也跟着扬眉吐气了一回。

不过说来也怪，几个衙门联合办案之后，狐女游街一事就彻底地销声匿迹了，接下来两天，居然也没有人再被莫名其妙地挖去心脏。

还有一点令纪青璇很奇怪，知会其他几家衙门时，她独独漏掉丽竞门，目的是不想这根搅屎棍来胡搞。可没想到的是，丽竞门那边同样风平浪静，好像就真不知道联合办案之事一样，万国俊自始至终就没有上门要求接手狐女连环案。

没有丽竞门捣乱的日子，简直不要太阳光灿烂了。

纪青璇带着郭烨等人，铆足了劲，全身心投入继续追查着狐女连环案。

又过了一天，议事房中。

纪青璇拿着一卷发黄的卷宗来到郭烨等人面前，面色有些不悦地说道："这是不良令大人让手下人递过来的，并传话与我们，怪罪我们办事不力！我看了，我们的确疏漏了卷宗上一条重要的线索，我这个不良尉首当其罪！"

郭烨看纪青璇这脸色，显然被付九让人传话训斥了。也难怪她面色难看，现在她主办此案，在不良司中拥有了仅次于付九的便宜行事之权，但是案子的重要线索，居然还要上司给她提供。

"我们漏掉了什么线索？"郭烨接过卷宗，翻开来查看。看罢之后，他觉得纪青璇替自己背了一个锅，因为这个线索他看过！但是他真的忽略了这个线索！

这个卷宗其实不是狐女案的，而是升平馆萧廷案的卷宗。这个卷宗的资料是关于萧廷案涉及的另一个关键人物——名妓窦婉儿。

就是那个陪萧廷宿夜，萧廷在房中离奇死亡后，她却凭空消失的名妓窦婉儿。

当日，郭烨记得萧廷在升平馆离奇死亡，窦婉儿离奇失踪，现场床榻上除了萧廷的尸体，另外只留下了一堆白骨。当时他和小陆追查的方向也是找到窦婉儿，只要找着窦婉儿，萧廷案基本上就算破了一半。

所以当时对窦婉儿的个人资料，通过升平馆的人，尤其是升平馆的老鸨抄录口供，整理成了这么一个卷宗。其中就包括了窦婉儿的身世。

根据老鸨当时交代,“窦婉儿”八岁那年就被父母以十贯钱卖入了升平馆,是他们从小琴棋书画栽培大的。窦婉儿其实不姓窦,这个名字不过是她在升平馆的花名,是升平馆老鸨给起的。升平馆有当年的买卖契书。窦婉儿真正的本名叫孙佩月。她的亲生父母,卷宗上显示是永乐坊的孙斌及其妻吕氏!

原来问题在这儿!郭烨没想到,这两个风马牛不相及的案子,居然有这么一层关系。

这么说来,孙家并非仅有一子一女,而是一子二女。只不过当年家境破落,将其中一个女儿孙佩月卖入了青楼,后来这个女儿竟然成了升平馆的名妓。

郭烨之所以疏漏掉这条线索,是真的好久没碰萧廷案了,以至于这么一条重要线索都没有记起。

之前根据街坊四邻的反馈,没有人提过孙家还有一个女儿。这说明孙佩月,也就是窦婉儿,几乎不跟孙家往来、断了联系。

郭烨暗暗揣测,窦婉儿就在长安城里,但十来年不和家里联络,是不是因为她对父母非常痛恨?痛恨他们当年将她卖进了升平馆?她会不会因此设局报复了父母,还有自己的兄妹?

这个动机,貌似是成立的!

听完郭烨的分析之后,纪青璇也同意郭烨的这个假设,孙家的案子,很可能就与当初萧廷案中下落不明的嫌疑人窦婉儿有关。

陆广白质疑道:“很奇怪啊,孙家一个八岁的孩子被卖进了升平馆,他们的街坊四邻居然不知道?”

第三十九章　柳暗花明时

“我想起来了,小陆,你把你案桌上孙家的卷宗给我。”郭烨接过卷宗,快速翻阅几页,指着其中一页说道:“这是坊正朱侠那边登记的往年住户信息里,关于孙家的信息。资料上显示孙斌一家不是永和坊土生土长的人家,他们是十年前和同乡人逃难至长安城,后来迁入永和坊的。也就是说,应该是卖了女儿之后,有了在长安安顿下来的本钱,然后在永和坊渐渐购房置业。资料上显示他们家这府邸,也是前几年才置办的。”

纪青璇拿过卷宗一看,果然如此,点头赞同道:“那这样就解释了邻里不知道孙家还有个女儿,而且还是升平馆的名妓。换作是孙家,自然也不会跟街坊四邻说,有个女儿是烟花之地勾栏里的。”

郭烨又说道:“十年前和同乡人逃难至长安……我想想……二宝,去将你们之前在永乐坊里向坊民们做的问询案卷拿来。我记得有一份口供里,有一个人就说过,他和孙斌是逃难来长安,最后落户在这的老乡。”

“有,有,有,这个问询是我做的。”李二宝第一时间从一沓卷宗里抽取出他做的那份口供,递给郭烨,说道:“永和坊西门酒肆,钱掌柜,今年四十有三。十年前老家闹灾,和孙斌等乡人一起逃难至长安。逃难路上,他妻子病死了,连儿子也饿死在了路上。不过后来又在长安续弦了一个外乡女,目前膝下有一子,西门酒肆的生意也算红火。他跟孙斌是他们那伙逃难的乡人里最有运气的,十年里,在永和坊置了业还做了买卖,所以他俩算是过从甚密的好友。”

郭烨起身,将腰刀跨上,对纪青璇拱手道:“我想带人再去一趟永和坊,向这位酒肆的钱掌柜打听打听窦婉儿的事儿。他既是孙斌的同乡,又是孙斌在永和坊为数不多的挚友,应该知道一些情况,兴许能有什么新的发现。”

“嗯,去吧,这是白日。低调行事,莫要惊扰了坊民。”纪青璇指派了张小萝和李二宝跟着郭烨去。

半个时辰后,永和坊,西门酒肆中。

“没想到你们还能查到孙家还有一女。佩月啊,是个可怜的孩子啊!”

四十来岁的钱掌柜这些年过得富足,整个人看着倒是红光满面,他将手里吃了一半的毕罗放下,叹了口气,说道:“钱某还记得那年春天,老家闹灾,我们沿路乞讨,来到长安。在路上真是艰辛无比,我夫人病死,我那独子也是活活饿死。等我们到了长安,孙家五口也是奄奄一息。就数佩月这孩子命硬,精神头最好。长安大,居不易呐。我们到了长安后,别说找个遮风挡雨的地方,就连一斗糙米都喊到五十文钱,我们这些逃难的人怎么吃得起?我还好,死了老婆孩子,怎么都能应付得过去。孙家大小五口人啊,怎么熬得过去……”

“所以，孙斌就把孙佩月卖给了升平馆？就因为她精神头最好，能卖个好价钱？”张小萝毕竟也是十来岁的半打孩子，有些为孙佩月愤愤不平。

“不卖怎么办？不卖一家子人都饿死。卖了她，全家都有活路。孙掌柜是个好人，但凡有一点法子，也不至于要卖亲生女儿啊。”钱掌柜看了张小萝一眼，这姑娘一看就是富贵人家的孩子，没过过穷日子，不知道这挨饿受冻的滋味。

“你们大人说卖小孩儿就卖小孩儿，有没有考虑过八岁孩子的感受？我知道升平馆是个什么地方，一个八岁的孩子去了那儿，肯定是有人调教的，一不听话就要被人抽上几鞭子。那个时候，你们大人有没有想过她只是个八岁的孩子？”张小萝越说越是气愤，越说越是替孙佩月感到委屈，没来由地豆大的泪珠子从她眼眶里就滚落了下来。

“张小萝！”郭烨摆了摆手，示意这丫头别打岔。随后对钱掌柜抱抱拳，说道：“钱掌柜，小萝年岁不大，还望海涵。”

“无妨！无妨！”钱掌柜喟然一叹，道：“当时都是没办法。其实吧，这些年，私底下佩月，是升平馆的窦婉儿姑娘，都有来探望他们夫妇。”

“哦？”郭烨问道：“你是说她和她父母私底下有往来？”

“嗯，佩月差不多每个月会来一次我这酒肆。”钱掌柜回忆了一下，说道：“每次她都是先到雅间等着，待上一个时辰。然后央求我派伙计跑腿，偷偷地去把孙掌柜请进来。你也知道，整个永和坊就我知道她和孙斌夫妇的关系，所以她也是信得过我的。不过这么多次私底下会晤，钱某不曾听过那雅间里有过争吵。最近一次，我还见这佩月那丫头，偷偷给孙掌柜塞钱呢！”

郭烨听了道：“这么看来，父女关系其实是不错的。”

钱掌柜“嗯”了一声，继续说道：“孙家成衣铺子这几年生意还不错，时常有升平馆的婢女侍女来拿衣服，怕是佩月这孩子暗中替她爹爹出力帮衬着。”

“钱掌柜，你刚才说，窦婉儿，呃，就是孙家的女儿孙佩月，每次来你这里与他父亲会面，都要隔上一个时辰，才让你派人去请孙掌柜。每次都这样吗？”郭烨继续问道。

“对啊！我猜啊，怕是佩月那丫头，觉得做了妓子不体面，不想孙掌柜以后在街坊四邻面前抬不起头来吧。不然怎么会选在我这里会面？郭副尉你说，这像是对父母有怨气，要报复灭门的样子吗？”

钱掌柜的这一番话，又将之前在不良司公事房中设立的杀人动机，再次推翻，间接地案子又进了死胡同，堵住了。

正在这时，酒肆外突然掀起一番吵嚷。

“鬼啊！闹鬼了啊！”

“老孙家诈尸啦！”

“跑啊，快跑吧！”

郭烨此时正在酒肆二楼雅间，推窗就能看到外面动静。就见着不少男男女女，慌慌张张地在坊街上匆匆跑着，跑过来的方向，正是孙家的宅邸。

“二宝，走，下楼去看看什么情况！”郭烨赶紧告辞了钱掌柜，出门观瞧。就见着这些慌慌张张奔跑着的人一边跑一边还不住地往回看，像是生怕背后有什么怪物追上来似的。

李二宝眼疾手快，一把抓住了身边一个跑过来的瘦弱书生。

书生大概三十来岁模样，干瘦如柴。别看李二宝年纪小，一把就将他擒住了。书生面色惊惧，在李二宝的盘问下，哆哆嗦嗦地将刚才在孙宅那边撞见的事情讲述了一遍。

他说，就在刚才，孙宅他们家走出来四个人。这四个人脸上沾着血迹，胸口处被人挖了空，豁然拉着个大血口子，但这四人走路却跟正常人完全一样，不紧不慢地往西走。都是街坊邻里，都认得这四人。正是孙斌夫妇和他们的一对儿女！

他们不是死了吗？街上的行人，当时就呆住了，不敢相信眼前的一幕。明明被挖了心，断了气，早已死透好几天的人，怎么又能从家里出来，走在街上呢？

这时，有个五六岁的小孩子，天真无邪，跑上前去，道：“孙家伯伯，我娘说，你……你们前些天不是死了么？死了，怎么还能走呀？”

“死了？我死了？我们都死了啊！原来我们都死了啊！！！”孙斌突然惨叫一声，紧接着他的妻子吕氏和两个子女竞相惨叫一声，不约而同地扭头，就往回跑！

谁知他们这么一跑，将整条街上行走的坊民们都惊吓得纷纷四处逃散，行尸走肉活生生出现在自己面前，岂能不怕？

这才有了郭烨他们在西门酒肆二楼看到的人头攒动、四处逃溃的一幕。

郭烨听完后，眉头都皱成一个疙瘩。怎么那么多怪事啊，连诈尸都出来了……

他让李二宝放了书生，然后带着李二宝和张小萝去了孙宅。

咔……咔咔……

孙宅的门开了。

郭烨等人举目望去，但见院子里，横七竖八地躺着九具尸体。

四具是孙斌一家四口的，之前还没结案，暂时没有入土。

但是其他五具尸体却是生面孔，郭烨不认得。

但这五具尸体都有一个共同点，就是他们的胸前都有一个血手印，红彤彤地甚是吓人。

“前些日子挖心杀人，今日又血手印杀人……”张小萝哭丧着脸，撅着嘴，道：“不是说盛世的大唐，繁华的长安吗？怎么尽死人，而且还死得稀奇古怪的。你们长安呐，真不好玩儿，一点都不好玩儿……太吓人了……”

第四十章　心中有灵犀

“小萝莫急，世上若真有鬼，那枉死的人都化作厉鬼来索命，到时候人间岂不是乱了套？查案办案，遇上故弄玄虚之事，那多半就是贼人的障眼之法罢了！”郭烨可以自己装神弄鬼，但绝对无法容忍别人装神弄鬼糊弄他。他大步走上前去，弯腰俯下身探了探某个尸体的鼻息，嗤笑一声，说道：“果不其然，这人还活着。”

“还活着？真的假的？”

张小萝学着郭烨的样子，战战兢兢上前仔细查验了一番。她发现，地上躺着的九个人，除了早已死透的孙斌一家四口，其他五具尸体，确切地说，应该是五具身体，他们都有呼吸，而且呼吸匀称平和，不过是昏厥过去罢了。

郭烨翻查了一下地上昏厥之人的眼皮，推断道：“我如果没猜错的话，这五人应该是之前请了看守尸体的更夫，他们中的应该是你们江湖中人所说的迷药。”

张小萝一听郭烨将自己视为江湖中人，心里挺美。她算个甚江湖人啊，飞檐走壁都能踩了空，引来官府围剿。但她有一颗行走江湖的心啊，行侠仗义可是她一直的夙愿。

李二宝指了指地上这些人，说道："郭大哥，将他们弄醒吧？问问这里到底发生了何事。"

"要弄醒这些人，咱也不是行家，还得去将小陆唤来。"郭烨对李二宝招招手，吩咐道："你回一趟不良司，将小陆请来此地，顺便这里发生的事向纪青璇禀报一番。"

"得嘞！"李二宝现在简直成了郭烨和陆广白小跟班。要知道他的身份，注定了他之前在不良司中，既得不到付九这些世袭不良人的重用，更得不到纪青璇这些外来不良人的认可。若不是他爷爷李昭德乃令人敬佩的前宰相，又有徐有功的批示，恐怕以他勋贵子弟的行径和脾性，早就被撵出不良司了。如今郭烨和陆广白的到来，让他在搭伙办差中找到了存在感。郭烨大哥做事没有那么多的臭规矩，没有那么些臭章程，更没要求论资排辈。在他们这组人中，总有适合他的一个位置，让他彻底得到认可和肯定。所以一做起事来，李二宝就干劲十足。李二宝的变化纪青璇自然也看在眼中，郭烨跟她说这叫因人施教，但在纪青璇眼中，却是臭味相投罢了。

很快，李二宝便将陆广白请来了孙宅，同行的还有任斗牛等不良人，没想到连纪青璇也闻讯而来了。

纪青璇的到来，也解开这五个昏厥之人的身份。郭烨推测的没错，这地上五个人正是她委托坊正朱侠雇佣来看守孙家人尸体的更夫。

陆广白解下他的百宝褡裢，蹲在地上一阵捣鼓，虽然没有断出五人中的什么江湖迷药，但还是凭本事将这五个人给弄醒了。

郭烨让任斗牛和李二宝他们去打了几瓢井水，让这几个人洗了把脸清醒清醒，随后纪青璇问了五个更夫中的为首一人，道："到底发生了何事？"

为首的更夫一脸恍惚地摇了摇头，说道："不知。就是一阵眩晕，俺便昏死过去了。"

"我也是。"

"我也是一阵眩晕，脑子就混混沌沌不好使了。"

"我也是呢。"

其他四名更夫纷纷亦如是。

纪青璇又问："昏迷之前，你们可见到什么异状？"

五名更夫纷纷摇头，表示如常。

纪青璇又问："我让你们看守尸体，你们有跟尸体待在一块儿吗？当时你们在干甚？"

领头的更夫眼神有些闪躲，说道："也没作甚，就是闲的无聊，我们五人玩了会儿双陆来着。"

"双陆？"郭烨一见此人眼神古怪，似在撒谎，呛声喝道："就你们几个粗坯，还有玩双陆的闲情逸致？"

"呃……我们是在玩樗蒲。"

古时的双陆和樗蒲，都类似后世的飞行棋。不过，双陆要比樗蒲复杂得多，多为文人士子雅人间流行的风雅游戏，娱乐为主。但樗蒲就简单了，纯粹的赌博，坊间泼皮最喜这种游戏。按朝廷律法，民间进行博戏，"不得财杖一百""得利归己者，以赃款多少，准盗论"。

原来这更夫刚才眼神躲闪，是担心纪青璇这些官差们拿他们赌博钱财之事治罪。但，现在纪青璇和郭烨他们哪里关心的了这个？再说了，赌博治罪这种事自有县衙署理，不良司还没闲到这个份儿上。

"这么说来，让你们看守尸体，你们却沉迷博戏，玩忽职守了？"纪青璇面若寒霜，蹙眉斥道："到底谁动过孙家人的尸体，你们都没看见？"

被纪青璇和郭烨拆穿之后，这五个更夫的脸上也是臊得慌，支支吾吾了半天，承认了玩忽职守之事。

领头的更夫壮着胆，上前说道："诸位上官，这差事我们不干了！这回是俺们运气好，贼人迷晕了我们，没要了我们的小命。这种事再来一次，我们担心性命难保了。差事不能干了，太邪乎了。"

"对啊，没要俺们性命，却在俺们胸口贴了血手印，这说明下次再来孙宅时，也是取我们性命之时啊。这哪是看孙家人的尸体？这是看俺们自己的尸体啊？。"

"反正也没几个大钱，这活儿我们不干了。"

"不干了！不干了！就算您给一天一贯的看更钱，也得有命花。是不？"

一时间，几名更夫都鼓噪起来。的确，他们不过普通百姓，这种事这辈子撞见一次就够了，哪敢再撞第二次？

“你……你们……”纪青璇被他们的突然撒手给将了一军，瞬间柳眉倒竖、杏眼圆睁，指着门外，喝道：“庸碌无胆之辈，现在，立刻，马上，在本尉面前消失！”

“谢了！谢了！”更夫们闻言如大赦，捡起地上的家伙什，一窝蜂地逃溃出孙宅。

张小萝见状，小心翼翼地问道：“纪姐姐，这些更夫不干了，谁来看着这些尸首啊？”

“要不留下几名不良人吧？”李二宝提议道，“我从不怕这些个神神鬼鬼，不如我与任斗牛几人留下继续看守尸体？”

不过却见纪青璇玉臂一挥，冷声道：“不良人一个不留，撤！”

郭烨愣了一下，很快也对李二宝他们几个挥挥手。“走吧，走吧，回不良司先。”

张小萝驻足原地，望着郭烨和纪青璇先后离去，有些讷讷道：“这……就这么放任不管，不大合适吧？”

陆广白轻笑一声，扯了扯她的袖角，低声道：“走吧！不良尉大人都下令了，服从便是。”

“哦。”张小萝应了一声，随一众不良人出了孙宅。

这时，闻讯赶来的坊正朱侠正在孙宅门口，见着不良人开拔回司，将这烂摊子搁了下来，急得直跺脚，喊道：“纪娘子诶，这是怎么档子事啊？你们莫走啊！孙斌一家四口再诈尸，那可怎么办哦！”

不良司，议事房中。

半个时辰之后，却又成了另一番光景。

张小萝没想到，郭家小哥跟纪姐姐之前在孙宅，居然是在做戏，而非真的放任不管了。张小萝满脸地兴奋之色，道：“依着小哥跟纪姐姐的意思，我们突然杀个回马枪？”

郭烨点头道：“正是如此。贼人先是给五个更夫下了迷药，再是做出一个诈尸的局，总归是有目的啊？”

张小萝不解道：“什么目的？”

郭烨答道：“目的有很多，或许是想吓走多管闲事的我们，亦或是想搅得满城风雨，人人自危，让城中治安混乱，好浑水摸鱼，更或者是想……”

纪青璇适时接过话来:“更或者是想将动静搞大了,好引得人来孙宅。”

“将人引来孙宅,什么意思?”张小萝还是不解。

郭烨笑道:“到底如何,兴许今晚杀个回马枪,就能探究一二了。”

“正是如此。”纪青璇及时点了点头。

“纪姐姐和郭小哥你俩好默契呀。简直心有灵犀呢。”张小萝随口一言,却语惊四座。

陆广白、任斗牛等人面面相觑,整个不良司谁人不知道纪不良尉跟郭副尉素来不搭,属相互冲啊?

“呃……”郭烨尴尬了。

“张小萝! 话太多!”纪青璇强忍着面皮站了起来,朝议事房门口走去。

张小萝却不知缘由,又说了一句:“我还是第一次看到纪姐姐红了脸,跟块大红布似的!”

“你知道个啥? 她这叫娘们的害羞……”李二宝见纪青璇走远,低头回了一句。

陆广白看了一眼郭烨,一脸“兄弟你自求多福”的同情。随后看着李二宝和张小萝这两小的,摇头叹道:“你俩啊,迟早死于话多!”

第四十一章　暗夜涌杀机

当夜,孙宅。

虽无任何烛火,但一片如水的月光洒落,将整个院子染上了一层清辉,屋内对院中的一切都看得清清楚楚。

“来了!”郭烨低呼一声,大家都紧张起来,连大气都不敢出。

一名白衣女子越墙而入,脸上带着一块白面巾,看不清本来面目。她纵身跃落间,衣袂随风,身形飘逸。

落地之后,白衣女子稍微往四下里看了一圈儿,便快步走向了孙家四口停尸的位置,随后蹲下身子,仔细端详着四具尸体。

"唉!"白衣女子悠然一叹,哀怨百转,道:"整个永和坊里都在传你们死而复生了。我猜出,这是有人利用你们,要将我引来此地。可……可我就是忍不住啊……爹娘,你们一直都说对不住女儿,当年不该卖了女儿。其实,是女儿对不住你们啊……若不是他们知道了我与你们的关系,你们也不会因我而死啊……"

能叫孙斌夫妇一声爹娘的,还能有谁?自然是孙佩月。也就是升平馆的名妓,窦婉儿!她可是萧廷一案的关键人物啊!

藏身在暗处的郭烨,轻轻拍了拍李二宝和张小萝二人的肩膀,准备让他们动手拿人。

可这时,又生枝节。

只见墙头上人影一晃,有一名黑衣人鬼魅般跳了下来,落到了院中。

窦婉儿忽见不速之客,下意识地起身,后退了一步,道:"终究还是落入了你的圈套。是吗,虞总管?"

"竟猜到了是本座?有点本事!"黑衣人的声音甚是清丽,是个女人的声音。"嘿,嘿,窦婉儿,你倒是逃啊。本座说过,你永远逃不出本座的手掌心!"

窦婉儿冷笑道:"你处心积虑拿我父母做文章,无非就是想引我出来吗?恭喜你,你做到了!"

"嘿,嘿,我杀你全家,你都能藏而不出。啧啧,真是能沉得住气啊。若诈尸这个事,你再不出来,本座就真的拿你没办法了。"黑衣女人说道:"窦婉儿啊,窦婉儿,让你杀了萧廷,留在藏身之地待命,你却敢趁本座被不良司滞留在升平馆盘问之时,偷偷溜走,远走高飞,妄图脱离我等控制。嘿,你真觉得,跑得了和尚,也跑得了庙吗?"

窦婉儿恨恨道:"我以为平日里做得很隐秘了,没想到你们竟还能追查到我父母的线索。"

黑衣女人嗤笑一声,道:"你以为,你每次出来升平馆,偷摸和你父母联络见面的事儿,能瞒得过本总管?真是太小瞧我等了!"

"那你们为何要杀了他们啊?他们是无辜的!"窦婉儿看着地上四具家人的尸体,悲恸道:"你若真要逼我现身,将他们擒住要挟我便是了啊!"

黑衣女人说道:"为何要杀他们?嘿,窦婉儿,你以为没了升平馆头牌倌人的身份，你还有多少价值？不行霹雳手段杀你全家，本座如何服众？”

窦婉儿和黑衣女子的对话，一字不落地被郭烨他们听入耳中。除了白衣女子窦婉儿的身份外，郭烨隐约也猜出了黑衣女子的身份，不过他更想知道，黑衣女子所谓的“我们”，到底是些什么人？

他们既然是想逼窦婉儿现身才杀了她父母并搞了诈尸的动静，那么为何还要在长安城里依样画葫芦的搞连环杀人案，杀了修行坊蒋员外家五口人，同样是满门灭口挖了心。难道杀蒋府满门，也是要逼什么人现身吗？

不过也不知是黑衣女子听到了郭烨的心声，还是黑衣女子真的猖狂若斯了，只听她志得意满地自顾自说道：“你以为你对我们很重要吗？嘿嘿，不过一颗棋子罢了！将你父母兄妹挖心而死，除了对你小惩大诫逼你现身外，还是我们受人之托，要在长安闹出点动静来。若要闹动静，有什么比扯上狐仙、山鬼更适合些呢？所以选上你父母全家，也算他们活该了。至于修行坊的蒋家，不过是天黑了，临时选的人家，只能算他们倒霉了。咯，咯，咯……”

窦婉儿气得浑身瑟瑟，怒指：“你……”

黑衣女子浑然不惧，颐指气使道：“怎么？你要找本座给他们报仇吗？莫要忘了，你那点本事还是本座教的。”

“不……不敢！”窦婉儿的气势陡然一泄，“噗通”一声跪倒在地，连连磕头，求饶道：“婉儿再也不敢逃走了，愿生生世世效忠虞总管。请总管开恩，饶了我这一遭吧？”

“咯，咯，这还差不多，你以后可要……”

唰！话刚说到这，寒光一闪！窦婉儿一跃而起，手持一把匕首，向那黑衣女子刺来。

“贱婢，焉敢反我！”黑衣女子似乎早有准备，就在窦婉儿刚一动作的时候，她从袖兜内掏出来一张精巧的小弩。

噗！瞬发一弩。正中窦婉儿的咽喉处。霎时，她如风筝断了线般落在地上。

整场事变发生于兔起鹘落之前，郭烨等人竟然来不及做出反应。

“别藏着了，动手啊！”郭烨当时就急了，呼道：“快！！”

“是！”张小萝和李二宝早就蓄力的脚尖一踮，跃向院中。

“哟呵，还玩黄雀在后的把戏吗？”黑衣女子见机，赶紧飞身上墙，看清了李二宝等人的着装后，嚣张喊道：“原来不良司的人啊？咯，咯，这次，恐怕你们又晚了一步哟，本座先走一步！”

“哪里走？”

“追！”

李二宝和张小萝大喝一声，追了上去，。

郭烨和陆广白帮不上什么忙，赶紧现身去看躺在地上中了弩箭的窦婉儿。

此时的窦婉儿一动不动，弩箭直挺挺地插在她的咽喉处。

郭烨将她的面巾摘下，露出了一张秀丽无双的俊脸。

“跟升平馆的画像一般无二，果然是窦婉儿！”郭烨看着那张漂亮的脸蛋，向陆广白催促道：“小陆，探着是没气儿了，你看看还有没有救？若能醒来回答几个问题，也能解开当夜萧廷之死的谜团了。”

陆广白探了探她的鼻息，又拿火烛照亮，仔细看了弩箭插入咽喉处渗出的血迹，摇了摇头，叹道：“早就断气儿了。致命处中箭，看着血色泛黑，应该是弩箭上涂了什么见血封喉的毒药。”

此时，纪青璇也适时出现了，看着地上的窦婉儿，问道：“是窦婉儿？”她也见过窦婉儿的画像，自然认出。

郭烨“嗯”了一声，将大致情况说给了她听。

纪青璇急道：“那凶手呢？窦婉儿这关键人物死了，那知情人又少了一个，万不能跑了凶手！”

郭烨道：“我遣李二宝和张小萝二人去追了。”

纪青璇微微蹙眉，不满道：“两个半大孩子去追这么重要的凶手，你真行。”

郭烨撇撇嘴，说道：“若是连他俩都追不回来，便是派出整个不良司的高手，那也是白费。”

“你这话什么意思？说本尉手底下尽是废物？”纪青璇忿忿道。

郭烨耸耸肩，嗤笑一声，“属下没那个意思，不良尉大人想多了。”

“回来了！”陆广白打了个岔。

墙头上人影晃动，果然是李二宝和张小萝回来了。

不过就他俩回来，并没有带回那个黑衣女人……

纪青璇不悦道：“凶手呢？”

张小萝大口喘着粗气，道："跑……跑了。"

李二宝补充道："眼瞅快追上了，不知暗处哪里冒出几个弓弩手，对我二人就是一顿暗箭疾射，封住了我等去路。等我俩反应过来，黑衣女已经逃之夭夭。"

"是呢，她一早就安排了接应呢。"张小萝说道。

"你俩没事儿吧？"郭烨上下打量二人。

李二宝摇摇头，表示没事。

看着俩人手脚全乎的，郭烨稍稍松口气，说道："虽然没抓到凶手，但从她和窦婉儿刚才的对话，和刚才二宝、小萝的遭遇，可知凶手不是一个人，应该是一个组织。而且黑衣女人说，有人想在长安闹出一番动静来，说明幕后的人，野心不小啊。"

纪青璇此时也微微平复了一下心情，叹了口气道："也怪我，没有及时安排充足的人手埋伏在永和坊的坊外，没有料到有人会来接应。可惜让凶手逃脱了。"

"不过凶手跑得快，脱落了面巾，露出了面目。"

李二宝继续道："这人我认识她，我见过她的画像，她是之前升平馆失踪的侍女，专门侍候窦婉儿的。"

结合她和窦婉儿刚才的对话，郭烨现在也能想明白其中关节了。贼人团伙要控制窦婉儿，必须在她身边安排人监视，虞青儿就是负责监视窦婉儿的人。她表面是窦婉儿的侍女，实际上是窦婉儿的上线。

"郭大哥，现在窦婉儿虽然死了，但毕竟也算归案了！萧廷案是不是可以结案了？"李二宝问道。

郭烨摆了摆手，说道："若单纯就是窦婉儿杀了萧廷，这案子是可以结了。但现在这案子的幕后还藏着另外一拨人。这拨人是干什么的？他们为什么要让窦婉儿杀萧廷？这些都未知啊。这些没有搞明白，这案子就离结案还早着呢。"

"我同意郭副尉的观点。"纪青璇也微微正色地说道："虞青儿他们这个团伙，和狐女杀人案幕后的团伙实属同一拨人。郭烨刚才提到的有一点很重要，虞青儿曾说过，孙、蒋两府被灭门挖心，二十几坊出现狐女坐白轿游街，是有人委托她们这么搞的，有人想在长安城中闹出动静来，那这个人是谁？他到底有何图谋？"

"以为是个谋杀案，没想到是个灭门案。以为是灭门案，又发现是个连环杀人案。以为是个连环杀人案，却没想到是有组织、有预谋的团伙在兴风作浪。咳，咳,咳,真不消停啊。”郭烨走到陆广白身边,情不自禁地抓起陆广白的手,说道:“小陆,真不如咱们在万年县衙,虽然小案不断,但绝对没这么吓人啊。”

陆广白这次居然没挣脱郭烨的咸猪手,只是微微皱鼻,嗤笑一声:“呵呵,我手上的血,全都是窦婉儿咽喉处淌出来的。你知道,弩箭上是见血封喉的毒药……”

郭烨第一时间将小陆的手松开。

第四十二章　朝廷公文至

三日后,纪青璇接到了一封来自洛阳的书信。

信是她义父徐有功写的。

在信中,徐有功要求纪青璇通转长安不良令付九,长安不良司无论付出什么代价,都必须在半个月内侦破萧廷遇刺案、胡姬苏瑞娜利用五石散腐蚀朝廷命官案和狐女案等。如果到时候破不了这三个案子,就得将它们移交给丽竞门。

这不是他不良帅徐有功的命令,而是女皇陛下的旨意。

长安城中频发怪案,却一直迟迟没有破案,已经惊动了女皇陛下。

至于女皇陛下缘何得知长安城这边的情况,并关注了此事呢?在信中,徐有功也说明了原委,原来万国俊这些日子并不是躲在长安丽竞门中闭门不出,更不是洗心革面做好人不再人间为恶,而是上次吃了憋之后就偷偷跑去了神都洛阳,去寻他的顶头上司来俊臣做主了。

来俊臣向来视不良司为心腹大患,好不容易将长安不良司的势头压了下去这么多年,怎么允许长安不良司重新抬头呢?如今洛阳不良司这边,因为徐有功坐镇神都的缘故,他屡次受挫。所以长安不良司那边,他是不允许死灰复燃的。

因此,他将万国俊禀报上来的诸多事情捋了一番,添油加醋上禀了女皇陛下。毕竟是天子近臣,又是女皇陛下眼中的宠臣,来俊臣还是舌绽莲花说动了女皇陛下,干预此事。

此事被搁到了朝堂之上,徐有功也据以力争,虽然没有让来俊臣和丽竞门直接得逞,但女皇陛下也下了时间期限,只给长安不良司半个月的时间,半个月内必须侦破此三桩旧案,还长安城一个朗朗乾坤。若超出了期限,长安不良司就莫要占着案子不撒手,将三案一并转交给丽竞门处置。

郭烨轻轻一拍几案,忿忿道:“奶奶的,我就说万国俊这些日子,怎么那么消停呢?敢情儿是躲在暗处憋着这个大招呢!”

“是啊,这些日子光忙着查案,倒是疏忽了万国俊那边的动静。”纪青璇拢了拢额边的秀发,眉宇间略显焦虑,叹道:“限期半个月结案,委实太仓促了!”

陆广白也道:“是极,俗话说,沉疴痼疾即便有了良药,还需要时日药到拔除呢,更何况是三桩人命关天的悬案?”

“其实吧,通过这么些时日的明察暗访和侦破情况来看,这几桩案子也没那么悬乎,查案的方向我倒是有,但是吧……”郭烨双手一摊,郁闷地说道:“苦于抓不着证据啊!”

“你的方向是指丽竞门?”纪青璇听出了郭烨话里有话。

果然,郭烨点了点头,说道:“这些日子我们也发动了整个城中的不良友收风打探,明察暗访。试问整个长安城内,能动员数百人手装神弄鬼在夜间游荡,整出狐女游街的幺蛾子,有这般实力的,能有几家?总不能是金吾卫吧?金吾卫掌管长安城宿卫,你觉得会是他们的所为吗?当然,我们不良司也能组织起这么些人手来。但是莫要忘了,宵禁游街是为大罪,能够堂而皇之地让百来人游街,这跟金吾卫是多大的交情?”

“据我所知,左金吾卫大将军一职,一直悬空未决。上一任左金吾卫大将军乃邱神绩,此人四年前被女皇陛下亲下懿旨,由时任五城兵马使的武三思监斩于太乙门前的菜市口。”

纪青璇微微回忆了一番,说道:“这邱神绩,当初与来俊臣、周兴、索元礼等人都是构陷罗织他人的酷吏,与丽竞门瓜葛甚深。虽说邱神绩死了多年,但他当年在金吾卫中没少培植亲信,这两年加上来俊臣在金吾卫中的经营,丽竞门的党羽早已渗入金吾卫诸校中。我曾听义父说过,每次朝堂之上,吏部要荐人出任左金吾卫大将军一职,来俊臣等人反对的最凶。争着,争着,金吾卫大将军一职就这么搁置了下来。”

“照你这么说,他肯定要反对了,毕竟是他们经营了这么久的金吾卫,掌管长安和洛阳两城的宿卫啊,何等之重要。”陆广白说道。

郭烨说道:“这么捋下来,狐女游街多半是丽竞门的手笔。”

“但我们都知道,永和坊孙家和修行坊蒋家的挖心灭门案,都是虞青儿一伙人假扮狐女所为。狐女游街案不过是狐女杀人案的延续,跟丽竞门怎么能扯上干系呢?窦婉儿死之前与虞青儿的对话里,你也听到了,明明是虞青儿他们指使的窦婉儿杀了萧廷。这跟丽竞门也扯不上干系。”纪青璇不认同郭烨的推测。她并没有因为丽竞门和金吾卫有染,就失去了应有的判断和公允。

“是,虞青儿的话,郭某也听得很清楚。我知道孙蒋两府的灭门惨案是虞青儿一伙人的手笔。但是——”郭烨顿了顿,继续道:“你莫要忘了虞青儿在杀窦婉儿之前曾讲过,他们受某位大人物之托,要制造事端搞得满城风雨。长安城可不是边陲小城,纵是虞青儿和她的团伙本事再大,要想在城中故弄玄虚搞个如此大阵仗的狐女游街,也恐非易事吧?若是没有官府中人暗中支持,他们夜间游荡、兴师动众的,金吾卫焉能视若无睹?如果将虞青儿口中的某位大人物与万国俊,甚至是远在神都洛阳的来俊臣联系在一起呢?那是不是一切都可以解释得通了?”

“所以当初丽竞门在升平馆欲抢萧廷一案处置权,其实是自导自演的一出阴谋?”陆广白说道:“他们指使虞青儿团伙杀了萧廷,其目的是想通过萧廷案,掀起一场排除异己的惊天大案。没想到被不良司抢了先。这的确解释得通!”

“小陆!”郭烨打了个响指,笑道:“你果然懂我。”

“咳,咳……”纪青璇就受不了郭烨在任何场合都不务正业的模样,重重咳了一声,问道:“那依你之见,现在该如何破局呢?限期半个月破案,这时间可一点都不宽裕。”

“这……”郭烨耸了耸肩,双手一摊道:“我刚才不说了吗?一切的方向都指向丽竞门,但偏偏就是找不到证据来证明这一切。”

纪青璇又看向陆广白,小陆直接撇过头去。

至于李二宝、任斗牛这些不良人,更是没了主意。

倒是张小萝蹦蹦跶跶地过来,从郭烨手中取过徐有功的亲笔书信,细看一番之后,歪着脑袋瓜子,云游天外了。

一时间,议事房里气氛凝重,对于限期半个月内结案这道旨意,众人都没有必得之心。

以前这些案子虽然悬而未决，但他们都有信心将其告破，因为时间站在他们这一头。但是现在，仅有半个月的时间而已，时间一天又一天是过得很快的……

半个月的时间，掐着头，踩着尾，刚刚到，丽竞门副门主万国俊，便带着二十名丽竞门的爪牙，耀武扬威地走进了不良司。作为不速之客，他的到来自然是惊动了纪青璇等人，甚至连付九都出现了。毕竟丽竞门的人未经通报，就敢堂而皇之地闯入不良司衙门来，这是长安不良司自打存在的那一天算起，从未有过之事。

嚣张！万国俊今天的脸上，除了嚣张，还是嚣张。

议事房中，他将一份公文递到了付九的跟前，说道："付大人，请过目！"

付九并未伸手去接，而是一脸鄙夷地问道："这是何物？"

万国俊也不觉尴尬，"嘿嘿"笑了一声，将公文放到了付九跟前的几案上，说道："此乃不良帅徐有功大人，还有我们御史中丞来大人，共同签发的公文，我建议付大人还是看看为好。"

"不必了，本官知道你这趟来的目的。"付九还是不想看，冲纪青璇招招手，道："纪不良尉，做事吧！"

"这……遵命！"纪青璇心里别扭，但还是遵命行事。

很快，纪青璇去而复返，身后跟着郭烨等人，他们手里都捧着一堆的卷宗。

"你们要的东西都在这儿了。"纪青璇冷冷地看着万国俊，说道："萧廷遇刺案、狐女游街案、胡姬苏瑞娜腐蚀朝廷命官案的卷宗都在这里，今日起都统统转交于你们了，让你的人都拿走吧。"

"啧，啧，甚好，甚好，看来万某要捡现成的便宜了。"万国俊嘴角抽搐地笑着，但头还是轻轻摇了摇，说道："不过光卷宗可不成。纪不良尉啊，你义父徐有功大人和我们来中丞共同签发的公文上，写得可是清清楚楚，要你们将这三个案子的人证、物证、卷宗，全部移交给丽竞门，长安不良司务必配合。"

"我知道啊。"纪青璇指着郭烨、李二宝他们捧着的一堆卷宗和物料，说道："你们要的，都在这儿了啊。"

"嘿嘿，这只是卷宗和物证而已啊。"万国俊一指郭烨，道："你们不良司的郭副尉，也算萧廷遇刺案的人证，是不是也应该移交给我们丽竞门呀？"

"简直是一派胡言！"纪青璇当场急眼。

付九更是颤颤巍巍地站了起来，气得拍案大怒："好你个万国俊，你竟敢挟公报私,还敢明目张胆地来不良司要人!欺我不良司中无男儿呼?”

这一刻,付九就像是一头被惹怒了狂狮,哪里还有往日醉醺醺的丧气样儿?

第四十三章　扶余小郡主

“嘿,嘿,诸位,莫急,莫急,少安毋躁!”万国俊笑道:“万某也不过是照章办事而已!诸位莫要忘了,郭副尉在没来不良司之前,可是万年县衙的捕头哟。他是萧廷一案重要的参与者。你们等一下,我翻给你们看……”说着,万国俊居然认真地找起萧廷案的卷宗,然后翻出其中一卷,找出其中一条记录,说道:“付大人,纪不良尉,二位且看这条。‘七月十五日夜,万年县捕头郭烨,在签押房内曾听衙役曹小六说,在院子中遇到了萧廷。’这条就足以证明,他跟萧廷案有莫大的关系,属于人证吧?”

这是丽竞门惯有的手段,付九和纪青璇他们太熟悉丽竞门的套路了。纪青璇摇头道:“那您再往下一个卷宗翻一翻呀。下一个卷宗里写到,曹小六在院中看到的那个人并非萧廷,而是他同父异母的兄弟萧渊!跟郭副尉有何关系?”

“那就等我将人证郭烨,还有这些物证、卷宗都带回了丽竞门,再慢慢翻阅吧?”万国俊转过头,像恶狼盯着猎物一般地看着郭烨,阴恻恻地笑道:“总而言之,这卷宗上写了谁,本官就有权带走谁。这不仅是徐帅与来中丞签发的命令,更是圣上的旨意!来人——”

“在!”丽竞门的爪牙齐齐将郭烨围了起来。

“将重要人证郭烨,带走!”万国俊将“重要人证”四个字,念得格外重。

“喏!”四名护卫早有准备,答应一声,就要上前拿人。

“放肆!”纪青璇将腰间的花蛇鞭子一抖落,拦在了郭烨跟前,道:“我看你们谁敢?!”

“哟,纪不良尉这架势,倒有几分护情郎的意思哟。”万国俊嗤笑道。

纪青璇也不知道自己为何会第一时间冲上来保护郭烨,按理说这个人自己是讨厌极了，根本谈不上“喜欢”二字。唯一能解释的就是，郭烨是自己手底下的不良人，作为不良尉，维护手下不良人自然是责无旁贷。

这边，李二宝、任斗牛、陆广白等人自然也是纷纷围了上来。尤其是张小萝，直接将封藏了好久的大剑扛了出来，如一扇小门板般，就立在万国俊的跟前，大有郭烨一声令下，她便挥剑砍人之势。

不怪他们如此一拥而上护住郭烨，好家伙，让万国俊将郭烨带回丽竞门，那还了得？先不说不良司的面子往哪儿搁，就说这丽竞门的大门是那么好进的？那是活人进去了，死人抬出来了。

再有之前郭烨和陆广白曾在胡思堂酒馆坏了丽竞门的好事，折了万国俊的面子，如今郭烨一旦被他带走，绝对是有去无回的。

一时间，不良司的人和丽竞门的爪牙对峙了起来。

“啧啧，你们真是胆大包天呐！”万国俊见状，冷笑连连，说道：“本官两位上官共同签押的公文在手，照圣上的旨意行事，谁若拦我，便是违抗上命，公然抗旨！尔等不要脑袋了不成？纪不良尉，他们不懂得兹事体大，难不成连你也不懂么？”

“我……”纪青璇真被万国俊这番说辞噎住了，因为万国俊说的都是事实，并非凭空捏造。

“小陆、二宝，还有小萝，你们且退下，莫要冲动中了他们的诡计。”郭烨知道抗旨不遵是什么下场。那是当场格杀都不为过。接着他又对纪青璇说道：“纪不良尉，感谢你能第一时间冲出来护我，但他丽竞门现在凭公文行事，又口衔圣意，莫要做无畏地抗争，我随他们走便是！”

万国俊一听，颇为讶异地看了郭烨一眼，随即竖起拇指，也不知是真心还是假意地赞了一句：“有胆气，也冷静！诸位，让道吧！”

“万国俊，今天你什么都可以带走，除了他，任何人！”付九一锤定音，给出了不良司今天最后的态度！顿时，全场侧目！

“付瘸子！”万国俊怒道：“你也要公然抗旨么？”

付九淡淡地道：“姓万的，没有敕旨，哪里来的抗旨？”毕竟是老不良人，一眼就看出了症结所在，圣上的确是下了半个月期限破案的旨意，但没给万国俊下过带走郭烨的敕旨啊。

万国俊微微错愕了一下。

付九又道："老夫也不想与你为难，如今案子也归你们处置了，人给我留下。给个面子，如何？"

"呵呵，万某凭什么给你面子？"万国俊也是骄横，半步不让。

"那你们就出不了不良司！"付九刚烈到底。

呼啦啦——

付九话音刚落，议事房外，又有数十名不良人冲入了屋内，将现场众人团团围住。

这些不良人并非纪青璇这一卫的，而是其他留守不良司的不良人。

万国俊阴恻恻道："付九你确定我们两家正式开战了？你担得起这个后果吗？"

"嘿嘿，我就一个老瘸子，何惧之有？再说，我们长安不良司又不如你们丽竞门，你们可是简在帝心正当红，若是罔顾两方协议公然开战。呵，呵，恐怕在女皇陛下那儿，你们更不好交代吧？"

付九一副无所谓的架势看着万国俊，不屑道："先不说你们能不能安安全全将人带出我们不良司。一旦开了战，失了圣眷，你就等待着来俊臣的怒火吧！"

"你……你敢威胁本官？"万国俊气急。

"何来的威胁？老瘸子不过是将其中利害说与你听罢了！"付九眼中精光一闪，道："是战，是和，就在你万御史一念之间！"

一时间，万国俊高举的发号施令的右手，迟迟没有落下。他面色阴晴不定，犹豫不决。

蹬蹬蹬——

"报——"正在这时，一名不良人飞奔入内，乃是郭烨临时搭组的不良人之一徐问清。徐问清长得白白胖胖，跑起路来倒是腿脚飞快，直奔入内，面色惶惶地喊道："快！快！纪不良尉，还有郭副尉、陆副尉，你们快出去接旨吧，陛下的钦使来啦！"

"啥？接旨？我……我们？"郭烨和陆广白面面相觑，这什么情况？尤其是郭烨，非常惊诧，敕旨天降这种殊荣，无论哪辈子都轮不到他郭烨啊。

付九也是微微一震，自打不良司建衙以来，就没听过圣上会降旨给某个不良人。

“你确定吗?”纪青璇看着白白胖胖、一脸焦急的徐问清。

徐问清频频点头,急道:“这等事情,我怎能扯谎?假传敕旨是要掉脑袋的啊!不良尉大人!”

郭烨道:“那会不会是你听错了……”

“莫要多说了!”纪青璇打断了郭烨的问话,稍稍捋了捋衣甲,正色道:“快些随我出去,不要误了接旨!”

纪青璇说罢,前脚往外走,郭烨和陆广白紧随其后往外出。

在场众人也被这突如其来的敕旨给搞懵了,纷纷跟着出去看个究竟,到底是什么情况。

不良司衙门外。

一个身着浅绯官袍、头发花白、腰背挺直、精神矍铄的老者,已经等候多时了。

浅绯袍,秩五品!郭烨这点见识还是有的。他知道朱有德乃长安县县令,也不过是官居五品。刚才要将自己强行掳走的万国俊呢?殿中侍御史之职,不过是从六品下的职司,得加上朝散大夫的散官衔,才算五品大员。远在洛阳,臭名昭彰的来俊臣,虽说是御史中丞,但也不过秩正五品上。而眼前这个来传旨的老者,竟然也是五品官员。这等品秩作为钦使来传旨,说明他绝对是女皇陛下的近臣啊!

天子的近臣,如此一个大人物,来给自己这等小虾米传旨,郭烨都感觉不是杀鸡用牛刀了,而是杀跳蚤用大砍刀!

万国俊也认得传旨之人,猛地面色一变,居然微微躬身,上前热络地套近乎道:“万某不是眼浊了吧?这不是张舍人吗?您怎么亲自来传旨了?”

“这么巧,在这儿也能见着万侍御史啊?”老者也识得万国俊,对他微微一颔首,淡淡说道:“老夫来此传旨,自然是奉陛下之命。好了,多余的话等传完圣再絮叨吧。还有既然殿中侍御史万国俊大人也在此处,那就一旨不传二处了,也一并接旨吧!”

万国俊瞪大了眼珠子,指着自己的鼻子,问道:“还有我?”

张舍人没有理会他,继续喊道:“接旨!众人,噤声,止喧!”

很快,不良司衙门前,肃静了下去。

郭烨和陆广白学着纪青璇、万国俊等人,微微躬身低头,做出聆听敕旨状。

“诸位,本官乃中书舍人张柬之,奉陛下之命,特来长安传旨,”老者张舍人拿出了一张黄绢敕旨,开口念道:“敕曰:朕闻为政之道,首在得人。长安不良司有不良尉纪青璇者,姿容秀丽,沉稳干练……有不良人郭烨者,心细如发,明察秋毫……不良人陆广白者,博学多识,善辨百草……今长安有不法之徒,行刺贵人,装神弄鬼……有胡姬苏瑞娜,私制五石散,谋害官员……有人冒充狐妖残害百姓……着令长安不良司纪青璇、郭烨、陆广白全权负责,尽快破案。功成之日,朕定当不吝封赏。钦此!”

敕旨念完,全场一阵鸦雀无声。这份敕旨写得浅显易懂,傻子都明白什么意思。

是的,女皇陛下,又改主意了。

万国俊只觉得脸上火辣辣的,仿佛被女皇陛下狠狠地抽了一巴掌,既难受,又无比委屈。

这三个案子往大了说,的确是能通天的案子。但说破天来,现在也远用不着女皇陛下亲自下旨。就是之前,也只是丽竞门和不良司按照女皇陛下的意思,联合签了一份公文。现在,女皇陛下不仅改了主意,还亲自下旨了!还让近来最得宠的张柬之来传旨。

不过万国俊再委屈,也不敢有所表露,尤其是当着张柬之的面。他知道这老头,坏得很。

他忍下胸中闷气,怒不形于色,恭恭敬敬地道:“微臣领旨!”

纪青璇、郭烨、陆广白也接着道:“微臣领旨!”

张柬之宣完旨之后,人也不绷着了,面有笑意地说道:“诸位请起吧。付瘸子,都知道你这不良司衙门中有个醉仙居,请张某进去喝上一盅如何?”

“张舍人不嫌酒糙,管够!”付九此时早已来到门口。听着两人的口气,应该也是相识的。

张柬之对万国俊邀请道:“万御史,自打迁都之后就没怎么见你了,你们丽竞门怎么跟不良司也有了串门的交情了?如果没什么事儿的话,咱们一起进不良司喝上两杯?”

万国俊知道张柬之这话八成是在挖苦自己呢。丽竞门和不良司水火不容,张柬之这个天子近臣会不知道?不过万国俊还是面有笑容地摆手,婉拒道:“改日吧。今日下官还有公务,还要赶紧回去办案哩。”

“办案啊？要抓坏人才是哩！”张柬之意味深长地说道。

“那是，那是，义不容辞，义不容辞。告辞！万某告辞！”万国俊见敕旨都说这些案子重新归不良司处置了，留在这里只会自讨没趣，再加上有个性情古怪、偏偏得圣上宠信的张老头在这儿，他片刻都不想多待，随即带着丽竞门的人，灰溜溜地走了。

他这一走，纪青璇便欢快地踩着小碎步，来到张柬之跟前，亲昵地问道：“舍人伯伯，您来得真及时啊！您若再晚来一步，万国俊这厮便要将我们的人带回丽竞门上酷刑了。今日您能来长安替我们撑腰，定叫我爹爹请你喝最好的洛阳美酒！”

显然，张柬之和纪青璇也是相识，郭烨听她这口气，应该这老头跟她义父徐有功还属于交情莫逆的世交之流。

“哈哈，枉你这丫头聪明伶俐，这回可要猜错了哟。老夫的腰可没那么粗。”张柬之摇头，笑道：“这回给你们撑腰的，是另有其人。”

“还是里间叙话吧！”付九邀请了张柬之进了不良司，众人如同众星捧月一般，斟茶汤，献水果，奉糕点，好不殷勤。

在纪青璇的催促下，张柬之这才给大家揭开了谜底，道：“这次帮忙的，其实是你们不良司的人。怎么样？小郡主，这事儿是老夫开口，还是您自己说呢？”

“我……还是我自己来说吧。”脆生生的声音，弱弱响起。所有人的目光全部落在了张小萝的身上。

小郡主？

张小萝？

扛着一柄大剑要走江湖，要行侠仗义的毛丫头，是小郡主？

李二宝惊呼道：“你是小郡主？你……你姓武？还是姓李啊？”

纪青璇仔细回忆了一番，摇头道：“不对啊。无论武姓还是李姓，皇亲国戚我基本都见过，洛阳不良司中也有皇亲国戚府邸的子嗣资料，我倒是没听说过还有你这么一位小郡主。况且是能让女皇陛下回心转意，还特意下敕旨以示隆重的小郡主。此等殊荣，纵是一般的亲王，也不能得享啊。”

“我既非姓李，也非姓武。”张小萝向诸人袒露其真正身份，道：“其实，我是扶余国的人。我的祖上，在你们中原也颇有名声，与李唐也颇有渊源。”

“谁啊？”郭烨好奇地问道。

“我祖上,虬髯客,张仲坚。可曾听过?”

“虬髯客张仲坚?”郭烨诧异地喊出声来:“虬髯客,红拂女,李靖!风尘三侠?”

李二宝更是直接叫出来:“我的天呐!风尘三侠,他们的传奇,我打小听着长大的啊!”

再看看其他人的表情,显然也跟郭烨、李二宝一样,被张小萝的身份给惊到了。

第四十四章　名相可为师

堂堂扶余国小郡主,那也是千金之躯坐不垂堂啊,怎么会拎着一把门板一样宽的巨剑,独闯江湖呢?还黑巾蒙面夜行衣,还套索铁爪翻墙跃壁……郭烨他们实在是没办法将扶余国郡主的尊贵身份,与眼前这个小萝莉联系起来。

张小萝也浑然没有一国郡主的霸气之姿,倒是像一个做错了事的邻家小女,低着头,捏着衣角,弱弱道:“对……对不起,郭大哥。也……也对不起大家伙儿了。我并非有意欺瞒大家。我是担心说出了自己的身份,你们便不准我加入不良司了。”

“嗤……”郭烨忍不住轻笑一声,说道:“幸亏你没说出你的身份,你若说出你的身份,别说加入不良司了,恐怕第一时间就将你当招摇撞骗的外族骗子查办了!”

“哈哈哈……”众人一番哄堂大笑。

尤其是李二宝,围着张小萝兜转了两个圈,打量着她,啧啧惊奇道:“世人都说我李二宝是长安城中最荒唐的官宦子弟,堂堂宰相之孙,却来这不良司中当差缉凶。今日没想到还能再碰到一个更荒唐的。哈哈哈,扶余国的小郡主也来不良司当差,说出去谁能信?”

被李二宝这么一挤兑,张小萝越发不好意思了。

“小郡主无须挂怀，你此番非但无过，还立了大功。来俊臣此獠素来阴险诡诈，卑鄙下作至极，若非你瞒着身份误打误撞进了不良司，怎能让他吃了这么一记闷亏，最终惊动了陛下，改了圣意，降旨到长安不良司来？”

中书舍人张柬之赶紧打了圆场，好歹是堂堂番国的郡主，总不能让人这么一直尴尬下去吧？

一旁不良令付九问张柬之，这张小萝到底做了甚惊动了圣上，洛阳那边又发生了什么事。张柬之便将事情的来龙去脉，给大伙儿娓娓道来。

话说，天下承平日久，南方的海贸越来越发达，大唐与海外诸国的联系也越来越紧密。女皇陛下登基改唐立周之后，大周对海贸更是重视。身处海外的扶余国本就和大唐有千丝万缕的关系，如今大周国力强盛，海运繁忙，扶余国便主动向大周称臣，并且派了使团向女皇陛下进献贡品。这位小郡主打小就仰慕中原的繁华，所以扶余国国主就让她跟着使团来到了大周。

但是，张小萝这位小郡主就不是省油的灯，她并没有循规蹈矩地随着使团一起行动。踏上大唐的土地之后，她心中蠢蠢欲动的女侠梦简直就如草长莺飞般疯长起来，在去洛阳觐见女皇陛下的路上，某一日，她离开了使团队伍，偷偷溜了。一路上，她的确干了几件路见不平仗义出手的侠义事，就这样，莽莽撞撞地来到了长安。正因为进了长安城，这才有了后来在张老三绿肉店被人诬陷谋杀之事，以及后来因郭烨伸以援手洗清嫌疑，隐瞒身份加入了不良司之事。

张小萝本是仰慕天朝上邦，更是崇拜儿时听过的不良人传说，所以费尽心思要进不良司来，一偿夙愿。但在不良司待了一段时日之后，张小萝却发现自己已经喜欢这个地方了，喜欢整日围着那些刺激紧张的案件忙碌打转，更喜欢与不良司中这些同僚们朝夕相处。尤其是郭烨大哥，他的为人，他的本事，还有他的做事风格，都让她太喜欢、太崇拜了。在扶余国当郡主的这么些年，就没有过过像在不良司这么欢乐的日子。

当来俊臣向女皇陛下进谗言，说动了女皇陛下让不良司将手中积攒的案子移交给丽竞门之后，张小萝也将郭烨、纪青璇他们束手无策下的愁眉苦脸收于眼中。她暗中为郭烨他们分忧，私底下联系了长安的扶余国使团，修书一封将所有事情写于书信中，让他们在朝会觐见大周女皇陛下之时，向女皇陛下说明情况。

什么？堂堂扶余国的小郡主，却甘愿屈身在我大周，成为长安不良司中的一名不良人？

什么？长安不良司内竟藏龙卧虎，涌现出不良尉纪青璇，不良人郭烨、陆广白等青年俊彦？连扶余国小郡主都亲自修书一封，赞不绝口？真是江山代有才人出，这是大周国祚福绵啊。

什么？扶余国小郡主，向女皇陛下提出要求，想继续查萧廷遇刺案、狐女游街案、胡姬祸国案？

那还有什么好说的啊？

女皇陛下是出了名的好大喜功，其志向之远大可一丁点都不输给当年的太宗皇帝。如今听了扶余使者的话后，在朝堂之上自然是倍感有面子，于是乎，她老人家完全忽略了来俊臣这厮的感受，心情激荡之下，当朝就收回成命，这三个案子继续由不良司继续查办。

至于来俊臣？他好不好受关女皇陛下什么事？番邦臣国提这么个小小的要求，女皇陛下还能驳回？大周的大国气度往哪儿搁？女皇陛下的面子往哪儿搁？

这才有了张柬之传旨一事。

至于张小萝一国郡主的身份在不良司里当差，作为大周皇帝而言，这是很有面子的，但是作为两国邦交而言，这有点不合适。不过敕旨里倒是没有提张小萝，应该是觉着张小萝就是小孩心性，体验一段时间不良人之后，自然就会回洛阳与扶余国使团重聚了。既如此，那就姑且随她性子来吧。

郭烨等人听到这儿，也就差不多明白了其中的来龙去脉。

张柬之勉励众人道："诸位后生啊，此番你们在朝堂之上可是露足了脸，圣上都记住了你们三人的姓名。不过也记住了这三桩案子。如若你们再以最短的时间将这三个案子告破，朝廷必有重赏不说，圣上龙颜大悦，诸位后生前程似锦呀！"

他这话不扒瞎，一旁的不良令付九也是暗暗点头，能在敕旨中将几个不良人的名字单独列出来，足见女皇陛下对此三桩案子的重视。确切地说，应该是在意。

郭烨一听张柬之这么一说，张了张嘴，欲言又止。

张柬之问道："郭副尉，可是有什么话要问本舍？"

郭烨咧嘴干笑了一下，说道："敢问张舍人，与昔日的狄相爷是否熟识？"

"你这不废话么。老夫堂堂中书舍人，与狄相怎会不熟。虽然狄相当日被贬彭泽，但如今也已官复幽州都督，获赐紫袍、龟带。其威名之赫赫，可谓响彻朝野内外。”张柬之说道:“咦? 你问这个作甚?”

狄相爷,自然是狄仁杰。

别看张柬之白发苍苍一把年纪了,但是在他心中,狄仁杰不仅是曾经的百官之首,更是他的伯乐。当年张柬之能进京为官,完全靠狄仁杰举荐,而是向女皇陛下两次举荐老骥伏枥的张柬之。

一听郭烨扯到了狄相,别说张柬之不懂他要作甚,就连陆广白他们都一脸茫然地看着他。

“嘿嘿,是这样的……”郭烨居然有些腼腆地笑了笑,说道:“要说当今世上,能被称之为第一神探的,非昔日狄相爷莫属了吧?”

狄仁杰判案如神,手下从无一桩冤案,当年大理寺的断案传说,还被后人编著成书,名为《狄公案》。

如今狄仁杰早已离开了大理寺,但是他的传说一直在坊间流传,更是当下捕快公差们的偶像。

“狄相之威名,自不用你置喙! 说重点!”张柬之说道。

郭烨又扭捏了一下,说道:“张舍人,你说如果我们将这三桩案子破了,可以不要重赏,也可以不要什么前程似锦不? 我只想拜狄相为师!”

“什么?”郭烨话音刚落,张柬之惊呼一声。其他人皆是噤声无言,怔怔地看着郭烨。

第四十五章　西市弄蛇人

在场所有人里,陆广白是最熟悉郭烨的。郭烨的聪明和世故,他是清楚的。他怎么会提这么个孟浪的请求呢?

谁不知狄仁杰明经及第,曾官拜宰相,名满天下,权柄赫赫。世上想拜他为师之人,多如过江之鲫。狄仁杰之徒,这名号可是真的万金难买。郭烨既没有功名,又没有家世,不过九品副尉不良人一名。怎么轮也轮不着他啊?

连笑呵呵的张柬之，一时间都想不出用什么措辞去回他了。

场面有些尴尬。

纪青璇则是抚额看地，暗骂姓郭的这厮真不能夸，一夸就上天，好丢人啊。

陆广白见状，赶紧打圆场，说道："喂，郭副尉，你不是一直说你师傅是袁天罡老神仙？怎么今天要改投师门了？你就不怕你师傅找你算账啊？"

大家都知道袁天罡这位传说中的人物，早就过世几十年了，不可能是郭烨的师傅，陆广白借着这个梗，不过是转移话题，缓解一下尴尬。

谁知道郭烨居然一脸认真地说道："其实拜狄相为师，正是出自我恩师之意。他老人家与我离别之时有交代，此生若有机会的话，一定要拜狄相为师，学狄相如何断案如神，成为天下第一神探！"

现场又再次陷入尴尬中。

这个坎儿，是过不去了吗？

张柬之看着郭烨诚挚的眼神中透着殷切，倒不像是攀龙附凤之辈，硬生生将这孩子的请求撅回去，有些不落忍。毕竟这帮孩子面对着来俊臣、万国俊等凶獠时，可是没有半分退让，一直坚守着良知和道义。就冲这份胆气和赤子之心，就比朝堂上一帮尸位素餐、趋炎附势之徒强上百倍。

张柬之稍稍酝酿组织了一下语言，随后缓缓说道："圣人云：后生可畏，焉知来者之不如今也。郭副尉有成为天下第一神探的志向，原也不算错。但这个请求老夫应承了你也不作数，还需狄相自己点了头才算数。世人都知狄相判案如神，手无冤假错漏之案，故狄相也是最看重能断案查案的年轻人。你来不良司中，虽说屡屡折了丽竞门的面子，也算小功不断，但是在破案一途上，却是大功未立。你看，来俊臣在殿上不是数落了你们长安不良司，办案不力，积案如山吗？不如这样，你在不良司中，再破上几桩奇悬大案，等你名动长安、洛阳了，老夫亲自替你去敲狄相的府邸，保证促成此事，让你完成你恩师之嘱，郭副尉意下如何？"

"这样啊……"郭烨细细琢磨着张柬之的话。

"臭小子，还不快快谢过张舍人？"付九见郭烨跟榆木疙瘩似的杵在那儿，气得用没瘸的那条腿踢了郭烨一下，笑骂道："谁不知张舍人一诺千金，从不轻易许诺他人。你小子若是连眼下几桩案子都破不了，又有什么本钱让狄相爷对你另眼相看，收你为徒？"

“对啊,对啊。”郭烨顿时喜出望外,冲张柬之深施一礼,道:“多谢张舍人提携!卑职一定不负恩师所托,拜入狄相门下,成为天下第一神探!”

看郭烨这副样子,倒不像作伪。

这下,连陆广白都有些吃不准了,暗道,难道他的所谓恩师,真的有嘱托他拜入狄仁杰门下?这师傅倒是有意思哈,居然让自己的徒弟拜别人为师。不过有一点陆广白很肯定,郭烨的师傅绝对不是老神仙袁天罡,先不说人已作古,就说袁天罡这等陆地神仙一样的人物,是何等的骄傲与不同凡俗?怎么可能让自己的徒弟拜他人为师?

陆广白对郭烨的师承一直有着浓厚的兴趣,就像郭烨一直对陆广白的师承感兴趣一般。

素来玩世不恭、行为跳脱的郭烨,居然也有如此一本正经、志向远大的时候,陆广白与他共事这么长时间以来,还是第一次见到。

不只是陆广白,就连纪青璇,此时此刻,都觉着郭烨这个出身万年县衙的小捕头身上肯定藏着一些不为人所知的秘密。

至于付九,笑而不语,郭烨那枚戒指,他化成灰都认得。

接着,张柬之勉励了众人一番,然后又和付九私底下细聊了两句之后,便以急着回洛阳复命为由,匆匆离去。

不过张柬之走了,中午这顿饭食却是不能不吃。这个东呢,付九还跑不了,必须做。

一来呢。张柬之带来了好消息,几桩要案的查办权又回到了长安不良司手中,再一次击碎了丽竞门的野心和阴谋。这是为庆功宴。

二来呢。这次得亏张小萝帮了大忙,才能力挽狂澜,狠狠灭了丽竞门的气焰。这是为答谢宴。

三来呢。张小萝既然亮了身份,那大家伙就不能视若无睹。扶余国小郡主,那可是外邦的公主殿下,纡尊降贵到不良司中当了不良人,总要欢迎一下,是不?这是为招待宴。

这三个由头,无论是哪一个,都值得付九这位长安不良令,置办上一席酒宴,好好地喝上几盅。

“西市有家酒肆,名为清风馆。他们独门酿造的百花春酒,在西市绝对是排的上号的。”付九提议道：“不如由本令做东，中午到清风馆去小酌一番。一来是犒赏你们一番，二来是为扶余国小郡主接风洗尘，如何？”

“百花春酒？这可巧了，我们扶余国宫中的御酒也叫百花春酒。”张小萝一听，略微惊奇道：“这清风馆莫不是我们扶余国人开的？”

“那不能够。”付九摆摆手，说道：“清风馆的东主，与本令相熟，绝非你们扶余国人。”

张小萝道：“那这百花春酒也非我们扶余国的御酒咯？那我还真想看看，这长安的百花春酒，跟我们扶余国的御酒，有何不同？”听她这话，这位小郡主也是个爱酒之人啊。这些日子接触下来，大家都知道，张小萝这小丫头酒量不是特别好，但的确喜欢浅酌两口。

付九出门前，跟几个不良参事交代了一番之后，便率领郭烨等一众年轻不良人，结伴而行，往长安西市而去。

这里胡姬酒肆多如牛毛，所以经常能看见鲜衣怒马的少年光顾。若干年后，一代诗仙李白就是这里的常客，并留下了“五陵少年金市东”“笑入胡姬酒肆中”的千古名句。

郭烨不知逛过多少次西市了，但每一次来，都能看见新鲜玩意。

而张小萝在扶余国何曾见过这等繁华喧闹之地，简直就是看花了眼，问破了嘴。她一会儿问这是什么玩意，一会儿打听那如何使，渐渐地买了不少新奇的小物件，心疼得郭烨捂紧了自己的荷包。

一行人，这么走走停停，穿行在西市熙熙攘攘的人群客旅中，约莫走了有半个时辰。

临近清风馆的街口处，突然一阵节奏轻快却听着没什么韵律的笛声传入了众人的耳中。

张小萝的注意力第一时间被吸引住了，她循着笛声，三下两下就挤进了人群中。付九瘸了腿，走得慢，让郭烨和纪青璇他们赶紧追上去。

郭烨他们跟着张小萝挤进了人群中，举目望去，见吹笛的是一名身穿白色通肩长衣，头缠红巾，面色黝黑，挂着两撇小黑胡的天竺男子。这天竺男子正盘腿坐在一块垫子中间，口吹横笛，操控着一条六尺来长的红蛇。没错，红蛇正随着笛声，游摆起舞。这可真是奇景，不少百姓驻足观看，啧啧称奇，说这红蛇通灵性。

张小萝也是看得津津有味,舍不得走。

郭烨拍了拍她的肩膀,低声问道:“我听说扶余国在大周的南边,坐拥大大小小七十二岛,岛上千奇百怪的蛇虫多了去。你堂堂扶余国的小郡主,难道还没见过驯蛇的艺人吗?”

张小萝依旧伸着脖子看热闹,头也不回地自顾自说道:“我们扶余国宫里就有驯蛇师呀,不过却是头一回见到如此胆大的驯蛇艺人。”

“哦? 此言怎讲?”郭烨一看这天竺男子,平平无奇,顿时来了兴致。

张小萝指着那条红蛇,说道:“据我所知,他那条红蛇叫血影蛇,极有灵性,容易驯养操控。但是,这血影蛇天性嗜血,它一见血,就会变得狂性大发,完全不受驯蛇师的控制。血影蛇身有剧毒,被它咬过,几乎无药可救。这天竺驯蛇人,在这闹市之中操控这血影蛇,浑然不惧蛇性发狂,咬伤咬死围观的平民,你说他胆子大不大?”

郭烨一听,顿时面色微变,道:“真是这般? 这混蛋天竺人,真是作死! 真咬死路人百姓,他……”“诶,诶,诶! 不好,那血影蛇……”郭烨话没讲完,张小萝的话也没讲完,都被突如其来的一幕给卡住了。

只见那正在随笛声游摆的血影蛇,突然动作一滞。倏地,它猛地往前一纵,势如闪电般向着一个围观的路人咬去,咬的是一个十二三岁少年郎的胳膊。

“小心! 快躲!”张小萝也是早有防备,陡然往右一跨步将少年郎撞倒在地,然后迅疾如闪电般伸出手来,一把抓住了那条血影蛇,眼疾手快,位置精准,堪堪就掐在了血影蛇的七寸上。

她用力一捏,然后手一松。啪! 血影蛇落在地上,一动不动。显然捏碎了七寸,死翘翘了。

“你,你敢杀我的蛇!”天竺男子从地上飞快跳起来,用生硬的官话怒气冲冲地嚷道:“你竟敢杀我宝贝蛇,我要你赔钱! 赔钱! 你若不赔钱,我……我便拉你去见官!”

“赔钱? 赔你的大头鬼哟。”张小萝简直不敢相信自己的耳朵,惊奇道:“你的血影蛇身含剧毒,这少年郎若被它咬一口,绝对是当场毙命的。若不是本……本姑娘出手及时,你这天竺汉子就摊上人命官司了。你不感谢我也就罢了,居然还让本……我赔钱。哼,你们天竺人是不是都好赖不分?”

“什……什么血影蛇?”天竺男子双手捧起地上的蛇尸,气咻咻地叫道:“我这条宝贝蛇叫大红蛇,根本不是你说的什么血影蛇。这大红蛇通人性,但绝对没有半分毒性。不信的话,你瞧!”

天竺男子慢慢掰开蛇嘴,露出蛇牙,狠狠心,就往自己的胳膊上扎去。蛇的毒腺与蛇牙相连,蛇牙也着实锋利得紧,没两下就在天竺人的手臂上戳出了两个血眼。

“你看仔细了!这大红蛇没毒!若它有毒,我敢这么做吗?你看,我不是好端端的么?说明我这大红蛇根本没毒,你杀了我的宝贝蛇,快些赔钱?”天竺男子以身试毒,证明了大红蛇没毒,同时也证明了大红蛇并非张小萝口中的血影蛇。一见此情,围观的路人们也纷纷支持了天竺人讨要赔偿。

“我肯定不会看错的,这蛇就是血影蛇,但,但,但他怎么会没事?”张小萝有些着急忙慌地解释着。

“小萝,你少安毋躁。”郭烨在小萝身后从头看到尾,嘴角微微坏笑,上前一步对那天竺男子揶揄道:“你确定你的宝贝蛇没毒?我看你这天竺人,一点都不老实,坏得很。”

第四十六章　真假天竺人

“你这唐人怎么颠倒是非?我又如何坏了?”天竺人瞪着眼睛看向郭烨,操着一口生硬蹩脚的官话气嚷嚷道:“明明是这女子夺我宝贝蛇性命,我才是苦主。我看你们就是一伙儿的,莫不是欺负外来客?”天竺人这番话,惹得围观百姓频频点头,纷纷深以为然。

“是呀,我看那天竺人刚才以身试蛇,毫发无损,说明这蛇根本就没毒嘛!”“是极,是极,这天竺人的宝贝蛇能闻笛起舞,颇通灵性呐。被这小姑娘夺了性命,委实可惜啊。”“没错,不能害了人家宝贝蛇的性命,还要颠倒黑白,简直太欺侮外来客了。泱泱大唐,礼仪之邦,我等长安子民,岂能自堕了大国之风?”“对,不能这般欺负人,我等绝不袖手旁观!”数名百姓将郭烨和张小萝围拢起来,高声喊道:“你们若是不赔他的宝贝蛇,就扯你们去见官哩!”

“是哩!见官!见官!”有人起了头,自然就有人振臂呼应,一时间,见官之声此起彼伏。

眼看周围鼓噪的声浪越来越高,事态渐渐有些不受人控制,张小萝有些慌了,以求助的眼神看着郭烨。

被人群挤在外头的李二宝妄图挣扎进去伸援,却被陆广白擎住肩膀,低声道:“放心吧,应付这种场面,他在行。”果然,就听郭烨平地一声雷,高声大喊:“见什么官?不良司办案,闲杂人等,一律退散!”

哗啦一下,郭烨用力一扯,将身上的罩袍扯开,亮出不良司独有的乌金软甲,紧接着,将不良司的腰牌对着众人一亮相,霎时镇住了一帮子群情激愤的围观百姓。

之前出不良司衙门时,因为中午要去清风馆吃酒,所以大伙纷纷换了便服出行,唯独郭烨犯了懒,随手扯了一件罩袍披上。没想到来西市碰上这茬子事,倒是因为这身行头给自己和张小萝解了围。

“哼,不良司了不起么?”天竺人一见现场风向突变,又嚷嚷道:“官差便可以颠倒黑白,当街包庇坏人吗?今天这女子要是不赔我的大红蛇,我便将你们不良司一起告到司宾寺去,好叫你们大唐的皇帝知晓,你们唐人是如何欺负我们番邦人的!”

天竺人这番话说出来,刚才还义愤填膺的围观百姓们,竟没有多少人愿意附和他了。原因很简单,刚才伸援你,是长安百姓同情弱者的强者心态,现在你这天竺佬狂妄自大,那就另当别论了。当然,还有一个更重要的原因是,郭烨亮出的身份——不良人。要知道,不良司从贞观年间开司建衙,长久以来无论在朝在野,都是积威甚久,深入人心。即便这两年势头败落了,那也只是因为被丽竞门和来俊臣等人压制,但在民间百姓的眼里,“不良司”三个字,依旧有着莫大的威望。

就在这个时候,郭烨突然嘿嘿地干笑了几声。他双眼直勾勾盯着天竺人,盯得天竺男子有些发毛,用蹩脚拗口的官话说道:“你这么看着我作甚?”

郭烨问道,“你刚才最后一句说的甚话,再重复一次!”

“不知道你在说什么。”天竺男子不知道郭烨的罐子里卖得什么药。

郭烨道："如果小爷没记错的话，你说要将我们不良司一起上告司宾寺，让寺卿大人知道我们唐人是如何欺负你们番邦人的？"

天竺男子一听，抻着脖子喊道："没错，你仗着不良人的身份，颠倒黑白，包庇这女子，不是欺负我们番邦人吗？"

"嗯……很好，番邦人三个字，很好！"郭烨说到这儿，对着身边的张小萝说道："小萝，你去将那蛇尸捡起来。"

张小萝不明所以，但仍旧照做，将地上已经被他捏碎七寸的血影蛇尸捡了起来。

郭烨指着小萝手中的蛇尸，对天竺人说道："你既然说这蛇无毒，不是血影蛇，那不如再让它的牙口扎上一扎？"

其他人不知郭烨打的什么主意，但天竺男子明显慌了，急道："我已经试过一次了，为何还要扎第二次？你休要捉弄我！"

郭烨说道："上次是你自己扎的，这次换我们的人来扎你，这样才能让人信服这蛇的确无毒嘛。放心，不捉弄你，你只管把手伸出来便是。不想伸胳膊的话，伸别的地方也行，大腿也成，只要让蛇牙扎上一小口，见血就行。如何？"

"不，不，我才不受你捉弄！"天竺人不上套，一边摇头拒绝，一边往后方人群里退去，嘴里不迭抗议道："你们仗势欺人，我一定要告你们！"

"呵呵，心虚了？想溜是吗？"郭烨眼睛一眯，对着人群外头刚要挤进来的李二宝大喝一声："二宝，莫让他跑了，摁住他！"

"好嘞！"天生大力，一把就将这天竺男子的胳膊抓得死死，押到了郭烨和张小萝的跟前。

"小萝，看清这个位置没？"郭烨伸手在血影蛇脑袋稍稍靠后的某个位置上，虚点了一下。

张小萝点了点头："看清了。"

郭烨又吩咐道："待会儿啊，你就拿手按住这个位置，等蛇牙扎进他的胳膊之后，你就对着这个位置死劲地捻，有多大劲，使多大劲。"

"好嘞！"张小萝绽笑如花，开心地回道，她在扶余国见惯了蛇虫鼠蚁，怎会不懂郭烨的意思。

郭烨突然想起这丫头也是一身蛮力，比李二宝有过之而不无不及，赶紧提醒道:“用劲要用巧力,莫要把蛇头捻烂了。”

“好!”张小萝一想起天竺人的满嘴谎话,顿时来气,二话不说,照着郭烨所说,提起蛇头,捏开蛇嘴,露出蛇牙,就往对方的手臂上按去。

天竺人一听郭烨对张小萝所授之法,就已经变了脸色,现在见这小丫头动真格了,终于忍不住了,放声狂叫道:“不要!住手,快住手!这蛇有毒!有毒!”

此话一说,围观百姓顿时哗然,敢情这位不良司的官差和那位小姑娘之前所言,皆是真相啊!

“小萝,先罢手!”郭烨唤住了张小萝,然后凑到天竺人的跟前,盯着他的眼睛笑道:“这会儿承认有毒了?你不是说,我在污蔑你,欺辱你么?你不是还要上告司宾寺吗?怎么?怂了?”

“我错了,我不要赔偿了……”天竺人被李二宝摁着动弹不得,只能连连点头赔礼道。

“呵呵,只是不要赔偿那么简单?我看你还是不肯讲实话,不老实得很呐。”郭烨目光灼灼地盯着他的眼睛,说道,“你还记得你刚才说了什么?要让司宾寺卿大人知晓我们唐人如何欺负你们番邦人,不是吗?”

天竺男子讨好地笑道:“不告了,不告了!”

“不,不,不,你再复述一遍,刚才这句话。”郭烨摇头道。

“不敢了!不敢了!”天竺人讨好道。

郭烨突然圆目怒睁,厉喝道:“我让你重新复述一遍!”

“呃……”天竺男子不知道郭烨到底要干什么,只得老老实实复述道:“我要让司宾寺卿大人知晓,你们唐人是如何欺负我们番邦人的!”

“是了!”郭烨突然又笑了起来,“你竟自称番邦人?你难道不知晓,番邦人是市井中人对外邦之人的蔑称吗?哪有外邦人自称自己是番邦人的?依我看来,是你平时喊番邦人喊习惯了,才会自然而然脱口而出吧?!”

“啊?我……我不知道你说的什么意思。”天竺男子低下头去,不敢再看郭烨。

李二宝也被闹糊涂了,摁着天竺人,问向郭烨道:“郭大哥,这怎么回事啊?”

“郭家哥哥,你的意思是说,这厮是在假装天竺人?”张小萝的反应显然比李二宝要快些。

“你们没发现他刚才讲话都不磕巴，不别扭了吗？”说话的是陆广白，他缓缓来到郭烨身边，对着张小萝说道：“小萝姑娘，你刚才要用蛇牙扎他的时候，他喊着住手，喊着有毒，可与我们平日说话有不同吗？”

“咦？”张小萝猛然想起刚才那一幕，惊道：“原来陆副尉你也发现了？”

陆广白指了指郭烨，笑道：“还是没他发现得早！”

天竺人继续用拗口的官话，大声叫道，“我在你们中原生活久了，讲几句顺口的官话有何难？我本来就是天竺人！”

“是吗？”郭烨拖长了声音，突然快如闪电地一伸手，撩起假天竺人的白色长袍，将对方一双赤脚露出。

他将对方的脚抓起，问道：“天竺地处南方，气候湿热，那里的男子几乎从不穿鞋，但凡长期打赤脚的人，脚底板都会磨出厚厚的老茧！请你告诉我，你脚上的老茧在哪里？”

第四十七章　猪皮藏玄机

天竺人急道：“我……我脚上的茧……茧子……”

郭烨看着这假天竺人一副手足无措的样子，不由嗤笑道：“你原不过是在街头卖弄驯蛇之术，江湖戏法罢了，无关唐律。但你若是继续扯谎，在西市佯装外邦人招摇撞骗，那就另当别论了。司宾寺你是没资格去，但将你送去长安县衙公堂，打上二十板子，倒是可以试试。”

假天竺人面色一滞，缓缓抬头看着郭烨，眼神中透着害怕。

“孰轻孰重，你自己掂量。这种雕虫小技的江湖把式，也敢在我面前卖弄！”郭烨突然撸起天竺人的袖子，对着他的胳膊用力一撸。

这举动别人看着煞是奇怪，但是那天竺人却惊诧地猛然抬头，呆呆地看着郭烨，恍惚愣神片刻，继而大呼道：“不良司大人，饶命！饶命！小的再也不敢了！”

郭烨听着这厮现在说话也不拗口了，不别扭了，不由轻笑道：“在街头驯蛇也好,变戏法也罢,不过是跑江湖的生计,郭某本不打算为难你,但你却偏偏假扮天竺人,还敢当街蓄养这种剧毒之蛇,郭某身为不良人,自然就要管上一管了!?”

这假天竺人甚是识时务,见形势不对立刻求饶道:“小人平时常与那些天竺人厮混,熟稔他们的生活习性,所以才假装天竺外邦人,用这耍蛇的本事跑江湖混饭吃,以后……以后再也不敢装天竺人了!也不敢再蓄养这种剧毒之蛇了!还望不良司大人饶我一遭,莫要将我送去吃牢饭。”此话一出,周边对这骗子的口诛讨伐之声,不绝于耳。

郭烨对李二宝摆摆手,示意道:“既然你知错愿改,我也不断你生路,抓你见官了。下次莫要再犯便是!二宝,将他放开吧。”

李二宝“哦”了一声,手劲一松,假天竺人一个趔趄,险些摔倒在地。

郭烨说道:“念你并无大恶,今日饶你一遭,赶紧滚吧。不然这里西市游人百姓的唾沫星子都能淹死你!”

“诶,好嘞,谢谢差爷,谢谢不良司大人!小的保证,下次再也不敢犯了!”假天竺人感激涕零地对郭烨作了几个揖,滋溜窜进络绎不绝的游人群中,一猫腰,跑路了。

“郭大哥,就这么放他走了?这也太便宜他了吧。”李二宝没想到郭烨煞费苦心地识破了对方的伪装,却又这般轻易地就放对方走了。

这时,在人群的外围目睹了一切的纪青璇,也挤入人群中,对郭烨愤目而视,颇有几分兴师问罪的架势,问道:“郭副尉,此人在西市假扮天竺外邦人,你为何私自将他放走?”

“不过是一个跑江湖的驯蛇人,不放他走,难不成还带回不良司去?”郭烨望着假天竺人远遁消失的方向,颇为不屑道:“再说了,在街头闹市招摇撞骗的江湖骗子,也不归咱们不良司管啊。”

“是不归不良司管,但可以将他送至长安县衙,治他一个当街行骗之罪啊!”纪青璇厉声道。

郭烨耸耸肩,摊手道:“要真那样,那咱们不良司真是有管不完的闲事咯。”

“你……我就从未见过你这般不负责任的不良人!”纪青璇就不待见郭烨这种滚刀肉的态度。

郭烨也不乐意了,正要习惯性的回嘴,却被一旁的陆广白给打断了。“两位莫要吵了,不良令大人正唤我们呢。”说着用手指了指不远处。

却见那付九正在路口当街而站,见他们望过去,便又冲他们招了招手,示意他们赶紧跟上。

纪青璇冷哼一声,夺步先行,朝付九站着的街口快步而去。

她前脚一走,李二宝忍不住冲郭烨竖了个拇指。这不良司里也就他郭大哥敢和纪青璇正面硬抗,是条汉子!

随后,几人尾随着付九,穿梭在西市的街坊中,前往清风馆。

一路上,李二宝还是心有疑惑,踯躅了半晌还是将自己百思不得其解的问题道了出来:“郭大哥,为什么那个天竺人,哦不,那假天竺人第一次以身试毒没事,第二次你再让他试毒,他便慌乱求饶?”

话音一落,就连前边自顾自走路的纪青璇,动作都下意识地慢了下来,似在有意倾听。

她这个小动作别人没注意,郭烨倒是察觉了,看来纪青璇也是带着同样的疑惑,不过不好意思问罢了。

“对啊,郭大哥,我敢肯定这就是蕴含剧毒的血影蛇!”张小萝离开的时候,也将那条血影蛇的尸体带离了现场,这时再次将蛇尸从腰间小竹篓里掏了出来,左右摆弄了起来,说道:“以我对血影蛇的了解,一旦蛇牙扎入手臂里,不用十息的工夫,这剧毒就会渗入体内,见血封喉,一命呜呼。我还是琢磨不明白,为何那骗子第一次以身试蛇,却毫发无损?我们可是亲眼看他蛇牙扎臂,以身试毒的!”论对蛇虫的了解,别说郭烨,就是陆广白都没张小萝熟稔。

“哈哈哈,论对蛇虫之了解,郭大哥不如你。但是论办案的经验,尤其是这种街头骗人糊弄人的江湖把戏,郭大哥在万年县衙当捕头这两年,早就见惯不怪了。给你们看件东西!”郭烨说着话的工夫,也像变戏法似的,手中多了一团肉乎乎、软趴趴、半白半红的东西。

“这东西是何物?看着有点恶心。”张小萝问道。

郭烨对李二宝招招手,说道:“二宝,你双手摊开,捧着。”李二宝闻言照做,双手并着摊开。

郭烨将这团东西渐渐抻开,铺平在李二宝的手掌上,像一张皮子。

“这……这摸起来感觉像猪皮啊。不过看这颜色,又不像猪皮呢。”李二宝看着自己双手上捧着的这张肉嘟嘟的皮子说道。说来也怪,这皮子放在他手掌上,颜色与他胳膊上的肤色相差无几,不仔细辨认,还以为是人皮。

张小萝小心翼翼地用手拈起那玩意儿,却见它软趴趴的,一面有两个窟窿眼,另一面则附着一片好似薄膜一样的东西,膜下一片殷红。

"是猪皮,应该是一块用药汁儿浸泡过,做过处理的猪皮。"陆广白也走了过来,翻弄着李二宝手上的皮子,给出了答案。不过他发现这猪皮可不是简单的一张皮,明显做过药汁浸泡、颜色处理,而且猪皮下面还加了一层黏糊糊的东西,应该是米糊之类的东西,用手指轻轻一摁,肉感十足。

郭烨点点头,说道:"小陆说得没错,这是一块经过特别处理过的猪皮。"他说着便往二宝的胳膊上一贴。"

"我懂了!"陆广白恍然大悟道,"你是说之前那个假天竺人敢用蛇牙扎自己胳膊,是因为胳膊上贴了这么一层肉乎乎的猪皮?"

"没错!"郭烨指着这张猪皮,说道:"还记得我掀开他的袖子,用力一撸他的胳膊,他便当场求饶了吗?"

陆广白和纪青璇他们细细回忆了一下,的确是有这么一幕,当时大家伙还觉得奇怪他在做什么。原来是他看穿了那个骗子的把戏,从他胳膊上撕下这张猪皮啊。

即便纪青璇不愿意承认,她还是不得不佩服郭烨的观察入微和对这些市井江湖把戏的知之甚深。这些恰恰是她这个自幼阅遍不良司藏书,自幼跟在徐有功身边查案破案的不良帅之女所欠缺的。

"郭大哥,你是怎么发现他胳膊上贴了这块特制猪皮的?"李二宝又问出了纪青璇想问的。

郭烨说道:"若是你被如此尖利的蛇牙扎进肉里,难道连一点血丝都沁不出来? 除非扎的胳膊有古怪……"

"呀,郭大哥这么一说,我倒是想起来了,他扎完胳膊之后,真的连半点带血的痕迹都没有。"张小萝和郭烨是离骗子最近,亲眼见那骗子蛇牙扎肉,自证清白的。

这时,陆广白微微颔首,由衷赞叹道:"没想到你竟能观察细微到如此地步!"他自认自己是个细心的人,毕竟做仵作这么些年,不细心,根本验不出很多不易察觉的地方。但是在刚才街头闹市这种环境下,在被骗子分心分神的情况下,他相信自己做不到郭烨这么入微的观察力。

“的确观察细微,咳,咳,咳……”纪青璇也油然感慨一声,随即反应过来自己的失态。自己怎么会当众称赞姓郭的,简直丢死人！赶紧用一阵咳嗽掩饰过去。

“不良尉大人是在夸我吗?”很显然,还是被郭烨给听到了。

“哼,小人得志便猖狂!”纪青璇冷哼一声,看着前头一瘸一拐走着的付九,顾左右而言他道:“你们莫要耽搁了,磨磨蹭蹭,小心惹得付大人不快!”说完,一向笃定淡然的纪青璇,竟有些慌乱地小跑起来,追向前头的付九。

“走吧,我若记得不错的话,转过前面那家新罗人开的香料铺子,应该就是清风馆了。真搞不懂不良令大人,不过喝顿酒罢了,为何非要跑来西市里胡人最多的地方。”郭烨对着几人说道。

“郭大哥,那这猪皮……”李二宝指了指自己胳膊上还贴着的玩意。

“弃了吧,这玩意怪脏的!”郭烨说道。

李二宝嫌弃地撕下猪皮,弃于地上。

“那我这蛇……”张小萝说道。

“装回小竹篓里。”郭烨指了指张小萝腰间的小竹篓,笑道:“血影蛇虽是剧毒之蛇,不过凡是大毒之物,肯定是天地间最好的食材。别浪费了,不如到了清风馆,让他们的庖工给咱们加道菜。”

“哈哈哈,好主意,郭大哥简直太有才了!”张小萝雀跃道。

很快,转过了新罗人开设的香料铺,终于到了清风馆。

清风馆门口,早有一名身姿绰约的妙龄女子伫立迎候。

她身着一袭艳丽鲜红的齐胸襦裙,露出大片雪白细腻的肌肤,由远观之,如那开满神都洛阳的牡丹花,千娇百媚里透着万千风情。

“我说今早的喜鹊怎么叫个不停？原来是有贵客来我这小酒馆呢。付大人,上好的百花春酒,都给您备齐了。”

远见其人,近闻其音,真是娉娉婷婷解风情,袅袅戚戚百媚生。

“风十三娘,清风馆的掌柜!”付九徐徐说道,像是自言自语,又像是说给郭烨他们听。

第四十八章　春风十三娘

美人儿，美则美矣，却是风骚入骨。这是郭烨初见风十三娘的第一印象。

风情万种，美艳逼人，真是令人不敢直视。这是陆广白抬头刹那的心悸。

李二宝看着风十三娘，呼吸有些急促。

而张小萝已是暗暗啐了一口，呸，生得这般不要脸的狐媚子。

至于纪青璇，看到风十三娘的瞬间，她脑海情不自禁地中浮现了四个字——媚骨天成！

“都别愣着了，进去吧！十三娘子，本令心心念念的百花春酒呢？快些摆上，摆上！”付九挥挥手，招呼了一众手下，在风十三娘的搀扶下，一瘸一拐先进了清风馆。

郭烨走在后边，被一阵悦耳的铃铛声吸引，将目光移向风十三娘的玉足。原来她的脚踝系着一串铃铛，走起路来碎步轻盈，伴着一阵阵脆耳的铃铛声，甚是好听。

似乎是感受到了郭烨灼热的目光，风十三娘下意识地扭过头来，对着郭烨回眸一笑，居然让郭烨脸上有些燥热得慌。

“哼！市井习性便是市井习性，龌龊！”纪青璇轻轻地鄙视了一句。好吧，郭某人在纪大不良尉心里的形象，又跌落一个跟头。

不过郭烨滚刀肉，也无所谓了，鄙视就鄙视吧。鄙视哥的人多了，你这小娘皮算老几？

众人进了清风馆。这是西市里典型的前店后院格局的酒肆。因为开设在西市闹坊中胡人最多的坊落，所以清风馆里陈设和装饰的风格，较之他们去过的胡思堂酒肆，多了一抹浓烈的西域风情。

穿堂而过，随处可见不同酒客的酒榻上，喝着各自不同的酒，高昌的西域葡萄酒、大食的龙膏酒等。

还有风十三娘高价请来的胡姬，挥着栗特衣袖在胡儿演奏的琵琶曲下，轻歌曼舞，来回穿梭在酒客人群之中。酒兴正浓时，酒客们亦会跟着这些胡姬，击节高歌，翩翩起舞。

看得出来，清风馆的生意很好，而且风十三娘这个掌柜的，人气极高，备受欢迎。每每她路过一拨胡人酒客的身边，总能引起一阵阵叽里咕噜的调笑。风十三娘吃的就是这碗迎送八方客的饭，倒也应对的落落不方又不失独有的烟视媚行之风，举手投足间风情万千，哪怕一个似怒非怒的瞋目，都把那些醉酒微醺的胡人们撩拨得不要不要的。

她将付九一行人引到酒馆中位置最佳的一桌，冲着柜台方向微微拊掌，很快，两名小厮就端着酒菜一路小跑了过来。

“老规矩，酒是百花春，菜是糟鹅、肥鲊、狗肉蘸蒜泥，成不？付大人！”风十三娘站在付九身边亲自摆盘，极为热情。

付九闻着香溢扑鼻的百花春酒，笑得满脸褶子。贪酒的他已经急急喝了半碗，啧嘴称道：“嗯，成，太成了。回头待我等酒足之后，你再让人……”

“酒足菜尽之后，再让人上一碗冷淘，槐叶冷淘，对不？”风十三娘眯着眼睛笑道。

风十三娘显然对付九的嗜好都记得门儿清，用了心。

“然也！为什么本令一瘸一拐要大老远来这清风馆吃酒？因为这里酒好，菜好，十三娘子人更好，懂本令的心思呐！”付九高兴地捧起碗，将碗中剩下的百花春酒一饮而尽。

郭烨虽不爱酒，但也闻得出这百花春酒的确醇香扑鼻，绝非那些寻常酒铺打来的绿蚁浊酒可比。倒是这个菜，让他有些兴趣。糟鹅和肥鲊这两道吃食其他食肆也能吃着，但是狗肉蘸蒜泥，绝对是难得吃到。

看来这清风馆，果然有它生意火爆的道理啊。

这时，又有小厮来报，说又来一拨大食国的酒客，风十三娘跟付九等人欠了欠身子，赶紧忙活去了。

这风十三娘一走，郭烨的话显然就多了，他贱兮兮地对付九拱手道：“属下还以为大人您是一条酒虫，没想到大人却是花丛老手哩。看这风十三娘对大人这份谦恭和迎奉，没少在她这儿花钱吧？”

“来，先吃酒，吃完这碗酒，本令跟你说！”在付九的张罗下，众人捧起一盏酒，连平日里不太饮酒的纪青璇,都将酒碗端起,浅抿了一口。

“闻之香甜,尝之醇绵,入喉却不辛辣,这百花春酒果然不俗。与我们扶余国的百花春酒虽同名,却各有千秋呢。”张小萝头头是道。毕竟是扶余国的郡主,在王宫里尝过的美酒自然不在少数。

“那是,本令既然能带你来此地,自然有它独到之处。”付九颇为自诩地说道。

“主要还是掌柜的长得好!”郭烨补了一刀。

“咳,咳,咳……”付九被他这话呛了一口,瞪了他一眼,轻轻斥道,“你小子就一肚子的花花肠子。实话跟你们说吧,本令今日带你们来这清风馆,除了尝这百花春,吃这狗肉蘸蒜泥,还有另外一个原因……”

说到这儿,付九看了一眼在远处陪一群大食人饮酒的风十三娘,低声说道:“这十三娘子啊,开着清风馆迎着八方客,私底下还兼着风媒的买卖。”

“风媒?”郭烨和纪青璇异口同声地问道。

付九点头说道:“没错,你们莫要小看了这娇滴滴的女人啊。这长安城里若说除了丽竞门的暗探和不良司的不良友,就属她这风媒的消息最灵通,长安城中鲜有她们风媒收不到的风!”

风媒,取自花卉授粉以风为媒之意,是古代专门负责打探情报,以贩卖消息的人或组织。

“看不良令大人与这风十三娘这般熟悉,想必不良司其他几位不良尉没少从她手上买消息吧?”纪青璇意味深长地问道。

她是被排斥在付九为首的长安不良司核心圈以外的。也正因为如此,很多消息,很多秘密,她都得不到共享。比如今天来饮酒的清风馆,还有这个风十三娘。如果付九今天不带她来此,她可能一辈子都不知道这个清风馆还兼着风媒的买卖。但是今天,付九却带她来此,而且据实相告,这是什么意思?抛出握手言和、同心协力的橄榄枝吗?

“莫要多想,纪不良尉!”付九也意味深长地看着纪青璇,缓缓说道:“从张柬之张舍人传来陛下的敕旨,勒令我等长安不良司尽快破除萧廷遇刺等三宗案子的那一刻起,我们大家,无论是我等长安世袭不良人,还是你这位不良帅之女,便已经是一荣俱荣,一损俱损,不分你我了!那一刻起,我们共同的敌人已经是来俊臣、万国俊,还有他们身后的丽竞门了!所以这一关,本令愿与你同心协力!”

第四十九章　又闻五石散

“付大人如此深明大义，令卑职敬佩！大人的善意，我会第一时间向我义父转达的。”纪青璇没有想到，关键时刻，付九竟能摒弃前嫌，看来自己先前是小觑他了。她说着话，郑重起身，向付九行了一礼。自打她调来长安不良司，还是第一次如此郑重其事地向付九行属下之礼。

“好说。这风媒的门，本令也领你们进了。十三娘子这等妙人儿，本令也介绍你们相熟了。剩下之事，就交由你们和十三娘子相谈了。”付九面无动容，淡淡说完话，便又低下头细品自己碗中的百花春，仿佛这人世间，没有什么东西比心头所好的这口酒来得更加重要。

能让只顾独善其身、躲懒磨洋工的老不良人付九做到这个份儿，已经是极大的让步了。纪青璇知道，若不是来俊臣、万国俊他们逼迫太紧、欺人太甚，付九也不会感受到唇亡齿寒的危机，最终主动与自己及义父妥协。总不能要求老瘸子跟他们年轻人一样，拎着刀冲锋陷阵吧？想通了这些关节，她的心态也就平和了些许，凡事过犹不及嘛。

风十三娘！纪青璇暗暗念了一下这个名字，便将目光转向了在不远处，看着陪着大食国客人们畅饮调笑的风十三娘。这个女人，收放自如，真不简单呐。

“小陆，回魂啦，你的眼珠子都快掉地上了。”这时，她听见郭烨正在低声唤着陆广白。

她扭头一看，只见陆广白正呆呆地望着风十三娘，鼻翼翕动，嘴里还不停地碎碎念着什么，整个一副色授魂与的模样。纪青璇大为鄙视，之前在清风馆门口，郭烨是一副色胚的样子，李二宝是一副蠢蠢欲动的模样。现在连她一直认为稳重可堪大用、与郭烨不一样的不良人陆广白，也成了丢人的胚。难道抵挡这女人的风情，真有这般难吗？

纪青璇厌屋及乌，看了看郭烨，又看了看陆广白，暗骂道：“真是物以类聚，没出息的人总喜欢跟不长进的人待一块儿。”

郭烨发现了纪青璇面色不对劲，赶紧把酒杯递给了陆广白，张罗道："小陆，别看了。我们也敬不良令大人一杯。感谢大人领我们来这清风馆。以后也能喝到百花春酒这等佳酿！"

陆广白被他这么一拽，这才反应过来自己略微失态，赶紧用敬酒遮掩。

两人和付九碰了满碗，又给付九满满斟上，让付九大为受用，大赞郭烨这小子机灵、贴心。

不大一会儿，风十三娘步履轻盈，带着一阵香风再次来到郭烨他们这桌。

她脱了香靴上来酒榻，跪坐在付九身边，柔糯着声音说道："今天店中委实太忙了，不良令大人莫怪奴家怠慢之罪。奴家这就自罚一碗，向您老人家告罪！"

"别，别，别……"付九非常不解风情地夺过风十三娘手里的空碗，很不乐意地说道："别蹭本官的酒，你蹭一碗，本官就少一碗。今日带我不良司的儿郎们来你这儿，一是介绍你们相识，二是他们与你谈一桩买卖。正事你们谈，酒本官自己喝！"

"哦，原来如此呀！"她美目流转，将注意力转到了郭烨、纪青璇的身上，最后盯着陆广白看了好几眼，看得小陆心里一阵突突。

平素里，陆广白的话本就不多，性子也内敛，与郭烨站一块儿容易被夺了风采。不过再怎么夺了风采，小陆的俊俏是郭烨遮挡不住的。风十三娘看了一阵过后，嘴角抿笑地称道："陆副尉生得这般俊俏，不像风餐露宿的公门中人，更像个书生。不良人就该是郭副尉这种粗鄙黝黑的少年郎干的，陆副尉屈才了！"

纪青璇忍笑不发。

陆广白低着头，声若蚊响地回道："十三娘……娘子，抬爱了，抬爱了。"

郭烨算是看出来了，莫不是风十三娘这个骚娘们，看上我家小陆了？长得好看，真是一种罪过，无关男女。

"陆副尉，为何不敢抬头看奴家一眼呢？"风十三娘貌似很喜欢逗弄陆广白，竟伸出纤白的柔荑捏起陆广白的下巴，想将他的脸抬起。

"啊？"陆广白下意识地将她的手打掉，慌乱紧张地说道："你这女人，要干甚？咦？你这身上的香……"

"香什么香？"

郭烨挨着陆广白坐，伸胳膊一揽，将陆广白保护在了自己身后，不再让风十三娘吃豆腐，觍着脸笑道："嘿，十三娘子，要摸就摸我吧，我也鲜嫩着呢！"

"你就算了吧？奴家对皮糙肉厚的黑三郎不感兴趣。"风十三娘将胳膊放了下来，对着郭烨，失去了挑逗戏弄的兴趣。

"咳咳，好了，我们闲话少叙吧，既然付大人说了我们的来意，我们就单刀直入吧。也莫要耽误了风掌柜的买卖！郭副尉，你来说吧。"纪青璇说道。

她这么一说，郭烨也收了心思，点了点头，冲风十三娘抱了抱拳，拱手说道："十三娘子，既然你做着风媒的买卖营生，想必也知道这几个月来，长安城中出了几桩怪案，恰恰这些怪案都由我们不良司查办。如今案子遇到了棘手之处，想从你们风媒手中收点风。当然，行有行规，收风付酬，天经地义。只要你们风媒提供的风声有价值，以后这些买卖，我们常做常有。"

"既然郭副尉也知道行规，那就简单了。从我们风媒手上收风的，也不止你们不良司一家，便是你们司中其他几位不良尉，也是我这清风馆的常客。我们清风馆能立足至今，靠的就是风声及时、货真价实！最近的消息嘛，容奴家想想……"

风十三娘也收起了风骚入骨的一面，皓腕托腮沉思了几息的时间，缓缓说道："现在奴家手上，倒真有一个对你们有用的消息，兴许你们会感兴趣。"

"哦？"郭烨看了一眼纪青璇，通过眼神征求一下意见，毕竟买还是不买，还要不良尉定夺嘛。

纪青璇微微颔首，轻"嗯"一声，表示同意。

郭烨伸伸手，请道："既然有用，那便说来听听！"

"稍等！"啪！啪！风十三娘抬起手臂，轻拍了两下巴掌，旁边很快有侍女送上一卷贝叶装的帛书。

她接过帛书，素手轻抬，翻到某一页，轻声念道："延载元年十一月廿二日申时二刻，有来路不明者自通化门入城，一行六胡五汉共计十一人，当夜宿于西市惠通坊。次日戌时正，于我馆内芙蓉阁饮宴，大醉。戌时三刻，当值舞姬巴娜丽来报，云某胡客疑携五石散入馆，骊风组随即留意追踪。亥时二刻，十一人离开我馆，复宿于惠通坊，风五盯梢达旦。再次日辰时，以上胡汉诸人相继离坊，自明德门出，于南郊凤凰山地域脱离风五盯梢，不知所踪。"

行文精简，却是时间地点人物事件，无一不俱全。厉害了！郭烨由衷赞许一声，真是专业至极。

风十三娘一口气念完了帛书上的所有情报，微笑着看向郭烨等人，问道："不知这条消息，对你们可否有用？"

有用！及时雨！这是郭烨和纪青璇等人的心声。

这段时间，郭烨他们都快被这三大悬案给逼得疯魔了，可想而知他们听到这条线索，对他们而言是有多兴奋了，虽然不是所有的胡人、所有的五石散，都一定跟苏瑞娜有牵连。但有没有牵连，总要查过才知道，对吧？有个查案的方向，总好过两眼一抹黑啊！

纪青璇对风十三娘问道："这条线索我们会买！不过本尉还有几个问题，不知十三娘子能否一一为本尉解惑？"

风十三娘道："既然买我的消息，那边附赠纪不良尉几个问题又如何？但问无妨！"

"多谢。"纪青璇拱了拱手，开门见山地问道："你这清风馆中，可有五石散买卖？"

"没有！"风十三娘微微一愣，不过还是据实回答道："奴家这清风馆中，绝无朝廷违禁之物！"

纪青璇又继续问道："那为何贵馆会对五石散的消息如此上心，甚至不惜派专人盯梢？"

"不良尉要问这个，可就跟你们不良司有关联了。"

"哦，此话怎讲？"

"奴家听闻，前些日子，万年县胡思堂酒肆被查封了。据说胡思堂酒肆的掌柜潜逃至今，一直下落不明。"风十三娘好整以暇地放下手中卷宗，认真说道："后来派人打听才知，此事涉及朝廷违禁之物五石散。奴家胆子小啊，我们这清风馆打开门来做生意，虽然自己不卖五石散，但难保来往客官没有夹带的。万一哪天在奴家这馆中事发，奴家又拿不出足够证据来给自己脱罪，清风馆岂不是要重蹈胡思堂的覆辙？"

"嗯，胡思堂一案，郭某亲手经办的，十三娘子这里出入者多为胡人，西市这边更是龙蛇混杂。你有这层担忧，也实属正常。"郭烨点头认同道。

说到这儿，郭烨免不得想起宛如慈父的万年县尊朱有德，心中不禁又是一痛，深深地叹了口气。多好的一个人啊，而且前程远大，偏偏却栽在了五石散上！五石散这等万恶之物,本就不该存在于这世上!

苏瑞娜！郭烨心中再次念了一遍这个名字,提醒自己一定要将她捉拿归案,也算是告慰朱县令的在天之灵,不枉在万年县衙当差的那两年,朱县令对自己的照拂之情。

“纪不良尉,有用的消息,你们也听完;想问的问题,你也问完了。那是不是可以收风付酬了?”风十三娘伸出纤细素白的手,做了一个索钱的动作。

纪青璇看了看郭烨,说道:“当然,不良司不是街边无赖,行有行规,收风付酬,天经地义！此事你找郭副尉便是。”

“喂喂喂,凭什么找我啊?”郭烨一听,纳闷了,问道:“纪不良尉,这是咱们不良司的案子,又非我郭某的私事,凭甚这收风的酬金让我来掏腰包?”

“对啊,此乃公务,为何让郭烨一人掏钱?陆某还是第一次听说要自己支付办案用度的。此事简直毫无道理!”

紧接着,李二宝和张小萝也抹着油渍渍的嘴,起身执言,力挺他们的郭大哥!

此情此景,像是内讧,有些尴尬啊。

风十三娘见状,微微皱起了眉头,看向一直低头自顾自喝酒吃菜的付九,问道:“不良令大人,你们不会玩苦肉计,不想付钱吧?”

第五十章　密信无火燃

付九一听,“啪”的一下将手上的酒碗重重放于桌上,佯怒道:“十三娘子说得甚鬼话?我们不良司与你买卖往来这么些日子,何曾赖过你清风馆一文钱?本令手下几名不良尉与你手上买消息,可曾短过你一文钱?”

“这个倒是不曾有过。”风十三娘说道。

“那不就是了嘛,十三娘子无须担心!”付九面色稍缓,然后看向郭烨,尬笑了一下,说道:“这个……郭副尉啊,你来不良司的日子尚浅,有些规矩可能不甚了解。不良司开衙建府,自是有朝廷拨款,所以办公查案所需之一应用度,也自然由不良司花销，不会让你等不良人自掏钱囊的。不过申办公费用度，总归有个章程，总需有个时间的。要由所属不良尉申报至专管钱粮用度的不良参军处，再由本令批准复核，方能拨款。此间过程颇为周折，故为了不耽误不良人办案查案，通常都是先由你等自行垫付，案子结后再由专管钱粮的不良参军处为你们销账。你说对吗，纪不良尉！”

付九言下之意，不良司为了精简下拨公款办案的流程，都是先垫付，再销账。

“大人句句属实。”纪青璇道。

郭烨挑了挑眉，指着纪青璇说道：“付大人，那该垫付也是纪不良尉啊，怎么也轮不着我一个新晋的不良人，是不？”

纪青璇淡淡地说道：“不巧，今日忘带荷包。”

郭烨算是看明白了，这两人是铁了心让自己先付这买消息的钱啊。鬼知道这案子什么时候能结？一个月不结案子，这垫付的银钱一个月都报不了啊。

他有些郁闷，这钱倒也不是出不起，当初破神仙娶妻案时从张初仁那儿得来的十两金子，这些天虽然也花去不少，但总算还有富余，用来买消息倒也绰绰有余了。但凭啥这买消息的钱就要自己先垫？咋就这么巧，纪青璇忘带钱袋了？他们这一队，到底他是不良尉还是纪青璇这小娘皮是不良尉？这小娘皮，真是无时无刻给自己挖坑跳。行吧，郭烨暗暗发誓，今日吃她小娘皮一小亏，来日非让她吃个大亏不可，也灭灭她整日目中无人的脾性！

他将手伸进荷包，正要问风十三娘，此消息价值几钱。突然——他的手又收了回来。

看到他这个抽手的动作，风十三娘秀眉一挑：“怎么？郭副尉又想赖账不成？”

“什么叫又想啊？赖账之事，郭某从来不做。只不过临时想到还有另外一笔买卖，可以跟十三娘子做。不知十三娘子有没有兴趣？”

“哟，郭副尉连第一笔买消息的酬金都磨磨蹭蹭不愿付，奴家哪还敢与你做第二笔买卖啊？”

郭烨长笑一声，说道：“这一回，郭某不跟你买消息，郭某反倒要卖一个价值不菲的消息给你，怎么样？十三娘子不妨听听？”

“噢？还是第一次有人跑到风媒跟前卖消息，有意思！呵呵，奴家有些兴致了，郭副尉，且说来听听。”风十三娘笑得花枝乱颤，更添妩媚。

郭烨看了看四周喧闹的声音，还有来回走动的胡姬和酒客，冲风十三娘招招手，道：“此消息不传他人之耳。十三娘子，请附耳过来。”

风十三娘闻言款款下榻，走到他面前，附耳过去。

纪青璇、陆广白他们不知道郭烨跟她说了什么，但明显可见风十三娘收起了方才的戏弄之色，惊诧的眼神里透着欢喜。

“此话当真？”她确认道。

郭烨说道：“十三娘子，你乃贩卖消息为生的风媒，这种消息是真是假，还能听不出来吗？你若是不信，大可派人去我说的地方细细查探一番，定有一番收获！”

“嗯……”风十三娘若有所思地看着郭烨，轻笑道：“奴家是久居长安的风媒，之前发生的桩桩诸事奴家也有耳闻。啧啧，郭副尉真是好手段哪！你这是除了要卖消息给奴家，还打算借奴家的手去敲打敲打对头吧？”

“哈哈，这就不是你要关心之事了。你只需回我，我这消息，能否抵你五石散之消息？”

“平心而论，这消息若能成事，奴家能大挣一笔，较之我给你的消息，”风十三娘稍稍停顿了一下，大大方方承认道：“有过之而无不及！”

“爽快！”郭烨说着，拿起手边的百花春酒，指着桌上的酒菜，说道：“既然有过之而无不及，那郭某就吃点亏，不额外收你费用，多出来的，就当抵桌上这顿酒菜吧，如何？”

风十三娘一愣，气笑道：“哟，郭副尉比那些卖昆仑奴的海外商贾都会算计！算你狠，若能拿你这消息挣了大笔银子，奴家再送你几坛百花春酒！”

“哈，哈，哈，行，这可是你说的。”郭烨说着，转头对付九笑着讨好道：“不良令大人，您可听见了，这买消息的钱算卑职垫付的，这顿酒菜也算是卑职请您的！以后还望大人多多照拂才是！”郭烨说完，不忘挑衅地轻瞟了一眼纪青璇。

付九一听也乐了，骂了一声“泥猴子”，便让风十三娘差人再去拿酒。

纪青璇则是恨恨地坐回软塌，忿忿地自斟一杯，闷头干尽。

直至付九喝得有些微醺，众人这才打道回府。

路上，李二宝和张小萝好奇心痒，一左一右地追问郭烨究竟对风十三娘说了什么，竟能让她不收风媒的酬金不说，还附赠了中午这顿酒菜。

纪青璇也放慢这脚步，竖着耳朵，准备倾听。

不过这回郭烨卖起了关子，无论他们怎么追问，就是不松口。

既如此，此事也就作罢，无人再去打听，毕竟这不算正事。眼下的正事，自然是从风十三娘处得来的关于五石散的那段情报。

纪青璇召集了她这一队的所有不良人，包括郭烨、陆广白、任斗牛等，所有人现在根据清风馆风媒提供的这一纸消息，全力追查消息上提及的那帮来路不明之人，一共十一人，六个胡人、五个汉人。

不过长安城有一百零八坊，人口近百万之众，这十一个人，随便往哪里一藏，都如鱼入大海，即便纪青璇麾下数十不良人出动，将安插城中各处的不良友全部撤出，要想短时间内将人找到，也无异于大海捞针。

整整两天，郭烨与陆广白等人各司其职，埋在海量的消息中。这些消息全都来自各坊各街的不良友密报。各处不良友传回的消息庞杂繁多，筛选，分析，验证……失败，周而复始。

眼看这日头又一点点偏西，第三天又要过去了，但还是连半点有价值的线索都没有，众人都颇为着急上火，就连平日里躲懒犯浑的李二宝，都难得沉下心来筛选消息。

黄昏已至，暮霭沉沉。公事房中，多数人都已经彻夜未眠了。身为不良尉的纪青璇，看着手下这帮面容憔悴的不良人，也是一阵不忍。她扶额叹了口气，挥手道："查案也不差这一时半会儿，都忙了几个通宵了，大家先回去休息休息！明日一早再来吧。"

大家其实都累了，听纪青璇这么一说，皆纷纷出了公事房。

"郭副尉，留步！"郭烨刚走出没几步，就被人拦住了去路，是不良人任斗牛。今天任斗牛和徐尚青当值守不良司大门。

郭烨看着任斗牛走过来，问道："老任，何事？"

任斗牛挥了挥手中物什，是一个信封，说道："你的书信，有人送到了门口。"

"哦？我的书信？"郭烨一愣，问道："谁送来的？"

他接过信封，细细一摸一观瞧，这信封的材质显然不是一般的纸张，应该是某种动物的皮革经过漂染之后做成的！连信封都花费如此心思，显然里面的书信定不是普通的书信。

任斗牛回道:“是个小乞儿送来的。我问过了,他也是受人所托,而且雇他的人蒙了面,想必是不想让人认出身份来吧。”

“行,谢了,老任!”郭烨拿着信封再次返回了公事房,公事房中此时无人,正适合看这种神神秘秘的书信。

他将房门关上,接着拔出一把匕首,轻轻挑开了信封的封口。

直到确定了信笺没什么问题之后,他才凑过去看信中所写的内容,一看之下,郭烨脸色不由大变——“欲问坎字戒,西市寻林黄。”两行大字齐齐整整地写在信笺上,却不是寻常墨色,而是一种浅黄色的字迹。

随着郭烨的视线扫过,浅黄色的字迹突然无火自燃起来,火势蔓延,转眼就把整张信笺都焚烧成了灰烬。

与此同时,放在一旁桌案上的皮信封,也跟着猛烈燃烧起来,不一会儿,除了一块焦痕之外,就再也看不出它存在过的痕迹。

“欲问坎字戒,西市寻林黄。”

坎子戒,居然有人主动提到了自己心底最深处的秘密——坎字戒。

郭烨的心好像被铁锤重重地敲了一下,有点突突地狂跳。

那封信无火自燃,看似奇诡,但郭烨久经市井,知道这不过江湖奇术罢了。无非就是那淡黄字迹乃是以荒冢尸骨中提炼出来的粉末混着桐油写成,封在不透气的皮信封内时安然无恙,但只要一接触到空气,不消片刻就会烧得一干二净,连带着沾染了粉末的皮信封也不能幸免。

不过这提炼尸粉的手段说着简单,操作起来却并不容易,不是一般的江湖术士可以掌握,郭烨当年偶然听师傅提起过,却不想今日被自己遇到了。

坎字戒,尸粉写成的密信……郭烨思虑再三,终究还是按捺不住一探究竟的好奇心。

随即,他拍掉了手上的灰烬,去了陆广白的居所。他和陆广白一样,都没在城中置办居所,所以图个方便,经付九同意,就暂时住在了不良司衙门里,也方便他们随时外出办差。

郭烨到了陆广白的房间,推门而入。小陆正在自顾自侍弄着花花草草,对郭烨不敲门而入的行为,早已见惯不怪了。

郭烨说道:“小陆,我有事要出去一下。如果到明天早上我还没回来,纪青璇要是问起来,你便替我编个由头。就说我,就说我夜里追查那帮胡人的踪迹,彻夜未归便是。”

“晓得了。”陆广白继续在窗下捣鼓他的花花草草,头也不抬地答道。

出了陆广白的住所,郭烨直奔西市而去。

西市既然是大唐帝国的国际商贸中心,那自然就有管理机构。它有西市署、平准署和仓平仓等机构,有专门的令和丞等大小官吏驻守。郭烨要在西市找一个林黄的人,那自然是要到西市署去查,不然西市有两万多家商铺店面,凭他自己挨家挨户去打听,得到猴年马月?

凭着不良人的身份,他在西市署登记的商贾住户名册中找到了一个叫林黄的人,是一位富户。

根据西市署上登记的地址,他去了林黄的宅邸。

林黄的宅邸占地颇广,亭台楼阁雕梁画栋,小桥流水曲径通幽,风格清新雅致又不失奢华。能在寸土寸金的西市中,拥有这么有座宅邸,足见林家非一般寻常富户可比。

走到林府门前,郭烨本能地察觉到不对。一般像这样的大户人家,重门深锁那是必然的事情,以免被外面的泥腿子扰了清净。但此刻的林家却是大门洞开,本该站在门口值守的门房也不见了踪影,只有两个红彤彤的大灯笼孤零零地挂在屋檐下,幽幽之光,略显凄凄。

他上了台阶,步入林家大门,一阵阵嘈杂的声音从府邸深处传出,似乎有许多人在宅邸内来回走动,大声喧哗。

已入昏,快近宵禁的时辰了,何事如此闹腾?郭烨眉头一皱,在门口踌躇了片刻,终于还是一举步向宅子里走了进去。

一进林家,居然看见了来回走动的衙差。有衙役发现了郭烨,上前将他拦住,大喝道:“此地林府暂为长安县衙接管,你非林家府邸之人,快些退出去!”

郭烨今天并没有穿不良司的公服出行,从腰间解下不良司的腰牌,高高举起,高声道:“我乃长安不良司不良人,来林府亦为公案,望放行!”

不良司的名号,在地方衙役面前,绝对比丽竞门还好使,因为不良司至少还会替地方县衙解决棘手的奇案怪案,不像丽竞门的狗腿子一来就是作威作福。

他们稍微查验了一下郭烨的腰牌,便放他同行。郭烨问林府出了何事?他们回答出了命案,就在林府主人的居室。

郭烨一听,心呼要糟,老子来找林黄,他不会死了吧？他心急地让长安县衙的衙役帮忙带路,前往林府主人的居室。

穿廊绕柱,他们很快来到一间富丽堂皇的居室前。站在门口,便能听到有哀婉的哭声,啜泣着从里间传了出来。

郭烨径直推门而入,卧室中已经站了七八号人,但扑面先闻到的一股浓浓的血腥味。

众人围观的位置,是卧室中央的大床榻。他定睛一看,不由地倒吸一口冷气。

好家伙！只见在卧室中央的大床上,被褥被掀开丢到一边,一颗面容狰狞的人头血淋淋地摆在枕边！显然刚刚刺鼻的血腥味就是由此而来。

床榻上除了头颅,还有一条足足比成人腰身还粗上一圈的大青蟒,正懒洋洋地躺在那里。

大青蟒吃了这人的躯体,就剩一颗脑袋？这是郭烨的第一猜测。

床榻边的地上,瘫坐着一个泣不成声的丰腴少妇,她大概是被吓惨了,裙裆处黄乎乎地湿了一片。

血腥味、屎尿味,加上蟒蛇身上散发出的腥臊气味,让整个房间里充斥着一股噩梦般的怪味儿。

郭烨看着眼前这奇诡一幕,紧皱眉头,久久无话。

冷不防,七八个人中有人竟认出了他,热络地喊道:“郭副尉,你怎么来了？”说话的非别人,正是长安县衙的捕头罗九亮。

郭烨走到罗九亮跟前,说道:“我正好路过林府,在门口见着异状便进来看看。罗捕头,这……这里什么情况？”

“也算不得什么泼天大案,不过是林家蓄养的猛兽,要了自家主人的性命,是桩意外！我们查过,并无可疑之处,差不多快处理完了,只待家属画押确认就可以结案了。”

是桩意外？郭烨暗暗观察,在他看来,这死者的死状,明显就不是一桩意外的案子啊。

第五十一章　青蟒食人案

郭烨看着滚落在床角的头颅，还有床榻上被撑得滚圆滚圆，动弹不得只能盘着的大青蟒，问罗九亮道："罗捕头，我能看看吗？"

"当然。"罗九亮只是稍微诧异了一下，让开了路，让郭烨更靠近床榻些。

郭烨微微俯身，仔细打量起来。"死者的身份搞清楚了吗？"他边看边问。

"已经查清了，就是这家的主人，姓林名黄。"罗九亮说道。

郭烨闻言，嘴角狠狠抽搐一下。坎字戒的线索又断了？他又看向跌坐在地上啼哭不休的女人，问道："她是谁？"

"哦，她是林黄的小妾，名叫花巧芸。这家的女主人身体不好，常年不管府中事，如今也是伤心过度、卧床不起了。倒是这小妾一直打理着林黄的日常起居。今天她照旧去给林黄送午膳，发现房门紧闭，推门而入便见到了这恐怖血腥的一幕。"

"她可有嫌疑？查过没？"

"应该没有吧，你看她那样子，吓得尿骚满地。"说着罗九亮冲地上的花巧芸努努嘴，龇牙笑了一下，说道："我们也盘问过府中下人，他们说小妾花巧芸颇受主人林黄宠爱的，两人感情不错。"

郭烨"哦"了一声，将注意力转向那条懒洋洋一动不动盘在床榻上的青蟒，继续问道："好端端的林府，怎会有如此大的一条青蟒？难不成还是林黄自己养的？"

"嘿，郭兄弟你真剔透。"罗九亮冲郭烨竖了竖拇指，说道："我们也问过府中之人，他们说主人林黄，素来爱蛇如命，凡在大街上遇到有人卖蛇，便不惜重金购入府中圈养，这几年林府里豢养了五花八门、数之不清的蛇。林黄与蛇相伴为伍，简直爱惜得不行，你说这有钱人怎么都有千奇百怪的嗜好呢？"

"林黄爱蛇如命，府中还有专门养蛇育蛇的蛇圈？"郭烨也是颇为意外林黄的这个爱好。

罗九亮点头应道："是哩，他们家还有专门的养蛇人，此人叫李七郎，方才罗某与他确认过。罗九亮指了指床榻上这条大青蟒，说道："据李七郎所言，这条青蛇是家主林黄，最喜欢的一条蛇。李七郎还说，平日里大青蛇是由他照顾的，一直以来它性子温顺，愣是没想到今天竟能突然出事，反噬了主人！"

郭烨问道："那现在这个养蛇人李七郎在何处？"

"我担心蛇圈里那些爬虫又失控跑出来咬人，便让他回蛇圈照看其他蛇去了。"罗九亮说着，又看了看床榻上的大青蟒，摇头叹气道，"郭兄弟，你说说，这林黄也不知道是怎么想的，竟会喜欢养这些个东西。这冷血的爬虫，怎能养得熟……"

罗九亮喋喋不休地说着，在他看来，林黄如此有钱，如此巨富，放着好日子不过，非养这种玩意，最后竟死于自己豢养的青蛇之口，简直就是荒诞！

郭烨任由罗九亮在身后叨叨，重新检查起床上的头颅和一动不动的大青蟒。"仵作验过尸了吗？"

"验过了，这头颅断口处，确有蛇牙撕咬过的痕迹。错不了。"说着，罗九亮伸手指向床角处的头颅。郭烨细看，果然头颅断口周围有蛇牙的撕咬的痕迹。

一切看起来的确没什么异常之处，但所有迹象凑在一起，郭烨总觉得有哪里不对劲。

"林黄的尸身为何不查？"郭烨瞅了一眼那大青蟒胀鼓鼓的肚子，皱了皱眉问道。

"这个……"罗九亮有些尴尬，他总不能说是因为他们长安县衙的仵作，畏惧爬虫不敢动这条大青蛇吧？他尬笑一下，说道："仵作查验了这颗头颅并无异样，这蛇又是林黄自己养的，林家的家眷也不深究，所以……"

郭烨听罢，微微蹙眉。这么草率结案，也太懈怠了吧？他转头看了罗九亮一眼，对方正用一种幽怨的眼神看着自己，郭烨瞬间明了。他当初在万年县衙，也是从底层捕快爬上来的，明了对罗九亮他们这些做一天和尚撞一天钟的捕快而言，若是死者家眷不追究的情况下，能以意外事件结案，那便是皆大欢喜了。

电光火石之间，郭烨突然有些明白了那封密信的用意，莫非送信之人早就知道林黄家会出事，或者早就预料到林黄命案会是这么一个草草结案的结果，才会送信给自己，用坎字戒引自己入局？那这个人既然提到坎字戒，显然是知道自己身世,也知道自己会为了查明身世而入局的。想得还挺周全,这人到底是谁?郭烨的探究欲越发强烈了。

随即,他对罗九亮说道:“罗捕头,这样,不如这个案子交由我们不良司来查办?你留几个人协助我办案,替我守住这林府,莫让府中任何一人出去府邸即可,如何?”

罗九亮犹豫了一下。

郭烨拍了拍他的肩膀,说道:“若有功劳,分你一份。若有麻烦,与你无关!”

“我看行!”罗九亮跑出居室,唤来几名手下捕快,叮嘱他们要听不良司郭副尉的调遣,协助郭副尉办案。之后,罗九亮带着一干长安县衙的衙差,撤出了林府。

郭烨对几名暂时受自己差遣的长安县衙捕快吩咐了一番,交代他们各司其职之后,又将注意力回到了床榻上的头颅。

他看着林黄的脑袋看了一会儿,突然有所发现:“对啊!林黄的面容……”

床上的人头已经摆了有些时候了,林黄面颊上虽然已经开始浮现尸斑,但表情却一直都是没有变化,嘴角微微上翘,神情轻松,浑然没有被毒蛇猛兽撕咬而死的痛苦表情!

“你们两个把现场守好了!即刻起,闲杂人等,不得再进来这间卧室!”

对两名长安县衙的捕快叮嘱完这句话,郭烨像风一样冲出林府。

他飞快跑回不良司,冲进陆广白的房间,一推开门,就上气不接下气地叫道:“小陆,有具尸体要你帮我验一下!”

“什么尸体?”陆广白有些诧异。

郭烨将林黄的奇异死状说了一通,陆广听到后面竟也感兴趣了,二话不说,麻利地拎起自己的百宝囊,催道:“带路吧!”

两人很快又回到了林府。两个长安县衙的衙役把守着居室门口,把现场保护得很好。

郭烨带着陆广白进了卧室,指了指床上的人头,将自己的发现和疑窦,逐一跟陆广白说了一遍。

陆广白静静听完,也不急着发表看法,而是凑近人头,先仔细检查了一遍,又拿出几个夹子和小竹筒,取了一点林黄断颈处的血渍。捣鼓了一阵子之后,他笃定地说道:“你的怀疑没有错,他的确不是被蛇咬死的,应该是一刀毙命,而且是速度极快、力度极大的一刀,瞬间头身分离,所以林黄脸上的表情还来不及变化出痛苦或狰狞。至于颅颈处这些咬痕、牙印,都是死后人为伪造上去的。”

“这长安县的仵作真不靠谱!”郭烨忍不住吐槽道。

“如果死者断气后不久就进行伤痕的伪造,以长安县衙仵作的水平,看不出来也是正常。”小陆颇为自负地说道。

郭烨点点头,正要说话,突然听见门外传来一个熟悉的稚嫩声音:“郭大哥好没见识,这么明显的破绽都看不出来。天底下的蛇,吃东西只会吞,不会咬。所以蛇,无论大小,它都根本不可能将一个人的脖子咬断呀!”

小萝莉声音落罢,人已经一脚踏进了卧室中。

跟在屁股后面的是李二宝,恬不知耻地奉承了一句:“小萝,你懂得真多!”

这两个活祖宗怎么跟着来了?

郭烨瞪了她俩一眼,质问道:“天都快黑了,你们两个不好好待在不良司中歇息,跑来此处作甚?”

“刚才我肚子饿,本来叫着二宝想去厨房寻点吃食,正巧看到你和陆大哥急匆匆地往外跑,就跟上来看看咯。”张小萝说道。

李二宝在一旁附和地点头。“看你俩行色匆匆,肯定是有大事要办,我俩岂能错过?”

“郭大哥,我看这死者死状奇特,还有大蛇吃人,颇为有趣,就让我们跟你一起查吧!”张小萝蹦到郭烨身边,抱着他的右臂,央求道。

郭烨实际上是想通过林黄案,追查到坎字戒及自己身世的线索,不想惊动太多人。这事儿连陆广白他都没说,更何况这两小只?

这两个熊孩子武力值爆表,嘴巴也大得惊人,一旦让他们知道自己的事,便绝对藏不住。

陆广白看了看郭烨,说道:“算了,这跑前跑后也都要用人,让他们跟着无妨。”

郭烨犹豫了一下,最终点了点头道:“行吧。不过要听命行事,不许擅自行动,更不许惹是生非。”最后半句话是说给李二宝听得。

两人高兴得连连称好。

“小萝，把蛇肚子剖开吧。”陆广白知道张小萝深熟蛇虫之道，径直吩咐了她。

“好！”张小萝闻言解下背上巨剑，双手握住剑柄，用力一挥。噗……嗤……床上躺着的巨蟒瞬间就被开膛破肚！

霎时，蛇腹内露出一个裹满了黏液的无头尸体来。

“尸体交给我吧！”陆广白在郭烨三人一脸惊骇的目光中，不嫌恶心地剥离着尸体上的黏液，淡定从容，仿佛就是在剥菜叶子似的。

清理和查看了一番尸体之后，陆广白一边用手帕擦拭着手上的黏液，一边说道：“果然如此。这具尸身脖子上的断口是平整的，看来这凶手只处理了头颅脖颈处那部分断口，并未来得及处理吞入蛇腹的尸体脖颈处的断口！”

郭烨问道：“既然凶手能让蟒蛇吞掉林黄的无头尸，为什么不顺便把这颗头也吞了，还要费尽心机伪造现场？简直是多此一举嘛。”

“这个……你得问凶手！”陆广白摊摊手，表示他也不知道。

张小萝说道：“这个干吗要问凶手。这个很好解释啊，蟒蛇的天性就是吞下足够分量的食物之后，就不会再进食了。我猜那个凶手让蛇把林黄的身子吞了以后，这大青蛇就吃饱了，不管怎么驱使都不肯再吞脑袋了。那凶手也是迫不得已才只能这样伪造的。”

“这么解释倒也说得过去。”郭烨摸了摸下巴。“所以最后要找出这杀人的凶手，还是要在蛇身上下功夫咯。二宝，你去蛇圈那儿将李七郎带去隔壁厢房。动作快点，时间紧迫。”

“好嘞。”李二宝一溜烟跑了出去，不消片刻，就把李七郎给提溜了过来。

隔壁的厢房。

郭烨见到了林府的养蛇人李七郎。这是一个瘦长个子的中年人，他被李二宝带来之后，冲着郭烨行礼道：“小人李七郎，见过官爷。”

“你就是李七郎？”郭烨上下打量了一下李七郎，开门见山地问道：“罗捕头跟我说，你曾言及，这青蟒素来温驯，乃林黄最疼惜的一条蛇。那今日，这青蟒为何会突然逞凶吃人？”

“这……”李七郎犹豫了一下，答道：“小青平日里都很温顺，今天为什么会突然发狂把老爷吃了。这事小人委实不知。”

“还敢狡辩！”郭烨“啪”地把桌子一拍，呵斥道：“实话告诉你，你家老爷之死并非青蛇所致,而是被人谋害的！此事我们已经查明！你要是帮凶,便老实把主谋供出来,还能给你减刑。你要自己就是主谋,也痛快点说,省得我们对你动刑,多受皮肉之苦!”

“老爷是被谋害的?!”李七郎脸上瞬间闪过一丝震惊,待他马上反应过来,立马跪在地上连连磕头。“几位大人明鉴,真的不是我干的,我什么都不知道！世人对养蛇之人多有偏见和害怕,唯独我家老爷爱蛇,故对我这个养蛇人亦是厚待。老爷安好,我才能在林府中继续过好日子。这是个娃娃都懂的道理。我怎么会如此蠢笨,谋害老爷性命,断了自己的生计?”

郭烨微微颔首,对李七郎的话表示赞同。他脸色稍和,说道:“既然你家老爷对你好,那你就应该积极协助我们缉凶,早日将凶手绳之以法,还你家老爷一个真相才是!”

“是,是！大人您想问什么就问吧,小人一定知无不言,言无不尽。”

“好,我且问你,在这林府之中,除了你,平日里还有谁能接触到豢养的蛇?”

“这……”李七郎想了想,答道:“其实府里除了老爷,其他人平日里遇到我都恨不得绕道走。日常除了我会到蛇圈里来的,也就只有韩四、阿成和卢三。韩四是蛇圈后头看管角门的,与小人是同乡,胆子也大,常常来小人这里一同吃酒。阿成是个小哑巴,平日负责打扫蛇圈。还有一个厨房的杂役卢三,负责每日给各处送吃食。其他就没有了。”

“再没有其他人了？你仔细想想,最近几日可有什么特别的人来过蛇圈?”

李七郎摇了摇头,这蛇圈的位置本就偏僻,谁会没事到这里来。突然,他像是想起了什么:“大人这样问,倒还真有这么一个人,只是小人与他不熟,前两日那卢三身体不适,便由厨房的另外一位小哥来送吃食。我看他倒也不怕这些蛇。”

“噢?”郭烨眉头一挑。“好,你去把他们几个都叫过来。二宝,你陪他一起去。”

待李二宝和李七郎都离开之后,张小萝说道:“郭大哥,我看这养蛇人李七郎最为可疑了。你想想,若非懂蛇、驯蛇之人,谁能操控青蟒,吃掉林黄的尸体啊?”

“凶手应该不是他,至少他的嫌疑不是最大的。”郭烨摇摇头。

陆广白也赞同地点了点头,道:“察言观色,也不该是他。”

“你们又非他肚里的虫儿,怎会知道不是他?”张小萝翻了翻白眼,不服气。

“要是我说我会‘他心通’,你信不信?”郭烨轻轻弹了一下她的脑崩儿。

“我才不信呢,郭大哥又要开始装神弄鬼忽悠人了。”张小萝鄙视道:“你要这么厉害,这些日子不良司里焦头烂额,怎么不见你用?”

“我辈公门中人,破案自当堂堂正正,旁门左道,不足为恃!”郭烨说得那叫一个义正词严。

张小萝知道郭大哥又在吹牛了,就喜欢这样爱吹牛的郭大哥。

“行了,估计人召集得差不多了。”郭烨耸耸肩,对张小萝说道:“一会儿等着看好戏便是,郭大哥让你们开开眼界。小萝,你替郭大哥办件事儿,这事儿郭大哥只信你才能办到!”

“我真这么重要吗?”张小萝大眼睛扑闪扑闪的,美滋滋地主动请缨道:“郭大哥,你吩咐便是!”

郭烨在张小萝耳边悄悄吩咐了几句,张小萝听完便蹦蹦跳跳地去了。

很快,李二宝将李七郎提到的府中几个人都带了过来。几人一字排开,齐齐整整。郭烨凌厉地扫了他们一眼,也不说话,只静静地看着,看得那几个人心里直发毛。

空气凝滞,气氛诡异,过了好大一会儿的工夫,郭烨这才轻咳了一声道:“李七郎,本副尉有几个问题问你。”

李七郎有些奇怪,这位大人让我将这些人找来聚在一起,却不问他们话,反而要把问题抛给了自己,这是唱的哪一出?不过他还是恭顺道:“这位官爷,您问便是!”

郭烨问道:“你可知一条蛇,有毒无毒,当如何第一时间用肉眼判断?”

“回大人。这个简单,有毒之蛇多色彩艳丽,鼻孔和眼睛之间有小坑,尾部鳞片呈环形,位于一排……”说起蛇的门道来,李七郎侃侃而谈,甚为精通。

“噢?那本副尉这里,也有一条蛇,你看有毒无毒?”说着,郭烨朝门外招了招手,张小萝手上抓着一条三尺多长、色泽橙红的蛇,走了进来,三步两步便站到了郭烨身后。

李七郎看着蛇,说道:“这……这般看去,这蛇的颜色倒似毒蛇,只是小人看不真切,不知可否凑近一观?”

郭烨抬抬手,示意他不用凑近,说道:“你是养蛇之人,一眼便能判之。不过到底有没有毒,试试不就知道了吗。”

说罢,他指着韩四、卢三、阿成等一字排开的几人,说道:“小萝,用你手中的毒蛇,对他们一人,咬上一口!”

“好嘞!”张小萝走上前去,依言照做。

可他这话却吓到了一字排开的这几个人,这被毒蛇咬上一口,焉能活命?顿时,一个个顿时吓得魂飞魄散,纷纷跪下来哭喊求饶:

“大人饶命啊!”

“大人这是要作甚啊?”

“小人不知何处得罪了大人,还望大人放小的一马啊!”

……

“噤声!”郭烨冷冷喝道:“你家主人林老爷被人驱蛇所杀,凶手肯定就在你们中间。现在林夫人和花小娘,要求本副尉为林老爷寻出真凶!但本副尉公务繁忙,哪有那么多时间浪费在你们身上,索性来个宁枉勿纵吧!我从蛇圈中找条毒蛇,对你们一人咬一口,没死算你们走运,真死了也无妨。一来林夫人那儿本副尉有了交代,就说真凶亦死于毒蛇口中。二来林老爷之死,对外已经说是蛇虫伤人意外了,既然有一桩意外,那林府再多几桩意外也是不打紧!”

郭烨简直就是草菅人命、为所欲为的糊涂差官,这几个一字排开的嫌疑人,心里已经开始问候他祖宗十八代了。

说罢,郭烨下令道:“二宝,看住他们。谁敢跑,便一锏打死!”

“遵命!”李二宝虽然不知道郭烨为何突然变得这般凶神恶煞,但还是将双肩上的金锏取下,左右各执于手中,煞气逼人地盯着这群林府家仆。

“小萝,动手!”一声令下,张小萝拎着蛇就走上去,熟稔地操控着毒蛇,以闪电般的速度,在几个家仆的手上一人咬了一口。

等着张小萝做完这一切,郭烨炯炯的目光突然锁定在了其中一名家仆的身上,急声喊道:“二宝,摁住这厮!”

李二宝也不问为什么,第一时间蹿上前来,如猛虎扑食般一把按住了那个正要挣扎的仆人,一个面貌看似年轻的仆人!

郭烨走上前去,对年轻的仆人问道:“说!你为什么要杀林黄?!”

没想到这个面貌看似年轻的仆人,竟然冲着郭烨露出了诡异的笑容:“呵,呵,你猜。”

一句话没说完，两道紫黑色的血迹，就顺着他的嘴角流了下来。

“不好！他服毒了！”陆广白大喊一声，冲上前来，一把捏开年轻仆人的嘴巴，可惜为时已晚，慢了一步。年轻仆人白眼一翻，就在众人眼皮子底下气绝身亡。

“没救了。毒药藏于义齿中！”义齿便是假牙。陆广白抽出一根竹夹子，在年轻人嘴里捣鼓两下，拔下一颗中间被挖空的义齿，把义齿中间的一抹紫色药迹举起来亮给众人看。

这么狠厉决绝？郭烨眉头一皱，一股诡异的感觉蓦地浮上心头。

突然，他的视线扫过年轻仆人手臂上某一处时，脸色一变，惊讶出声道：“竟是他？”

“谁啊？”李二宝和张小萝都挤上前来问道，陆广白也露出了好奇的神色。

“一个你们前些日子还见过的人。”郭烨扳着年轻人的面孔给他们看，但二人端详半晌，却纷纷表示对这人没有一点印象。

“上次你们见到他的时候，他化了妆，也难怪你们认不出来。”郭烨笑笑，又指着年轻人手臂上一块明显比其他地方肤色淡的地方道：“那看看这里。”

李二宝还在皱眉苦思的时候，张小萝已经先一步反应过来：“这里平时贴了猪皮？他是我们在西市街头遇见的那个假天竺人？”

“不错。”郭烨点点头。

张小萝奇道：“他不是说他自己是游方弄蛇之人，怎么进了林府当仆人了？”

“怎么进林府已经不打紧了，既然他是真凶，而且业已伏诛，那林家这桩案名算是告破了！”郭烨说着，将门口处的两名长安县衙唤了进来，然后说道：“林家这桩命案重新移交回你们长安县衙，请将情况回禀罗捕头，此地就交给你们长安县衙来善后了。”两名捕快拱手称是。

这就完了？李二宝和张小萝面面相觑，凶手为何服毒自尽？幕后是不是还有主使之人，背后会不会有个大阴谋？按理不应该继续追查吗？郭大哥怎么说停就停了？

陆广白神色怪异地看着郭烨，张了张嘴，似乎想说什么，但最终还是选择了沉默。

给两名长安县衙的捕快交代完具体情况，郭烨带着李二宝他们撤出了林府。

回不良司的路上，李二宝好奇地问郭烨："郭大哥，你是怎么看出那个凶手有问题的？难道你真会'他心通'不成？"

郭烨摇头大笑道："这世上哪有什么'他心通'，无非是人在害怕的时候，会有一些本能的反应罢了。"

他指了指自己的双眼："比如呼吸急促，瞳仁扩张，出汗增多。虽然前者可以伪装，但后两个反应却是无论如何也伪装不了的。正如小萝之前所言，凶手想要驱使青蟒吞食尸体，就必须对蛇非常了解。所以我让小萝去林黄的蛇圈里去找一条看起来像毒蛇，实则无毒的蛇来。幸好，林黄搜罗的蛇很全，还真被她找到一条这样的蛇……"

"紫灰锦蛇。"张小萝马上补充道："这蛇虽然颜色艳丽，实际上却是一条无毒的蛇，不过我还是做了一些伪装的，用胭脂把紫灰锦蛇上的黑色条纹给涂红了。"

"一开始小萝故意离得李七郎远远的，也是怕他看出破绽，露了馅。毕竟这蛇有毒无毒，内行人一眼便能看出！"郭烨说道。

"我明白了。"李二宝露出恍然大悟的神色。"这个凶手既然精通养蛇驱蛇，那小萝拿着蛇进房间，只需靠近他们，他自然一眼也能认出这蛇是无毒之蛇。但他为了隐藏踪迹装作不懂蛇，所以也要装成惊慌害怕的样子。但与其他几个人的害怕惊惶不同，他的害怕是装出来的。真害怕还是假害怕，郭大哥就是靠这个确定了他是真凶。是吗？"

"也不能叫确定吧，只能确定他的嫌疑最大而已。"郭烨摇摇头，叹道！"我也没想到他会如此决绝，一被识破便马上服毒自尽。不打自招，这倒省了我们审讯的工夫。"

"郭大哥，如果他没认出这蛇，该怎么办呢？"张小萝好奇问道。

"不怎么办，再想办法就是。办法总比问题多，活人还能被尿憋死？"郭烨无所谓地耸耸肩道。

"郭大哥好厉害，今天又学到了一招！"李二宝和张小萝再次露出了迷弟迷妹的崇拜眼神。

陆广白看着郭烨，眼中也更多了一抹若有所思的神色。

他们一路说着小话，回到了不良司。

此时，天色已经黑了。郭烨催促他们去睡觉，明天大家还要继续围着风十三娘给的这条线索进行追查。

等着大家各自回房之后,约莫过了一炷香的时间,郭烨又探着脑袋,蹑手蹑脚地出了自己的房间,再次悄悄出了不良司衙门的大门。不管是凶手决然服毒自尽透出来的诡异,还是尚无下落的坎字戒线索,都注定了他今晚根本就睡不着觉。

此时,刚过一更,暮鼓声声,街上空无一人。郭烨来到了西市,摸到了林府外头,黑影隐在墙角下,借着飞爪套索,匆匆翻过围墙。郭烨趁夜,再次进入了林府的后宅。

突然,一阵极致痛苦的呻吟声,隐隐约约,传入他的耳中!

第五十二章　峰回又路转

寂静的夜里,这痛楚的声音格外有穿透力,一下子就吸引了郭烨的注意。

他寻着声音的方向在林府后宅中快速潜行,最终确定声音的源头是后宅的一间厢房内。

郭烨快步摸到厢房窗下,食指蘸了蘸唾沫,戳开窗纸往里一看,厢房内的一幕顿时让他大感意外。

屋内昏暗的油灯下,依稀能看到一个女人满地打滚的身影。

这个女人他有印象,今天在命案现场的林黄的居室见过,当时这女人被林黄之死吓得跌坐在地上,失了魂魄。此女乃林黄的小妾花巧芸。

此刻的她,似乎在承受着巨大的痛苦,双眼通红,青筋暴绽,嘴角涎水四溢,浑如一只狰狞的女鬼。

郭烨见着她这丑态,下一刻,他猛地想起什么,低呼一声:“这是五石散发作时的症状啊?”好家伙!本想来二探林府,再找找坎字戒的线索,没想到竟有意外收获!郭烨暗暗兴奋起来。

自从清风馆风媒处得到了最新线索之后,现在整个不良司的人,尤其是纪青璇这一队人马,都快被“五石散”三个字搞疯了!

这会儿,竟然发现林府的妾侍也在偷偷吸食五石散,这不可谓巧合,兴许这个花巧芸和风十三娘消息中那帮携带五石散的胡客,有着某种关联呢?

郭烨越想,越是兴奋,真有点山重水复疑无路,柳暗花明又一村的感觉。

“花巧芸!你好大的胆子!竟敢偷服朝廷屡屡违禁的五石散!”郭烨毫不客气地推门而入,大步走到正在地上痛苦翻滚着的花巧芸面前,喝问道:“说!你是在哪里染上的五石散?!”

谁知此时的花巧芸已经被折磨得失去了理智,浑然不惊惧不速之客的出现,反而伸手一把抓住郭烨的裤管,哀求道:“药,求求你,给我药,我好难受!”

药瘾深重,无可救药!郭烨俯下身来,看着呼吸急促、眼神迷离、神智已经渐入癫狂的花巧芸,道:“花巧芸,你回答我的问题,我便给你五石散!”

“好,好!你快问!”花巧芸仿佛抓住了最后一根救命稻草,拼命点头道:“问完快些给我药!”

郭烨问道:“谁给你的五石散?”

“钱五郎。是,是钱五郎给我的!啊,好难受,给我药。”花巧芸的双手死命拽着郭烨的宽袖,身体呈现出一种奇诡的扭曲状。

郭烨又问:“钱五郎是谁?”

花巧芸道:“就是杀……杀老爷的人!”

原来那个下午服毒自尽的假天竺人,叫钱五郎。

郭烨确认道:“你说钱五郎杀了你家老爷,也是他操控青蟒吞掉你家老爷尸体的?”

“对,对,就是他!”花巧芸喘着粗气,恨恨骂道:“这个杀千刀的王八蛋啊!说好把他弄进府里来,就给奴家更多药的,居然说死就死了,一点五石散也不给奴家留啊!这个该死的钱五郎,奴……奴便是做鬼都不会放过他啊!好难受啊,快,快些给我药!”

花巧芸强忍着痛苦,用头不停磕着地,伏地撞头,咚咚咚,一阵闷响。

郭烨不禁摇头,暗叹,早知今日,何必当初?若是不贪恋一时快感,又岂会沾染上这五石散?

不过从花巧芸提供的信息来看,这驯蛇的假天竺人,确切地说应该是驯蛇人钱五郎,他先谋害林黄性命,又驱蛇吞尸制造假蛇吃人的假象,明显是蓄意已久的阴谋。

通过花巧芸断断续续的讲述,郭烨推断了一下,那日在西市,钱五郎假扮天竺人当街舞蛇,根本不是欺骗游人坊民来忽悠他们的赏钱。他应该就是来狙杀林黄的。他知晓林黄爱蛇如命,通过内线花巧芸,提前获知林黄出门的安排,便在西市闹坊调教弄蛇,希望通过舞蛇将林黄引来,然后以血影蛇杀之。不然他也不会冒大不韪,当街摆弄剧毒之蛇。

至于通过花巧芸再进林府,应该是他杀林黄的备用计划,不然也不会涉险进林府杀人。要知道在林府内杀林黄和在林府外杀林黄,无论难易程度还是风险程度,都不可同日而语。

郭烨又问道:“花巧芸,除了钱五郎,还有没有别人参与杀你家老爷?”

“不知道!我不知道啊!我也是被他控制的,他让我做什么我就做什么,其他我什么都不知道,我不知道……”

花巧芸磕得头破血流,她痛苦地再次抓住郭烨的宽袖,叫道:“快给我药的。快,快给我!我快要死了,不,我生不如死!!!”

郭烨看着状若疯狂的花巧芸,心中暗忖,虽然自己是来寻坎字戒线索的,但现在既然意外查到了五石散的线索,那就是公案,应该回禀纪青璇,上报不良司。

至于坎字戒,只能压后再查了。

咚!郭烨化手为掌,对着花巧芸的后脖颈来上重重一记手刀,直接将她给打晕过去。

既然涉及五石散,那这个女人就是重要的人证,郭烨一不做二不休,扛着花巧芸,偷摸出了林府,趁夜回了不良司。

将花巧芸暂且收押之后,郭烨第一时间把付九、纪青璇等人都给叫了起来,在隐掉坎字戒线索那段之后,他将今日发生的诸般事宜,都一五一十地道了出来。接下来如何处置,就静候不良令大人和不良尉大人的决断吧。

付九听罢打了哈气,便说既然涉及五石散,那自然是归纪不良尉这队人马追查,之后哈气连连又回房睡觉去了。

郭烨能闻得出来,老瘸子昨晚没少喝,浑身扑鼻的酒味儿啊。

等着付九一走,纪青璇难得对郭烨说了句:“辛苦了!”

“嗯?”郭烨一愣。

纪青璇又道："这是非常重要的发现，天亮之后等人齐了，我们重新再布置一番。离天亮还有两个半时辰，你去睡会儿吧，补补觉。"

郭烨微微诧异，进不良司这么久，还是第一次听她这么软乎乎地跟自己说话。

不过说实话，郭烨这几天围着风十三娘提供的线索，日查夜查，真没怎么睡好觉，今晚又这么一出，更是有些倦了。

他嗯了一声，先回房补觉去了。

第二天一早，纪青璇召集齐了手下一干不良人，做了一个简短的分析。

为何钱五郎要费尽心机去杀林黄？甚至不惜用五石散去蛊惑林黄的妾侍，以期达到让其作为内应的目的。他到底是什么人，为何手上有五石散？要知道五石散本就是朝廷违禁之物，并非当归、田七这等药材，找个药铺就能买。还有，这个林黄能让钱五郎如此花心思设计去杀他，甚至关联到了五石散，这个林黄看来也绝非普通商贾那么简单了。他是不是还有不为人知的一面？

查！纪青璇一声令下，发动所有力量，先查钱五郎和林黄的身份。这钱五郎到底是什么人，这林黄到底还隐藏了什么不为人知的秘密。

丽竞门有暗探，不良司有不良友，各有自己的路子。满城的不良友就像一张大网，无声无息地铺撒开去，深入长安城明明暗暗的每个角落。

林黄是西市数一数二的富户，要查他的消息，途径有很多，倒也不犯难，只要等消息便可。

可是这钱五郎就像黑户一样，根本就查不到与他相关有用的信息。目前唯一能与钱五郎有关联的，就是暂被收押的花巧芸。连钱五郎的名字，都是从花巧芸的口中得知。

但是郭烨他们几次提审花巧芸，都是一无所获。花巧芸的口供还是和那天夜里跟郭烨说得一模一样。她只知道他叫钱五郎，平日给她吸食五石散，其他信息，一概不知。

又过去一日，公事房中。

"这人总不能凭空冒出来的吧？"纪青璇微微蹙眉，面布疑云。

郭烨耸耸肩，说道："看来花巧芸知道的真不多。我估摸着，钱五郎这个名字兴许都是假的。"

纪青璇微微一怔，叹道："如果真是那样，那想查出这个人来，堪比登天了。"

“既然人这条线索不好查,也许只能从物去查了。”郭烨提议道。

纪青璇问:“物?钱五郎莫非还留了物证不成?”

陆广白倒是有些听明白了。“你是说从钱五郎手上的五石散?”

“懂我!”郭烨骚包地赞了一声小陆,然后对纪青璇说道:“众所周知五石散乃朝廷违禁之物,以前我们曾几何时见过五石散频频出现在城中?怎么近来屡屡听到五石散的消息?保不齐这钱五郎就是风十三娘情报里提到的‘六胡五汉’中的一个!”

说到这儿,郭烨提议道:“要不我们顺着这个方向去查一下?”

“也好,当是撞撞运气。”纪青璇问:“怎么查?”

“小萝,去找司里的画师描一张钱五郎的画像。二宝,你跑一趟清风馆找风十三娘,向她借个舞姬一用。”郭烨第一时间吩咐起两小只。

张小萝应了一声是,快步出了公事房。

李二宝却愣住了,问道:“她馆中舞姬多了去,向她借哪个舞姬啊?”

“傻不傻?”纪青璇没好气地瞪了他一眼,呵斥道:“当然是她那日情报中提到的,负责盯梢那群胡客的舞姬了。你——”

李二宝道:“那十三娘子长得狐媚,还死要钱,可不是个好相与的人。”李二宝其实挺怵和风十三娘打交道的。

郭烨道:“她若不肯借人,你就对她说,他日我郭某再有值钱的好消息,便不卖与她了。放心,她会借的,去吧。”

约莫一盏茶的工夫,李二宝去而复返,不过没带回舞姬,只带回风十三娘的口信。原来那日当值陪宴的舞姬巴娜丽,被城中一位贵客请去为家宴跳舞助兴了,要三日后方归。不过风十三娘答应,届时一定遣其登门。

至于她让李二宝带的口信,无非就是叮嘱郭烨,莫要忘了,今日起欠她一个值钱的消息。

时间一天天流逝,虽然钱五郎的身份查得不是很顺利,但是通过多方打听和信息收集,林黄的事终于查到了些眉目。

不良司公事房中。

纪青璇再次将众人召集,因为林黄的情况比他们想象的要复杂。

据收集和打探到的情报显示,林黄的来历、背景,远比郭烨想象的还要神秘。

莫看林黄的小妾花巧芸年纪不大，但林黄的岁数，已近六十了。

最可疑和最令人费解的是，林黄三十五岁以前的人生，完全是空白的，就像一张白净无瑕的纸，摊开平铺在那，不染一丝的墨汁！

而且资料上显示，林黄没有亲戚，没有朋友，甚至没有他父母的资料！他在二十多年前，与他那个病弱的妻子一起，带着泼天的财富，出现在了长安城内。

他来到长安之后，生活起居、日常行事与普通富户并无两样。甚至因为青梅竹马的妻子无法生养，他还纳了几房小妾，奈何天不遂人愿，始终不曾有后。

这么说吧，采集到关于林黄的资料，看似翔实，却又没有半点实际用处。

不过，在一沓厚厚的林黄资料中，有一条不为人所注意的资料，被郭烨翻阅到了，这是一份口供，是长安县衙的衙役在讯问林府下人的时候，记录的。

这个做口供的人，是林黄的贴身小厮。小厮说，在他家主人出事之前，曾独自出过门，没让仆役跟着，似乎是要去寻某个人，一走就是一天两夜。当时因为林黄的失踪，林府上下还乱成了一锅粥，甚至还惊动了林黄长年卧病在床的原配。就在大家纷纷建议报官寻人时，林黄又自己回来了。家眷们问他为何失踪一天两夜，他说是遇见了一个老朋友，叙旧忘了时间。主人回家后的第二天，就被大蛇咬断了脑袋，死在了自己卧室床榻上。

当然，后来钱五郎的暴露，证明他家主人林黄不是被大蛇咬死的，而是死于钱五郎之手。

“失踪一天两夜，随后安然无恙回家，第二天就死在了自己家里。”郭烨皱着眉头喃喃自语：“他失踪的时间，不正是钱五郎在西市摆摊弄蛇，准备设局杀林黄的日子吗？看来那天即便我们没有破坏钱五郎的杀人蛇局，林黄也未必会出现。他要寻一个人，那到底是什么人呢？”

这时，任斗牛来报，衙门口有一名戴着帷帽的女子，自称是清风馆舞姬巴娜丽，奉她家主人之命，来我司协助查案。

“嗯？怎么提前一天来了？”纪青璇疑道。不过既然提前来了，自然是更好，也不做细想，众人赶紧让任斗牛请这个舞姬巴娜丽进来。

舞姬巴娜丽入得公事房中，郭烨叫张小萝取来画师早早就画好的钱五郎画像，问她是否识得此人，是不是就是她那天陪宴盯梢的胡客之 ·。

巴娜丽对着那画像，仔细端详了许久，随后摇摇头，对郭烨道：“官爷恕罪，这画像中人,奴家并未见过。”

又扑空了？郭烨无比期待的心,仿佛被人浇了一盆冷水。就连面色淡然的纪青璇,都幽幽地叹了一声“唉”。

“且等等!”巴娜丽突然唤住正要收起画像的张小萝,又再三确认地细细看了一次画像,略有迟疑地说道:“这画上之人穿着寒酸,一副仆婢之相。奴家当日所见的几人中的确没有仆人,不过有一位与此人轮廓有些相似,但那是一位器宇轩昂的贵公子啊。奴家无法将他与画像中的奴仆认作同一人!”

“当真?”郭烨振奋地一拍巴掌。“这个倒是说得通,这钱五郎擅易容伪装,可以改变眉眼,甚至通过伪装去变换身份。但无论他易容手段如何出神入化,有一点是无法改变的,那就是面部轮廓!”

为保万一,郭烨又让巴娜丽静等片刻,然后让张小萝去请来画师。为了验证自己的猜测,郭烨让巴娜丽跟丹青高手好好描述一下她当日所见到的贵公子,尤其是衣着打扮。

巴娜丽一边描述,郭烨一边对这丹青高手要求重新画的画像,不动之前画像中钱五郎的面部轮廓,只是把钱五郎扮成奴仆所戴的无脚幞头换成了贵公子的纱罗软脚幞头,然后依着巴娜丽对贵公子那日的眉眼、神态,以及穿着的描绘,原封不动地还原。

果真是丹青高手啊,凭着巴娜丽的描述,还有原先那张钱五郎仆装的画像作为参照,新的张画像很快便出炉了!

画像上,一个气质轩昂的翩翩贵公子跃然纸上。

“这回是了,是了!”巴娜丽看了一眼,指着画像叫了起来:“就是他!”

“很好!”郭烨让李二宝和张小萝一人拿着一张画像,并排站在众人跟前,说道:“纪不良尉,这下吻合了！钱五郎,贵公子,都是同一人！正是携带五石散进长安城的‘六胡五汉’之一!”

第五十三章　客自军中来

有了胡姬巴娜丽的指认，钱五郎的来路算是有点眉目了，但短暂的喜悦过后，大伙的心头再次被愁云惨雾笼罩。

“哎，这样一来，岂不是兜兜转转又绕回原地了嘛！”张小萝在一旁负气道：“‘六胡五汉’这帮陌生人的下落还是没消息，光认出一个死掉的钱五郎，对案子进展有何帮助嘛！”

这话算是说到郭烨心坎里了。不光是五石散的案子没有线索，坎字戒同样笼罩在一片疑团之中。自打郭烨从林黄府中回来，那个给他送信的人也再没有出现过，让他想追查都有心无力。

“大家莫要气馁，能将钱五郎的身份排查锁定在‘六胡五汉’之中，也算是一个小突破，至少证明我们追查五石散的方向是对的。”纪青璇说道。作为不良尉，她知道这个时候士气很重要。

“是的，有进展总比无头苍蝇似的原地乱撞要强吧？”郭烨赞同纪青璇的说法，说道：“晚些时候，我再去一趟清风馆，看看还能不能收到一些有价值的消息。”

“嗯，去归去，但要真打探消息才是。”纪青璇提醒道。

“我当然是去打探消息！”郭烨突然发觉纪青璇话里有话，急道：“纪不良尉，你这话什么意思？”

“清风馆里多莺燕，十三娘子风情佳。郭副尉又非本分守礼的君子，还用本尉说得再直白些吗？”话音落毕，纪青璇已经飘然出了公事房。

郭烨错愕地抬起头，看着纪青璇拂袖而去的背影，又被这女人骂人不带脏字的奚落了一番。

“郭大哥，我们还去清风馆吗？”张小萝见纪青璇离去，在郭烨身后问道。

“去！”

“郭大哥，去那死要钱的女人那里买消息，莫要忘了带银钱！”李二宝记着上次的事,不忘提醒郭烨道。

"带什么银钱? 带上小陆足矣!"郭烨看着也准备离开公事房的陆广白,将他唤住道。

"带我作甚? 你们自去收风,我对那里没兴趣!"

陆广白转身就要出公事房,却被郭烨一个窜步,一把勾住了他的肩膀。

"别啊,小陆,我上次发现了,风十三娘这骚娘们,眼珠子就在你身上来回打着转,八成是看上你这俊俏的后生了。有你在,我估摸着她能多陪我们说会儿话,莫说能不能免了这消息的钱,哪怕让我们赊账也成啊!"郭烨贱兮兮地笑道。

"无耻!"陆广白直接用力拍了一下,将郭烨的爪子从肩膀上拍了下来,气得满脸通红,忿忿道:"姓郭的,你这手段真够下贱的。要去你去,别算上陆某!"

李二宝和张小萝也被郭大哥的无耻给震惊了! 果然是偶像,连这种方法都敢去想!

郭烨见陆广白拒绝,赶忙又说道:"据我所知,风十三娘喜好收罗异域稀奇古怪的香料,我知道你最近在研制江湖上几种迷香。异域香料,了解一下?"

"呃……"陆广白沉吟一下,问道:"当真?"

郭烨眉毛一扬,道:"我若骗你,你再回来也不迟!"

"这个可以! 那走吧。"小陆率先夺门而出。

李二宝见状,冲郭烨竖起大拇指。"郭大哥,就服你!"

"郭大哥,果然深谙你们中原的孙子兵法,这叫知彼知己,百战不殆!"张小萝双眼冒着小星星,迷得不行不行。

一行四人带着舞姬巴娜丽出了不良司,去到西市清风馆。

对于郭烨的到来,风十三娘并没有表现得有多欢迎。她向来看人很准,这不良人郭烨属于被万箭穿心的主儿,浑身都长着心眼,油滑的紧,从他身上甭想占着便宜。不过当她看到人群中还有陆广白时,顿时喜形于色。

陆广白也是耿直,张嘴就问:"听说十三娘子新近入手了异域奇香,陆某能否有幸观赏之?"

他有这个要求,风十三娘岂有不允之理? 直接拉着陆广白去了清风馆后院,那里有她自己的私人储藏室,专门放些奇珍贵重之物。

至于郭烨他们,她便让巴娜丽随意安排个地方,酒菜侍候便是。

“郭大哥,这十三娘子拉着小陆哥匆匆离去的样子,就好像灰狼叼走了羊羔子。”李二宝喃喃说道。

巴娜丽领着他们,在馆中给安排了一处酒榻,郭烨让两小只先吃着,他们自行在这清风馆里转转,毕竟要收风打探消息,也得有风十三娘在才行嘛。

清风馆也是前肆后院。酒肆是猛烈的西域胡风,但是后头庭院的格局却截然相反。廊腰缦回,遍植翠竹,翠竹掩映之下是一间间独立的居室,不闻酒肆喧嚣的推杯换盏之声,反倒有种曲径通幽的静谧。郭烨在院里闲庭信步,此情此景下,心生出几分雅意。

忽然,一个一瘸一拐的身影,在他视野中一闪而逝!

“嗯?这……不是付大人吗?他什么时候来的清风馆?”郭烨揉了揉眼睛,确定自己没有眼花,暗道:“他来清风馆不在前头酒肆里喝酒,跑风十三娘的后院来作甚?”

他在好奇心驱使下,朝着身影一闪而逝的方向,紧跟了上去。没想到的是,付九的腿虽然一瘸一拐,但动作却一点都不慢。等他跑到刚才付九背影消失的回廊处时,哪里还有付九的踪迹?

“怎么一眨眼,就不见了人?莫不是进了静室?”郭烨站在回廊处,左右两旁都是一间间静室,这每间长得都差不多。

这时,郭烨觉得身后有人走来。回廊很窄,郭烨下意识地侧了侧身,好让人通过。不过即便如此,肩膀还是被人蹭了一下。等着人从自己身边路过,他才看清来人,是一个魁梧的壮汉。

这个壮汉从他身边走过,走了没几步便驻足,也是在回廊上的静室上打量了一番,随后选择了其中一间静室,推门入内。

尽管匆匆擦肩而过,郭烨还是注意到了这个壮汉的有些小细节,这些小细节和常人有异。

此人走路的时候,虽然步伐放得不长,但每一步的跨度都是齐整划一,仿佛被尺子量过一样精准,而且行走踏步间,手臂自然摆动的幅度,也比一般人要讲究。最让郭烨注意的是,他在行走间时,右肩总是微微前倾,这个动作平日里在寻常人身上是不得见的。他记得师傅讲过,这是一个时刻准备拔刀的姿势啊!

综上观察和分析,他的脑中瞬间浮现了一个具象。这壮汉出身行伍啊,而且是个老行伍。尤其是最后一个时刻拔刀的姿势，足见此人长年佩刀。

郭烨知道，在军中刀分四中，分别为仪刀、障刀、横刀和陌刀。

郭烨判断，这壮汉应该是常年佩戴军中主战刀——横刀。能在军中长年佩横刀的，绝非普通军卒啊。再看此人龙骧虎步之气度，绝非兵卒之列，至少是军中校尉以上啊。

一个军中校官出现在清风馆这种地方，本也不足为奇，但先有自己的上司付九在后院出现，后有军中老校尉同样在后院出现，就不得不让郭烨倍感新奇了。

他下意识地走到刚才被推开的静室门前，本想附耳倾听，突然听见“五石散”三个字眼，从静室中传出！这个声音的主人是自己的上司，不良令付九！

付九和这军中校尉是约好在这秘密相见？而且还提及五石散！难不成五石散，还跟军中人物扯上了干系？付瘸子一直是贼喊捉贼，这老东西也参与了五石散的贩卖传播？

正所谓国之大事，在祀与戎。若是连军队都能跟五石散有干系，国将不国，那是亡国之相啊！

郭烨觉得自己正在窥听着一件耸人听闻之事！

“什么人？”突地，静室里的人，应该是发现了门外的郭烨在窥听，以迅雷不及掩耳之势拉开了门，探出一只巨大的手，将郭烨一把擒入静室内。

郭烨被抓了个措手不及，直接被拖进静室，被人摁倒在地。

出手之人，正是那军中校尉！果然身手迅捷，力如猛虎，自己居然连反应躲闪的时间都没有。

惨了！郭烨心里哀号一声，有些尴尬和心虚，不敢抬头。

毕竟偷听自己上司与他人会晤，是一件僭越和冒犯的事情，尽管付九这个上司有些不着调，但终归是顶头上司！

果然，就听见付九似嘲弄似调侃的声音响起：“郭副尉，身为不良人，不去追查凶犯，却跑来听本令的墙角，你这本事越发厉害了！”

说着，付九对那名壮汉拱手道：“冯中郎将，他乃我不良司中不良人，并非歹人，先将他放开，让他起来说话吧。”

壮汉“嗯”了一声，冷冷地扫了一眼郭烨，冷哼一声将他放开。也是，作为军中之人，最反感的就是听墙根这种屑宵之事。

“是，是，卑职失礼了。”郭烨缓缓起身，抬头看向付九，解释道：“卑职今日也正好在清风馆吃酒，闲来转转他们这后院。没承想走过回廊路过静室时，恰巧听见‘五石散’三个字。大人你也知道，卑职最近在查五石散一事，所以，所以……”

“所以你怀疑本令和冯中郎将，暗中图谋不轨，将五石散渗透军中？”付九瞪大了眼睛，问道。

“呃……”郭烨尬笑了一下，摆手道：“卑职不敢，不敢这么想。”

但付九一看郭烨的样子，就知道自己猜得差不多，这小子八成就是这么想的。

“哈哈哈，姓冯的，这小子以为你我在谈买卖五石散之事！”付九不迭大笑，拍着那位冯中郎将的肩膀。

壮汉黝黑的面庞上也挤出一丝艰难笑容，摇头叹道：“瘸狼，看你整日醉生梦死、稀里糊涂，连手下也是疯言疯语、糊里糊涂！”

郭烨看看两人的架势，知道自己听话听半截儿，估摸着是想岔了。

“郭小子，把门关上！”付九示意郭烨将静室的门重新合上，然后指着壮汉，介绍道：“本令与你介绍一下，这位乃左卫大将军王孝杰王将军麾下心腹爱将——中郎将冯永年！快些见过冯中郎将！”

郭烨虽然没听过冯永年冯中郎将之名，但是左卫大将军王孝杰之名，却是如雷贯耳啊。王孝杰前两年在军中可是如日中天，至今在朝野享负盛名的一代名将啊！此人能被王孝杰这等名将视为心腹爱将，郭烨岂能小觑怠慢了？随即，他赶忙行礼见过。

紧接着，付九对郭烨又道：“一会儿多听，少说，别插话，更不得外传！”

“瘸狼……这……”冯永年闻言不由得眉头紧锁，盯着郭烨，明显是信不过他。

“你放心，这小子绝对可靠。而且五石散的案子也一直是他在跟，此事他迟早是要知道的。”付九算是帮郭烨做了保。

冯永年“嗯”了一声，算是默许了郭烨的旁听，随后端起桌上的百花春酒一饮而尽，方才缓缓开口道：“瘸狼，既已如此，我也就没什么好隐瞒的了。你先前所说的五石散消息……没错，征北军中，最近确实出现了五石散的踪迹，大将军也正在为此事犯愁！”

说到这，冯永年语气凝重，沉声说道：“军中竟然出现五石散，你知道此事的严重性吗？瘸狼！”

第五十四章　边关战事起

冯永年压低着嗓子，声音不大，却每一个字都狠狠地敲打在郭烨的心头。

兵者，国之大事也！若是坊间民间出现五石散，甚至个别地方官员吸食五石散，不良司尚可缓缓图之，徐徐禁绝。但如今这要命的玩意儿竟渗透进了军中，那就俨然动摇国之根本。

郭烨虽非军中之人，但他也听闻过边关战事。今年五月的时候，北地饥荒，契丹首领李尽忠趁着民众衣食无着的机会，与妻兄、归城州刺史孙万荣密谋造反。李尽忠自称“无上可汗”，举兵反唐，攻陷营州，杀了营州都督赵文翙，在营州境内劫掠无数。

营州陷落后，李尽忠的个人声望在契丹人中一时无两，引来其他契丹部落相继投奔。不到十天的时间，李尽忠就聚兵数万，挥兵进攻檀州。

消息传至洛阳，女皇陛下龙颜大怒，诏命左鹰扬卫将军曹仁师、右金吾卫大将军张玄遇、左威卫大将军李多祚、司农少卿麻仁节等二十八将，率兵征讨李尽忠。不过武周大军刚抵西硖石黄獐谷，就被士气如虹的契丹大军利用有利地形设伏击败，几乎全军覆没，右金吾卫大将军张玄遇、司农少卿麻仁节直接被契丹人俘虏。

武周大军出征首战失利，遭到重创，契丹大军在边境继续烧伤抢掠，袭扰频频。女皇陛下再次下旨组建讨北大军，令天下囚犯及士庶家奴骁勇者充军，山东近边诸州置武骑团兵，又下诏同州刺史、建安王武攸宜为右武威卫大将军，任清边道行军大总管，以右拾遗陈子昂为总管府参谋，率部征讨契丹。

九月出征，直至年关都将至了，建安王武攸宜率领的武周大军，还是毫无建树，一直没有剿灭掉契丹叛军，甚至险些平州也陷落于契丹人手中。若不是前些日子，李尽忠因病去世，孙万荣接管契丹反军，急需重整内政，恐怕檀州也被契丹人夜袭攻陷了。

据前方来报，孙万荣在重整契丹军内政的同时，又打算在柳城西北四百里处依着天险，修筑新城。这虽然给武周边境喘息的机会，但也是告诉全天下，契丹人这支游牧军队，也开始懂得跟大唐打持久战了。

在自己的边境，让异族叛军修筑城池，武周的脸往哪儿搁？所以对于建安王武攸宜出任这个清边道行军大总管，朝廷上下非议多多，尤其是军中主战一派，更是挖苦和嘲讽，上言要求撤换主帅。更有李唐遗臣直接上言，要求赐死统军不利的武攸宜。女皇陛下自然不会赐死武攸宜，但也心生质疑，若非是自己的侄儿，恐怕女皇陛下真就下旨降罪了。

不过对于更换主帅一事，女皇陛下已经默许，只可惜改周以来，军中宿将陨落和折损颇多。所以，这清边道行军大总管的主帅之位，迟迟悬而未决。

不过举荐王孝杰出任清边道行军大总管的呼声，在朝堂之上，就一直没有断过，尤其是王孝杰在军中威望极高，军中将领屡次上书朝廷请命。但有举荐就有反对，其中尤以武家子弟反对的呼声最大，一来王孝杰并非武家一系的官员，二来王孝杰的出任，势必是以罢免武攸宜为前提，这就伤害到了武家子弟的政治利益。他们以今年三月，王孝杰率军与吐蕃的大战中负于大论钦陵，被女皇陛下一怒之下罢黜军职为由，屡屡在朝堂上阻挠着王孝杰的出山。

所有人都在观望！王孝杰本人，虽说被罢黜了军职，赋闲在家，但却时时关注着边关战事，屡屡招来门生旧部了解军中情况，做好了随时出山、剿灭契丹的准备。

近来，王孝杰频频有属下旧部报知，从驻扎在北境一带的讨北军中发现了五石散，他顿感大事不妙！

讨北大军剿灭契丹人在即。这个时候，军中出现五石散，而且不是一个人在吸食，而是屡屡发现有军卒在偷摸吸食，王孝杰相信这不是巧合。所以他第一时间招来自己的心腹冯永年偷偷彻查此事。这才有了今天冯永年和长安不良令付九秘密约见在清风馆之事。

“尽管我们明令禁止，但军中还是有人在偷偷散播五石散。通过这些日子我们在讨北军中的暗中摸查，发现这五石散的源头，竟与契丹人有瓜葛！”冯永年说道：“我虽在军中效力，但听王大将军在信中与我提及，你们长安不良司现在也在查五石散之事，故今日请老兄来清风馆一叙。向你求助来了哩！”

“是，我们不良司的确是在查五石散一案。”付九也不相瞒，据实说道：“因为这五石散，前有户部侍郎家的大公子卷入其中，丢了性命。后有万年县令朱有德吸食，受人裹挟不说，最后还被灭口。甚至还涉及京畿一带衙门七品八品官员聚众吸食。目前在长安城散播五石散的祸首乃胡姬苏瑞娜，至今潜逃，下落不明。不过这些都是发生在长安城中，也在我们长安不良司的职权范围之内。你们边关大军被五石散渗入，说实话，鞭长莫及不说，也非我等所能援手。爱莫能助啊，冯兄！”

他说的是实话，不良司虽然专查奇案怪案，也查涉及官员的要案大案，但有个前提，那就是辖地查办权。长安不良司活动的范围就在长安城内，与洛阳不良司只查神都洛阳的案子是一样的。一旦走出自己的辖地范围，就无权查办和过问任何案件了。所以边关的军队出现五石散，长安不良司真的无权过问，一旦卷入，恐怕还会被人抓住痛脚，给自己带来灭顶之灾。

“瘸狼，军中之事，当然不会劳烦你，我来寻你求助，当然是在你的一亩三分地上。”冯永年拿起酒壶，替付九慢慢斟上一杯酒，然后继续说道：“通过我们在军中的仔细盘查，终于找到了在讨北军中散播五石散的那拨人。我们一路追查下来，发现他们如今来了长安城。若非王大将军提醒你们也在查五石散，冯某险些忘了来寻你这老瘸子帮忙！”

“嘿嘿，原来是在长安城找人啊？”付九笑了笑，面色轻松了许多，说道：“虽说长安城里百万之众，人海茫茫，不太好找，但发动我们城中各处的不良友，兴许能给你找到些有用的线索。你且说来听听，你说的这拨人有什么特征或者有什么不一样的地方。我好回不良司让人传书下去！郭小子你也记一下，回头转告纪不良尉，你们这一队不良人也替冯中郎将留意一下！”

郭烨“嗯”了一声，点了点头。

冯永年冲付九投了一个感谢的眼神，随后说道：“这伙人来自边关，所以肯定是随身带着行李的。他们有胡有汉，一共十一人，确切地说，应该是‘六胡五汉’！对了，他们身上携带着五石散……嗯？你俩这是什么表情？”

郭烨和付九面面相觑，彼此心生诧异，竟然和他们要寻的是同一拨人，这也太巧了吧？

第五十五章　随赴将军府

笃笃笃！静室外有人敲门。

郭烨拉开门，门外是香汗微沁、面色有些着急的巴娜丽。

她一见郭烨，略有埋怨地娇滴滴数落道："郭副尉，你真是让奴一顿好找。若不是庭院里的下人说见你进了付大人的静室，奴还前肆后院的瞎找呢。"

"找我？莫不是李二宝和张小萝这俩小只在你店里惹事，在前肆酒坊里打了胡商？"郭烨第一反应是那两小只又捅娄子了。

"不不不，跟她们二人无关。"巴娜丽脱了布靴进了静室，又反手将门关上，将手中一个拇指大小的小竹筒双手奉给了郭烨，说道："我家十三娘子让奴婢将这竹筒里的消息交给郭副尉，说是十万火急。奴婢找您一通愣是找不见，真是急坏了。"

"十万火急？她自己为何不亲自送？"郭烨接过小竹筒，打开筒帽儿，将里面的情报倒了出来。

巴娜丽说道："我家十三娘子正陪着陆副尉欣赏她搜罗的异域香料呢，没空！"

"还在看香料呢？这骚娘们……"郭烨撇了撇嘴，缓缓将情报打开。

巴娜丽伸手一抢郭烨手中的情报，气呼呼道："对我家十三娘子口出不逊，不给你看情报了。我家娘子说，若非看在陆副尉的面子上，这份东市那边风媒传来的情报，少不得要郭副尉十贯钱！"

"是，是，是，我是沾了陆副尉的光。嘿嘿，我嘴欠。莫怪，莫怪！快些将情报还我。"郭烨知道自己带小陆过来，绝对是省了大钱的。

巴娜丽微微皱了皱琼鼻，娇哼一声，将情报还给了郭烨。

郭烨看完情报，递给了付九，说道："大人，事情有些不妙啊！"

付九接过一看，面色骤变。

冯永年见付九把注意力转移到自己身上，心生疑窦，猜道："瘸狼，莫不是跟我有关？”

“是跟你有关，确切地说，是跟大将军有关！”付九抖落了一下手中的情报，说道：“据东市那边的风媒的消息称，你一路从边关追踪到长安的这队契丹人马，也就是我们追查的‘六胡五汉’来路不明之人。他们来长安是带着一个重要任务的——那就是刺杀即将赴任清边道行军大总管的长安官员！”

“你是说他们要来刺杀大将军？”冯永年问道。

付九点头道：“虽然情报上没写大将军之名，但你想，眼下出任清边道行军大总管一职呼声最高的是谁人？不正是王孝杰王大将军吗？”

“先在边军中散播五石散，削弱我军战斗力，再来行刺即将赴任边军的主帅，好拖延大军清剿征伐的时间。这一连串下来，倒是符合契丹人的利益！”冯永年点了点头，表示赞同。

付九又道：“若是行刺其他即将赴任边关的官员，该去洛阳，而非长安。既然他们来长安，那十有八九就是冲着如今赋闲在家的王大将军！”

冯永年听罢，不怒反笑道：“孙万荣这条契丹老狗倒是有眼光，知道如今朝中能征伐他们契丹叛军的，也只有我家大将军一人了！不过凭这十几条小杂鱼，也敢在长安行刺大将军？他们有这胆子，恐怕也没这本事。”

“冯中郎将！”郭烨微微抱拳，说道：“既然他们敢从边关来长安，将大将军作为刺杀目标，那便说明他们是做了充足准备的。也许长安城中，有他们的内应呢？或者他们早就提前在城中布局密谋了呢？他们兴许不敢当街行刺，但老虎总有打盹时，王大将军纵是英雄盖世，但暗箭总是难防的。对否？卑职认为既然知道了这队契丹人马的动向和目的，就应该加以防范才是，小心终归是无大错的！”

“呃……”冯永年略微沉吟一番，随即收起了刚才的轻视，郑重说道：“郭……你叫郭什么？哦对，郭烨郭副尉是吧？你提醒得对，我这就赶回去将此事禀报大将军，好让他提前戒备，小心防范。”

“付大人，不如我们也跟着去一趟王将军府邸吧。”郭烨下意识地说道。

“你们去作甚？”冯永年微微皱眉，说道：“如果你们现在去拜访大将军，岂不是告诉别人，大将军与你们不良司有往来？”

“我们不良司如此不堪吗？王大将军竟嫌恶与我们往来？我们刚刚还替大将军之安危出谋划策，转过头来，竟将我们比作臭狗屎！冯中郎说的这些话，未免太凉薄了吧?”郭烨听着冯永年的话,不免有些替付九感到不忿,明明是冯永年奉了王孝杰的指示来找付九这个旧同僚了解五石散情况,希望借助不良司之手寻找那伙契丹人的下落,现在倒好,居然玩起翻脸不认人,过河就拆桥的把戏来了。

“郭小子,莫要胡乱说话!”付九冲冯永年拱拱手,歉意道:“老冯,莫要跟儿郎辈计较,少不更事见识浅,说话没有规矩。”

付九对郭烨解释道:“郭小子,你对朝堂之事知道的少,如今清边道行军大总管一职,悬而未决。满朝文武之中,大将军之呼声最高。他能否起复成功,关系到边关十万大军由谁人统领,也关系到能否尽快平定契丹叛军。所以这些日子据我所知,大将军深居简出,尽量低调行事,尽量不招人妒,也不招人惦。若是跟我们不良司接触多了,你说最会招来谁人忌恨?”

“当然是丽竞门!”郭烨脱口而出。

付九点头道:“对喽。据我所知,朝堂之上以武家子弟为首的武氏一派官员,频频劝谏阻止女皇陛下启用王大将军。如果再加上丽竞门的来俊臣等人在朝堂上进谗言阻止的话,你觉得王大将军还能否成功起复?”

原来如此!郭烨是个聪明人,被付九这么一点拨,立马就贯通了所有,随即对冯永年抱拳致歉道:“卑职鲁莽了,还望冯中郎将大人有大量,莫要跟卑职一般见识!”

“罢了!”冯永年挥挥手,对郭烨和付九说道:“我知道你们要与我回去拜访大将军的缘由。女皇陛下亲自下旨到长安不良司限期破案之事,何等轰动,冯某早就听大将军提过。你们也在找这帮契丹人,也想通过那伙契丹人手中的五石散帮你们查办之前的积案,这些我都知晓。冯某能理解你们的苦衷和身不由己。可是……诶,你们跟着去可以,但一定要低调,莫要坏了大将军起复的大事!”

“啊?”郭烨被冯永年一通转折给闹得又惊又喜,随后雀跃道:“冯中郎将尽管放心,虽然我们是借着契丹刺客要行刺大将军的行动,帮我们自己找回五石散的线索,但我们留在大将军身边,也可以保护大将军,多一分人力,多一分保障嘛。”

“哈哈哈,并非冯某瞧不起你们,郭副尉。”冯永年颇为骄傲地说道:“别说他们不敢来王府行刺,就算敢来,你也莫小瞧了大将军身边跟着的这些家丁护院。呵呵,他们都是跟着大将军长年南征北战,从战场厮杀回来的。漫说十个契丹刺客,便是一百个,也让他们来王家,有进无出,有死无生!”

“行了，老冯，别巴巴个没完了，快些回去禀报大将军吧！”付九不耐烦地催促了一下。他虽然离开安西军多年，不和冯永年在一个帐下共事了，但还是受不了冯永年这张嘴。明明是个威武雄壮的汉子，非长着一张口沫飞溅、能说会道的嘴，真烦人。

“行，出发！”冯永年不忘提醒一句。“记得啊，到了大将军身边，要低调！莫要坏了将军的起复！”

“晓得了，呸！”付九啐了一口浓浓的唾沫在冯永年靴子上，气骂道：“恁啰唆哩！”

出了后院，郭烨在前肆将李二宝和张小萝叫上，随付九和冯永年出了清风馆。

至于小陆，郭烨给巴娜丽留了口信，让小陆陪风十三娘们看完香料，来王孝杰府邸与他们会合。

一行人出了西市，去了延康坊。

王孝杰的府邸就坐落在延康坊，这延康坊里头高官名宿的宅邸不少。有冯永年引路，郭烨他们非常顺利地进来了王家。

下人将他们领到了偏厅用茶，休憩。很快，有一位年轻人便入了偏厅，与冯永年先打了招呼。

冯永年将付九和郭烨他们介绍一番后，又将年轻人介绍与付九他们。原来此人正是王孝杰之子，王无择。

虽是大将军之子，但王无择却是儒雅守礼，即便郭烨是个小小的九品仁勇副尉，他也没有轻视不屑之色。当他听到张小萝竟是海外扶余国郡主时，竟大惊失色，认真行了一个大礼，更是连连致歉，说，若非父亲在正堂会客商谈要事，一定要请郡主殿下移步正厅。

冯永年留意到王无择说大将军在正堂厅中会客，便问道：“公子，不知大将军会的是什么客？可否通禀一声大将军，末将冯永年有要事急报！”

“这个可能不妥，冯中郎将！”王无择摇了摇头，认真说道：“丽竞门遣人来见父亲，说是有一份契丹地形图要奉于我父亲，助父亲将来起复之后平定契丹叛军一臂之力！父亲闻之大喜，在正堂厅中会见了丽竞门遣使。而且有言交代于我，莫要打扰了他！”

“丽竞门遣使？契丹地形图？”冯永年一听窃喜，这说明连丽竞门都是支持自家将军起复出山的啊。看来这清边道行军大总管的位置,稳了!

郭烨和付九则是面面相觑,怎么丽竞门也掺和进来了?

突然,郭烨面色骤变,低呼一声:“不好,有问题!这个劳什子遣使,有问题,快……”

第五十六章　图穷匕首现

“且慢,我说过了,家父正在会客,不许他人打扰!”王无择伸手一拦,阻住了郭烨的去路。

郭烨急道:“王公子,听我一言,这献契丹地图的丽竞门之人,大有问题啊,大将军有危险!”

王无择面无所动,皱眉看了郭烨一眼,委婉说道,“郭副尉,不良司和丽竞门的恩怨,无择也素有耳闻。不过我王家出身行伍,素来只问军中事,不搀朝堂争……”

郭烨虽然不好也不敢发作,但不代表没脾气,明显王无择是疑心自己挟公报私,假借他们王家抹黑丽竞门?丽竞门这帮渣滓已经够黑的了,还需要抹吗?

他懒得辩驳,扭头看向付九,摊摊手,说:“不良令大人,人家王公子不信咱,您看这……”

付九摆摆手挥退了他,看向王无择,正色道:“王公子!我们若是假借将军之安危而故意编排丽竞门,那不良司岂不是也沦为与他们丽竞门一般的货色了?在你眼中,我长安不良司,真有此下作不堪吗?”

“呃……付大人言重了!”王无择连忙澄清,但还是委婉地坚持道:“只是家父会客前交代过,任何人都不得打扰。”

“公子!付大人和郭副尉句句属实!”冯永年站出身来,拱手说道:“不良司收到密报时,冯某也在当场!密报上说,契丹人已经遣刺客抵达长安,准备伺机刺杀大将军!说来也巧,这帮契丹刺客,正是本将从边关一直追踪的那伙契丹人!不然,冯某也不会贸然将他们带进大将军的府邸!”

“冯中郎将，这……”王无择可以不信郭烨，不信付九，但他必须相信冯永年。漫说冯永年一直都是他父亲王孝杰的心腹爱将，况且就算他是王孝杰之子，但是在军情大事上，父亲也信冯永年远远大过信自己。

王无择犹豫一下，问道：“冯中郎将，当真？”

“千真万确！”冯永年用力点了点头。

王无择费解道：“可是，那些人确实是手持丽竞门的腰牌，他们入府前也都经过严格的查验，这个做不了假。而且，他们去面见父亲时，依着规矩不得携带武器，便是随身的长刀，都统统卸下了，赤手空拳刺杀我父亲?！他们莫不是疯了！”

在王无择的认知里，既然是刺杀，那就务求一击必杀、一刀毙命。若是赤手空拳去刺杀别人，一旦惊动了王家护院刀手拳师，那岂不是自寻死路？没这么愚蠢的行刺吧？

“小郎君莫要低估了这帮契丹狗的阴狠毒辣，纵是被你缴了长刀，他们也有一千种方法刺杀大将军！”

冯永年眼见是急了。“郎君，宁可信其有啊！快带我等去见大将军吧！”

王无择闻言，也不敢拿父亲的性命做赌注，终于下定决心，点了点头，说道：“诸位，随我来！”

王无择前边带路，冯永年和付九紧随其后，郭烨冲李二宝、张小萝招招手，示意他俩跟上。

一行人跟着王无择匆匆穿堂过院，很快来到正堂厅。

远远，就看到一个面相威严的中年人正据案倾听，不用说，这人便是王孝杰王大将军了。

在王孝杰对面，有一个男人正指着案上的图，似在讲述着什么，其身后还跪坐着三人。

此四人俱是头戴斜刺牡丹的浑脱帽，身着蜀锦绣袍，脚踏花靴，这是丽竞门中人的标配服饰。

王无择他们徐徐走近，走至正堂外的天井处，能看清指图讲述的那人依然滔滔不绝，案上那一卷地图，已经摊开过半，估摸着地形讲解已经接近尾声。

王无择见一切平安，暗松一口气，有些埋怨地瞪了郭烨和付九他们一眼，好像在说，危言耸听了吧？打扰了我父亲会客，一会儿待他发火，看你们怎么收场！

冯永年也是心生疑窦，难道是不良司的情报有误？

他正要将目光望向付九时，突然，他眼睛的余光瞥见，大将军处异变突生！

只见刚才站在案几讲述地形图的那人，倏地从地图卷轴中抽出一柄匕首，朝着王孝杰当胸刺去！

这帮人竟然将匕首藏在地图卷轴中，伺机刺杀王孝杰！

“大将军！”

“爹！”

“小心，刺客！”

事起仓促，异状陡生，王无择、冯永年、郭烨等人纷纷大叫提醒。

不过若是靠着提醒才反应过来，那就为时晚矣！王孝杰不愧是从戎多年的老将，虽然赋闲在家，但身手却是一点都没放下。就在地图中寒光一闪之际，冯永年他们还没发觉，王孝杰就已经提前作势欲退。

这么一个避让，堪堪躲过当胸的那一刺！

“一起上！”刺客一击未成，立马招呼其他三人一同行动。

其他三人虽然没有武器，却有双拳，一拥而上妄图制住王孝杰，好争取让拿匕首的刺客再次得手！

面对着扑面而来的三名刺客，王孝杰显然是无法完全闪开的，电光石火间，他做了一个后仰的姿势，整个上身几乎和地面拉平，右脚顺势扬起，“啪”地踢在了其中一个刺客的手腕上！

不巧！王孝杰躲过了这三人，却没能躲过刚才那个献地图刺客的第二击！

“嗤啦”一声！刺客猛挥一匕首，径直在王孝杰的袍服前襟上划开一道长长的口子。不过，万幸的是，王孝杰在袍服之下，居然还着了一层内甲，可见他也不是全无防备之心的。

刺客见一击得手却没有伤及王孝杰，顿时一诧，王孝杰抓住空档，一个飞踢直接踢断了他的手腕。刺客只觉手腕一痛，匕首顿时被踢得脱手飞出。不过王孝杰并没有喘息的机会，因为另外三名刺客又补上空档！王孝杰再次陷入被围攻的险境。

“快，快，快救我父帅！”王无择救父心切，大呼一声，和冯永年率先冲上！

等他话音落罢，付九已经一挥手，示意郭烨、李二宝他们赶紧救大将军。

但众人隔着数十步的距离，并非一个呼吸就能瞬移到王孝杰身边。王孝杰必须自己争取解围的时间,继续与他们游斗闪躲。

谁知另外三名刺客虽然没能带长刀入内,但是他们的花靴前端却有机关,他们轻轻一顿足,齐刷刷地花靴前端各自弹出一把锋利的刀片。

王无择见状心中大骇,自己之前都收缴过他们的武器了,没想到又是卷轴藏匕首,鞋中藏刀片,大意了啊!

"二宝,来,帮我一下!"就在冯永年和王无择快步驰援王孝杰还有一段距离时,张小萝突然停下脚步,大叫一声:"我们使绝招!"

这段时间,两小只整天混在一起,神神叨叨地说要研究什么团战新杀技。这事儿不良司里的人都知道,但都没太放在心上。勋贵子弟玩闹惯了,总喜欢咋咋呼呼的。郭烨也是这般想的。但事实证明,大家伙都小看了这两小只了。

随着张小萝的话音落下,李二宝重重点了一下头,说了一声"好",然后上前一把揽住张小萝的腰肢,奋力贯臂用力一甩,张小萝被飞了出去!

李二宝天生蛮力,张小萝的身材又娇小,这一甩,张小萝竟然高高飞起,从天井上空直飞正堂内,速度之快,令人目瞪口呆。

"吃我一剑!"张小萝人在半空,已经拔出背上的巨剑,大喝一声,朝着正堂内的几名刺客方向重重挥下!

唰!这一剑可谓集中了张小萝和李二宝两人的一身蛮力,一斩之下,剑锋破开空气,居然发出猎猎作响之声,夺人心魄!

那个挥着匕首的刺客来不及闪躲,张小萝大剑劈空而下,瞬间他整个人从肩到胯被斜斩成了两半。速度太快,刺客都来不及惨叫哀号。萝莉大剑,一斩之威,恐怖若斯!

第五十七章　行诡诈之计

好大的巨剑,好大的气力!

王孝杰从戎多年,奇形怪状的兵刃他见得多了,所以张小萝这种门板式的巨剑不足为奇。但是女子生得如此神力，能将活人一剑劈成两半，王孝杰还是头一次见，不由得心生赞叹！

张小萝这神兵天降，不仅解了王孝杰被围困之局，还稍稍震慑了另外三名刺客。

本以为张小萝会乘胜追击，挥起巨剑再撂倒其他三名刺客时，只听她“啊”的一声尖叫，咣当一声，染满血水的巨剑摔落在地。

“啊！好……好多血。郭，郭大哥，我……我有点晕！”

张小萝身子有些摇摆晃动，郭烨见状，心说要糟，这丫头胆子是不小，武力值也很高，但其实郭烨当日在查张老三绿肉店命案时就察觉到，小丫头虽说那一日是被米囊花致幻，但多少也患有一点晕血之症。

“二宝，快，扶住她！”不等她晕倒在地，郭烨和李二宝已经冲入正堂中，一把将张小萝搀住。

不过这也给剩下三名刺客一个喘息的机会，这几人明显是饱经训练的死士，眼中只有目标，哪怕同伴在眼前被人砍成两半，也并没有表现出悲恸和愤怒，而是继续蓄力扑向王孝杰。

他们今天的目标，就是刺杀王孝杰！不达目标，誓不罢休！不过这会儿，他们显然已经失去了杀死王孝杰的最佳时机。冯永年和王无择也加入了战局，一左一右将王孝杰护在中间。

“小萝交给我。二宝，你去帮他们一把！”郭烨一声令下，李二宝一马当先，挥舞着两把铁锏，像头蛮牛一样冲进战局，一个照面就把就离他最近的一名刺客给打飞了出去。刺客飞身撞到厅柱，脑浆洒落一地，断气了！

好彪悍的少年！王孝杰又是衷心一赞！

这边，冯永年别看是个中郎将，但多年战场厮杀，腿脚功夫一点都没生，他直接一个近身，仗着魁梧的身体欺上前去，拦腰抱起一名刺客，直接来了一个过天摔！

咚！刺客后背着地。王无择第一时间，抄起地上刺客遗落的匕首，对着刺客的胸口就是一刀。噗嗤！血水喷涌，一刀毙命！转瞬间，场中，仅剩一名刺客。

李二宝、冯永年、王无择，团团把这最后一个刺客围住，将王孝杰保护在了圈外。

但这最后一个刺客仍旧将目光锁定在王孝杰身上，浑然没有因为同伴之死，而心生退意。

突然，郭烨警醒，大呼一声："别杀他！生擒，留活口！"

"快，你们上去掰开他的嘴巴，他肯定装有义齿，义齿中有毒囊……"陆广白这时在天井安全处观摩完战斗，急匆匆地冲入正厅来。

但等他俩的话音落毕，那一名刺客已经跪倒在地，脑袋一耷，已经气绝！他身体倒地时，不断有黑血从口中淌出，渐渐地，连鼻孔处都渗出黑血来了。

好烈的毒药！众人不由心生感叹。

陆广白上前一摸脖颈，叹气道："服毒自尽，跟钱五郎一样的决绝！"

郭烨将张小萝搀扶到厅中扶椅处，看着地上服毒自尽的刺客，郁闷地摇头道："咱们又晚了一步！"

这时，将军府的家丁护院们，也纷纷闻讯赶来。

待到场面得到控制，付九也终于一瘸一拐地走了上来，向王孝杰拱手道："不良司付九，见过王将军。将军受惊了。"

王孝杰不认识郭烨等人，却是认识不良司付九的。如今脱离了险境，他心情也轻松了些许，拱手回道："安西军的'瘸狼'，冯中郎将的过命之交！幸亏你们来得及时，不然我命休矣！今日，王某欠了你们不良司一条命啊。"

"大将军言重了。"付九也露出一丝微笑，意味深长地看了王孝杰袍服下露出的内甲一眼。"今日便是没有我们，想必这些刺客也未必伤得了大将军。"

王孝杰连在府邸见客都穿内甲，这是何等的谨小慎微，何等的没有安全感。这个细节也证实了不良司之前对于王孝杰的一些情报收集。

听着付九这话里有话，王孝杰也不恼，笑了笑，不接这个茬了，而是指着郭烨等人，夸道："他们都是你们不良司新近收的不良人吧？不错，各有本事，各有才华，你们不良司真是薪火相传，一代强过一代啊！难怪这些年，任凭丽竞门何等狂嚣，也难拿你们分毫！"

"大将军过誉了。来呀，郭小子，二宝，小陆，见过左卫大将军，莫失了礼数！"付九招呼了郭烨他们过来，向王孝杰这位堂堂朝廷从二品官员行了礼。论官秩，纵是不良帅徐有功亲至，王孝杰也当得起一个揖，一声大将军！

这时，郭烨附在付九的耳边，嘀嘀咕咕耳语一阵。付九边听边是颔首，随后向王孝杰开口道："大将军，今日之事，事关重大。怕是要在贵府搅扰一番。我等须在此地对四名刺客的尸体进行查认，不知可否行个方便？"

王孝杰也知此事怕是没那么快能解决，先不说这些刺客是来行刺自己的，眼下既然惊动了不良司，后续的事恐怕也要按章程处理。随即，他抬眼看向一旁的王无择。"择儿！"

"父亲，儿子在！"王无择知道父亲的心思，对着付九等人拱手道："诸位，家父一身污秽，需清理一番。诸位都是我王家的恩人，查认刺客之事，你们自便。有需要用到王家的下人跑个腿、抬个物什么的，你们尽管差遣便是！"说着话，冯永年、王无择已经搀扶着王孝杰离去。

等王孝杰一走，付九便吩咐道，"郭小子，纪青璇不在，暂由你来主持此间事，本令歇会儿！"说罢他便一瘸一拐地找个位置，坐了下来歇腿，长久站着，顽疾难忍。

郭烨领了命，便指派李二宝跑一趟西市的清风馆，去将巴娜丽请来认尸。虽然郭烨推断，这四名刺客和钱五郎一样，八成就是那十一个携带五石散来长安的契丹杀手，但是推断不代表百分百断定。当日"六胡五汉"，巴娜丽是亲眼见过的。

另外，郭烨让王家的下人跑一趟不良司衙门，去给纪青璇捎个信，让她带徐问清、任斗牛等不良人过来协助。

在李二宝去请人的工夫，张小萝也从晕血的惊厥中慢慢恢复过来。她这一能走能动，就忍不住凑到郭烨身边，问道："郭大哥，你方才在王家的偏厅，怎么一听丽竞门遣人送地图，就知道他们是假扮的？怎么就断定他们不是丽竞门中人？"

郭烨摸了摸她的头，笑道："你才到长安，对丽竞门知道的不算太深。你看，小陆他们就不会问这种问题。"

这么一说，张小萝就更费解了，追问了为什么。

郭烨摇头说道："丽竞门都是些什么腌臜货色？他们会主动去为朝廷深入契丹险地刺探军情？他们不忙着构陷官员，罗织罪状，排除异己，就已经是朝廷之福、江山之幸了！"

"呃……就凭这个？"张小萝觉得这个理由有些牵强。

“郭小子，你不觉得这种推论太草率了一些吗？丽竞门纵是些屑宵酷吏，但就不能关心一下江山社稷吗？”坐着歇息的付九貌似有考校之意，大声问道。

郭烨见付九这般问，也收敛了笑容，正色道：“大人，丽竞门的来俊臣素来是最能揣摩圣意的，他会不懂女皇陛下迟迟不起复王大将军的真正用心？大人您想想，王大将军现在是什么身份，不过赋闲在家一老汉耳，他有什么资格让丽竞门来主动送情报示好？如果来俊臣真这么干了，他就不是来俊臣了！”

此言一出，付九竖起大拇指，赞了一句：“你娃剔透！今日之事，你当记首功。”

“功不功的卑职倒是无所谓，就是下次别老让我垫钱买消息就成。”郭烨耸耸肩，又恢复嬉皮笑脸的没正行。

约莫又过了半炷香的时间，李二宝终于把巴娜丽请来了。

有过第一次认人的经验，这一次就快了很多。经过巴娜丽的辨认，这地上四具刺客的尸体，果然就是当初她见过的“六胡五汉”中人。

认完尸体，纪青璇也带队及时赶到了。纪青璇一来，郭烨便将王家发生的事情，从头到尾说给了她听，好让她知道具体情况。

纪青璇听罢之后，也是暗暗感叹，这些契丹杀手真是嚣张狂妄，居然敢明目张胆跑王孝杰家中行刺。

纪青璇问，接下来这四具尸体该如何处置。陆广白的意思是运回不良司衙门，毕竟这些契丹人是不良司一直要找的。

郭烨点头表示同意。

李二宝站在一边，看着齐齐躺成一排的尸体，有些懊恼地说道：“都怪俺出手太重，要是能留个活口就好了。将他嘴巴撬开，就可以知道剩下几名契丹杀手在何处！”

“慢着！先别动尸体！”郭烨突然眼睛一亮，对着二宝拍了拍肩膀，夸道：“好小子，你立功了！”

“嗯？啥意思？”李二宝有些懵。

郭烨指着地上四具尸体，说道：“谁说没有活口，这四个都是活口！他们虽然被生擒，但他们成功刺杀了王大将军！”

众人闻言下意识低头，看向地上排列得整整齐齐的四具尸体，都死透透了，哪里还活着？而且还成功刺杀了王大将军？这不是得了癔症，睁着眼说瞎话吗？

“我明白了，你是要引蛇出洞！”纪青璇霍地抬起头，看向郭烨。

郭烨“嗯”了一声，笑意盈盈地看着纪青璇，柔声道：“你懂我！”

“懂你个鬼，恶心！”纪青璇厌恶地瞪了他一眼。

小陆点点头，附和道：“是挺恶心的。”

“郭小子，有想法，胆儿也挺大！”付九从扶椅上起身，说道：“纪不良尉、郭副尉，本令有些乏累了，先行回衙！这件事本令全权交托给你们，一应人手均由你二人调配，望你二人能尽心尽力，莫让本令失望。”说罢，他就起身施施然回转不良司去了。只剩下郭烨和纪青璇面面相觑。

他俩怎么会猜不出来，付九为什么这个时候走？因为真要引蛇出洞，就必须要去找王孝杰。但将这计划开了口，恐怕会惹来王孝杰一番痛骂！

“老醉猫！”“老滑头！”郭烨和纪青璇异口同声，鄙视地看着付九一瘸一拐的背影离去。

无奈，不良令大人躲了，郭烨和纪青璇这俩出主意的只能硬着头皮上了！

他们让王家的下人去通禀王孝杰，就说不良司诸人求见。

王孝杰命人让郭烨他们移步花厅。在花厅里，他们见到了沐浴更衣完毕的王孝杰。

“尔等想让某家诈死诱敌？让漏网的几名契丹杀手来自投罗网？”听完郭烨的陈述，王孝杰不由有些惊讶，目光灼灼地重新打量起眼前的这位少年郎君，似是不敢相信他竟会提出如此大胆的请求。

“不错。”郭烨目光清澈、不带邪佞，坦然地点头回道。

“不行！这怎么行？”王孝杰之子王无择第一个起身反对！

王无择激动地说道：“家父乃是军中名宿，社稷肱股，朝廷柱石，如何能行诈死之事？此等旁门手段一旦传扬出去，置我父亲于何地？”

他的疑虑是有道理的，唐人重信，尤其是军伍中人，王孝杰又是有头有脸的人物，若真是诈死一回，刺客抓得到抓不到先两说，王家面上无光是肯定的。

“王公子，你们王家是将门世家，连兵书都说，兵不厌诈！怎么到你这儿，行诡诈之计就成了丢脸的事情了？”纪青璇起身作了一揖，回应王无择道。

至于冯永年，则一言不发。他不存在支持还是反对，大将军怎么说，他就怎么做,他唯大将军之心意马首是瞻。

“哈哈哈,真是越活越回去了,某家还不如你俩嫩娃子啊!”半晌后,突听王孝杰感慨一声,随后目光坚毅地看向郭烨他们,说道:“大丈夫生天地间,当沙场报国、马革裹尸而还。死都不惧,又何况诈死乎?”

第五十八章　徐元庆旧案

有了王孝杰的首肯,王无择纵然是心里一百个不乐意,但父亲心意已决,他也只能苦着脸,依着郭烨的交代,配合不良司的行动。

稍事计议之后,不良司诸人就辞了王孝杰,随王无择到了王家的大门口。

“要开始了,大家依计行事,莫要大意,露了马脚!”纪青璇清咳两声,示意大家伙都要开始入戏了。众不良人皆称是。

纪青璇瞧着王无择,见他还有些扭捏不自在,提醒道:“王公子,要开始了!”

“呃,好吧!依着你们说去做便是,诸位,得罪了!”王无择抱拳一拱手,随后命下人将大门打开,一边将郭烨等人往门外推搡,一边佯怒大呼一声:“放肆!你们好大的胆!”平地一声喝,响若雷鸣,引得府门外过往之人纷纷朝着王府门口瞅来。

王无择一脸悲愤之色,对着郭烨等一众不良人忿忿吼道:“你们不良司,莫要逼人太甚!家父乃朝廷宿将,为社稷立下汗马功劳,今日却遭贼人行刺,命殒府中!今日这帮刺客,谁也别想带走。王某身为人子,定要在家父灵前,将他们剜心谢罪!”

王大将军遭人行刺,驾鹤西归了?路上行人与延康坊的街坊闻之,无不震惊!

王大将军乃军中名将,何等英雄气概。竟英雄迟暮,遭了刺客行刺。这些刺客简直是胆大包天!

要知道延康坊里虽然坐落着朝中诸多高官勋贵的府邸,但要说坊中何人最受坊民尊崇,当世便属赋闲在家的王孝杰王大将军了。

如今听闻王大将军遭人行刺,命丧府中,身为人子的王无择要将凶手留下活杀,祭奠自己的父亲,路人和坊民们并不觉得有何过错。倒是不良司这些人,居然还要将凶手带走。怎么?立功心切,要让王大将军死不瞑目不成?

倏地,围观的人们居然不约而同地围拢上了,力挺王无择的孝道,纷纷指责不良司这些不良人与丽竞门的狗探子同流合污,罔顾忠良。

这突如其来的一幕,并不在郭烨和王无择他们之前商议之列。

纪青璇毕竟是女子,面皮薄,被百姓们骂得有些抬不起头,但又不能跟老百姓解释,这是演戏诈死。

郭烨倒是满意这个效果,毕竟这样更显真实些,随即继续演道:“王公子!既如此,我等不良人也不是不近人情之辈,刺客可暂且留于你府邸,让他们跪在大将军灵堂前赎罪,但你不得剜心取他们性命!我们还需要从他们口中撬出契丹人的情况!”

“哼!”王无择自然知道怎么接上郭烨的话,忿忿道:“我不生剜了他们心,如何告慰家父的在天之灵!”

郭烨冷笑一声。“王公子,劝你冷静!”

纪青璇也道:“王公子,令尊也是我等尊敬的军中名宿,如今被杀,我等也与你同悲!不过本尉还是要劝你一句,莫要一时激愤,要以昔日徐元庆的旧事为戒。你若真不顾大局,擅杀生擒的契丹刺客,那才真做了有伤王家门楣之事!”

纪青璇口中所提的徐元庆旧事,是指女皇陛下还未登基之前,尚是李唐皇后时,著名的徐元庆案。

当时同州下邽县有个叫徐元庆的人,他的父亲徐爽被县尉赵师韫“所杀”,杀父之仇不共戴天,徐元庆闻知后一心报仇。

他改名换姓在驿站做驿夫,伺机接近赵师韫。几年后,赵师韫已经升任御史,恰好下榻于徐元庆所在的驿站,徐元庆于是亲手杀掉赵师韫,随后投案自首,自缚报官请罪。

事后对于徐元庆的判罚,朝堂上也分为两派激烈辩论:一方认为徐元庆孝心可嘉,又是为父报仇,理当赦免;另一方却认为国法不可废,必须严惩。双方争执不下。最后还是时任右拾遗的陈子昂提出了折中的意见,才平息了这场论战。

陈子昂说:“国法专杀者死,元庆宜正国法,然后旌其闾墓,以褒其孝义可也。”这也就是说，先对徐元庆明正典刑之后，再褒奖其孝行，既不负国法，又不负道义。

此事影响甚巨，但由此也可以看出，私刑报仇是唐律所不允的。

徐元庆案，上至达官贵族，下至贩夫走卒，都是知晓的。纪青璇这番话明着说给王无择听，实则说给围观诸人听，这样演得更逼真些嘛。

“无须你们假慈悲！王家既然敢做这等事，自会一力承担之本事！”王无择面色刚冷地转身回了府内，跨过门槛儿，伸手一挥，大声吩咐道：“关门，来人，给老爷治丧设灵堂！”

“砰”的一声，王府大门，重重地合上！

“罢了，王无择乃将门子弟，自然不敢罔顾国法。他不过是老父被杀，说些气话罢了。刺客暂且就留在王府吧。”郭烨看着紧闭的大门，大声对着纪青璇建议道。

纪青璇微微轻“嗯”一声，挥挥手，道：“那我等先撤回不良司！待大将军出殡之后，我们再来提人！”

很快，纪青璇和郭烨便带着一众不良人离开了延康坊，回了不良司。

一样在很快的时间里，王孝杰被刺杀的消息，也如长了翅膀般，不胫而走，卷刮在长安城中每一处角落里。不过，很多人还是质疑，认为这是谣言，毕竟王大将军起复在即，有谣言也是正常的。可是不多时，王家发丧的人也相继奔出府门，通知长安城中各处亲朋前来吊唁。待到披发跣足、一身素服的王无择再次出现在人前，王孝杰遇刺的消息终于得到了证实，一时间长安震动！

就在络绎不绝的宾客纷纷都往延康坊奔来，齐齐涌向王府吊唁王孝杰之时，王府的角门处却偷摸出去一个人。此人向着西市有名的病坊而去，很快就淹没在人流之中，不见踪影。

兴宁坊，不良司，公事房中。

“郭副尉，城里到处都在传王大将军被刺杀一事，愈演愈烈，怕是再传下去，远在洛阳的陛下都能收到消息了……”

“纪不良尉，延康坊中车水马龙，来王府吊唁之人络绎不绝，王……王无择公子……公子……”

“噗，哈，哈，哈，王公子哭丧着脸，挨个地接待着吊唁宾朋，我等看着都心疼!”

散落在外的不良人,陆续回报着情况,郭烨和纪青璇知道,如今这件事越闹越大了,已经是开弓没有回头箭了。

纪青璇道:“好了,都别笑了。所有人,将不良人的衣甲换下,去换身普通衣裳,收拾收拾,我们还要赶回王府守株待兔!”一干不良人称是,齐齐出了公事房。

房中,郭烨和纪青璇还有陆广白正合计着什么,却见张小萝没走,后面还跟着李二宝。

张小萝走到纪青璇跟前,说道:“青璇姐姐,其实我有一事不明,真是不吐不快啊!”

纪青璇“嗯”了一声,说道:“且说来听听。”

“我总觉得我们这个诈死之计,略显笨拙,那些契丹刺客真这么容易上当?”张小萝从王家回来之后,一直暗自琢磨,不过仍是百思不得其解,只得开口问道。

纪青璇点点头,示意她继续说下去。

张小萝继续说道:“我是这么理解的,王孝杰将军刚一遇刺身亡,这消息就第一时间满天飞,而且青璇姐姐和郭大哥还在王家门口与王无择吵闹一番,告诉围观诸人,生擒了契丹刺客,过些日子要提审。这林林总总都显得那么刻意,一看就像是为了引诱漏网的契丹杀手故意设的局。你说那些契丹杀手若是连这都看不出来,还能让我们追查这么久都查不到蛛丝马迹的吗?”

“是呀,是呀,我也觉得这个诈死局太牵强了,连俺都看得出来!”李二宝也附和地说道:“回来后公事房里人多,俺不好煞风景!”

“嘿嘿,你们两小只啊,只看穿了其一,却没看透其二。我跟你们说,这回由不得他们不上当!”郭烨起身,向他们二人说道:“纵是他们看出是个陷阱,他们也不得不往下跳。以这些契丹杀手的聪明,九成九能看出我们是在诈死设局。我希望他们看穿之后,再对我们来个将计就计……”

“什么乱七八糟的,脑子晕,跟不上!”

“郭大哥,你这是什么意思啊?”

张小萝和李二宝异口同声,真是越听越不明白了。

第五十九章 明旌钓毒蛇

张小萝见郭大哥卖关子，只能可怜巴巴向纪姐姐求解惑了。

纪青璇哑然失笑，问道："想想看，这伙契丹杀手千里奔袭长安，为的是哪般？"

"当然是刺杀王大将军，防止他将来奉诏起复了！"张小萝迅速答道，李二宝也是连连点头。

"然也！"纪青璇点点头，又道："你们再回忆一下，前些日子的钱五郎，还有今日在王府行刺的杀手，无一不是行动失败便当场服毒自尽，根本就不给我们生擒刑讯的机会。你们说这契丹杀手是普通的杀手吗？"

"他们是……死士！"李二宝下意识地答道，抢先了张小萝一步。

"没错，就是死士！"纪青璇又是点点头，继续说道："正所谓千金蓄死士，一去无复返。死士者，要么携功而归，要么玉石俱焚，你见过苟且偷生、无功而返的死士吗？"

"我好像有点懂了！"张小萝歪着头看向郭烨，道："这就是郭大哥说的，明知是诈局，他们也得往里跳，是吗？"

郭烨"嗯"了一声，接过话茬，回道："我与纪不良尉在王府门口，与王家公子演的这出诈死之戏。你们两个小家伙都能看出拙劣，契丹人会看不出来？但是我还是要设这么一个笨拙的诈死之局，告诉他们王孝杰将军根本就没死！"

李二宝问道："郭大哥，既然要设得这么简陋让他们一眼看出，为何又要兴师动众在王家设灵堂，惹得城中王家宾朋来吊唁？如此声势浩大的设灵吊唁，又不像是在诈死，倒像是王大将军真的遇刺身亡了。你和纪不良尉可是没瞅见王家门口那个动静，前来吊唁的宾朋，无不是长安城中显赫人家和勋贵。啧啧，这事儿完了之后，我都有点心疼王家该如何收场了！"

"哈哈，是吗？一看像诈死，细看又像真亡，真假难辨，却不得不辨，这才是这个诈死之局的精妙之处啊！"郭烨弹了一下李二宝的脑门儿，笑道："就是要让契丹杀手心痒痒,就是要让他们心里猜疑,王将军之死到底是真是假。”

“但不管真假,他们身上背负的死士之使命,都必须要王将军死!”纪青璇说道。

“这回懂了,真真假假,简直是局中局了!”李二宝由衷叹服。

“到底能不能成为局中局,就看我们走后,王家那边的人能不能将戏做全了。之前交代王家派人走角门去病坊抓药之事,也不知王公子安排了没。”郭烨不免担心起王家那边的人会不会出问题。

纪青璇道:“王公子谨小慎微,颇有其父之风,应该不会忘记如此重要之安排。”

“嗯,王将军是否真死,同伴是否有活口,这两条饵我们是下足了,就看他们到底要不要钩了。”郭烨觉得该安排的地方都安排好了,剩下的就只能听天由命了。

纪青璇一看外头时辰尚早,晚上又有守株待兔的围捕行动,于是催促着众人都先回房稍事休息,莫要蹲守之时打了盹儿,分了神。

到了戌时,天色昏暗,郭烨等一众不良人在闹市街巷中兜了几圈后,改头换面,着深色衣服,戴素色帽子,假扮成王家奔丧的亲友,进了王府的大门。

由一身素衣的仆人引着,纪青璇、郭烨等人来到了“停灵”的下室西间前。

此时室内早已掌灯,映照得灯火通明,虽没有步入灵堂,却能听见里头传来此起彼伏的悲恸哀苦之声。

郭烨看这设灵也好,听这哭灵也好,果真是做足了功夫!王家的人,连正常葬仪中彻夜燃灯的“坐夜”之礼,都全须全尾地照做了下去。

郭烨一众人徐徐步入,在灵堂的西阶之右,见着一杆八尺绛色帛幡已然高高竖起,上书白色大字“左卫大将军清河县男爵王孝杰之柩”,长幡飘荡,格外肃穆庄严。

下一刻,他们便步入了“灵堂”之中。

和外面一样,灵堂中的陈设也完全是按葬礼来布置的,灵座所需的床、几、案、屏、帐一应俱全。

此时孝子王无择正跪坐灵前。见到郭烨等人,王无择站起身来,示意他们跟着来。

只见灵前牌位后,设有一座屏风。屏风后摆放的是“王孝杰的棺椁”。

棺椁后有一扇不起眼的小门,出了小门来到一间廊庑,便见到了正襟危坐的王孝杰,还有他的心腹爱将冯永年。

将郭烨他们领至父亲跟前后,王无择默默退出,去灵前继续扮演他的孝子贤孙。

王孝杰一看到郭烨等人走进来,露出一个爽朗的笑容,问道:“纪不良尉,郭副尉,尔等见我这王家丧礼,办得可算像样?”

他们这么一说,反倒让纪青璇和郭烨他们有些不好意思了。纪青璇拱手道:“实在是出于无奈,才会想到这诈死之法,让大将军受委屈了。”郭烨也是附和道:“是啊,这漏网的契丹杀手一直藏于暗处虎视眈眈,觊觎大将军,若不将这几颗毒牙拔除,我等心忧大将军之安危,夜不能寐啊!”

“哈,哈,哈,漫说你们夜不能寐,便是本将军也寝食难安呐!诸位,莫要挂怀,本将枪林箭雨中摸爬滚打数十载,长年戍边,马革裹尸是早晚之事,早已将生死置之度外了,更何况一个诈死呼?”倒是王孝杰自己看得开,豪气干云地说道。

一旁冯永年示意郭烨她们先坐下,然后笑道:“你们没来之时,大将军还说此番王家设灵堂,让亲朋吊唁先行吊唁一番,将来若是战死沙场,为国尽忠,也不亏了。活着见着这份殊荣,总比死了看不见强。是吧,大将军?”

王孝杰笑着点头道:“哈哈哈,没错!”

这番话说得在场这些不良司的年轻人们无不容忍,对王孝杰无不肃然起敬。打小在宰相府里向往着军旅戍边的李二宝,更是激动地竖起拇指叹道:“大将军真豪杰也。俺二宝打小就佩服您这种军中大英雄!”

王孝杰这两天对不良司这几个年轻人的底细也了解了一些。见李二宝这虎头虎脑样,也是心生喜欢,起身拍了拍他的肩膀,道:“你小子是李相家的嫡孙,早些年就听你祖父提过你想从军之夙愿。可惜啊,若不是你祖父遭人陷害,被贬至南宾县尉,如今恐怕你早就在军中效力了!”

“咳,咳,咳,大将军,今日不提这些事了,还是言归正传吧。”冯永年提醒了一下,他知道大将军素来不掺和朝堂之上派系之争,莫要一个激动,把李二宝弄进军中来效力。到时候,保不住他受丽竞门的残害不说,还平白得罪了来俊臣和万国俊。这可不是大将军一向谨小慎微的风格。

“对,冯中郎将提醒的是,今日还是以契丹杀手为重!”王孝杰知道冯永年是提醒自己，岔开了话题。他对郭烨和纪青璇他们略微拱拱手，客气道："今日我府中嘈杂、人来人往，怕是护院刀手也有疏忽不周的地方，擒拿刺客一事，还望诸位鼎力相助。"

"此事我不良司分内之事，大将军言重了。"纪青璇一拱手，随后朝着郭烨使了个眼色。

郭烨会意，踏前一步，躬身问道："大将军，不知府上布置得如何了？"诈死一策本就是他想出来的，自然由他来跟王孝杰交涉最为合适。

王孝杰闻言傲然一笑："管教他们有来无回！不过你也派几个人去府中转转，看我这府中布置得到底如何？"

"行，那就恕我等唐突了！"郭烨丝毫不敢大意，向王孝杰告了一声罪，便拜托自己这组的徐问清等人去府中一探究竟。

半炷香的工夫，徐问清等人便回来了。

纪青璇问府中布防的如何？徐问清回道："整座府邸外松内紧，已经布下了天罗地网。后门的排水渠处还刻意遣人悄悄倾倒血水，估摸是想着故布大将军重伤诈死的疑云。虚虚实实，真真假假，端的上乘！"

郭烨朝着李二宝和张小萝挥了挥手。"二宝，小萝，你们先去后院蹲守，契丹死士的目标是大将军，所以作为就寝处的后院必然是重中之重！"无关紧要的地方，都有王家的护院刀手蹲守着，他把武力值惊人的两小只派去后院压阵，自然是有道理的。

接下来，一群人回归原位，各司其职，叩拜、哭灵、守夜，一时间灵堂里好生热闹。

时至子时，忽闻一阵喧哗从后院传入灵堂中。

郭烨踢了一下昏昏欲睡的王无择，霍地站起，大呼一声："成了！"

纪青璇对着任斗牛几个不良人一挥手，喊道："不良人，随我来！"

众人来不及多言，连忙往后院跑去。

到了地头，果见通明的火把之下，六名身穿黑色夜行衣的身影被一张大网网住，旁边张小萝、李二宝正大呼小叫着，领着一众王府的护院刀手，将他们死死压住。

"哈，哈，郭大哥，纪姐姐，快来看，我们抓住他们了！"远远地，张小萝一见郭烨奔来,便不忘邀功。

李二宝也道:“贼人翻墙进来后,还想分作两拨,可还没出后院就被俺们一网全给兜了!”

郭烨上前借着火把的亮光,看着大网下不停挣扎的刺客,猜疑道:“分两拨?看来是想一路去查看同伴是否全部灭口,一路刺探大将军的生死了!”

这时,陆广白赶紧冲上前,催问道:“二宝,小萝,他们义齿中的……”

“义齿中藏着的毒囊早拿了,刚擒下便都拿了!你有交代,我记得真真。你瞧!”李二宝对着网里的其中一个死士踢了一脚,说道:“为防他自尽,俺还让王家的护院刀手们卸了他们胳膊上的关节,也卸了他们的下巴,防止他们咬舌自尽!”

“那就好,那就好!”陆广白可不想仅存的几个契丹杀手再服毒自尽,自行了断了。

郭烨也竖了拇指赞许道:“这回想得周到,有长进!”

“行了,莫要浪费时间了,既然擒住了,找个地方撬开他们的嘴巴,问些我们想要知道的东西吧!”纪青璇提醒道。

这时,王孝杰和冯永年也闻讯而来,走近来提议道:“郭副尉,为防押解回不良司的路上出意外,不如本将军的花厅让出来给你们做临时审讯之所?”

郭烨这事没法做主,只得看向纪青璇,让她拿主意。

纪青璇考虑了一二,点头道:“大将军的建议甚为稳妥,就暂借大将军的花厅作为审讯之所吧?”

“得嘞!弟兄们,将他们统统拎起来!”郭烨对一众不良人张罗道:“对,一字排好,暂押到花厅问话!”

六名死士被挖了义齿和毒囊,又卸了下巴和胳膊,根本就不用担心他们自杀。李二宝他们用绳索简单捆绑了一下,将他们一个个从网罩里拎出来,个挨着个排成队,准备齐齐押往花厅。

不过这时,空气中响起“嗖嗖”的厉啸。

郭烨一愣,还没反应过来呢,便听到一直随侍王孝杰左右的冯永年大吼一声:“有冷箭!保护大将军!”

“当”的一声,一支射向王孝杰的冷箭,被冯永年拔刀拨到一旁,王孝杰再次跟阎王爷擦肩而过!

不过这却把郭烨和纪青璇等人齐刷刷地吓出了一身冷汗!

暗处,居然还藏有死士!!!

不是说一共十一名吗? 钱五郎算一个,之前在王家服毒自尽了四个,这次生擒了六个,一共十一个人,没错啊?

嗖嗖嗖! 又是一阵连射!

不过此时王孝杰身边有了防备,要想杀他,射再多的冷箭都无济于事了。

乱射停歇之后,众人开始朝着箭射过来的方向,寻找藏于暗处之人!

“人在那!”李二宝眼睛最尖,发现了后院墙头上有两道身影。不过这身影却是昙花一现,在夜幕下腾跃两下,消失在了墙头之上。

“来人,随本公子和冯中郎一起,护大将军先回房!”冯永年和王无择第一时间让护院刀手们将王孝杰团团围住,然后一步一挪地保护着王孝杰回了房间。

“糟了!”陆广白惊呼一声。

“中计了!”郭烨也道:“全死了!”

纪青璇抢过一盏火把,循着郭烨和陆广白眼睛所看方向,只见刚刚捆绑好的六名契丹死士都躺在了地上,每个契丹死士的咽喉处,都插着一根黝黑的弩箭。一箭封喉,六名死士,无一活口!

此时任谁都看得出来,墙头那两人,射杀王孝杰怕是姑且为之,主要当是个幌子,吸引注意力。她们真实的意图,其实是引开众人的注意力,好趁机将落网的刺客尽数灭口!

好精准的弩射! 好缜密的心思!

第六十章　蝉后有黄雀

刚生擒的六个契丹死士,眼睁睁地在自己眼皮子底下被灭口!

这叫什么?

这叫煮熟的鸭子,又飞走了!

“快追!”纪青璇将手中火把一挥,咬牙切齿地下令。如果让这俩蒙面人再跑了,刚有些眉目的五石散案,恐怕又要陷入死局了!

话音刚落,几道身影已经接二连三地从她身边冲出。

李二宝挥舞着双锏,气咻咻地从王府的后院冲了出去。

“二宝小心,我来助你!”张小萝紧随其后,也已经拔剑在手,那一人多高的大剑拖行在地上,在黑夜中摩擦出一道明亮的火花。

“真快!”郭烨紧随两小只身后,奈何两小只的速度,实在不是他能比的。等他追出门去的时候,两小只已经咬着两名神秘人跑出去十丈远了。

“小萝,接着这个!”没奈何之下,他只得掏出一块令牌,远远扔向张小萝,遥遥嘱咐道:“若是遇上金吾卫巡夜,就把这个拿给他们看!”

“好嘞。”张小萝头也不回,一伸手,就像后背长了眼睛一样接住了令牌。

下一刻,两小只的背影已经相继转过街角看不到了。

“不良司夜间办案的腰牌,你什么时候搞到的?”纪青璇率众追了出来,一眼就认出了郭烨扔出的腰牌,不由地诧异道。

唐代的长安城执行宵禁制度,日暮之后街上便不准人行走了,只有疾病、死丧和公务可以例外。宵禁期间,不但交叉路口会有士兵衙役布下栅栏把守,还时时有金吾卫巡城,戒备森严。此时已经是午夜时分,如果“犯夜”被抓,按律是要被笞打四十下的。

不良司虽然属于公门,但是签发夜行腰牌的资格也仅仅掌握在不良令的手里,就算是纪青璇都没有,也难怪她看到郭烨拿出腰牌会感到诧异了。

“来之前从老酒鬼房里顺来的。明知晚上要办案,我可不会一点准备都没有。”郭烨一边拔腿往两小只消失的方向追去,一边又回头冲着其他不良人和王府的家丁催促道:“都快点!真想把金吾卫引过来啊!我这腰牌可禁不起查!”

“从他那顺的?不告而取是为窃!呃……好吧,这次错有错着,算你聪明!”纪青璇尽管不喜郭烨这种不依章程的做事风格,但不得不承认,这个讨厌的人,又比她多想了一步。

很快,郭烨、纪青璇等率一众不良人和王家的护院刀手,追到两个蒙面人和两小只消失的街角。

一出街角,就看见四人缠斗在一起,原来两名蒙面人并没有跑远,便被追上了！

夜里，刀锏交击，火星闪烁！兵器碰撞的响声，在寂静的夜里远远地传开。

倏地，打斗中出现异状！

一名蒙面人脸上的黑巾，骤然脱落下来。

“是你？”面巾脱落的刹那，与她缠斗的李二宝已然认出了她。

女子因为面巾脱落，霎时分了神，生怕挨了李二宝的金锏，连退数步，下意识用手遮掩住自己的鼻梁以下。

“还想遮遮掩掩？当日在胡思堂查抄五石散，你便站在苏瑞娜身旁！”李二宝金锏一挥，奔向这女人的面门，没有半点的怜香惜玉，大喝一声：“哪里躲？吃小爷一锏！”

“胡思堂”“苏瑞娜”，这几个字从二宝口中蹦出，顿时，另一个与张小萝缠斗着的蒙面人突然身子颤了颤，脚下不由地一滞。飞奔而来的郭烨闻之，更是加快了脚下的速度！

“没错，小爷想起来了，你就是苏瑞娜身边的婢女！”李二宝肯定地大喝一声，手上的力道也猛然加重，冲那女子用力挥出一金锏！

嘭！女子手中短刀奋力一格挡，接住了李二宝一金锏，不过虎口却撕裂开了，血肉飞溅。尽管如此，她仍是贝齿紧咬，双臂苦苦招架着李二宝的双锏。

“嗯？”李二宝显然也被这女子的负隅顽抗稍稍怔了一下，突地，双臂的力气又加重了一分！

咯噔！女子脚下一个踉跄，单膝跪在了地上，但是双手尤不肯松懈，继续死死硬扛着李二宝的劈山锏！

久久拿不下一个女子，李二宝脸上有些挂不住了！

这时，郭烨等人也赶到现场，将四人团团围了起来。

凑近了，郭烨他们才注意到，面巾已脱落的女子的小腿上，插着一根箭羽。而另外一个面巾未脱落的蒙面人，胳膊上也被射中了一箭。看箭羽的样式像是狼牙箭，箭矢贯穿皮肉，两人缠斗的地方血流了一地。难怪他们没有跑远，原来是被这两支狼牙箭拖住了！

郭烨暗暗疑惑，李二宝和张小萝根本就没佩备弩箭，难道是有人提前埋伏此处，暗中射中了这两人，阻住了她们撤退的路？

郭烨往四下观瞧,不见有人,他不禁好奇到底是谁人暗中相助呢?

此刻,与李二宝对弈的这名女子已是强弩之末,而与张小萝缠斗的蒙面人,也是因为胳膊被射伤,被张小萝一柄大剑,拍得节节败退。

郭烨暴喝一声如夜半惊雷,“还要负隅顽抗到何时?还不快快束手就擒?”

纪青璇亦是将九节鞭一抖落,下令道:“众不良人听令!团团围住,这两人,一个也不许跑了!”

“喏!”围成圈圈的一众不良人,再次将包围圈缩紧了一些。

被张小萝一柄大剑拍得节节败退的蒙面人,退着退着,退到了那个面巾脱落的女子身边,最终退无可退。两人只能背对着背,各自对峙着张小萝和李二宝。

“摘下面巾吧,这个时候就不必要再遮遮掩掩了!”郭烨再次劝降道。

就在这时,让所有人都意想不到的事情发生了,还在李二宝的手下负隅顽抗的婢女,突然闷哼一声,眼神瞬间黯淡,两道血线顺着她嘴角流下。

她缓缓低头,众人视线跟着下移,只见一截带血的刀尖,从她的胸前刺了出来!

这突如其来的变故,把所有人都惊呆了。

出手之人,正是与她背靠背的蒙面人!

嗤!蒙面人因为出手这一刀,硬生生地挨了张小萝一大剑,肩头血喷如潮!

“啲……啲啲……”婢女痛苦地转过脸来,用一种难以置信的眼神看着同伙,张嘴想说什么,却什么也没有说出来,只见血水不停地从口中涌出,发出瘆人的声音。

面对同伴的质疑和不敢相信,蒙面人丝毫不为所动,隔着面巾,传来她轻柔的声音:“你先走一步吧,我很快就来陪你!”其猛一抽刀,拔出了后心插入的短刀。唰……一道血箭飙出!婢女的娇躯,扑倒在地!

电光火石之间,郭烨的脑海里闪过一丝不祥的预感。“不好!快!拿下她!”李二宝、张小萝应声围上,剑锏齐落。

三两招一过,只听“当啷”一声脆响,蒙面人手中的牛角尖刀已经被打落在地。果然是要自戕!

唰——纪青璇的蛇皮软鞭一甩一缠,将其紧紧缚住。

郭烨飞快上前,一把扯掉了蒙面人脸上的黑布。一张苍白而清丽的胡人面孔露了出来。

“果然是你！苏瑞娜!”郭烨感慨一声。尽管早猜出了是苏瑞娜,但面巾脱落那一刻,才算是确认落了定。

看着这张清丽精美的面容,郭烨五味杂陈,当日朱有德在胡思堂被刺死的那一幕,又缓缓爬上心头。

“拔义齿,有毒囊!”陆广白见郭烨在这关键时候居然愣神,飞奔上来,不等苏瑞娜反应过来,就捏开了她的嘴,拔掉义齿。

郭烨惊出一身冷汗,大意了！幸亏有小陆!

苏瑞娜失去了最后一个自尽的机会,不由恨恨地剜了一眼陆广白,这个多管闲事的仵作!

她啐掉口中的血水,继而转头。虽然被鞭子困住了,但是一只手还是能转动。她轻轻拍了一下自己的肋下,然后目光直视着郭烨,露出惨兮瘆人的笑容:“郭捕头？哦不,应该是郭副尉了。我们算是好久没见了吧！听说你找奴家找得很辛苦啊!”

她的笑,让郭烨有种莫名的不自在,为什么笑得这般难受？郭烨刚要张嘴,却见纪青璇伸手一阻,道:“此地空旷不甚安全,要说话,换个地方有的是时间。来呀,将这妖女带回不良司!”

这个苏瑞娜关乎着很多疑问的解答,她现在的人身安全,太重要了。纪青璇不知道暗处是不是还有人窥探着,所以眼下把人送进不良司的大牢里,才是最安全的。

郭烨被他一提醒,猛然想起那两根射中苏瑞娜和她婢女的羽箭,至今还不知道是谁人出的手呢？

是敌是友,未曾可知,必须将苏瑞娜迅速带离此地,方为上策！想罢,他点点头,挥手道:“来人,将她带走,护住她左右两翼,防止被人暗中下手!”

“喏!”任斗牛等一众不良人上前,要将她用绳索套住。

谁知苏瑞娜的脸上涌起一抹笑靥,声若蚊蝇般自言自语道:“呵,你以为……你们带得走我吗？”说罢,她的身躯竟然渐渐低沉了下去,人缓缓倒下。

什么？众人一惊!

郭烨上前伸手一探她的鼻息,发现苏瑞娜的呼吸已经断绝。

陆广白也赶紧蹲下身来探着她的脖颈,随后无奈地摇了摇头,表示人没了。

“怎么回事?缴掉了短刀,拔掉了义齿,周围也没人暗算。她,她到底怎么死的?”郭烨大为光火,更是大为费解。

纪青璇也是格外疑惑,自己明明用鞭子困住了她,根本没有自尽的可能啊。

“不对,看这里!”陆广白在她的肋处发现了异常,一根尖锥深深插进了肋下处!

陆广白道:“此处插入,心肝俱被刺穿,大罗神仙都救不活她。不过她什么时候下的手?我怎么没注意到?”

郭烨猛然想起她刚才冲自己笑得那抹痛苦,还有她冲自己笑时,用手掌轻轻拍了一下自己的肋下。

难道这尖锥早早就暗藏在了衣服中,趁大家不注意时,不漏声色地拍进自己的肋下?

难怪刚才笑得那么瘆人和痛苦,这女人是硬生生地忍着剧痛拖延到此刻,才气绝人寰的啊!

太……太狠了!他见过太多狠辣的盗匪巨贼,那都是对他人下手狠辣,但是像这般对自己如此狠辣残忍的人,而且还是女人,绝对是郭烨生平第一次见!

这时,冬夜里一阵凛冽的冷风吹过,吹得郭烨的心头直发毛……

对手啊,这都是些什么对手啊?

第六十一章　此乃犀香炭

不良司,仵作房。

此时的仵作房四壁上点满了蜡烛,房内亮如白昼。房间正中央整整齐齐地排列着十三具尸体,从在林府自尽的钱五郎,到刺杀王大将军的四名契丹死士,再到今夜捕获的六名死士,外加苏瑞娜和她的婢女。

这些尸体,陆广白来来回回查验过多次,每具尸体反馈出来的信息皆是干干净净,几乎没有任何价值。

除了两具女尸没有褪下衣物,其他十一具男尸统统被脱得赤条条、光溜溜,他们的鞋靴放在各具尸体的脚边,他们的衣物被叠放整整齐齐地放在枕边。衣服也好,鞋靴也罢,都是西市成衣铺子里最寻常的款式,而且鞋靴底光洁,不见有多少磨损,显然是新近才买来穿的。

“这些人呐,来长安时干干净净,没想到连死去也是干干净净,根本就不给我们找到线索的一丝可能!”郭烨一边翻动着叠放着的那些衣物,一边说道,“小陆,检尸验尸你是行家,你再仔细看看,别漏了……咦,你在看什么?”

郭烨转头,发现陆广白一具尸体的脚边停了下来,这具尸体是今晚捕获的六名死士之一。小陆伸手拿起尸体脚边的鞋靴,从鞋底上小心翼翼地取下一小块黑色的东西,约莫有大拇指的指甲盖那么大。

“这是什么?”郭烨一声询问,将李二宝和任斗牛他们给吸引了过来。

因为这里男尸都是赤条条的,甚是不雅,所以纪青璇和张小萝没有进来。但是她们就在仵作房外,突然听到里头一番动静,知道郭烨应该是有所发现了,纪青璇赶紧喊道:“郭副尉,陆副尉,若有发现,请第一时间呈至仵作房外来!”

陆广白“嗯”了一声,将手中之物拿出了仵作房。

众人围观着他手中这一小块黑色的东西,端详了半天,张小萝更是凑近闻了闻,猜测道:“黑乎乎的,莫不是小石头?”

“这分量颇轻,不像是小石头。”陆广白说道。

“我看看。”郭烨从他手中取过这小黑疙瘩,用手指轻轻碾了碾,在鼻前也闻了闻。嗯?有点味道?这味道似曾相识啊!

突然,他顺手在仵作房外白色墙角根儿处用力一划……划出了一条黑线。

“木炭?”众人齐问。

“的确是木炭。”郭烨点了点头,为确认自己心理的推测。他用手指捻了点炭灰,拿到鼻子尖儿处,又是闻了闻,最后确认道:“而且还是添加了犀角粉的犀香炭。”

“你是说犀香炭?”陆广白眼睛不由一亮。

纪青璇她们却是听得有些摸不着头脑,面呈惑色,问道:“如今长安的市面上有这种炭吗?”

“我打小在长安城长大,我们家什么炭都烧过,就没烧过这种炭!”李二宝摇头道。

陆广白说道:“这犀香炭,需用三斤银丝炭加一斤半的蜀葵叶、适量犀角粉末,七天浸泡,七天熏制,七天晾晒,二十一日后方得。”

“原来这般金贵啊,难怪从未听过。”纪青璇对陆广白的博闻是真心佩服。

“金贵倒是不金贵,就是做工繁琐,基本没什么正经人家会用。”陆广白嘴角微扬,看着郭烨,忍不住笑道:“所以这种炭出自什么人家,很好找到的。呃……据我所知,郭副尉应该知道哪里会有犀香炭!”

纪青璇等一众人的目光,齐刷刷地都投向了郭烨。

“这……”郭烨有些不自在地挠了挠头,神情扭捏,他的确知道整个长安城中哪里会有这犀香炭。但小陆这厮太损了,居然把球踢给自己。他能认出犀香炭,还能说出这么多道道儿,他会不知道哪里会有犀香炭?

张小萝摇着郭烨的胳膊,催促道:“郭大哥,这犀香炭的名字真好听。我也想购置一些来。天气渐寒,我要给屋里炉子添个火呢!”

“呃,我的好妹妹。这炭你不能用!”郭烨不迭摇头。

张小萝不解,问道:“为什么呢?”

郭烨犹豫了一下,道:“这就不是正经人家用的炭!”

“这炭怎么还分正经不正经呢?”张小萝一探到底!

纪青璇有些不耐烦了,催促道:“郭副尉,你别磨蹭了,快些说好吗?眼下破案在即,这犀香炭的来处,是最重要的线索了!”

“好吧,这犀香炭的来处只有一个地方,那就是平康坊!”郭烨说道。

“平康坊……”纪青璇第一个反应过来,猛地一抬头,看向郭烨,说“你是说这犀香炭是妓馆专门烧炉取暖的炭?”

“嗯。妓馆内三教九流,各色人等云集,酒气、脂粉气混杂,冬日火炉床上终日燃炭更是气闷。于是,不知道是谁想出了个法子,在银丝炭中加入蜀葵叶,再讲究些的还会加犀角粉,可以用来净化浊气,还能……”

郭烨咽了咽唾沫,有些心虚地看了看纪青璇,没往后说下去。

纪青璇冷哼一声:“都说到这儿了,还有什么不好意思说的?继续!”

“对啊,妓馆就妓馆呗,郭大哥你倒是快说呀,妓馆里烧这犀香炭还能怎样?”

张小萝也是迫不及待地追问。

“还能助兴!”陆广白及时补了一刀。“这犀香炭烧制出来的独有香味儿,能激发男欢女爱时的兴致,有催情助兴之效! 是不,郭副尉?”

郭烨气得咬牙切齿,重重地点了一下头,回道:“是! 陆副尉!!!”

“原来是这样啊?”张小萝似懂非懂地点了点头,赞道:“郭大哥,你懂的可真多呀!”

“懂的确实多!”纪青璇颇有意味地看着郭烨。

“我知道这犀香炭,也是因为去年冬月,平康坊里一家叫莳花楼的妓馆来万年县衙门报案,说是馆中木炭失窃,原以为不过是些普通的银丝炭,不想里面还有这些个门道。这才有机会识得犀香炭这等玩意。这事小陆也知道的。小陆,对吧?”

郭烨本以为陆广白会据实回答,谁知陆广白这个时候却选择了失忆,也不说话,也不搭茬,而是一脸茫然地看着郭烨,好像在问,有这事儿吗?

纪青璇挥挥手,打断道:“行了,郭副尉不必解释,也用不着跟本尉解释,你要是不懂平康坊里的门道儿,那才是浪费了你那一身的无耻和贱样!”

“喂,喂,喂,纪不良尉,我怎么就一身无耻和贱样? 你泼脏水也得讲证据不是?”郭烨见着纪青璇已经上升到泼脏水、胡乱诬陷攀扯了,这还了得?

纪青璇没有理会他的叫冤喊屈,自顾自说道:“既然犀香炭是在契丹死士的鞋底发现的,说明他们去过平康坊的妓馆了。但他们不是普通杀手,看这帮人近日来表现出的行径和言行。本尉觉着不像是爱逛妓馆的登徒子,一个能为完成任务随时自戕、义无反顾的死士,怎么可能迷恋风花雪月之地? 女色最能麻痹人的斗志,尤其是背负着重大使命的死士,更不可能在执行任务期间接触女色的!”

“说得对!”郭烨对纪青璇的分析举双手赞同,说道:“那只有一个可能,这个妓馆就不是他们风花雪月的场所,而是他们在长安的窝点!”

“死士藏身妓馆? 妙啊! 简直大隐隐于市啊!”陆广白拊掌而笑,由衷称赞道。

“既然方向清楚,那我们便不要磨蹭了,现在就开始查吧! 接下来的目标,平康坊!”纪青璇看着郭烨抬了抬下巴,催促道:“平康坊你熟啊,带路吧,登徒子!”

第六十二章　公堂聚鸨母

平康坊归万年县衙辖署,位于第三街第五坊,东邻东市,北接崇仁坊,南邻宣阳坊,都是要闹坊曲。

郭烨当初是万年县衙的捕头,对这平康坊里的每一处角落、每一家妓馆,还是熟稔的。他趁夜就和纪青璇兵分两路,纪青璇带着不良人去平康坊,他则孤身一人去了万年县衙寻求帮助。毕竟平康坊是万年县衙的管辖之地,不找现管的万年县令通报一声,不良司名头再大也容易得罪人。

新任的万年县令对郭烨这个前任捕头也没有恶感,一听此案还涉及王孝杰刺杀案,也乐得送个顺水人情,不仅借了三班衙役给郭烨协助不良司进驻平康坊办案,还大大方方地将万年县衙公堂借与他们不良司暂做审讯场所。

郭烨这边顺利,纪青璇那边一样的顺利,她带领一众不良人在平康坊坊正张合的协助下,很快就摸排查清了这平康坊中妓馆使用犀香炭的情况。

秦楼楚馆多是夜间营业,白天闭门休息,所以夜里突袭果然比白天收获要大。在平康坊坊正的配合下,又有万年县衙三班衙役近百人的协助下,一番折腾后,终于确定使用犀香炭的妓馆共计五十八家,其中在犀香炭里加了犀角粉的三十六家。

纪青璇一声令下,三十六家犀香炭里加犀角粉的妓馆暂时歇业,三十六家妓馆的鸨母统统带走!

等着队伍浩浩荡荡撤出平康坊,将三十六个妓馆鸨母带进万年县衙的公堂时,天已经大亮!

忙了整整一个通宵啊!

清晨,万年县衙内。

郭烨站在万年县衙的公堂之上,虽是故地重游,却已是物是人非。

三十六家妓馆的鸨母打扮得花枝招展,齐齐立于堂下,颇有一番满室皆春的景象。

这时，堂下一名鸨母喊道："诸位上官，我等平康坊的馆阁，一入冬便烧炭取暖，这么些年下来，都已成惯例了。官府也未曾明文规定，不得用犀香炭烧炉取暖。为何天蒙蒙亮便将奴等拘了县衙。我们这是犯得哪门子法了？"

这说话的鸨母，郭烨有印象，乃是升平馆的老鸨。当日萧廷就是死在升平馆的，对她，别说郭烨，便是纪青璇、陆广白都是印象极深的。

升平馆的鸨母说罢，耷拉着眼皮，半掩着嘴，连打了好几个哈欠，一宿没睡，困倦得不行。

"是呀，是呀，奴们干的便是通宵达旦的买卖。这大清早不让人睡觉，奴家这腰都要断了。"

"是呀，昨晚奴家陪泉州府赴京的长史大人喝了一夜酒，现在脑子都是昏沉沉的。"

"你们昨晚还挣着了银子，我们青竹馆就亏死了。本来我家小门小户，上客就晚，好不容等着了一桌豪客，却硬生生被差爷们给吓跑了。一晚上，一文钱都没挣着！"

堂下，鸨母们不仅困得哈欠连天，还数落不止，埋怨连天。

"肃静！"

"公堂之上，禁止喧哗！"

"肃静！！！"

饶是任斗牛和徐问清他们高声大作，喝止喧嚣，可这些老鸨子们就像滚刀肉似的，根本就不理会，自顾自说个没完。三十几个女人，叽叽喳喳，哗然不止，像是进了西市的胡人香料市。不怪他们不将公堂威仪放在眼里，毕竟久在风月勾栏里，什么场面没见过，什么达官显贵没伺候过。

纪青璇办案不少，但是这种场面也是第一次遇见，有些棘手，总不能三十六个老鸨子，一人先打二十大板吧？

"静一静，再聒噪就先掌你二十嘴！"这时，郭烨清了清嗓子，高声喊道。

话音落毕，喧哗的声音虽然渐渐轻了些许，不过老鸨们仍旧自顾自说，浑然不当回事。

郭烨又道："我说你们这些婆娘真是不晓事，早点配合我们办完案子，早点回去睡觉不好吗？继续吵闹下去对你们有何好处？我跟你们说，你们不配合，便是拖到天黑也不放你们走，到时候平康坊里其他馆阁开门做生意，你们的馆阁还要不要开门做生意？”

此番一说，声音又小了几分，有人果断闭嘴，但仍有人不买账，继续交头接耳。

郭烨冲着吵得最欢的一个老鸨喝骂道：“不配合是吧？行！老子从今往后，啥事儿也不干了，就专门等着天黑去你的弘华楼查找嫌犯。天天如此，夜夜如此，我看到底谁耗得过谁！”

弘华楼的女子是平康坊中最有才情的，曾有不少名冠京华的诗人在弘华楼提诗留名。外地来长安的才子们，无一不以在弘华楼留诗为最风光之事。所以这老鸨素来不将其他秦楼楚馆放在眼里。现在听郭烨这么一说，顿时变了脸，若郭烨真敢这么干，几个不良人像门神似的守在门口，以后那还有风流才子敢往她那来？要真这样，弘华楼必垮。当即，她低下头，连称不敢。

她一服软，其他还在聒噪的老鸨亦是纷纷做低首状。很快，公堂之上肃静了下来，气氛也穆然了些。

纪青璇微微点头，这种场面也得亏有郭烨这种臭无赖，方能镇得住。这叫恶人自有恶人磨。

她挥挥手，示意道：“郭副尉，接下来由你来主持吧。”

郭烨“嗯”了一声，便张口问堂下道：“连夜惊扰了诸位的买卖，一早就将诸位召集于此，主要是想问问，最近各位的馆阁里，可有什么可疑的生面孔进出，或长住？”

堂下老鸨低着头，彼此张望，却无人说话。

这时，一个身着绿袄石榴裙的半老徐娘，说道：“敢问郭副尉，如何算是可疑？我们平康坊各家各馆，干的便是伺候人的买卖。有老客捧场，也有生客寻欢，生面孔肯定是不少见的，但生面孔多半是不表露身份之辈。您这问法，奴家们也不知道该如何回你了。”

“吴家姐姐说得极是。生客来我们这儿寻欢，我们收生客的银钱，总不能盘问客从何处来吧？”另一边角落里，一身檀色帔巾袄裙的鸨母接茬道。

她们的这番话，引起了一阵共鸣，屋子里又是叽叽喳喳一阵喧哗。

“嗯，两位娘子说得在理。”郭烨算了一下六名契丹死士夜探王孝杰府邸的时间，然后又道：“我知道你们平康坊各家各馆通常都是酉时开门接客。我再问诸位，昨天夜里约莫酉时到戌时间，可有客人打翻过你们馆内火盆的？或是馆中下人丫鬟，在客人的房中掉落过犀香炭的？”

郭烨这问题问得着实奇怪，惹得堂下众鸨母们纷纷回忆。

很快，堂下就有了答复。有老鸨摇头说没有，有老鸨提出，要寻馆里的管事娘子问问。

通常小门小户的秦楼楚馆，房间都是有数的，所以这些小门小户的老鸨都记得格外清楚。倒是像升平馆、弘华楼这种大型的妓馆，老鸨们跑前跑后、迎来送往，房间里炭火这种事，都是有专人去管的。

郭烨先遣散了一拨言之凿凿说没有的老鸨，接着让人将剩下的老鸨做了一番登记后，才做遣散。这些老鸨必须回去向管事娘子问清楚情况，再返回万年县衙再做答复。

少顷，老鸨们蜂拥而出，返回平康坊中的各家馆阁。

等着老鸨们都遣散光了，张小萝有些疑窦难解，问道：“郭大哥，加炭的时候掉落炭粒不是很正常吗？你怎么知道就是打翻过火盆了？”

郭烨道：“你没进过秦楼楚馆，不懂里面的门道。这秦楼楚馆不像食肆酒肆那些等闲的地方。能用得起犀香炭的秦楼楚馆，进出的客人不是达官显贵就是商贾富户，底下奴仆做事都小心着呢。掉落炭粒，可是大事。往小了说，扎着贵客的脚惹来一顿鞭打，往大了说，万一燃着了地上铺的绒毯，引来火患焚毁了馆阁，那可是人命关天。所以，明火之物，在秦楼楚馆中都格外谨慎。若真有我说的这等事，你说他们会没有印象？”

“原来如此！”张小萝一副长了见识的样子，频频点头：“郭大哥，你可懂得真多呀！”

“是懂得挺多的！”纪青璇若有所思看着郭烨。

约莫一盏茶的光景，就有不少老鸨赶来县衙报禀情况，不少人还等着管事娘子随行，不过答案都是不曾发生过踢翻火盆或者掉落炭火之事。

郭烨猜疑自己莫不是又推错了方向？

这时，任斗牛轻声附在他耳边，问这些老鸨该如何处置？总不能一直留在公堂上，不让人回去吧？

“请不良尉大人做主吧！”他意兴阑珊地摇了一下头。

这时纪青璇的目光却锁在一位着绿袄石榴裙的鸨母身上,老鸨身边也跟着一位管事娘子,她附首在鸨母耳边轻轻说着什么。而鸨母的脸有犹豫之色,一副欲言又止的样子。这一幕,被纪青璇尽收于眼底。

"敢问这位娘子,是哪家妓馆的?你可是有话想说?"纪青璇大步走下公堂,来到了这位绿袄石榴裙的老鸨跟前。

第六十三章　小楼释疑云

纪青璇的这番举动引来了郭烨他们的注意,将目光落在了绿袄石榴裙的老鸨身上。

这绿袄石榴裙的老鸨,郭烨识得,当即说道:"她是出云阁的人。姓吴,人称吴三娘。老熟人儿了。"说完,郭烨就后悔了,嘴这么欠干吗?

果然,纪青璇听到"老熟人"三个字,转过头来呵呵一笑,笑中藏讥。

"回禀大人,奴家吴三娘!"绿袄石榴裙据实回道。

纪青璇回过头看着她,问道:"本尉看你欲言又止,莫不是有什么话想说?"

"嗯……"吴三娘犹豫了一下,最后还是开口缓缓道了出来:"刚刚郭捕……哦不,郭副尉说得踢翻火盆,或掉落了炭火之事,我们出云阁的确是不曾发生过。但昨夜,我们阁中倒是发生过一桩小事,不知对大人有否帮助?"

"哦?"纪青璇顿时来了兴趣,问道:"事无大小,你且说说看?"

"刚刚,我们出云阁的管事娘子跟奴家提及……"吴三娘指了指身边刚刚附耳说悄悄话的管事娘子,说道:"她说昨天夜里,约莫是酉时到戌时之间,伺候我们出云阁后院小云楼的婢女曼娘,在廊下捧着犀香炭走过时,曾不小心撞到小云楼里住的客人。那客人倒是好性子,并不曾责备。但据曼娘说,当时便有一片木炭跌落,不过她即刻就收拾干净了,不敢在地上留下任何木炭碎屑,免得脏了其他客人的靴子。"

纪青璇一听有木炭,时间还挺吻合,便上了心,又问道:"你们出云阁那座小云楼里的客人,是几时入住的?”

“应该是四个月前吧。”吴三娘回道。这种在烟花之地过夜包宿的客人,不新鲜。但是在秦楼楚馆长住的客人,而且还是包了一栋小楼,一住就住了四个月的客人,吴三娘肯定是记得真真儿的。

纪青璇又问:“他们一共几人?”

“起初入住时不过两人。后又陆续有人进出。这人数嘛,倒是算不准。两日前似是又来了六人。”吴三娘回忆道。

两个人……六个人……纪青璇暗道,人数倒是吻合,但是六个死士是男的,苏瑞娜和她的婢女却是女儿家,她们能住一栋楼里,一入便是好几个月吗?

当即,她问道:“敢问三娘子,昨夜到现在,除了那次曼娘冲撞了客人外,那小云楼里的客人,是否还有过动静?”

吴三娘道:“昨夜酉时三刻叫过一次吃食,之后便不再有动静了。”

“这么长时间没有动静吗?你一点都不觉得可疑吗?你不曾找人去那小云楼里,探查一番?”纪青璇奇疑道。

“这位女官爷怕是不知。”吴三娘见纪青璇这个不良尉是女的,就知她不懂这秦楼楚馆的规矩,所以才问出这种问题来,当即解释道:“这馆子大门朝南开,迎的是四面来客,做的是八方买卖。这风月场地,什么样的客人没有过?我们只管收银钱,客人在房内如何,不是奴等该管的,我们也管不了。若是这般多事,怕是我出云阁也不用开了。哪有恩客愿意来不懂规矩、多管闲事的馆阁逍遥作乐?”

这个风月之地的规矩,她哪里知道这么多。

吴三娘见纪青璇面有疑色,误以为她不相信自己说的话,立马说道:“不信您大可问郭副尉,是不是这么个规矩?郭副尉,郭副尉,你说对不?”

郭烨面色一愣,暗骂了一声,死老鸨,没事儿扯我干吗?又让纪小娘皮找到由头,怼我一下?他反应快,不等纪青璇怼他,便脱口提议道:“与其在这儿费口舌说来说去,还不如走一趟出云阁!不良尉大人,如何?”

纪青璇微微点头表示同意,然后对吴三娘说道:“那还烦请吴三娘子陪跑一趟,带本尉去你们出云阁走上一遭吧!”

“呃……好,好吧?”吴三娘虽然不喜欢把官衙中人往自己出云阁领,但今天这事儿估计不领不成了,便应了一声,带着他们回了出云阁。

平康坊，出云阁。

出云阁和升平馆、弘华楼一样，在平康坊的一众妓馆中，算得上一等一的馆阁。

作为数一数二的秦楼楚馆，必然是有自己独到的一面。升平馆的女子能歌能舞，弘华楼的女子工诗能赋。而出云阁呢？却胜在这阁馆里造景别致，风格千奇。尤其是出云阁主楼后边附带着的那几栋独立的辅楼，闹中取静，环境幽静，在平康坊这等地方，极为难得。吴三娘口中的小云楼，便是其中之一。

在吴三娘的带领下，纪青璇、郭烨等人来到了小云楼。此时的小云楼早已人去楼空，吴三娘口中包楼长住四个月的那两拨恩客，早就不在了。

将小云楼的一楼与二楼探查一番，郭烨他们通过现场留下来的迹象，发现这些所谓包楼长住的恩客，基本不用二楼，活动场地都在一楼为主。

一楼的正厅，摆了一道三折的山水屏风，屏前设了一张长床，就是冬日里最常见的火炉床。所谓火炉床，便是床的中央开有一个圆口，当中嵌入一个大火盆，专供冬日坐卧取暖之用。火炉床上左右设有两个座位，其中一边的地上还放有一张高案几，此时几案上赫然放了两锭金子。

没错，两锭黄灿灿的金子！

“为什么留下两锭金子在这里啊？”张小萝眼疾手快，比老鸨子吴三娘快一步将金子拿于手中，左右一阵细瞅，就是两锭普通的金子，没什么可疑的地方。

“怕是这伙人留下的房钱。怕赖了房钱，最后老鸨报官，漏了行迹！所以虽是不告而别，却留下了房钱！再说，他们要杀人、要作案，也不能平白让人家出云阁的买卖吃了亏啊。”郭烨对这个倒是有经验，很多来长安作案之屑宵，尽管非良善之辈，但若是住店，绝对不会少了房钱。一是盗亦有道，二怕店家告官泄了踪迹，最后被搅了计划，案子没做成。

张小萝“哦”了一声，又长了见识。她想起自己以前穿夜行衣飞来飞去吃霸王餐住霸王店的日子。惭愧啊！自己这般没规矩，果然在张老三的案子上栽了跟头，险些被误判为杀人犯。

众人绕过山水屏风，后头是床榻，床榻上整整齐齐，连被褥都不曾动过。床榻边上放着一个木制的衣桁。

一眼便看尽了房内的陈设，但郭烨和纪青璇等人还是仔细来回查看了几番，担心有所疏忽的地方。

最后,郭烨在火炉床的火盆里发现了一些皮毛烧尽的痕迹,而且在火盆与床榻间的缝隙里发了一些黑褐色的粉末。

陆广白用随身携带的银簪子将粉末一一收集了起来,细细查验了之后,确认道:“正是五石散无疑!”

噗通!“五石散”三字一出,吴三娘便心头一惊,赶紧跪下申辩:“官爷明察,这……这五石散可不是我出云阁的东西。”

说着,低首之机,还是狠狠瞪了一眼边上负责打理小云楼的曼娘,似是在责备她收拾得不够仔细。

“吴三娘子如今也知道怕了?”纪青璇冷笑一声,问道:“你们不是只认银子,不认其他吗?这五石散是朝廷三令五申的违禁之物,你出云阁中却有人吸食五石散留下的残积,你说该当何罪啊?”

“大人,奴家真的不知这些人在这里偷偷吸食五石散啊!要是知道,奴家便第一时间向官府报备了!”吴三娘不迭辩解。

“哼!你且一边去!”纪青璇不再理这吴三娘,看向负责打理伺候小云楼的曼娘问话道:“曼娘,本尉有话问你!你可知这小云楼里的客人是何来路?平时有何异状?”

“奴婢不知。”曼娘显然也被突如其来的五石散给吓到了,身体略微有些瑟瑟发抖。她低着头,小声回答道:“这些恩客平日里并不常找奴婢伺候。只在传饭添水时才叫奴婢,但也只是站在门边伺候,不曾进去过。而且他们说的话,奴婢也听不太懂。”

“听不懂他们说的话?你是说,他们说的不是官话?”纪青璇抓住了她话中的关键。

“虽然听不懂他们说的甚话,但奴婢敢保证,她们说的绝对不是官话!”曼娘长年伺候生客,是不是官话还是可以听得出来的。

郭烨这时走至纪青璇身旁,问曼娘道:“他们可找过你们出云阁中的小娘子相陪?”

曼娘茫然地抬头看着郭烨,问道:“敢问这位大人,相陪是指什么陪?”

“侍寝陪睡,男欢女爱!还能什么陪?”郭烨说着,心虚地看了一眼纪青璇。

纪青璇倒是没有理会，而是一脸静待曼娘的回复。

只听曼娘摇头说道："这个不曾有过。但有时候他们会出去外边大堂看胡姬跳舞。"

"在风月之地包楼长住四个月，深居简出，却只看胡姬跳舞，不找女子侍寝？真新鲜哈？"一旁的任斗牛不由打趣道。

"这有何新鲜的？起初来的那两位恩客，他们漫说走出出云阁半步，就是连胡姬跳舞都懒得去看一眼，就跟闺房中的女子似的。奴婢倒是觉得……觉得……"曼娘突然吞吞吐吐的犹豫了一下。

郭烨问道："你觉得什么？"

曼娘回道："奴婢觉得，那最初入住的两位客人，不像男子，更似……似女子！"

"女子？"突然，纪青璇惊呼一声。"那就完全吻合了！"

先是两人住进来……后来是六人住进来……两个女人，六个男人！他们不讲官话，而是讲曼娘听不懂的话，定是在说契丹话！现在还发现了五石散的残积！所有的迹象和证据都极其吻合。这先住进来的两人，怕就是苏瑞娜和她的婢女吧？四个月前，不正是查抄胡思堂，朱有德命陨，苏瑞娜逃遁的时间吗？

这平康坊靠近皇城，地方不大，人却不少。昼夜喧呼，灯火不绝，京中诸坊，莫能与之相比的。最关键的是，平康坊里最多的便是各地旅居之人，每年少则数千、多至数万的人流动，生面孔躲在此处，最不惹人注意。

谁又能想到苏瑞娜逃脱之后，不仅没有离开长安，反而是乔装扮成男子，躲进了这妓馆之中？

更让人想不到的是，这苏瑞娜竟与契丹死士是同一伙的。那此前胡思堂售卖五石散，腐蚀朝廷命官，也是契丹人的手笔了。

先用五石散腐蚀长安的官员，间接地控制他们，得到有用的情报和朝廷动向。然后又在军中散播五石散，涣散军心和战斗力。这相隔万里，却是遥相呼应，契丹人真是玩的一手好计策。

在纪青璇和郭烨的推敲下，一切疑团都被抽丝剥茧般，展现在众人跟前。

"真不容易啊，全都真相大白了！"李二宝有些兴奋，毕竟为这案子，奔波了这么久，大家都没睡踏实过。

“也不是全部都真相大白!”郭烨摇了摇头,说道:“契丹死士做的这么几桩案子中,唯有一桩命案让我久久无法释疑!”

“你是说钱五郎为何要杀林黄?”陆广白问道,他果然最懂郭烨。

郭烨点了点头,苦笑一声,道:“对啊,无论是腐蚀官员,还是刺杀王孝杰阻止他起复,都和林黄这人没有半分的关系啊?钱五郎为何要扮作弄蛇人,费尽心机混进林府,杀了林黄?还搞个蛇吞人的假象!”

对啊!大家被他这么一说,心头的疑云再次升起。说实话,若是这疑团解不开,这案子破得便不漂亮。

“谁知道呢?保不齐就是为了钱!这烧犀香炭的妓馆也不是人人都住得起的!”张小萝颠了颠手中握着的两锭金子,漫不经心地说道:“就像郭大哥你刚才说的那样。他这般花心思去杀林黄,也许就是不想暴露自己的身份呢?他们不是还要做大案,刺杀王孝杰将军吗?”

嗯?郭烨与陆广白互相对视一眼,这个理由完全成立啊。苏瑞娜当时被查抄胡思堂的时候,可是一两银子都没带走的。住在平康坊这种地方四个月,的确是要花费巨资的。

至于费尽心思奇巧设计去杀林黄,也许真的就是遮人耳目、混淆视听吧。

纪青璇拍了拍张小萝的肩膀,赞许道:“又进步了!”

不过说到林黄,郭烨莫名又想起了那张纸条——欲寻坎字戒,西市找林黄!

这人到底是谁啊?难道知道我的身世?

还有——

阻断苏瑞娜逃匿去路的两根羽箭?谁在暗中相助?

这苏瑞娜和契丹死士的案子虽然已经趋于真相,但另外这些疑团都没解开啊!

很快,纪青璇已经张罗收队回不良司。临走前,她让陆广白带着徐问清和任斗牛二人,负责押着曼娘,先行一步回不良司仵作房认一认尸。人若是能对上,这案子就宣告结案了。虽然八九不离十,但是该走的流程,还是有必要走一遭的。

陆广白带着曼娘前脚走,她和郭烨带着两小只和其他不良人也收队回府。

不过刚走到出云阁的门口,就听到吴三娘踉踉跄跄地在后面追着,口中喊着:“诸位大人,还有那位女上官,您手中那两锭金子,是……是给奴家的房钱,莫要带走啊!”

这个老鸨子,真是只认银钱啊!他有心逗弄一下这老鸨,直接回了句:“既然是凶犯留下的金子,那就是物证了。一切充公,概不退还!”

哇的一声!老鸨子急得一屁股坐在地上,差点没一口气背过去。

第六十四章　萱草生堂阶

一众人前后脚离了出云阁,出了平康坊。

等着郭烨和纪青璇率队回来时,出云阁的曼娘正巧被任斗牛送出了不良司,与郭烨插身而过。看来,认尸的流程已经完成了。入内,陆广白将认尸的结果,以书文的形式呈报给了纪青璇。

果然,这仵作房中的尸体,和出云阁的生客就是同一伙人。八具死士的尸首,也在曼娘的指认下,都一一对上了号。

无论是苏瑞娜五石散案也好,还是契丹死士行刺王孝杰案也罢,到底是阻止了契丹人密布许久的阴谋,总算是了却了一桩迟迟未破的悬案。

不过郭烨却开心不起来,甚至心中还有些郁结,因为这个看似结束了的案子,其实依旧还有不少疑团尚未解开,虽然不影响结案,但终究一直搁在心头,不释不快!

一个时辰后。不良司,醉仙居。

以纪青璇为首,一众不良人齐齐立于堂下。

居所正中,付九侧卧在胡床上,一边听着纪青璇对于整个案情的陈诉,一边翻看着认尸结果的案卷。

突然,他将手上的案卷一合,往胡床边上一扔,懒懒地说道:“很好,如今三大案已了结其一,这是个好兆头。其他两桩悬案,本令相信在你们通力合作之下,水落石出,指日可待。接下来的日子,你们就铆足了劲,好好查剩下两桩案子吧!本令已经交代司中其他八尉,新案归他们,莫要烦扰到你们!”

“谢不良令大人体恤!”纪青璇拱手称道。

付九摆摆手,道:“待所有卷宗整理完毕,本令自当呈报洛阳不良司,为尔等请功。”

纪青璇面色一喜,正要称谢,却听郭烨插嘴道:“不良令大人,这苏瑞娜案虽然告破,但其中还有不少可疑之处,卑职认为……”

“既然案子告破,凶手伏法,还有甚可疑之处?郭副尉啊,留足时间去查剩下两案,早日向朝廷复命,这才是正事。”付九脸上有些不悦,皱眉说道:“难不成你还要等女皇陛下再发一道敕旨来长安不良司中,催促我等尽快破案?”

“可是……”郭烨忍不住插嘴。

“没什么可是的,好了,苏瑞娜案已了,本令说的。都退下吧。”说着,付九将胡床边的案卷捡起,往案几上遥遥一丢,然后又继续拿起他的宝贝酒葫芦,美滋滋地喝了起来。

“付大人……”郭烨还要说话,却被陆广白给微微一拽,给拉扯出了居所。

纪青璇也口称告退,带着其他人跟着退出了醉仙居。

到了外面,离付九居所几十步之遥,陆广白才小声劝道:“没看他已经变了脸么?你以为他是朱县令,能那般迁就你么?莫要自讨没趣了!”

纪青璇面色古怪地看了一眼居所方向,讥笑一声,低声道:“还是陆副尉看得明白,付大人这是但求无过啊。说什么同坐一船,荣辱与共,共破三案。说到底还是想要保住脑袋上的乌纱,想要守着他们世袭不良人的那一亩三分地。呵呵……”

此后几日,正如纪青璇所说的一般无二,自打那日呈报完案情之后,付不良令几乎每日都躲进醉仙居里,沉迷酒国,无心主事,纵是向他报禀案情,也是醉醺醺的模样。

但纪青璇心知肚明,付九醉酒,心却不醉。就拿这些日子,金吾卫府派人来过几趟,对那天夜里街头围剿苏瑞娜,深夜扰民且犯了宵禁之事进行问责,付九每次都能在恰到好处的时机酣睡过去,让金吾卫前来交涉的巡官扑了个空,只能由纪青璇硬着头皮顶上。

不过这事儿估计是闹得影响也不大,金吾卫也顶多是来不良司找回个场子而已,并没有打算深究,所以后来这事也就不了了之了。

忙碌的日子,一天天地在继续。

这天早上,郭烨依着习惯早早起床。一推开门窗,忽见门外一片银装素裹,整个不良司中被积雪覆盖,有的积雪已经压垮了院中几株细枝的海棠树。

嗬,小雪了！长安城,迎来了今年冬天的第一场雪！

郭烨洗漱一番后,披着外衣情不自禁地倚窗赏起了雪。都说瑞雪兆丰年,银雪祛邪佞。果真如此,一番赏心悦目之下,郭烨一扫前些日子的疲惫和阴霾,人都跟着身心通泰、舒畅了不少。

倏地,房间的门突然被“砰”的一声推开。只见张小萝脚踩风火般拉着李二宝冲了进来,呼道:“郭大哥,郭大哥,走啦！我们去逛街去!”

“逛街?”郭烨一愣。

“对啊,今天可是休沐的日子,你忘了吗?”张小萝提醒道。

郭烨又是一愣,这才忽然想起来,不知不觉,今日已是腊日,正是朝廷允许衙门休假的节日。腊日,即是农历十二月初八,也叫腊八节,俗称腊八。

郭烨看着两小只盼着出去玩的渴望眼神,不禁莞尔一笑。的确,这些日子大家都围着案子转。他俩明明是舞象之年的少男少女,却也跟着大家一起连轴转,丝毫没有半点的懈怠和松散。

想到这里,郭烨点点头,道:“好！我们去逛街！郭大哥请你们吃好吃的。”

“好耶!”张小萝闻言欢呼雀跃,一转身蹦蹦跳跳地出去了,丢下一句话:“我去叫纪姐姐!”

郭烨原以为,以纪青璇的性子,应该不会来凑合逛街这种事。没想到张小萝去了不久,纪青璇居然就在她的拉扯下走了过来,后面还跟着个陆广白。

一行人走到不良司衙门外,郭烨终于忍不住问道:“你怎么也跟来了?”

纪青璇淡淡问道:“怎么?你的意思是我不能来吗?”

“哈,我不是这个意思。”郭烨张了张嘴,道:“我只是觉得,你不像是会对这种事感兴趣的人……”

“呵呵,说得你有多了解我似的。”纪青璇习惯性地怼了郭烨一嘴,随后又道:“不想扫了他俩的兴致。”

郭烨看着后面意兴阑珊的陆广白,刚要张嘴,却被陆广白挡了回来:“整天对着案卷,乏累。出来透透气!”

郭烨耸耸肩，好吧，几个无聊的人，来逛无聊的街。

腊日节庆下，街市上热闹的氛围就驱散了这寒冬的清冷。

还没到西市，老远便听到了坊口那家胡饼店传来热情洋溢的叫卖声。郭烨等人都是在不良司用过早膳才出的门，此时倒也不馋这个。

入了西市，更是人潮涌动，街道两旁成排的店铺都敞开着大门，绫罗绸缎、珠宝玉器应有尽有，还有不少酒楼前站着旖旎婀娜的胡姬，在兜售新到的葡萄美酒。

扑面而来的节日气氛，慢慢感染了大家。就连纪青璇也一改往日冷淡的兴致，开始流连各个卖女儿家小玩意儿的店铺。

正当众人逛到兴头上的时候，突然，郭烨听见身后传来“哗啦”一声巨响，一个气愤的声音也几乎同时响起：“你这小娘子，怎的这般不小心？我这口脂、面药都是要养家糊口的啊！你撞翻了我的摊子，不赔我可不行呐！”

郭烨回头一看，就见纪青璇的跟前有个摊位被翻倒了，纪青璇正一脸错愕，店家骂骂咧咧地揪住她的袖子不让走。

在纪青璇的脚下，还有一大堆装口脂、面药的瓶瓶罐罐，已经随着倒塌的案儿摔得稀巴烂。

估摸是纪青璇不小心撞翻了小贩的摊位，让案儿上瓶瓶罐罐的口脂、面药遭了殃。

这么不小心？这可不像她的风格。郭烨赶忙过去，站在她身旁，问道：“怎么回事？”

“你是这小娘子的郎君吗？你家娘子打翻了我的摊子，不赔可不兴走哩！”店家看到郭烨，急道。

郎君？郭烨暗里好笑，我要是纪青璇她的郎君，除非月老学那付老九，喝醉了酒，牵错了线。

纪青璇也是被误解了关系，脸上闪过了一丝红晕。但眼下可不是害羞的时候，她赶紧解释道：“她说我碰翻了他的摊，可我根本就没有碰到！”

“你没碰到？没碰怎么会倒的，难道还是我自己故意推倒的不成？”店家大声嚷嚷，很快吸引了一大圈围观之人。随后看着地上摔烂的瓶瓶罐罐，他捶胸顿足道：“我这些宝贝口脂啊，这可是我的家当，我全家老小都指望这些卖了过活啊！”

这些围观的人多为游人，还有一些是周边的摊贩，听着店家这痛诉的惨状，也是不落忍,同情弱者,主持正义地纷纷帮腔,要纪青璇赔偿。

纪青璇气那摊贩冤枉她,又担心众口铄金之危,下意识地就要伸手去腰间摸不良尉的腰牌。尽管他们今日休沐放假,乃是常服出行,但她习惯性地随身携带腰牌,这是她久经下来的习惯。

可还不等她的手摸到腰牌,郭烨已经眼疾手快,一把按住了她。

“嗯?”她有些愠怒地看了郭烨一眼,低声道:“这厮明摆着就是在诬陷我!”

“莫要冲动,这是小事!”郭烨低声提醒道:“你信不信,你现在亮出腰牌,明天满长安城都会传我们不良司仗势欺人了!你这个办法解决不了问题。”

“难道就任由他讹诈不成?”纪青璇道。

“交给我,我来替你处理。”郭烨轻声安抚了她两句,又回头看向店家,问道:“你这面药口脂价值几何?我赔你便是。”

纪青璇一听这话就急了,她没想到郭烨说的替自己处理,就是认栽倒霉吃闷亏,赔偿了事。

不过郭烨下意识地捏了捏她的手,制止了她的出声。制止倒是制止住了,却也羞得她又急又恼,暗骂郭烨这个死胚,这个节骨眼居然敢占本尉的便宜。

这边店家见郭烨认赔服软,也就停止了惨嚎,抹了抹干巴巴的眼眶,说道:“还是这位郎君晓得事理,某家也不要你们多的,就要你们五贯大钱,这些口脂、面药的损失就算你们赔了,如何?”

“五贯钱!你怎么不去抢?”一旁的李二宝急了,怒道:“信不信俺打死你这泼皮?”

别看他又愣又猛,但不代表他不懂坊间物价,尽管大周年间的物价,比大唐太宗高宗皇帝在位时,要涨了些许。但五贯钱足可以买两百五十斗米了,这可是一笔不菲的银钱。

要知道,当初郭烨和陆广白在查神仙娶妻案时,羽林军校尉张初仁家给了他们十两金子,无论郭烨怎么花,陆广白怎么去买花花草草,至今还略有剩余。可想而知,五贯钱赔偿这些口脂、面药,委实狮子大开口了!

“哟?砸了我的摊子,还想打人啊?你打啊,你打啊,也好让大家看看,这世上还有没有王法了!”店家当即耍赖道。

“二宝,不急,我们以理服人!”郭烨摇摇头,喝住李二宝,不动声色地走到倒塌的案儿前蹲了下来，一边翻看着破碎的口脂、面药，一边道："五贯钱？如果这些口脂、面药都是真货的话，就算狮子大开口，我们也认了！呵呵，不过……敢问你这些口脂、面药，都是真的吗？"

口脂、面药，是由动物油脂混合上香料制成的膏状物，价值不菲。大唐立国之初，皇帝在腊日这一天，都会赏赐给大臣，让他们拿回去涂抹面颊和嘴唇，起到防冻的功效。

大唐盛世繁华，物资丰富，后来口脂、面药也渐渐从宫廷扩散到了民间。不过纵然如此，口脂、面药在民间对普通百姓而言也算金贵物，五贯钱虽然狮子大开口，但也不是不能接受，因为郭烨他们出得起这笔钱。

"你这是什么意思？"一听郭烨话里有话，店家面色有点惶惶。

郭烨拱拱手，道："在下不才，正好知晓这口脂。如果次一等的，用的是动物的髓脂。若是讲究些的，用的则是蜂蜡。"

郭烨说着，捡起一个碎了半边的瓷罐子，勾出些许膏体，在指尖揉了揉。"不论是以动物髓脂还是用蜂蜡，所制作的口脂其味温润，触感柔和。你这口脂摸起来却有滑腻之感。呵呵，怪异得很呐。"

小贩心虚道："你是说我以烂充好？我做的可是正经生意，你莫要血口喷人！"

"还嘴硬？那就请各位街坊来闻一闻，这口脂透着一股子草豆的腥气。莫不是豆蜡做的？"郭烨将手指放在鼻下闻了闻，作势要将手上的瓷罐子递给路人。

"你……你……罢了，算我倒霉！散了，散了，我今天这买卖也不做了！"说着，那店家推散了看热闹的众人，着急忙慌地将地上的瓶瓶罐罐扫到一块儿，用麻布包起来一股脑儿地送进了身后的店里，然后搬起门板，将店门关上。

好家伙，这店家原来是个碰瓷的黑心贩子。围观众人也看明白了怎么回事，多数帮腔者皆不好意思地低下头，退散了开。

倒是纪青璇一脸气愤："就这么算了？他这不是以次充好，而是以烂充好，比奸商还坏，岂能白白任他走？"

"别急，一会儿咱们路过西市的平准署，告他一告便是。西市不归不良司管辖，西市署的官员自然会处置他！"郭烨道。

这边厢，陆广白顺势也捡起一盒口脂闻了闻说："你倒是懂得多。连豆蜡的味道都能闻出来。”

“我闻出来不是关键。”郭烨将手上的口脂盒丢到了一边，拍了拍衣摆说道：“关键是我看出了一些端倪，猜出了他居心不良！”

“哦？如何看出来的？”小陆问道。

郭烨指了指倒在地上地上的案几，说道：“你看，案几的腿足都耷拉下来了。要多大的力道，才能将一张案几撞得如此这般模样？这市场上人挤人，又能有多大的力道。由此可见，这案几原本就不牢固。这店家明知腊日西市人多，又怎么会用这样的案几来放口脂、面药这样价格不菲之物。所以要不就是他故意讹人，要不就是这口脂原本就不值什么价。只是他铺子开了也不是一日两日，这样明目张胆的讹人怕是不妥，所以我猜他这口脂便是有些猫腻的。”

陆广白听了点了点头，是这么个理儿，不过若没郭烨的观察入微，也看不出这端倪。

不过，出了这么一档子事，郭烨等人也没了太多逛街的兴致，怏怏地转了几圈，顺便去西市署报了官备了案，便回了不良司衙门。

刚进不良司，正好在门房里见着徐问清，这厮正端着一碗面条坐在门房里低头猛吃，见郭烨等人回来，招呼道：“你们回来了啊。快，伙房里的厨子煮了萱草面，好吃着呢！”

唐时，腊八这一天呢，家家户户的女主人也都会煮萱草面，因为萱草也叫忘忧草，代表母亲对孩子的祝福和思念。腊八吃碗萱草面，图个好意头。

“有萱草面吃?!”李二宝比其他人反应得要快些，说道：“我祖父没被罢相，我们家没败落那会儿，每年腊日，我娘都会亲自下厨房，给我煮一碗萱草面。我娘说，吃了萱草面，我便能平平安安，一家人就能和和美美了。一转眼，有几年没在腊日吃过萱草面了。”说着说着，李二宝情绪不自觉地低落起来了，挂念起远在他乡被贬黜的祖父，还有跟着祖父一起去了外地的父母。

他的话音落罢，郭烨、陆广白、纪青璇等人，皆是伫立原地，各有心思，似有念想。

萱草萱草，忘忧之草，母忧儿时儿忧母。

第六十五章　红鸾星在动

正是用午饭的时辰，纪青璇收拾了一下心情，张罗着郭烨他们去伙房吃萱草面。

伙房的厨子伙夫都是在不良司里十几二十年的老人了，手艺还是火候十足的。雪白的面条上铺着一层金黄的萱草，配上清亮的汤汁，一碗简单的萱草面，硬是给做出了黄芽白雪的诗意。

吃着萱草面，似乎真的能让人暂时忘却了心头的忧愁。

不消一会儿，伙房里有了说笑的声音，尤其是两小只，吃面都堵不住嘴，边吃边聊起了早上西市口脂、面药摊的事。

“今天多亏了郭大哥慧眼如炬，一眼就看穿了那个奸商的讹诈！以后，我要跟着郭大哥多学本事。等将来回了我们扶余国，好让我父亲知道，这一趟大唐之行我可没白来。”张小萝无论何时何地，对郭烨的追捧都是不遗余力，绝对是个合格的迷妹。

“啊？”李二宝一听她的话，面色一垮，微微失落道：“你还要回扶余国啊？”

张小萝捧着面碗，将手里的竹筷一停，说道：“我是扶余国人，不回去，难道还留在你们大唐一辈子啊？”

“是哦，你可是扶余国的郡主。”李二宝低落地回了一声。

一旁的纪青璇倒是被张小萝提醒了，早上若不是郭烨出手帮忙解围的话，自己指不定就被那摊主给碰瓷讹诈了。她下意识地看向郭烨，准备说一声谢谢。可一看郭烨，却发现他一副魂不守舍的样子，灶台前那碗萱草面，纹丝未动，面条都快坨了。

纪青璇暗道，奇怪了。换作平日，张小萝这么夸赞姓郭的，他尾巴早翘得高高的，等着自己的答谢了，可今天却是一副魂不守舍、心不在焉的样子。

“郭副尉？再不吃，你的面要凉了。”纪青璇提醒了一句。不过郭烨想事想得出神，浑然未闻。

张小萝见状,上前扯了扯郭烨的袖子。“郭大哥,纪姐姐叫你嘞。”经她这么一惊扰,郭烨好像如梦初醒似的“啊”了一声,抬起头来,一脸疑惑。

张小萝指了指灶台上的萱草面,提醒道:“纪姐姐说你再不吃,面要坨了!”

“好,好,这就吃。”郭烨点了点头,然后冲纪青璇点了点头,道:“多谢。”

他端起眼前的萱草面,“唏哩呼噜”地吃了个精光,对着几人说道:“吃好了。我有些乏累,先回房歇着了。”说完,他便放下面碗,头也不回地出了伙房。

众人对视一眼,都不知道郭烨为何突然魂不守舍、心不在焉起来。

“本尉也吃饱了,先回了。”纪青璇将面碗一放,对着众人说道:“今天休沐日,不用出公务,大家也好好歇息一天。”她让大家伙好好休息一天,自己却去公事房抱起一摞的案件卷宗,回自己的房间。

一下午的时间,她都在自己的房间里埋头看卷宗。看着有些眼乏了,她举臂伸了伸腰,视线恰巧从一旁的妆奁上掠过,一盒口脂映入眼帘。

她自幼长在不良帅徐有功府邸,本就不缺吃穿用度。自打当了不良尉后,她每月的银钱不低,所以她的口脂,比起今日西市上卖的那些,绝对要名贵得多。

可也不知为何,她看到口脂,情不自禁想起今日郭烨在西市帮自己解围的场景,尤其是郭烨一个侧身上前,将自己挡于身后。那一刻,这无赖也没那么讨厌了。

她瞅着妆奁上的口脂盒发呆了好大一会儿,轻咬着自己的嘴唇,踌躇许久之后,轻哼一声:“罢了,看在你今日帮了本尉一把的份上,本尉也关心一下你吧,省得旁人还以为本尉知恩不报!”

她猜着中午吃萱草面时郭烨魂不守舍的样子,八成是有心事,而且遇上了什么难处吧。所以,她决定投之以木桃,报之以琼瑶。她走到妆台前,取了那盒新的口脂准备送给郭烨。天冷了,去关心一下郭某人吧。省得他冻裂了嘴唇。她照着铜镜简单梳拢了一下自己的头发,便推门出了房间,去寻郭烨去了。

此时的郭烨并未在自己房间里歇息,而是孤零零地站在庭院里,吹着腊月的冷风,怔怔发呆,不知在想些什么。近黄昏,薄暮的天空中,雪又开始下,纷纷扬扬的雪花落在他的肩头,却始终遮蔽不了他手中那一抹碧色的光华,他手里拿这一枚戒指。

一枚坎字戒!

中午的一碗萱草面,勾起了他对自己父母的思念。而在这枚母亲留给自己的戒指上,似乎缠绕着无数疑团,让他不由自主地陷入了沉思。

他伫立在庭院中,心里头盘旋着的,全都是身世……戒指……还有那个纸条,这些疑团,一个都没有解开。

寒风微凛,雪花飘扬。无人惊扰,郭烨觉着,天地间仿佛在这一刻,就剩自己一人。

约莫过了半个时辰,庭院的地面上就已经积起了一层薄薄的雪。

嘎吱嘎吱。郭烨听出有人在自己身后,踩着积雪正朝自己走过来。

"有心事?"果然,一个云淡风轻的声音,从他身后传来。他飞快地把坎字戒收进袖中,回过头来,是小陆。

陆广白已经缓步来到他身边,在雪中与他并肩而立。

"我能有什么心事?"郭烨耸耸肩,表示没有。身世之事,他要深埋心底,不能轻易对人说,他时时都记着初来不良司时,付九对自己的警告,若是不想死的话,就不要跟任何人展露戒指。能让付九这个老滑头都如此警示和惊惧,说明这个杀身之祸连付九都惹不起。

他暗中收好坎字戒后,问陆广白道:"你找我,有事?"

陆广白也是耸耸肩,摇头道:"我能有什么事找你?路过……"

"这么无聊啊?"郭烨翻了翻白眼,鄙视了他一下,将手搭在小陆的肩膀上,邀请道:"那不如一起赏雪啊?"

"好呀。"没想到小陆居然顺嘴应了下来。

这要换作平日,别说和自己一起这么无聊地赏雪,恐怕第一反应就是直接把自己那只爪子打掉吧。

雪依然在下,虽然下不大,但雪花片片、洋洋洒洒。庭院里,两个男的勾肩搭背站于雪中,也不说话,就这么站着。

这怪异的一幕,也落入了纪青璇的眼中。她本想着去郭烨的房间关心一下的,谁知扑了个空,郭烨并没有在房中歇息。既然郭烨不在,她就准备去一趟库房查点证物,却在庭院的回廊里看到了两个大男人勾肩搭背在赏雪。

"真够无聊的!"纪青璇暗暗念叨了一嘴,攥在手心本要送人的口脂盒,又捏紧了几分。

休沐日一过,长安城中的各司各衙各署又恢复了往日的忙碌。不良司也一样,休沐期过了,九尉自然也要各司其职,将手中没有办完的案子,继续侦办下去。

纪青璇与其他八名不良尉早上就见过不良令付九。中午,她召集了她自己这一队人马齐聚一堂,共商余下两案的侦办事宜。

冷不防听见正门外一声大喝:“敕旨到!”

敕旨?众人闻声大吃一惊。

他们知道付九在苏瑞娜案告破之后,让不良司里的参军草拟了条陈,将前前后后都写了进去,送往了洛阳的不良帅徐有功手中。难道是最后上达天听,朝廷下了嘉奖?要真这样,这速度简直快得令人匪夷所思!

或是朝廷对长安不良司另有其他旨意?

这时,一名不良人跑进了公事房门口,气喘吁吁地报道:“纪不良尉,还有郭副尉、陆副尉,这洛阳皇宫里来的天使奉宣口敕,点了你们几位的名字。赶紧的……府衙门口外,接旨吧!”

第六十六章　洛阳敕旨来

众人心中一惊,点了名去接旨,看来这敕旨是专程下给他们的。

奉宣敕旨如圣上亲临,接旨既是无上殊荣之事,也是万万怠慢不得之事。几人对视一眼之后,连忙整饬衣冠,恭敬地迎出门去。

快步走到衙门外,就见一个面白无须、着一袭绿色袍服、下摆一道玄色横襕的秩七品内侍,正捧着一个精美的锦盒,肃容等候。

见郭烨等人迎了出来,内侍将手里的锦盒打开,捧出一卷绢黄纸书写的敕旨,高声道:“不良尉纪青璇、不良人郭烨、陆广白、张小萝、李二宝一众,上前接旨!”

“微臣率众不良人,接旨!”纪青璇作为不良尉,代表了众人上前两步,走到内侍面前,躬身低头,作聆听圣谕之态。郭烨、陆广白等人排在前后,躬身低头,不做僭越。

内侍点点头，高举敕旨受了他们一礼，徐徐展开敕旨，宣读道："鸾台：不良尉纪青璇者，姿容秀丽、沉稳干练；不良人郭烨者，心细如发、明察秋毫；不良人陆广白者，博学多才、善辨百草；不良人张小萝者……因破五石散案，并保护清源县男王孝杰，功在社稷，故召以上诸人往诣神都面圣。假冒狐妖一案及萧廷遇害案，着移交案发地万年、长安两县县衙侦办，不得有误……万岁通天元年腊月初四……凤阁令臣……宣……凤阁侍郎臣……奉……制书如右，请奉。制付外施行，谨言。"

好正式的诏书！听着内侍朗声宣读，纪青璇和郭烨等人心中不禁齐呼一声，敕旨用"鸾台"打头，格外正式严谨。

同样是敕旨，但规格也是分三六九等的。如果说上次扶余国使团请来的敕旨，只是女皇陛下随口吩咐的圣谕，那么这一次，便是正儿八经的诏书了。

这份敕旨，如此郑重，俨然天子下诏的国策一般。虽然苏瑞娜案牵连了不少地基层官员，但纪青璇和郭烨他们不认为，这桩案子能影响到让女皇陛下如此郑重宣他们赴神都面圣的地步。

那么，唯一的缘由，应该就是敕旨中提到的另一件事了——保护清源县男王孝杰，功在社稷。王孝杰如何跟江山社稷联系到一块儿？这只有一个解释——女皇陛下决定起复王孝杰，出任清边道行军大总管，剿灭契丹叛军了！郭烨顿时心头一片雪亮。

不过郭烨大为费解，敕旨中最后一段谕令又是什么意思？说让他们把狐女游街案和萧廷遇害案，移交给案发地的长安、万年两县县衙？这种案子若是县衙能查明的话，当初又怎会把案子移交到不良司来？现在再移送回去，岂不是等于放弃，不再追查了吗？当然他们不能当着传旨内侍的面，去非议女皇陛下的敕旨内容，纪青璇率众人口"称吾皇万万岁"，将敕旨恭恭敬敬接了过来。

传旨内侍换上了一副和气生财的和蔼表情，笑道："诸位不良人英雄出少年，如今立下大功，得陛下宣旨召见，简直是无上圣眷啊！想必不日便可飞黄腾达，当真是可喜可贺。"

"天使谬赞了。"纪青璇见着内侍宣完旨，没有立即返身回洛阳的意思，便问道："天使大人可是要在长安盘桓两日？需要我让人准备客房吗？"

谁知听了纪青璇的话，传旨内侍面色一僵，一改刚才的和煦，口气有些不好地回绝道:“无须安排。”

不用安排食宿,传完旨又不离开,纪青璇搞不懂他是什么意思?

郭烨混惯了市井,见内侍这副死样子,哪里还看不出这阉宦的意思?他上前笑眯眯地握住传旨太监的袍袖,一副把臂言欢的表情,道:“天使说的哪里话。为了给我等传旨,天使舟车劳顿,我等不胜感激。若是不嫌这不良司衙门偏狭,还请天使入内小憩片刻,也好容我等聊表谢意。”一边说着,他一边将两颗指甲盖儿大小的小金豆子,悄无声息地塞进了内侍的手心里。

内侍居然也不避嫌,将手心里金豆子暴露于众目睽睽之下,微微掂了掂手,又看了看成色,最后才露出了欢愉,又恢复了刚才的和煦笑容,和和气气道:“陆副尉长的一颗玲珑心,他日前程不可限量哩。小憩就免了,洒家还急着回洛阳复命。他日等你们来洛阳面圣领赏,洒家少不得跟陆副尉讨上一杯庆功酒喝哩。”

“啊,哈哈,那是好说,好说!”郭烨暗骂一声贪得无厌的阉宦,居然还敢要第二次好处,不过嘴上还是说道:“过些时日,我等到了洛阳,还少不得天使的关照。”

“这是自然。”又是一阵虚伪的依依惜别,传旨内侍才上了驿马,绝尘而去。

纪青璇看着内侍的背影消失在坊墙之外,再回头看郭烨,说道:“郭副尉好大的手笔啊,随手一送就是两颗金豆子。你每月的薪钱怕是不够你这么大手笔吧?”虽然郭烨帮她又解了围,但是她对索贿行贿这种事,委实看不惯,尽管给内侍好处费,已经成了规则,但她还是不喜。

郭烨呼了一口气,随口答道:“上次去出云阁时,契丹人留下的两锭金子,我一锭给了那鸨母当房钱,另外一锭我收走充了公。前两天,我去金银铺子找匠人溶成了十来颗小金豆子。嘿嘿,物尽其用嘛。”

“这么说,你是私自动用赃款行贿了?”纪青璇听出了猫腻来,俏脸一寒,问道:“剩下的金豆子呢?”

郭烨顿时头大,知道自己又瞎得瑟,说秃噜嘴了。无奈之下,他只得将剩下金豆子从袖兜里拿了出来,伸手张开手心,还有七八颗。

纪青璇伸手一抄,说道:“全部充公!”

郭烨脸一垮,心疼死了!

陆广白翻了翻白眼,气得骂了一嘴:“瞎得瑟!”

要知道，这十颗金豆子也有他一份儿的，最近他要购置几株西域的花草，正等着用钱。谁知道被郭烨这家伙给得瑟没了。看来那几株西域的花草，要掏老本来买了。老本就是平日攒的薪钱，还有上次张初仁那儿收到的十两金子。这十两金子是他和郭烨的共同财产，现在也所剩无几了。

郭烨见纪青璇将金豆子放进自己的香囊里，急了："喂，喂，喂，不带这样的吧？那你充公，也得给我留两颗吧？"

"给你留了两颗了啊，你自己送给了那个传旨内侍，与我何干？"纪青璇一句话给噎了回来。

纪青璇将手中敕旨交给张小萝后，说道："走吧！随我去醉仙居见付大人！"

"见他干吗？"郭烨被充公走一笔横财，正郁闷着呢。

纪青璇呵呵一笑，说道："那你就不想去问问，狐女案和萧廷案到底该如何吗？你不会不明白一旦移交了，这两个案子就彻底成无果的悬案了吧？"

"对，这个要问明白！"相比彻底放弃这两案子，郭烨更在意穿插在这个案子中自己身世的线索，如果一旦移交，他就没有了再借着查两案的机会，去追踪坎字戒、纸条的线索了。纪青璇前脚走，他后脚紧跟，返身进了司衙门，向醉仙居奔去。

少顷，醉仙居中。

付九听纪青璇转述完敕旨的全部内容之后，忽然明白过来他俩来寻自己的用意，哑然失笑道："你们不会以为是本令上书女皇陛下，推掉了狐女案和萧廷案的吧？"纪青璇和郭烨没有说话，继续听他说。

只听付九又继续道："嘿，如果有可能，本令真的想推掉这两案，这两案子都是棘手的案子，而且还是烫手的山芋。本令就想着长安不良司里的这些不良人们，能破些不惹是非的案子，安安稳稳过日便是。但我哪有那么大本事，还上奏去洛阳，左右陛下？"

"圣心难测，圣意难断。陛下心里如何想，谁都不知道。她老人家说长安不良司无须再查，移交到地方县衙，我们遵旨便是。"付九冲着神都的方向拱了拱手，眼中忽然多了一抹淡淡的自嘲，道："你们啊，莫要逞强。这两个案子的人手，都尽速撤回来，卷宗也会分别移交长安县衙和万年县衙。你们接下来稍作休息，安心收拾收拾，准备赴神都洛阳面圣吧。小小不良人，能得陛下宣旨召见，这是何等的莫大殊荣？你们当珍惜才是。"

“大人的话,恕卑职不敢苟同!”沉默许久的纪青璇突然激动地说道:“付大人,萧廷案的真凶虞青儿尚在潜逃。她的背后不是一个人,是一整张藏在黑暗之中的大网。狐女游街如此大的动静,岂是寥寥几人能为的?而且虞青儿亲口说,有大人物授意她们在长安城中搞风搞雨,这里头藏着多大的阴谋,你有没有思量过?还有被无辜牵连的孙家几口人,莫名被刨了心,冤死府中……”

“够了!”付九将酒葫芦往案几上重重一放,也面色肃然地沉声斥道:“长安不良司遵旨行事!你若还要继续查下去。可以!你去让你义父徐帅面圣请奏,请圣上收回成命,准许我们长安不良司继续追查下去。不然,休要再提!”

纪青璇沉默了。

郭烨也是难得见付九发如此大的火,在纪青璇身后清咳两声,示意她冷静一下。

付九突然话音转温和起来,说道:“纪不良尉,你此番去了洛阳,见到不良帅大人,尽可当他的面陈情此事。我想,他在洛阳,知道的会更多,他也未必会愿意你卷入到这样的事情里面来吧?”

“那我便到了洛阳,再向我义父面呈此事,请他做主!”纪青璇怒哼一声,卷起一阵香风夺门而出,看来真是气的狠了。没办法,敕旨说不要追查此案,付九这个上司也说准备移交,那她这个不良尉也反抗不得,纵是心有再大的不甘,也必须照做。

纪青璇一走,郭烨留在醉仙居也没有意义了,道一声告退,便出了醉仙居。

接下来几天,纪青璇没怎么露面,不良司里的几位参军代为移交案件,将两案相关的卷宗都逐一清点完毕之后,分别移交给了长安县衙和万年县衙。

两案移交了几日之后,郭烨暗地里也曾托万年县衙中的旧识,让他们去打探移交后的案子进展,但得到的消息却是十分诡异。整个万年县衙,仿佛像是得到了什么暗示,居然从上到下都对这个案子装作视而不见,甚至连敷衍的态度都没有,直接把卷宗往柜子里一丢一上锁,尘封完事。果然如他所猜测一样,移交过去,就是不了了之。

他中间又托人打听了一次,没承想惊动了万年县令。这县令也算好说之人,上次借他公堂审案,他也没二话。这次他却是不给面子,三缄其口不说,还郑重其事地警告郭烨:“莫要抗旨不遵,多管闲事。”郭烨碰了壁,收敛了些许,不再继续纠葛案子的进展。

过了几天无所事事的日子，倒也优哉游哉。

依着之前敕旨定下的行程，他们赴洛阳面圣的日子，终于近了……

第六十七章　启程赴神都

这一日，五更刚过，郭烨早早起来，洗漱过后，便打点行囊来到了不良司的马厩前。

不良司的马厩，当年可是有过数十匹骏马同槽的盛况。当如今江河日下，已如明月黄花，马厩里只剩下瘦马老牛三两头了。

这次赴洛阳面圣也算是公务，付九再是不管他们，总归还是会派辆车驾供他们使用吧？瘦马老牛再怎么破败，那也是拉车的牲口啊。

果不其然，不消片刻，他就听到一阵“轧轧”的轮毂声从身后马厩处传来。慢慢驱出马厩来的是一辆牛车。派一辆牛车供他们洛阳之行，郭烨倒不意外。

虽然唐人尚武，不论文武官员皆爱骑马，但到底他们此行中还有张小萝和纪青璇两位女子，所以安排一辆牛车作为代步工具，倒也算正常之事。但是这辆牛车的卖相，委实太过华贵了！

在郭烨看来，这根本就不符合不良司一贯节制预算的穷酸风格啊。

什么时候付九这么大方过了？

只见这车辙宽四尺二寸，车厢前有围栏，栏上绘着半圆形横额彩画，后开小门，吊帘曳地，拱形的车篷两檐微翘，车厢旁插四杆，显得相当豪奢。

还有更让郭烨惊讶不已的，是那名赶车的御者。

好家伙，这寒冬腊月里，他居然下身只穿了一条羊皮短裤，裸着岩石般结实的上身，仅仅只在肩上斜披了一条帛带，体壮如牛，肤色深黑如炭。

这车把式是一名从南洋等地贩来的昆仑奴！

那昆仑奴见过郭烨正在打量自己，他连忙露出一个腼腆恭敬的笑容，黑炭头般的肤色衬得一口牙齿,格外的洁白!

“啧啧,老酒鬼这还真是下了血本了啊!”郭烨在心里啧啧称奇,大手笔,绝对是大手笔!

唐人素喜以胡人为御者,这郭烨是知道的。但他却万万没想到,付九居然会舍得雇佣一位寻常只有达官贵人家才蓄养得起的昆仑奴,来为自己等人赶车。这可真是太阳打西边出来了!

不过再仔细观瞧这辆牛车,车板的缝隙里有不少积年的灰尘,车身许多地方也有些被刻意掩饰过的破旧痕迹。很显然,这是搁置在不良司马厩里多年的老古董。为了在这次洛阳面圣之行壮壮声色,付九却将老底都拿出来了。郭烨看得出来,老瘸子是怕他们去洛阳太寒酸,让洛阳不良司的不良人们取笑啊。

这时,牛车的车厢里忽然传来一声黄鹂般清脆的招呼声:“郭大哥,还愣在那干甚呀! 快些上车来!”

话音落罢,就见着张小萝掀开车帘,探出半个身子,正冲郭烨招手。原来这小丫头比他早先到了马厩里。

“好嘞!”他走两步登上牛车,牛车上的车厢很宽敞,还铺着厚厚的毡毯,中间摆着一张小几,纪青璇、李二宝、陆广白等人绕几而坐。

郭烨微微诧异,原来他们都比自己起得要早。

车厢中还弥漫着一股酒气,付九也在,正靠着车壁,一口接一口地喝着酒。

“嘿嘿,不良令大人这次是大放血啊!”郭烨找了个位置,一屁股坐了下来,对付九说道:“不过用这昆仑奴当车把式。嘿嘿,排场大。就是牛车稍嫌小了点,如果这车厢还能再大些,就美滋滋了。”

付九嘴角一抽,将手指小酒壶往小几上一放,硬邦邦地答道:“不让你们走着去洛阳就不错了,居然还挑?

徒步去洛阳……郭烨瞬间不敢挑事儿了,举举手,表示投降。

说话间,牛车已经缓缓驶出了不良司衙门。

这昆仑奴是专门训练过的御者,所以驾驭牛车,又稳又快,让人没有太过颠簸的不适。

牛车出门的那一刻,正是五更三筹顺天门鼓响的时候。

当牛车缓缓行过金吾卫正在撤除的宵禁岗哨时,纪青璇想起自己这些天应付金吾卫的痛苦经历,忍不住回头看了付九一眼。付九假装没有看到,嘿嘿一笑,自顾自低头喝酒。

不良司所在的兴宁坊,紧挨着东行的要道之一通化门,片刻即到。不过当一行人来到通化门前时,还是晚了一步,许多早早等待在城外的行商,已经络绎不绝地进入城中,城门楼下三道宽阔的门道里一片人声鼎沸。

不良司的牛车和进城的行商们擦肩而过,郭烨等人耳中听的,尽是对今日行情大好的殷切期盼。喧闹的氛围中,似乎连初冬清晨的寒凛都少了许多。

牛车的轮毂滚滚前行,挤过了十丈长的门道。

出了城外,走上官道,牛车微微开始颠簸,郭烨忽然心有所感,一把掀开车厢后的门帘。此时正值旭日东升,金红色的阳光落在长安城头,把雄伟的城墙映照得气象万千。

郭烨回望着沐浴在朝阳下的雄城,心中豪气顿生,倏地将双手拢在嘴边,大喊道:“长安!告辞了!等我衣锦还乡!”

少年清朗响亮的声音,在清晨的天空上往复回荡,引得官道上路人纷纷侧目。李二宝和张小萝见他喊得有趣,也跟着大喊自己的临别宣言。

三人玩得兴起,还不知死活地想拉纪青璇和陆广白一起发疯,却被纪青璇一眼瞪退,又在陆广白一脸的冷漠前碰了一鼻子灰,只能讪讪告退。

“丢死个人!”纪青璇娇叱道,恨不得一鞭子把这三个白痴都从车上抽下去。

“无聊!”陆广白撇撇嘴,云淡风轻地假寐着。

半个时辰后,牛车终于停止了摇晃,缓缓停了下来。

“长乐驿到了。正好是食时,下车吃点东西吧。”付九坐直了身子,张罗道。他们起得太早,出不良司时还没用过早食。

“长乐驿吗?”郭烨念叨了一下嘴这三个字,心头升起一抹离愁别绪。

长乐驿在通化门外十五里的长乐坡上,也是东行的第一驿。这里是由通化门出入长安的第一站。长久以来,长安人为亲友送别,都是到长乐驿而返。久而久之,这个名字也就成了长安人心中离别的代名词了。

昆仑奴啪啪甩了两记响鞭,牛车徐徐停了下来。

付九腿脚不便,他当头先下牛车。

有人在外头将车帘掀开,将付九搀扶了下去。

郭烨跟着下来，一看搀扶付九之人竟是不良人徐问清，他身边还有任斗牛等其他几人。

郭烨注意到徐问清的肩上，任斗牛的肩上，各自都背着一个褡裢，这是要出远门啊。他随即问道："老徐大哥，斗牛兄弟，你们怎么也在长乐驿？这是要去哪儿啊？"

"洛阳啊！"徐问清拍了拍胸前挂着的褡裢，白白胖胖的脸上堆满了笑容："我跟老任、老梁他们合计过了，你们几个去洛阳我们不放心，索性就向不良令大人申请，陪你们一起赴洛阳。哈哈，敕旨上虽然没召我等面圣，但没说我们不能去洛阳啊？"

"对啊，对啊。"一旁的任斗牛也附和道："这些日子我们一直协助你们查着三案，相处久了，你们乍一离开，我们还挺不习惯的，索性就陪你们一同上路，路上也有个照应，不是？"

"我看你们就是想借着公费差旅去洛阳，耍上一耍吧？"郭烨低声笑了笑。

任斗牛和徐问清背着付九竖了竖拇指，说道："你们一走，我们待在长安城左右也是无事，不如随你们去洛阳见识一番。"

"妥了！"郭烨点头道："回头咱们一块儿走。到了洛阳，我请几位哥哥喝酒！咱们先进驿站！"

长乐驿的驿站，是一大片伫立在官道边的碧瓦白墙。

唐代的驿站非常发达。官路上每隔三十里就有一驿，全国共有一千六百三十九所。驿站的面积大多不小，设施也比较齐备，有厅，有库，有楼，有厩。像长乐驿这种大型的驿站，还配有佛堂和园林，美轮美奂。不过郭烨他们奉旨赴洛阳，没有太多时间在此迁延了，当务之急是用食。

他们一进来驿站，就有长乐驿的驿长前来相迎。

付九对驿长吩咐了几句，不多时，驿馆的厨子就已经端了热气腾腾的蒸饼、汤饼上来。张小萝吃得精致，又点了杂果子作为饭后的小点心。众人一顿胡吃海喝，不多时就哄饱了肚皮。

见众人都差不多酒足饭饱了，付九才郑重其事地叮嘱道："送君千里，终须一别。本令也只能将你们送到长乐驿这里了，往后去洛阳的路，就需要你们自己走了。此番洛阳面圣，本令对你们只有一个要求，洛阳藏龙卧虎，你们切记行事低调莫要张扬,更莫要替长安不良司惹来是非祸端!”

此番话也算肺腑,郭烨他们都听入耳中,又听付九再次叮嘱:“郭小子,尤其是你,莫要多管闲事!天下闲事管不完,也管不尽!”

这都要分别了,郭烨自不想再拂逆付九,连连点头称是,应承了下来。

“哟,都在这儿呢?啧啧……”话别时,驿馆的饭堂里骤然响起一道阴阳怪气的话,明显冲着郭烨他们来的。“阴损的郭小子,竟敢给丽竞门设套,害我们吃了好大的亏。嘿,嘿,居然在这儿被本御史撞见。呵呵,也不知道是你运气真好,还是倒霉到家了……”

万国俊!

丽竞门驻长安城的副门主。

第六十八章　地皮翻三番

万国俊今天起个大早,来这儿长乐驿送别一位丽竞门中要人,并非专程在这儿找茬。不过也是赶巧,居然让他在这里撞见了郭烨、纪青璇他们。

万国俊踱着方步,走向郭烨他们,目光阴冷,一脸怨毒。

这厮平日里哪怕再跟不良司不对付,也会保持着虚伪的客套和假笑,但今天却连那点虚伪客套都省掉了。

这让付九很费解。他低声对一旁的纪青璇道:“怎么?你们最近查案时,又惹着他们了?”

纪青璇摇摇头,表示没有,查案的那些日子,大家都忙前不顾后的,哪有工夫搭理他们丽竞门啊?

“没有?这万国俊一脸的恨呐,跟刨了他家祖坟似的。”付九撮了撮牙花,狐疑道:“那到底谁踩了他的尾巴?”

正寻思着,万国俊已经近到跟前。

付九招呼了一声:“哟呵,真是人生何处不相逢。有些日子没见了,万副门主。”

万国俊带着一众爪牙，走至郭烨等人跟前，笑道：“是啊，真是赶巧，居然让本御史在这儿撞见了你们。嘿，嘿，等着姓郭的小崽子去了洛阳面圣，老子这记闷亏就算白吃了。”

付九听万国俊这话的意思，八成又是郭小子踩了老鼠尾巴，捅了篓子！他看着万国俊，笑问道：“难不成是我手下小子又不懂规矩，冲撞了万副门主？”

“呵，呵！”万国俊冷笑一声，道：“付大人手底下是能人辈出啊，不过的确是不太懂规矩！小子，你一言不发，难道你自己做过的‘好事’，还能忘了不成？”

郭烨缓缓起身，一脸无辜地看着万国俊，摊摊手，无奈道：“我每天做的好事实在是太多，我自己都记不清了。”

“还在跟本御史装糊涂是吧？”万国俊失去了和郭烨兜圈子的耐心，厉声道：“嘿，姓郭的崽子，本御史且问你，西市那块地的消息，是不是你卖给清风馆那个狐狸精的？”

清风馆的狐狸精？付九和纪青璇的脑海中，不约而同地想起那个艳媚无双，风骚入骨的风十三娘。怎么还跟她扯上干系了？越听越糊涂。看郭烨没有出言否认的样子，他们知道，万国俊说的估摸确有其事啊。

又听万国俊咬牙切齿道：“姓郭的崽子，居然趁我不备，害我丽竞门平白无故地饶进去了一大笔银钱。啧啧，借刀杀人，好高明的手段啊！”

借风十三娘之手，平白让丽竞门花了一大笔冤枉钱？付九和纪青璇、徐问清等人心里一阵祝贺，但脸上仍表示同情的样子。但他们更感兴趣究竟是怎么回事。

倒是陆广白在听到“卖消息”“清风馆那个狐狸精”这几个字时，微微扬了扬眉，若有所思，好像记起了什么。

“哦，哦，哦，我想起来了，瞧我这记性。”郭烨佯装拍了一下自己的额头，恍然大悟道：“原来万副门主说的是那件事啊？这应该是巧合吧？”

“巧合个屁，天底下哪有那么多巧合之事？”万国俊气骂道。论起不要脸了，这姓郭的崽子不像是不良人，更像是他丽竞门中人啊。

付九问道：“郭小子，咋个回事？”

张小萝、李二宝他们也是一脸好奇。

郭烨“哦”了一声，一脸无辜地将万国俊所说之事娓娓道了出来。的确，此事也涉及清风馆的掌柜风十三娘。

事情还要追溯到当初查五石散案时，付九带他们去清风馆见风十三娘买消息之时。那天，风十三娘卖了消息给他们，他却被付九和纪青璇联手坑了一下，非要他垫付买消息的银子。但郭烨是什么人呢啊？也是个滑溜的泥猴子，怎么可能会平白掏这笔钱呢？

恰巧他在来清风馆前，他整理过一批西市不良友送呈上来的小抄。这些小抄都是驻西市的不良友，暗中搜集的有用情报和线索，基本上是三天一送抵。虽然在这些小抄里没有找到跟五石散有关的线索情报，但是郭烨却翻到了一份有意思的小抄。小抄上说，近日来丽竞门的人一直在西市转悠，有意买下西市附近的一块地准备筹建一个大酒肆，用以敛财。郭烨当时琢磨，丽竞门开酒肆敛财？恐怕酒肆只是个幌子吧？能被丽竞门看中的地皮，肯定不仅仅是开个酒肆那么简单，里头肯定是有些猫腻的。所以他就留心了这条小抄上的内容。正巧有了清风馆和风十三娘卖消息给他一事。他索性就以卖消息抵债为名，悄悄撺掇着风十三娘抢先把那块地买下来。既然丽竞门对这块地皮这么中意，那肯定是花更高的代价，都要得之而后快的。

在场诸人听罢，再看万国俊现在这幅鬼样子，任谁都能看得出来，丽竞门八成是被风十三娘敲竹杠敲出血来了，估摸着为了拿下那块地皮，损失挺大。

纪青璇不由暗叹，姓郭的这招，真够稳准狠啊，借着那风骚婆娘的手，给了丽竞门狠狠一嘴巴子，还没处说理去。

李二宝和张小萝两小只，看郭烨的眼神，就差冒星星了。

郭烨的脸上仍是一副无辜的样子，冲万国俊说道：“谁知道就这么赶巧呢？我听十三娘子说，她想买块地扩充下清风馆的门面，顺便就给她推荐了那个位置啊。万副门主您要是提前跟我打个招呼说一声，我怎么会把这块地皮推荐给她？这误会闹得，诶，真是……”

万国俊本就是个厚颜无耻之人，现在却被郭烨的厚颜无耻给震惊了！

他气得声音都颤抖了。“放……放你娘的狗臭屁！那块地方闲置了这么久！怎么早不见你推荐人去买，偏偏我丽竞门要出手的时候，就有人来抢了？你真当你这些个鬼话能骗得了本御史？这分明就是你故意给我丽竞门挖的坑！”

“诶……真是误会哟，我的万副门主！”郭烨摊摊手，无奈道：“你真要往我身上泼脏水，找由头欺负我，我也是百口莫辩啊！”

“呵呵，百口莫辩？”万国俊气极冷笑一声，道：“会有地方让你张嘴辩的！来呀，将这厮带回丽竞门！”

嘭！“你敢！”付九一巴掌拍在案上，震得杯盘碗碟“哗啦啦”一阵狂跳。他缓缓站起来转身看向万国俊，嗤笑道：“万副门主，恃强凌弱，以大欺小，真是好大的官威呀！带他回丽竞门？理由呢？罪名呢？且说来听听！”

万国俊虽然是赶巧在这儿碰到郭烨他们，但是他敢让人带走郭烨，肯定是想好了由头，当即说道：“罪名简单啊，丽竞门要在西市设一据点。这个据点是专门为了铲除在西市中散播妖言惑众，反对女皇陛下的乱臣贼子而设的。如今这姓郭的崽子，居然让丽竞门多花了三倍的价钱购置那块地皮，你说这算不算一罪？”

说到这儿，万国俊又大步向前逼近一步，义正辞严地喊道：“就冲这一条罪状，你说我丽竞门有没有权利抓人？”

“嗤……”这时，郭烨不屑地冷笑一声，揶揄道：“姓万的，你丽竞门里都是猪吗？你要设据点，西市何处不能设？为何就只要那一块地皮？哪怕花三倍的价钱都要从风十三娘手里购置那块地皮？我看不是为女皇陛下分忧解劳，是你们有什么不可告人的目的吧？

“你……”万国俊被郭烨呛得一愣，一时无言以对。

一旁的纪青璇都忍不住掩嘴笑了起来，姓郭的这张嘴啊，真够损！

万国俊大手一挥，大声喝道：“本御史不跟你争口舌之利。来呀，不良人郭烨破坏了女皇陛下的铲奸除佞之大计，险毁江山社稷于一旦，将他带回丽竞门，再做惩处！”

“放肆！我看谁敢！”付九这会儿绝对护犊子，他再怎么明哲保身，也不能眼睁睁地让万国俊将自己的人从眼前带走。

“大人你放心，他们没那个本事带我走！”郭烨轻轻拍了一下万国俊，然后从陆广白背着的竹筐中拿出一个锦盒，双手毕恭毕敬地将一卷绢黄纸请了出来，对着万国俊高声喊道：“陛下嘉奖，召我等进京面圣之敕旨在此，万国俊小儿还不速速跪拜？”

“敕……敕旨？”万国俊目瞪口呆地杵在原地，顷刻间没有反应过来。

第六十九章　无择来送别

万国俊虽然是个卑鄙无耻的阴毒小人，但好歹堂堂丽竞门副门主，金銮殿前也是叩拜过君王的，郭烨手中的敕旨，他还是认识的。

敕旨一现，万国俊怎敢冒失？他第一时间举起手臂，阻止住了他手下的爪牙。

不良司的人见状，稍稍松了一口气。付九也暗赞郭小子有急智，不然还真被万国俊刚才那套莫须有的罪状唬住。一旦人被他们逮进丽竞门的大牢里，免不得吃上一顿苦头。

他冷笑一声，喝道："万副门主，你要不信，大可亲自过来查验查验这份敕旨呀？"

查验，查验？借万国俊一百个胆子，他也不敢查验敕旨啊，这不是坑他么？至于敕旨是真是假，除非不良司的人找死，不然哪里敢假冒敕旨，这可是杀头的大罪！

付九见万国俊犹豫不前，又道："嘿嘿，陛下亲自嘉许我不良司中郭烨等人，功在社稷，乃栋梁之材，召他们赴洛阳面圣。呵呵，陛下召人去洛阳面圣，你却拦住去路要抓他们去丽竞门吃鞭子。信不信本令参你一个欺君之罪？"

"老瘸子，你参一个试试，你以为万某是被吓大的吗？"万国俊也不是吃素的主儿，他真不怕老瘸子的威胁，就算老瘸子参自己一本，他相信奏折还没送到女皇陛下跟前，就会被来俊臣给拦截了。

这时，他身后一名爪牙在附在他耳边细声碎语道："门主，前些日子我听兴宁坊的弟兄传来消息说，不良司破了契丹人五石散的阴谋，还救了王孝杰大将军，得到圣上的嘉许，还下旨召见。我看八成是真的……"

"这么重要的消息，为什么不早些报给我？"万国俊低着嗓子，气闷至极！啪！他一巴掌扇了过去！那名附耳的爪牙被一耳刮子扇得晕乎，赶紧解释道："门主息怒，前些日子您忙着西市那块地皮，还跟清风馆那女人讨价还价，哪有时间……"

啪！又挨了万国俊一巴掌！"闭嘴！"万国俊狠狠瞪了那名爪牙一眼。这个时候还敢揭老子疮疤,真是老子哪里疼,你偏往哪里撒盐,是吧?简直活腻味了!

不过很快,他便冷静下来了。他想到,也是前些日子,远在洛阳的丽竞门门主来俊臣给他来信,说是陛下决定起复王孝杰,出任清边道行军大总管。在信中,来俊臣再三叮嘱自己,在长安城要和王家搞好关系,毕竟接下来有段时间王孝杰手握一方军权,肯定深得陛下看重的。

原来王孝杰能够起复,还牵扯到了不良司啊?若不是不良人破了契丹人的阴谋,恐怕王孝杰早就命丧黄泉了吧?啧啧,立了如此大功,难怪付九敢大言不惭!看来这敕旨是真,功在社稷也是真,赴洛阳面圣也是真了。这下,轮到他进退两难了。

这时,驿馆外头忽然传来一阵马蹄嘶鸣之声。紧接着,有一年轻人率着几名伴当闯入驿馆,脚步匆匆地进来饭堂,高声呼道:"诸位,实在抱歉,家父俗务缠身,无法亲身前来长乐驿!特命我前来此处,为诸位践行!万幸,万幸,还好赶上,没有来迟一步!"

人未至,声先到。很快,年轻人的面庞跃入了万国俊的眼中。这年轻人他认识,正是王孝杰之子王无择!

听他这意思,是来给郭烨他们送行的。好家伙,堂堂清边道行军大总管的大公子,赶来给一群从九品的不良人送行。这不良司好大的面子,好大的排场。

要说万国俊心里不酸溜溜,那是假的。不过王无择的出现,不仅坐实了他手下爪牙之说,也间接证实了不良司与王家此时的关系。

正如来俊臣信中所言,目前一定要和王家搞好关系,哪怕搞不好关系,也不能同王家撕破了脸皮,毕竟眼下圣上用人在即,王孝杰简在帝心啊。

一旁的付九自然看清了万国俊的窘状,不无得意地高声喊道:"王公子亲自来给我不良司中的孩儿们送行?王大将军太客气了!"

郭烨何等精明,当即就听出了付九的话外弦音,也是附和道:"是啊,我等得大将军之看重、大公子之礼遇,简直受宠若惊!不过,眼下万副门主好像不想让我们离开长安。我这祭出敕旨来了,万副门主还如此这般不依不饶。"

姓郭的,坑老子?万国俊急道:"谁不想让你们离开长安,谁不依不饶了?你坏我丽竞门好事,我带你回去盘问,这不过是例行公事罢了!"这话既是撇清自己,也是说给王无择听。

王无择还是清秀如常，不过经历了上次契丹刺客刺杀一事，这些日子又得王孝杰赴任前的一番教授，他的书卷气中，似乎添了几丝杀伐果断之气，整个人看起来老成和精敛了不少。他一进来发现万国俊出现在这儿，也是有些意外。不过一想到丽竞门和不良司之间的恩恩怨怨，又听到郭烨这么说，他也就瞬间明了了。

他时刻谨记父亲教诲，王家乃将门世家，更是忠良之家，素来不掺和朝廷党争，更不与密谍机构过从甚密，丽竞门也好，不良司也罢，在王家眼中都是避嫌的。他明白，若非不良司此番救了父亲一命，间接保住了王家往后数十载的荣华，这个恩情实在欠得太大，父亲也不会派自己来长乐驿送行。受了人家这么大恩情，再袖手旁观那就委实说不过去了，这也许就是人在江湖，身不由己吧。

王无择缓缓走到万国俊跟前，拱起手，笑着说道："万御史，好久没见了。"

"是呀，上次见王公子，还是你的大婚之日呢。一算下来，小两年没与王公子见过面了。你说都在长安城中，却不往来、不见面的，委实是万某人的罪过。下次，下次我一定要登门拜访谢罪。"万国俊一副自来熟的样子，其实他心里明镜儿似的，王家从不与他们丽竞门往来。就说上次王无择大婚，王家不想顺了哥情失嫂意，疏忽得罪人，就给城中达官勋贵都发了喜帖以示尊重，丽竞门好大的牌子杵在长安城中，王家能不发请帖吗？上一次与其说是见面，还不如说是远观。

不过他这么说，王无择也不好说什么，还是和煦地笑了笑，拱手道："好说，好说的，万御史下次来府上前，记得派人知会一声……"

郭烨下意识地轻声补了一句："对，派人知会一声，王公子好提前跑……"

扑哧！纪青璇、陆广白他们忍俊不禁，笑出声儿来。

连付九都有些绷不住笑了。

万国俊气得剜了郭烨一眼，喝道："找死！"

"莫生气，莫生气。"王无择也知道郭烨那张嘴特损，赶紧安慰万国俊道："你派人知会我一声，我让人开了中门迎你！"

好家伙，开中门迎我？万国俊面上美滋滋，心里可是直呼担当不起！王孝杰堂堂正三品的十六卫大将军，即将赴任的清边道行军大总管，能让他们家开中门迎接的，该是什么贵人？甭说他万国俊，就算来俊臣来了，都担不起。要人开中门，他敢走进去，那就僭越了。这是一句漂亮话而已！但是，万国俊受用啊！王无择这话捧着他，让刚才一直进退两难的他，终于下了台面。

当即,他脸色缓和了些许,对王无择抱拳还之,说道:“大公子,您客气了!”

“万御史,不良人郭烨乃家父救命恩人,此番又蒙召赴洛阳面圣,乃一时俊彦。你说他犯了罪,莫不是其中有什么误会?”王无择知道此时此刻无论如何,万国俊都是带不走郭烨的。现在他这么说,无非就是当个和事佬,给万国俊一个台阶下来罢了。就算他不来,郭烨手中的敕旨一祭出,他也带不走郭烨。

果然,他这么一说,万国俊便就坡下驴,顿时变得爽快至极,说道:“既然王公子开口求情了,那万某这个面子得卖,郭烨坑骗我丽竞门一事,我暂且饶了他!若下次再犯我手里,我定不轻饶!”

“王某承情了,就此谢过万御史。”王无择回道。

倒是郭烨和纪青璇他们一脸无视,看着万国俊在那儿演得起劲,当是看耍猴吧。

他们的表情也被万国俊收入眼底,万国俊知道,今天这个闷亏,又是吃定了!但是,他不可能轻易就此揭过这件事的。他冲十步之外的郭烨和纪青璇他们恶狠狠地甩了一句:“莫以为去了洛阳,便能飞上枝头变凤凰,家雀永远是家雀。到了洛阳,自有丽竞门的人会好好招呼你们的!弟兄们,我们走!”万国俊丢下话,随即便带人离去。

在路过王无择身边时,王无择还是给足了面子,拱手辞别道:“万御史好走,来日定要到我王家吃上一碗水酒。”

万国俊“嗯”了一声,疾步而行!

丽竞门的人一走,不良司的人和王无择交流起来就没那么别扭了。

付九对王无择竖起拇指,由衷赞许道:“能与万国俊这等小人如此耐心磨牙,王公子还是深得令尊谨慎之风啊!”

王无择笑道:“付大人谬赞了,小可从小就跟着家父行军打仗,谨言慎行惯了,能不得罪人,便尽量不得罪人!”郭烨若有所思地突然问道:“王公子,若是今天万国俊不接你的梯子,不承你的人情。你又该如何呢?”王无择愣了一下,片刻之后,还是一副笑意盈盈的样子,道:“王家只是不愿得罪人罢了,并非怕得罪人!”言语之间还是那么和煦如风,但却还是多了一抹杀伐的霸气。这是将门世家应有的霸气,与生俱来!

“懂了!”郭烨抱了抱拳,对着王无择又高看了几分。

双方又客套了几句之后,王无择便和付九一起送郭烨等出门,重新踏上了东行的旅途。

“啪!”随着昆仑奴一声鞭响,载着郭烨等人的牛车,就又“轧轧”地上路了。

徐问清、任斗牛等人策马相随,毕竟牛车坐不下这么些人。

王无择目送他们走远后,便领着伴当,告辞离去。

付九独自站在长乐坡的高岗上,目送着牛车消失在官道的尽头,嘴里喃喃道:“这一去,怕是又要多风雨了。不管喽,到了洛阳地界儿,那就是洛阳不良司的事儿啦,跟我老瘸子无关啰。”

他凝眸极目远眺,隐约见着,洛阳方向的天空上,风云聚会,气象万千!